リサ・マリー・ライス／著
上中 京／訳

閉ざされた夜の向こうに
Shadows at Midnight

扶桑社ロマンス
1285

私の人生において、もっとも大切な二人の男性に本作品を捧《ささ》げる。
夫のアルフレドと息子のデイビッドへ。

謝辞

担当編集者ケイト・シーヴァーとエージェントのイーサン・エレンバーグ、本作品を書く機会を与えてくれた最高の二人に感謝します。あなたたちがいなければ叩《たた》き上げの海兵隊員とブロンディのストーリーはけっして生まれなかったでしょう。親友のエレン・コスグローブにも謝意を。クレアのキャラクターをふくらませる上であなたのアイデアが役に立ちました。

閉ざされた夜の向こうに

登場人物

クレア・デイ――――――アメリカ国防情報局の元軍事分析官

ダニエル(ダン)・ウェストン――海兵隊一等軍曹《ガニー》

マリー・ディユー――――クレアの友人

アバ――――――――マリーの姉

マーカス・ストーン―――刑事

ジェシー・コン―――――ダンの友人

ボウエン・マッケンジー――元CIAの慈善事業家

ウィザード――――――ハッカー

カール・ヘストン――――傭兵

1

西アフリカ、マコンゴ共和国、
首都ラカにあるアメリカ大使館
感謝祭の日

「私たち、このままここで死ぬの？」クレア・デイが静かな口調で言った。

遠くで、パン、パン、パンというＡＫ－47ライフルの特徴的な発砲音が聞こえたと思ったら、続いて対戦車ロケットランチャーが大音響で炸裂《さくれつ》した。さらにもう一度。クレアは本能的にびくっと身をすくめた。「ＡＫ－47と対戦車ロケットランチャーね。総攻撃をかけているんだわ。弾薬はたっぷりあるみたい。当分攻撃は続くのね」独り言のようにつぶやく。

彼女ならそれぐらい理解できて当然だ。国防情報局の軍事分析官なのだから。

アメリカ海兵隊所属、駐マコンゴ大使館警護分遣隊の指揮を執るダニエル・ウェストン一等軍曹は、隣で壁にもたれてうずくまる美しい女性の顔を見下ろした。二人は大使館内の〝ポスト・ワン〟と呼ばれる防弾設備の整った緊急避難部屋で、一時間近くもぴたりと寄り添っていた。

クレアとヒップをくっつけて座っていられる――ダン・ウェストンにとっては天国だったが、警護隊長ウェストン一等軍曹にとっては地獄の状況だった。危険きわまりない情勢の中、ポスト・ワンで身動きも取れずに軍事分析官と二人きりになるとは夢にも思わなかった。

このまま死にはしないよ、と約束はできなかった。大使館の門の前には反乱軍がいて、今にも敷地内になだれ込んできそうだ。保証できるのはただひとつ。「あいつらが、あなたをとらえることはありません」

クレアの口元が一瞬ほころんだ。「心強いかぎりね」ぽつりと言うとダンを見上げ、また目を伏せた。

こんなことで、頼りにしてもらっては困る。彼女を守るために、ダンは死ぬまで闘い続けるつもりだったが、最後の銃弾は彼女用にとっておこうと考えていた。生きたまま反乱軍にとらわれて彼らのキャンプに連れて行かれるようなことにでもなれば、埋葬する死体も残らないほどに暴行を受ける。反乱軍の兵士はマリファナとシュロ酒で完全にハイになっており、凶暴だ。人間とは思えないほど残忍なことをする。

彼女の体をそんな男たちの手に渡してはならない。その前にダン自身が彼女を殺さなければならないのだ。彼の心は決まっていた。

反乱軍は一六〇〇時に首都ラカに大挙押し寄せた。ダムが決壊して水があふれるような侵攻に、誰もが虚を突かれて慌てふためいた。反乱軍が首都に近づいているという情報があれば、ダンも自分の指揮する海兵隊を一マイルも離れた宿舎に残してくることはなかった。感謝祭なのだから、部下にも息抜きをさせてやろうと考えた。ダンは感謝祭のごちそうは、部下に楽しませてやればいいさ、そう思った。ダンは感謝祭を祝うタイプの人間ではない。幼い頃、休日となると、父親が祝日を口実に酒を飲んで暴れたからだ。

そのため、感謝祭当日はダンにとってはいつもと変わりない日だった。自分が警護の当番を引き受けるからと部下に告げた。実際、ここで感謝祭を祝うといっても、冷凍の七面鳥と缶詰の詰め物の食事、順番にＳｋｙｐｅ《スカイプ》でアメリカの家族と言葉を交わすだけの話だ。

通りをひとつ隔てたところにある大使公邸での感謝祭行事に参加する大使館職員も、似たようなものだった。サーストン・クロッカー駐マコンゴ大使は、自分と同格の他の大使がマコンゴに立ち寄ったり、お偉方が訪問したりする際には努力を惜しまず盛大にもてなすのだが、職員の労をねぎらうとなると必要最低限のことしかしない。大使夫人も同じだ。しけたカナッペとまだ解凍もじゅうぶんされていない七面鳥の肉をつまみに、防腐剤たっぷりのスパークリング・ワインが出るだけなのだ。あのシャンパンもどきの酒を飲むと翌朝には必ず二日酔いに悩まされる。しかもそういったものすら、たっぷり用意されるわけではない。

といった事情でクロッカー大使は〝くそクロック〟と呼ばれ、けち臭い人物として知られている。

だからダンは、大使館警護の当番を引き受けてひとりで出勤するのをさほど残念にも思わなかった。さらにクレア・デイが突然大使館に現われたのを見て、これは賢い選択をしたものだと考えた。クレアは一般的には〝金髪ちゃん《ブロンディ》〟として知られ、軍事面での防諜《ぼうちょう》を専門とする国防情報局の大使館付き分析官で、頭脳明晰《めいせき》、美人でまじめな女性だ。感謝祭の当日に仕事をするようなアメリカ人は、この大使館ではダン以外に彼女しかいない。

クレアが廊下の向こうから何か考えごとをしながら歩いて来るのが見えたとき、ダンは首筋にぐっと力を入れた。そうしないと、顔がひとりでに彼女の姿を追い、後ろ向きになるまで首が回る。大使館付き警護分遣隊長としてラカにやってきて一週間が経つのだが、ラカの大使館で彼女の姿を見かけるのは、これでまだ二度目だった。クレアは昼夜を問わず働きづめで、地下の情報管理室に閉じこもってばかりだ。

クレアがダンの姿を認め、軽く会釈をして礼儀上の笑みを浮かべたその瞬間だった。外で銃声がした。ただの発砲音ではなく、ライフルや機関銃が入り乱れた激しい銃撃戦の音だった。断続的に耳をつんざくような音が響く。内戦が勃発《ぼっぱつ》したのだ。

ダンはとっさの行動でクレアをポスト・ワンに押し入れた。ポスト・ワンは防弾ガラスで守られた避難部屋で、不測の事態が起きたとき職員はここで援護を待つことになっている。クレアの無事を確認してから、ダンは状況を把握しようと部屋の外に出た。ただ防弾ガラスというのは単なる名称であり、実際に銃弾を防ぐ機能があるわけではない。銃弾が貫通しないと百パーセント保証できるはずなどないのだ。ダンはその事実をじゅうぶん認識していた。

マーフィーの法則というべきか、不運は重なるもので、大使館の周辺に設置された監視カメラがよりにもよってその瞬間故障したようで、モニター画面が何度か点滅したあと消えてしまった。いちばん安い見積もりを出す業者を選ぶと、必ずこうなる。

仕方なく、ダンは大使館の建物の側面にある一般来訪者用の出入口に向かった。通常はここにダンの部下がひとり見張りに立っているのだが、今日は祝日で大使館の業務は行なわれていないため、通用口は閉ざされている。ダンは体を低くすると、そっと建物を出た。身を隠すようなものは何もないが、それでもできるだけ目立たないようにしながら、大きな錬鉄の正門扉へたどり着いた。門は自由大通りに面している。

ああ、くそっ。

クエンティン・タランティーノの映画の一場面のようだった。

奇声を上げる数百名もの兵士がやみくもに銃を撃ちまくっていた。街のあらゆる方向から銃弾が飛んできた。通りの向こうまで視界に入る店のすべてが、次々に閉められていった。窓が大急ぎで閉じられ、シャッターが下りる。道端の行商人たちは懸命に屋台をたたんで、逃げまどう。中には恐怖のあまり、並べた商品をそのままにして駆け出す者もいた。

ほんの数分で、通りから一般市民の姿は消え、街は狂気に満ちて酔っぱらった兵士たちだけになった。兵士は空に向かって発砲し、ときには街灯や停められている車のタイヤを狙《ねら》って遊んでいる。

兵士たちは全員がぼろぼろの赤いシャツを身に着けていた。これはまずい、とダンは思った。軍事政権の兵士がいいというわけではけっしてないが、それでもレッド・アーミーよりはましだ。彼らは赤いシャツに身を包んで森にひそみ、近隣の民家から少年を拉致《らち》する。暴力と恐怖で少年たちに規律を守らせて育て上げる。酒とドラッグで常に興奮状態にさせられている少年たちは、残虐な場面を見ていっそう興奮する。

レッド・アーミーから逃げることは許されない。見つかると、四肢を毎日ひとつずつ切られていく。これは四日間の刑として恐れられている。この際口をきくことは禁じられるが、ただ一回だけ質問に答えることが許される。質問は「半袖か長袖か？」で、つまり肘《ひじ》よりも上で腕を落とされたいか、下で落とされたいかということである。

赤いシャツは、自分たちがどれほど血を浴びてきたかを示威する象徴となっている。赤い色を身に着けることで、自分たちは不死身だと錯覚してしまうらしい。

レッド・アーミーは内陸部に何千マイルも入った奥地にいるものと誰もが信じていた。奥地の部族を恐怖に陥れているはずだと思われていた彼らが、今まさに首都に現われたのだ。
二、三分のうちに、少なく見積もっても数百名の兵士が、荒々しい運転の車に乗せられてダンの目の前を通過していった。この調子でいけば、一時間もしないうちに市内は数千の兵士でいっぱいになり、夜までにはその数は数万にふくれ上がる。
兵士たちは大使館にはまったく注意を払わなかった。レッド・アーミーも腐敗した政府軍の兵士も、政治には興味はない。どちらも反米でも親米でもなく、ただ血に汚れたダイヤモンドと、性の奴隷と、密輸された銃があればいい。文明社会を否定したいだけなのだ。

兵士たちが大使館を襲うとすれば、それはラカ市内でまだ現存する建物を破壊したいだけの理由によるものであり、そこには政治的なメッセージなど存在しない。ただ、だからといって、彼らが危険であることには変わりはない。

駐マコンゴ大使館の警護にあたるのは、海兵隊だけで構成された少数の――たった五人だけの――分遣部隊で、ダンはその指揮官だ。任務としては、クロッカー大使とその妻を守ることが最優先となる。この妻というのが、どうしようもなく底意地の悪い女で、金持ちと有名人以外は大嫌いときている。つまり〝くそクロック〟は夫婦そろって最悪というわけだ。ただ、ダンや部下たち全員が夫妻をどれだけ嫌っていても、海兵隊が大使館警護の任務を受けている以上、自分たちの命を懸けてこの最低最悪の夫妻を守らねばならないことは承知している。もちろん、他の大使館職員を守る役目があることは言うまでもない。こういったことを考えながら当面の状況把握を終え、ダンはポスト・ワンに戻ったのだった。

「海兵隊宿舎に連絡は？」クレアがたずねた。

ダンはまたクレアを見た。「はい、しました。全員が非常時警戒態勢を取っていますが、現状では何もできません。大使公邸とも連絡が取れました。あちらでも全員が、身をひそめるようにして、じっとしています」

クレアが顔を伏せているので、ダンに見えるのは無駄ではないかと思うほど長い彼女のまつ毛と高い頬骨《ほおぼね》の輪郭だけだった。見なくても、彼女の顔ならわかっている。ダンの脳裏に鮮明に焼きつけられているからだ。ダンが彼女を想うようになって一年が経っていた。初めてクレアを見たのは、前任地のジャカルタだった。

ジャカルタで地域安全保障会議が開かれ、何百人もの専門家が四日間、安全保障上の脅威となる問題について話し合った。専門家のほとんどは男性で、目を楽しませてくれるような外見の人はいない。だからその中でクレアは非常に目立った。はっとするほどの美人で、とんでもなく頭のいい女性だと評判だった。ジャカルタの米国大使館で、廊下の向こうから歩いて来る彼女を見たとき、ダンは雷に打たれたように身動きできなくなった。

その夜、ダンは大使館警護の当番だった。会議に出席する専門家や政府要人のためのパーティが開かれた。

扉の横に立って警護の任務をする自分が、パーティに来るお偉方にとって家具の一部と変わらない存在であるのは、わかっていた。

クレアは遅れて到着し、パーティがおひらきになる前に帰って行った。シャンパンをグラスに半分飲んだだけ、食べ物は何も口にしなかった。ダンは彼女をずっと目で追った。彼女は人々のあいだを歩き、丁寧に挨拶《あいさつ》し、ときどきは笑い声を上げ、そしてそっと出て行った。

注意を払っていなければ、パーティ会場にいる彼女を見て、遊び好きの女性だと思っただろう。当然だ。信じられないほど美しく――会場一の美人であるのは断言できた。他の女性の十倍はきれいだった。黒いシルクのスーツ姿は上品で、結い上げた長いプラチナブロンドの髪に光が当たるときらきら輝いた。メイベル叔母さんなら、おだんご頭と呼ぶ髪型だ。

違う、あれはシニヨンと言うんだ。ずいぶん昔だが、デートした女の子が髪をひとつにまとめていたので、おだんご頭、と呼んで、ダンはひどい目に遭った経験があった。同じ間違いはしない。

シニヨンのおかげで、ほっそりとした白いうなじの優雅さが強調され、クレアは若き日のグレース・ケリーのように見えた。

彼女が会場に入ってきたときも、出て行く瞬間も、ダンは実際には目にしなかった。俺としたことが、とダンは悔しがった。彼女から目を離さずにいたつもりが、ふと気づくと彼女の姿はなかった。

それ以後、彼女を何度か見かけた。ほんの一瞬、あ、彼女だと思ってしっかり見直すと、もう姿がなかった。そして彼女が、陰でブロンディと呼ばれていることを知った。たおやかなほほえみで有名だった。心臓が動いている男はすべて、彼女に近づこうとした。全員空振りだった。

そして大使館のウェブサイトで、クレア・デイはマコンゴ共和国勤務だと知った。西アフリカの政情不安定な国だった。

マコンゴか。わかった、それならそこに行けばいいんだ、とダンは思った。

ダンはもう一回別の場所で大使館付き警護分遣隊の任務を、今度は指揮官に昇進して果たす予定で、そのあと通常の海兵隊勤務に戻ることになっていた。優秀な海兵隊員である彼は、これまで誰か特定の人間のご機嫌を取ったことはなかったものの、厄介ごとに首を突っ込んだ経験もなかった。そのため駐マコンゴ共和国大使館勤務の希望を出すと、すんなりと認められた。

しかし、実際に赴任するまでに、じりじりしながら一年も待たされた。ジャカルタでの残り一年を、ダンはさまざまな女性と付き合って過ごした。ウォール・ストリート・ジャーナル紙のファイナンシャル・アナリスト、投資銀行勤務の女性、英会話学校の経営者が二人。全員がすてきな女性だった。それでも……

ファイナンシャル・アナリストは妙に甲高い声で話すし、投資銀行の女性にはダンのほうが恐怖を覚えた。ライバルである同僚を〝葬ってやる〟と言うのだから。そして英会話学校の女性たちは、退屈だった。結局、どの女性とも一度、あるいは二度ベッドをともにしただけで終わった。そんな自分を最低の男だとダンは思ったが、どうしようもなかった。彼の頭の中にはクレア・デイがいるのだ。脳裏に焼きついた彼女の姿を消してくれるのは、クレア本人だけ。

そういうわけで、ダンはここでクレアと一緒に座っている。ヒップから肩までぴったりくっつけて。まったく簡単なもんだ。獰猛《どうもう》な反乱軍が市街地に侵攻してくれれば、ブロンディに触れられるのだ。

　ポスト・ワン緊急避難室はひどく蒸し暑く――空調システムもまた、いちばん安い見積もりを出してきた業者が施工した――ダンは汗だくで、自分が豚みたいに臭《くさ》いのではないかと気になるほどなのに、クレアはただ肌がみずみずしく輝くだけだ。彼女ならではの匂《にお》いがほんわりと漂う。いい匂いだ。シャンプーしたばかりの髪、レモンの香りのハンドクリームと、春を思わせる新鮮な香りがそこはかとなく彼女の肌に感じられる。

　ああ、もっとそばに近づいてこの匂いを吸い込みたい。彼女の首筋に鼻先を埋めて、思いきり肺をいっぱいにしたい。ただ、警護官にくんくんと犬みたいに匂いをかがれるのをクレアは歓迎してくれないはずだ。

　そのとき大きな爆発音がして、大使館の建物全体が揺れ、クレアはびくっと飛び上がった。

「別のロケットランチャーね」クレアはそう言って首を振った。するとひとつに編み込んであったフレンチ・ブレードから、プラチナブロンドの毛が肩にこぼれ落ちた。ダンは手にしていたレミントンM８７０散弾銃を、ぎゅっと握った。そうでもしないと、落ちた彼女の髪をかき上げようと手を伸ばしてしまいそうだった。「武器はたっぷりあるようね」

兵士を満載した車両が大使館の前を通過する際、もう一度銃声がしてから、少し静まった。「それに弾薬もたっぷりあるようです」

クレアがダンを見上げた。銀色に光るブルーの瞳《ひとみ》は真剣そのもので、薄茶色の眉《まゆ》をひそめている。「おかしいわ。そんなはずがないのよ」

ダンは深く息を吸った。彼女の言うとおりだ。どう考えてもおかしい。

クレアが首を横に振る。「私、報告書を上げたばかりなの。レッド・アーミーは、実際にはただの寄せ集めのごろつきよ。レッド・アーミーが内乱を起こす可能性があるって、ここの軍事政権が言い続けてきたのは、あなたも知ってるわよね？　自分たちが脅威にさらされていると主張するこの国の政府に対して、アメリカは言われるがままに、必要以上の財政援助をしてきたでしょ。でもレッド・アーミーは、そもそも奥地に住む現地人にたかるだけの存在なの。それに今はダイヤモンド鉱山を失ったから、資金源も断たれたわ」

ダンは彼女を見下ろして、彼女の言う報告書を読んでおければよかったのにと思った。鋭い洞察に満ちた、すばらしい報告書だったに違いない。ただ、そんな報告書がダンの目に触れたことは一度もない。そういう書類は、お偉方だけが目にすることができるもので、ダンはただの海兵隊なのだ。「報告書で、『寄せ集めのごろつき』って言葉を実際に使ったんですか？　それじゃ大騒ぎになったでしょうね」

クレアはぎゅっと唇を閉じた。瞳がきらきら光る。「まあ実際に使ったのは国防情報局の用語で、〝武器弾薬調達能力を欠損した集団〟という言葉なんだけど。ともかく、レッド・アーミーは著しく武器弾薬調達能力に欠けていると報告したわけ。どうやら私が間違っていたみたいね」そして目を閉じた。「自分が間違っていたなんて、ほんとに、ほんとに悔しい」

一瞬の沈黙ののち、すぐにマシンガンが断続的に発射される音が響いた。激しい勢いで、いつまでも続く。ダンがちらっと窓から見ると、銃はほとんどが空に向けて撃たれている。弾薬をこんなに無駄遣いすれば、海兵隊なら軍事法廷にかけられる。

レッド・アーミーの兵士を満載したジープがまた前を通り過ぎる。全員が銃を撃ち放し、耳をつんざくほどのけたたましさになる。ダンの推測では、この数分で約五百発の銃弾が使われた。

「すごいわね、私、完全に間違ってたわ。この人たちは武器弾薬調達能力にまったく不足していないもの」クレアはまた首を振り、小さなこぶしを握りしめた。「一等軍曹《ガニー》、こんなことになるなんて、私、まったく予測していなかった」

「ダンと呼んでください」

クレアがふっと笑みを浮かべた。「いいわよ、ダン。こういう非常事態では、古臭い階級意識なんて吹っ飛んでしまうわね」彼女がほっそりとした手を差し出して握手を求める。「それから、私はクレアよ」

わかってるさ、ダンは心でそうつぶやいた。その名前はダンの頭にしっかりと刻み込まれている。ダンは差し出された手を取ったが、自分の手がごつごつしているのを申し訳なく感じた。機械いじりが好きで、休みの日はほとんどガレージで過ごしている。だから皮膚がささくれてごつごつする。おまけに射撃たこがあるのは言うまでもない。

取った手を放そうと、ダンは意志の力を精一杯かき集めた。すべすべの手をずっと握っていたかった。頭が手に命令を伝える――彼女の手を放せ。しかしどうも命令がきちんと伝わらないようだ。

見下ろすと、二人の手が鮮やかな対比を見せていた。細長い指のほっそりした彼女の手。華奢《きゃしゃ》な骨格にほとんど肉のない白い皮膚。ダンの手の半分ぐらいの大きさしかない。ダンの手は大きくてごつごつした、労働者の手そのものだった。

対照的な二人の手がつながれたその光景、陽に焼けた肌と白い肌、大きな手と小さな手が絡み合っているところを見て、ダンの手に熱が広がっていった。手を太陽にかざしたときのように。彼女の手は小さな太陽だ。これほど官能的な場面をこれまでダンは見たことがなかった。クレアの手を握るだけで、裸の女性と二人きりになるより官能がくすぐられる。

ダンにはつないだ手しか見えなくなった。その光景が頭の中に焼きつけられていく。まいった。

もともと責任感の強いダンは、厳しい海兵隊の訓練を経て、脇目《わきめ》もふらず任務達成を最優先に考える人間になった。そして今、二人は戦闘状態とも言える場所に取り残されている。それなのに女性の手のことしか考えられないとは。

いったい俺はどうなっちまった？

視線を上げるとクレアと目が合って、ダンは彼女の瞳におぼれてしまいそうになった。こんな不思議な色の瞳は見たことがなかった。晴れ上がった午後の淡い空の色。銀色に近い薄い青に、虹彩《こうさい》の周囲だけが少し深い紺色になっている。初めて見る色。ダンはその色に魅入られ、目が離せなくなった。

いつの間にか呼吸を忘れていたが、クレアがそっと手を引いたので、ダンはまた現実に帰った。

少しのあいだ遠くを見て、ダンは思考を取り戻した。だめだ、たまには遊びに出て、女性と付き合わなければ。できるだけすぐに。女性の手を握ってその瞳に魅入られ、我を忘れてしまうなど、信じられない。

クレアの顔に視線を戻すと、彼女はまだダンのほうを見ていた。大きく開かれた美しいブルーの瞳が銀色の光を放っている。厳粛と形容したいほどの真剣な眼差し。そしてクレアはゆっくり首を振った。「もっと深刻な事態になったら、これが予測できなかった私のクビは吹っ飛んでしまうわね」

ダンは苛立《いらだ》ちに奥歯をぎゅっと噛《か》んだ。「俺だって予測できなかった。そもそも俺の仕事は大使館を守ることなんだ」またロケットランチャーが発射され、大使館のすぐ近くに着弾した。「悔しいんだ。パンツを下ろしたところで襲われたってわけだから」言ってから、ダンはちらっと横目でクレアを見た。「失礼、下品な言い方をしてしまって」

クレアが軽く笑みを浮かべる。「いいのよ。私たちまさに、パンツを下ろしたところでやられちゃったわけだから。実際そのとおりなの」

ああ、くそっ。また新たな映像がダンの頭に浮かぶ。二人でパンツを下ろした光景が頭から離れない。

「何て?」裸のクレアを想像していて彼女の言葉が頭に入ってこなかったため、ダンは聞き返した。

「つまりね」クレアは辛抱強く、同じ説明をしてくれた。「ここで騒動が鎮静化するまでじっとしてればいいでしょって、言ったの。職員全員が一ヶ月困らないだけの食糧があるし、武器庫には三千発分の銃弾が用意してあるんだから」

ダンは、ほう、と眉を上げた。大使館の食糧と弾薬の備蓄がどれだけあるかは、極秘扱いの情報だ。大使本人ですら、緊急事態になるまで知らされない。緊急時に説明を受けるだけなのだ。クレアがここまで正確に備蓄量を知っていたのは謎《なぞ》だが、悪びれるところもなく表情を変えないので、どこから情報を仕入れたのかは、わからない。そして彼女は澄ました顔で言い添えた。「私はただ、それぐらいじゃないかなって、推測しただけよ、もちろん」

なるほど、推測なら大当たりだ。つまり彼女は本当に、ものすごくすぐれた分析官であるか、ダンの率いる警護部隊で極秘情報の取り扱いに問題があったかだ。どちらにしても、たいして変わりがあるわけではない。クレアは敵ではないのだから。

当面の敵は、大使館の門のすぐ外で嵐《あらし》のように銃を撃っている。武器庫に三千発の銃弾があるとはいえ、それを使わずに済むことをダンは願った。この状態では反乱軍が大使館の中へなだれ込んできても、ダンを援護してくれる人間がいない。部下の海兵隊員は一マイルも離れた場所にいて、大使館まで駆けつけるには、じゅうぶんな武器弾薬が必要だ。宿舎にはそこまでの弾薬はない。部下に自殺を命じるのと等しい指示を出したくはない。

今のところの最善策は、じっと隠れてやり過ごすことだ。警戒を怠らず、政府軍とレッド・アーミーの小競《こぜ》り合いでかたがついてくれることを祈るのみだ。このままアメリカを巻き込まずにいてくれればいいのだが。

　クレアは膝《ひざ》を立てて引き寄せると、腕でしっかり脚を抱えて、膝頭に頬を預けた。そしてふうっと息を吐いた。

「このことが世界的な大ニュースになる前に収束してくれなきゃ困るわ。神様にお祈りしなきゃ。ラカの市内が反乱軍であふれ返っているなんて、うちの父が知ったら、心臓麻痺《まひ》を起こしてしまうもの。何か問題があったと聞いただけで、すぐに飛行機に乗る手はずを整えて、やって来るはずなの。そうなればまずいわ。父は八十歳で、心臓が弱いのよ。ニュースを聞いて心配する前に、直接話せたら安心させてあげられるのに。携帯の電波タワーもすっかり壊されてて、国際電話がかけられないから」そこでクレアがダンを見上げた。「あなたはどうなの？　誰かあなたのことを心配しているんじゃないの？」

　俺のことを誰かが心配する？　まったく、そんな人間などいるはずがない。ダンは、大使が安全かどうか心配するのが仕事なのだ。つぎに大使の家族、大使館職員、そして部下。その順序で心配する。

　他人が自分のことを心配してくれるという概念そのものが、突拍子もないことのように思えた。子どもの頃から、ダンは身をもって自分のことは自分で面倒をみなければならないと学んできた。荒っぽい経験を通じて、頼れる人間は自分しかいないと思い知らされた。ダンのことを心配してくれた人間がいた記憶などいっさいなかった。誰ひとり。

「誰もいない。でもいいんだ。俺なら自分の面倒はみられるから」

「誰も？」クレアはダンの顔を探るようにのぞき込み、なおもたずねてくる。「お母さんとか恋人とか？」

それを聞いて、ダンはふんと鼻で笑いそうになった。体の関係を持った女たちはいるが、全員自分たちが歓びを得ることに頭がいっぱいで、ダンのことなど実際はどうでもよかったのだ。「母は、俺が二歳のときに蒸発した。記憶もない。それから恋――」ダンはクレアを見下ろした。すべすべした肌の高い頬骨、長いまつ毛、上品な口元。彼女を見ていると、他の女のことなどいっさい頭から消える。「恋人はいない。海兵隊に所属して、大使館付き警護分遣隊勤務になると、まともな関係を築くのは難しいからな」

ダンは勇敢な男だ。それは自分でもわかっている。その勇気は、戦火の中で何度も試されたが、一度も失ったことはない。マコンゴでの任務が終了すれば、ダンは海兵隊の所属部隊に戻り、イラクまたはアフガニスタンに送られるだろう。何の文句があるわけでもない。それでいいと思ってきた。誰にも臆病者《おくびょうもの》とは言わせない。

しかし、今この瞬間、ダンは喉元《のどもと》に炎を突きつけられたような気分でびくびくしていた。手にじっとり汗がにじむ。これから何をたずねるかを考えると、どうしようもなくどきどきする。言うんだ。確かめておかなければならない。

「それで――」喉が詰まって、そこで声が出なくなった。一度咳払《せきばら》いして、声が出るようにする。「それで、君はどうなんだ？　つまり、君には、その――」まいった。クレアが付き合っているかもしれないどこかのくそ野郎のことを、何と呼べばいい？　ボーイフレンド？　だめだ、そんな情けない言葉は使いたくない。大切な人？　くだらない。「誰かいるのか？」結局、もっと情けないきき方になってしまった。

これはバーで何千回と口にした質問だった。自分のセックス・ライフに関して、ダンは彼なりの厳格なルールを守ってきた。この決まりは、絶対に破らない。ナマでやるのはなし、絶対に何があっても。人妻はなし、絶対に何があっても。婚約者がいる女もだめ。付き合っている男がいるだけでも避ける。

ひとりの女をめぐって、どこかの知らない男と争いたくない。そんな面倒は、まっぴらだ。そもそも、男を裏切るような女は、ダンと付き合っても浮気をするだろう。

バーでは三杯目か四杯目をおかわりしたぐらいのところで、その女性がフリーであることを確かめる。そこまではっきりしなければ、単刀直入にたずねる。

基地の周辺のバーには、遊びだけが目的の女がうじゃうじゃいる。自分の夫や恋人が戦地に送られているあいだ、その場かぎりの相手がどんな男かもたいして気にせず、遊び回る。国を守るために戦う兵士の妻が、夫の留守にセックスを求めてバーをさまようと考えると、胸くそが悪くなる。そんな女性を相手にしたと噂《うわさ》になっただけでも、兵士としては終わりだ。

しかし、クレアに恋人がいないはずがない。誰かと婚約中だとしても、当然だと思う。いや、実際は結婚しているのかも。ああ、俺は何を血迷っていたのだろう？　こんな女性が近くにいたら、誰だって自分だけのものにしたくなるはずだ。

ただ噂で聞くかぎりでは――そして彼女の噂に関しては、大きく耳を立てていた――クレア・デイは独身という話だった。

ああ、そうであってくれ、ダンは心から祈った。

もしクレアに特定の男性がいるのなら、ラカの任務は完全に無駄骨だったわけだ。おまけにまだ任期が残っているため、本来ならバグダッドの大使館に行きたかったのに、西アフリカでさらに一年を棒に振ることになる。彼女に他の男性がいるのなら……そう思うと、ダンの胸の中で嵐が巻き起こった。この一年、とりつかれたように彼女のことばかり想っていたが、最悪の結果を迎えるわけだ。どうしようもないほど、悪い結果だ。

運命のときが来た。

しかし、クレアは少し驚いた顔をして、ぽかんとダンを見返した。「誰か？　私に？」そしてふっと笑いを漏らす。「あなたがさっき言ったとおりよ、一等軍曹《ガニー》――」「ダンだ」クレアの無感動な顔を見て、ダンの胸の中で心臓が大きな音を立てた。呼吸を整えなければ。息を吸って、吐いて。

「そうだったわね、それじゃ、ダン。私がこれまで暮らしてきたのは、ダーバン、シンガポール、それからラカよ。この六年ずっとこんな調子。そんな私に付き合ってくれる男性なんていないわ」

俺なら付き合うぞ、ダンはそう思った。

薄暗い部屋の中で、クレアの瞳がきらめいた。こちらを見上げているのだ。「つまりね、私と大使館警護の海兵隊員は同じなの。ね？」

見下ろしたダンの目に彼女の手が映った。指の長い華奢な手、細い手首のきめ細かな肌。少し視線を上げると細い体に小さな肩がつながり、鎖骨が繊細なラインを浮き上がらせている。長いプラチナブロンドは、ダンの短く刈り上げた硬い髪とは正反対だ。

クレアは長年、窓のない情報管理室で毎日を過ごしてきた。通常の勤務時間を超えて働いているから、他の誰よりも情報管理室にいる時間が長く、コンピュータに向かって、ダンなどにはおよそ見当もつかない難問に取り組んでいる。彼女の仕事はすべて、頭脳だけで行なわれる。これほどの美人ではあるが、クレアは外見の美しさより、頭脳の明晰さのほうが際立っている。つまり非常に頭がいいわけだ。

そして、ダンは自分の部下のことを考えた。ワード、マルティネス、バカン、ハーヴェイ、ロペス。タフなやつらで、ライフルの扱いは抜群、大酒飲みだが、背中を守ってもらうのにはぴったりだ。ただクレア・デイとは数万光年以上隔てた場所に存在する生き物のような気がする。

違う、クレアは大使館警護の海兵隊員とは、まったく異なる。

ダンは会話を続けようと、さっきクレアが言った内容を思い返した。「お父さんの話を聞かせてくれ」

「うちの父のこと?」父親のことを考えると、クレアは笑顔になるようだ。いいぞ。自分の父親のことを思って笑顔になることなど、ダンにはない。ダンの父は最低の男で、ダンの体には父に殴られた傷痕《きずあと》がまだ残っている。

「ああ。お父さんの話をすると、君はほほえむんだ。それって、いいよな」

「本当に最高の父親なの」クレアはそう言うと少し黙り込んだ。コットンのチノパンツから出ている糸を引っ張っている。ダンがポスト・ワンに避難するのを急いだため、押された彼女はズボンをどこかで引っかけたようだ。大使館はいつ終わるともない改装工事を永遠に続けており、釘《くぎ》が飛び出している場所があったのだろう。膝のすぐ上に大きなかぎ裂きができていた。

そのすぐ下から白い肌がのぞいている。ダンはしばらく目を閉じた。ここにいるのは、この女性を守るためであり、肌が少し見えたからといって興奮し、本来の目的から気持ちをそらしてはならない。のぞいた肌が、どれほどやわらかそうできれいだったとしても。

「そうなんだ?」ダンはクレアに話の先を続けさせようとした。興奮を鎮めるような内容の会話に戻るべきだ。たとえば、彼女の父親のこととか。「仕事は何をなさってるんだ?」

「父はフランス文学の教授で——もうずいぶん前に退職したんだけど、マサチューセッツ州立大のボストン校で教えてたわ」

「そうか、ボストンの訛《なま》りがあるなと思ってたんだ」そう言ったものの、ダンは考え込んだ。彼は耳がよく、どこの訛りかを正確に聞き取れる。新入りがどこの出身なのか、すぐにわかるのだ。「だが、強い訛りじゃないな。ボストンの訛りは強いから、たいていはすぐにわかるんだが、君のはそれほど強くない」

クレアがうなずいた。「よくわかったわね。本当にいい耳をしているんだわ。私が十三歳になるまで、私たちはボストンに住んでいたんだけれど、夏になると家族そろってずっとフランスで過ごしたの。父があちらで研究したから。まあ、実際は——」

クレアが鼻にくしゃっとしわを寄せる。「父の研究の合間に、フランスじゅうを食べ歩きしてただけなんだけど」クレアが何気なくほほえみを浮かべた。楽しかった思い出を懐かしんでいるのだろう。ところがすぐに、彼女は顔を曇らせた。「すごく楽しかった。でも……母が殺されたの。通りすがりの強盗に遭ったのよ。よく言うでしょ、本当に不運が重なることがあるって。まったく偶然にその場所にいて、事件に巻き込まれたの。むだ死にとしか言いようがなくて、残された家族が心を引き裂かれる事件よ。ほんとに……辛かったわ。それから数年、父の精神状態はまともじゃなかったと思う。私が十五歳のときに、父は早期退職をして、フロリダで隠遁《いんとん》生活に入ったわ。安全な港《セイフティ・ハーバー》っていう名前の町よ」クレアの顔に笑みが戻ったが、よりもの悲しく見えた。「父がそこを選んだ理由は、町の名前のせいだと思う。でもきれいな町で、実際に治安のいい安心できるところなの。父が求めていたのは、まさに安全だったわけだし。あの町では、なんにも起きないのよ。悪い事件なんて、二度と起こりようがない。父は——過保護なまでに私を守ろうとするようになったわ。母が殺されたあとだから、私まで失うようなことになったら、もう耐えられないと思ったのね。父の気持ちも理解できた。それで父の言うとおりにしたの。もともと勉強するのは好きだったし、学校からまっすぐ家に帰って、宿題を終えると、他のことを勉強したわ。フランスのリセの通信教育を始めて、高校卒業と同時に、バカロレア資格も取ったの。大学に入っても、脇目もふらずに勉強して、フランス文学と政治学をふたつ専攻し、両方で学士資格をもらった。それで卒業したんだけど、そこでふと考えたの。ちょっと待って、本に埋もれてばかりいても仕方ないわって。考えてみると、十五歳から勉強以外には何もしてこなかったでしょ？　もっと人生を楽しみたいって気がついたの。旅行がしたい、できるだけいろんな体験をしてみたいと思ったわ。わくわくするような、冒険に満ちた暮らしっていうのを、したくなったの。わかるでしょ？」

クレアが顔を上げたので、ダンはうなずいた。彼女の気持ちはわかったが、ダンが海兵隊に入隊した理由は、冒険を求めたからではなかった。入隊したのは、軍隊に入るか、少年院に入るか、あるいは若くして死ぬかのどれかだったからだ。入隊しなければどちらにせよひどい死に方をしていただろう。選択の余地はなかったものの、海兵隊への参加はダンの生涯で最良の選択となった。

入隊すると、仲間の多くが日常生活に退屈し刺激を求めて入ってきたのを知った。その場合も賢明な選択だったと言える。海兵隊では退屈している暇などないからだ。そして死なずにいれば、冒険の連続を日々体験することになる。

また銃声が断続的に聞こえた。今度はこれまでより大きな音で、さらに長時間続く。銃砲撃部隊まで出てきたようだ。重みのある音が鋭く響く。五〇口径マシンガンだ。おそらくジープの後部に据えつけてあるのだろう。

「五〇口径だ」ダンがそう言うのと、クレアの言葉は同時だった。

「五〇口径マシンガンの音ね」

五〇口径というのは、よくない兆候だ。

クレアは抱えていた両脚をさらに引き寄せ、強く手を組み合わせた。無意識のうちに体を丸めて、胴体をかばう姿勢を取っている。動物的な本能が、できるだけ標的となる面積を小さくしようとさせているのだが、どれだけ優秀な本能も、五〇口径の弾丸にはまったく役に立たない。

建物にあるものすべてが、五〇口径の銃弾には無力なのだ。大使館の漆喰《しっくい》の分厚い壁も、ポスト・ワン避難室の防弾ガラスも、いっさい歯が立たない。五〇口径の銃弾が当たった瞬間、何もかもがへしゃげてしまう。至近距離からマシンガンで撃たれた五〇口径弾は、建物を貫通する。正面から裏まで。そしてそのあいだにあるすべての物体を完全に破壊していく。五十五キロの女性などひとたまりもない。どんな姿勢を取ろうが、ただ木っ端微塵《こっぱみじん》にされるだけ。

いつまでも続く銃声のあいだ、クレアはずっと息をひそめていたのだろう。音がやむと、ふうっと息を吐いた。「そうね。うちの父は、まさにこういうのを恐れていたの。もしここから出られたら、二度とこんなところには戻るなって言われるわ」

この言葉になら、返事ができる。ダンはそう思って静かに告げた。「必ず出られる。

俺が君をここから出してやる。命を懸けても。これは約束する」そして彼女の体が反乱軍の兵士の手に渡ることもない。それも約束できる。ただダンもそこまではクレアには言わず、心の中で自分に誓った。

クレアがさっと顔を上げ、彼女の周囲に漂っていた肌の匂いがふわっとダンのところまで広がった。またプラチナブロンドがひと房、編み込んだ髪から落ちて、肩のあたりで揺れた。

何も考えずに、ダンはその髪をかき上げて、クレアの耳にかけた。自分が何をするかを考えていたら、そんなだいそれたことをしでかす勇気など出なかっただろう。曲げた指の背が彼女の首筋のやわらかな皮膚に触れる。目を閉じてその感触を堪能《たんのう》したい、そう思ったが、目を閉じてしまったら、彼女の瞳に燃え上がった炎を見逃してしまう。

大海原に反射する銀色の太陽のような、澄みきったきらめき。そして、ここに人がいることに初めて気づいたような驚き。そのときダンは知った。クレアが自分を男性として見たことを。彼女にとってダンは、ただの海兵隊員ではなくなったのだ。

ダンは大人になってからの時間のすべてを、軍隊の制服を着て過ごしてきた。人はダンの制服を見る。制服の下に生身の男性がいるとは考えもしない。そう見られることに、ダン自身も慣れていた。

一般市民はダンを見て、ただの兵士だと思う。誰だかは知らないが、自分たちの生活を守ってくれる役に立つ道具だと見なす。世界の果てのどこかとんでもないところに行ってくれる人、こういう人たちのおかげで自分たちは日々の暮らしを平穏に送れるのだと。

テロリストや犯罪者なら——制服の背後に海兵隊全軍が存在することを見て取る。彼らの目には、海兵隊の制服は強大な軍事力の象徴と映る。

ダンの前に現われる女性は、通常二種類に分かれる。ひとつは軍隊グルーピーと呼ばれる女たちで、制服や銃に興奮する。〝あんた、これまで何人殺したの？〟——グルーピーたちは常にこの質問を口にする。もうひとつは、兵士は礼儀知らずの荒くれ者だと決めつける女性たちだ。この女性たちは、デート相手として兵士など絶対に不適格だと考える。

クレアのような女性は——美しくて、洗練され、頭のいい女性たちは、ダンをできるだけ見ないようにして、そこには誰も存在していないふりをする。従順な召使いに対する態度だ。クレアのような女性が、実際にダンを見ることはない。男性としての存在を認めはしない。

だが今のクレアは、しっかりとダンを見ている。疑問の余地はない。二人を取り巻く状況は、一瞬で絶望的なものになる可能性がある。大使館に二人きりで取り残され、どこにも逃げられず、レッド・アーミーはその気になりさえすればいつでも建物内に侵入できる。その兵士たちはすぐ外で数千発もの銃弾を撃ち放している。

今のところ、アメリカは彼らの攻撃目標になっていないようだが、レッド・アーミーの兵士たちはちょっとした遊びで賭《か》けでもして、大使館を占拠しようという気になるかもしれない。そうなったら……その場合は、まったく勝ち目はない。ダンはもちろん戦う。なぜならそれが海兵隊の仕事だから。しかし、これだけの軍隊に対し、ひとりで戦えるはずがない。

部下たちは一マイルも離れた場所にいて、状況を考えると、月の裏側にいるのと変わりはない。ダンが部下のところにたどり着ける可能性はなく、部下がダンを助けにここまで来られる可能性もまたない。そもそも、部下全員がここにいたとしても、どれほど厳しい訓練を積んだ海兵隊員とはいっても、たった六人ではこれだけの軍勢に立ち向かえるはずがない。レッド・アーミー兵士がろくな訓練も受けていない薬漬けの寄せ集め集団だとしても、数には勝てない。

そのすべてをクレアは理解している。彼女は何といっても、軍事分析官なのだ。

しかし、今この瞬間、クレアが見ているのは、ダン・ウェストンという男性だ。海兵隊の制服ではない。もちろん今は上着を脱いでいるので、制服といっても、カムフラージュ・ズボンとTシャツだけの姿だが。

ダンはまだクレアのうなじに手を置いて、髪に触れたままだった。しかし彼女は顔をそむけようとはしない。ということは……

ダンはもう少ししっかりと指を彼女の首に押し当ててみた。ああ、何てやわらかいんだ。クレアはまだ動かない。ほとんど息もせず、これといった感情も見せず、ただ慎重にダンを見つめている。それでも、彼女の匂いを前より強く感じる。つまり、肌が温かくなってきているのだ。

ダンは、今にも頬を引っぱたかれるだろうと覚悟しながら、ゆっくりと曲げていた指を伸ばした。開いた手を滑らせて彼女のうなじを後ろから支える。

彼女はノーとは言っていない。イエスとも言っていないが、だめだという意思表示はない。何も言葉を発しないので、何を考えているのかはわからないが、それでも拒否する感情がないのは、はっきりわかった。

よし。

ダンは彼女の目を見ながら、いつでも引き下がるつもりで、顔を近づけた。どんどん彼女の顔が大きくなり、ダンの視界には彼女だけしか入らなくなる。頭の中もクレアのことだけでいっぱいになったとき、彼は目を閉じて唇を重ねた。キスだけに集中したくて、余計な感覚をシャットアウトしたのだ。

自分はいったい何を考えているのだろうとダンは思った。ああ、何も考えていない。

指が彼女の肌に触れた瞬間、頭の中の回線がすべてショートした。避難室で身動きもできず、建物の外とはいっても、ほんの百メートルほどの距離で反乱軍が実弾を撃ちまくっている最中なのに。興奮して女性に夢中になっている場合ではないのに。

こんな体験は初めてだった。大使館付きの警護任務は、通常の海兵隊任務に比べると、厳しいものではない。世界のいろんな場所に行って見聞を広め、その地域の地理に詳しくなることが要求されるだけだが、それでも、任務は任務であり、大使館付き警護分遣隊として派遣される海兵隊員はすべて、あらゆる脅威に対応できるよう、装備も含めて準備を怠らない。

任務におけるダンは、歩く使命感のようなもので、レーザー光線のように鋭く仕事に集中する。かつて銃撃戦に参加したとき、アドレナリン全開状態だったダンは、腕の筋肉を銃弾が貫通したことにも気づかなかったほどだった。銃撃戦が終わって、衛生兵に袖《そで》から血が出ています、と指摘され、初めてわかった。そのときの彼は、人間であることをやめ、全身が武器と化していたのだ。

今は違う。今のダンは外の危険に対する集中力を欠き、快感におぼれている。こんなに気持ちがいいなんて。信じられないぐらい、いい感じだ。大使館の建物の外で起きている危険など、すっかり忘れている。

だめだ、ただクレアに触れるだけで、温かくてやわらかな感触だけで、こんな気分になってしまう。こんな気持ちは初めて。温かな海に飛び込む感覚。波に体をまかせて、ゆったりと海面に浮いているような。彼女の唇が動くのを感じると、周りで時間が止まり、ダンは二人だけの世界を漂った。過去も未来もない、ただ今この瞬間だけが存在する。

ダンの感覚のすべてが、クレアにかかわる部分だけに集中する。彼女の少し速くなった息遣い以外、何も聞こえない。目を開いても、そこにあるのは彼女の姿だけ――ほんのりとバラ色に染まった頬、長いまつ毛、またほどけたブロンドの髪が胸の谷間に落ちる。やわらかですべすべの感触――それ以外には何も触れていないような気がする。

重力すら感じない。ふわふわと体が浮きあがる気分。嗅覚《きゅうかく》が認識するのは、クレアの匂いだけ。そして彼女の味――ああ、最高だ。新鮮で少しミントの味がして、ものすごくおいしい。

するとクレアが少し体を動かして、口を大きく開いたので、ダンは舌を入れた。その瞬間、それまで温かく感じていたものは電気が通ったような熱に変わった。彼女のうなじを抱えていた手に力が入り、ダンのほうも口を開いた。そして激しく奪うようなキスになった。

セックスの際、ダンは常に女性の求めに応じ、成り行きにまかせることにしている。

もちろん今はただキスしているだけなのだが、性的な行為であることは間違いない。さらにダンがこれまで体験したどんなセックスよりも、はるかにずっと官能的だ。普段のダンなら、相手の女性がゆっくり進めることを望めば、ゆっくりと応じ、女性が激しい行為を求めれば、激しく対応する。ただどんな場合にも、これまでダンは進め方をコントロールしてきた。

今は、コントロールなど完全に吹っ飛んでいる。心臓は激しく高鳴り、手は震えている。キスが熱を帯びるにつれ、片手で銃を握ったまま、彼女の髪をつかむもう一方の手に力が入っていく。さらに腕を使って彼女の体を動けなくしている。

こんな荒っぽいことをしてはいけない、ダンも頭ではそうわかっていた。停まっていた車を一秒で時速百キロにしたようなものだ。こんな激しさに、彼女がついて来られるはずはないのだ。しかし自分ではどうすることもできない。彼女を強く壁に押しつけてしまっているのに、自分を止められず、前に突き進むしかない。

この場面は何千回も経験した。夢の中で。日中は任務に集中し、ダンという人間が存在することすら、クレアは知らないんだと自分に言い聞かせた。しかし夜になって、彼を規制するものが消えると、頭の中はクレアでいっぱいになった。

クレアを見かけるたびに、その姿を頭に焼きつけてきたため、夢に出てくる彼女には現実感があった。彼女はあまり運動をしない。そもそも、一日十二時間も地下の情報管理室で働いているのだから、そんな暇もないだろう。それでも彼女が滑らかで優雅な動きをすることは知っている。直射日光に弱いらしいのもわかった。そのためほとんど陽焼けしておらず、真珠貝のような白く輝く肌をしている。

それ以外のところは想像だ。

夢の中で何度もキスしているので、彼女がどういうキスをするのかはわかっていた。夢でキスして目が覚めると、シーツが体に絡まり、毛布は小さく丸められていて、警護官用宿舎の小さな部屋でひとり、痛いほどに硬くなったものをなだめるのに、冷たいシャワーを浴びなければならなかった。

実際は、彼女がどういうキスをするのか、キスしたら自分はどんな気分になるのか、わかっていると思っていただけだった。想像は完全に外れていた。別の的を狙っていたぐらい違っていた。本当のキスは何千倍もすばらしい。

ああ、だめだ。こんな気持ちのいいものなんてない。自分を止めるすべをいっさい失い、やさしいキスにすることもできない。こんなふうになったのは、初めてだ。もし彼女の中に入れるのなら、この場でそうしていただろう。今のダンは、唇を強く当て、体全体で彼女の胴を壁に押しつけている。彼女の唇をむさぼりながら、彼の全体重を彼女にかけている格好だ。

いかん、これはよくない。

クレアが何かを伝えようとしている。何かをささやいて……何だ？　唇を奪われながら、どうして彼女はささやくことができる？　嫌だ、自分は感覚に理性が乗っ取られているのに、彼女を感じることだけで頭がいっぱいなのに、彼女のほうは何かを考えているっていうのか？

ダンはさらに体重をクレアに預け、壁際に彼女を押しつけたのだが、そこで何かが彼の邪魔をした。クレアの手だ。一瞬、ダンの理性が戻った。彼女はこれを求めていないのか？　そう思ったものの、クレアは口を開けて、舌を絡めてきている。

どういうことなのだろう……？

クレアの手がダンの肩を強く押したところで、やっとささやく声が彼の脳に届いた。誰かが話しかけている。声をひそめて。大きな音にならないよう気をつけながらも、強い調子でささやいている。ダンの声でもなければクレアの声でもない。

ダンは、まるでわけがわからなくなった。この建物にいるのはダンとクレアだけのはず。

かろうじて機能するようになった少しばかりの脳細胞を働かせると、あたりの様子がおかしいことにダンは気づいた。それで顔を上げたのだが、目の前にあった光景に鼻息が荒くなった。普段は透きとおるように白いクレアの肌が、濃いピンクに染まっている。銀色の光をたたえる大きなブルーの目は大きく見開かれ、焦点が合っていない。唇は激しい口づけでふくれ上がり、濡《ぬ》れている。つまり、性的に興奮した女性そのものの顔だった。どうしようもないほどセクシーな情景で、一瞬ダンは、どうして自分は顔を上げてしまったのだろうと思った。唇を重ねたままにしておけばよかった。クレアとなら何百年だって、唇を重ねていられる。

「クレール、何してるの？《ケスク・トゥ・フェ》　こっちよ。《ヴィアン・イスィ》早く来て！《ヴィタ》」

普段のダンは状況ののみ込みが早いのだが、この言葉が聞こえた意味合いを理解するのに、少し時間がかかった。話していたのはダンでもクレアでもなかった。誰か別の人物が話している。しかもフランス語で。

どこか遠い別の世界にいたところを、突然現実に引き戻された感じだった。今戻ってきたこの世界は、非常に危険な状況にある。門のすぐ外には反乱軍の兵士が大勢いて、大使館の安全を守るのは自分ひとりの手にゆだねられている。そんな現実が、いっきにダンの頭に戻ってきた。彼は一瞬、キスに夢中になって任務を忘れてしまった自分をひどく恥じた。

しかしクレアに視線を向けると、その美しさ、やわらかさ、まぶしさ、気品に、ダンは自分がああなったのも仕方がなかったと思い直した。これほどの女性に我を忘れない男などいない。そんなやつは死んだも同然だ。たとえ兵士だろうと、体の中を血液の代わりに任務遂行という教えが流れている海兵隊員といえども、何もかも頭から消えるだろう。

「クレア！」また鋭い声が今度は英語風の発音で聞こえ、ダンはドアのほうを振り向いた。クレアもそちらに目をやる。

そこに女性の姿があった。またもや美女だ。

まったく、今日は美人が空から雨みたいに降ってくる日だってのか、ダンの頭にそんな思いが浮かんだ。細おもての繊細な顔立ち、漆黒の肌が青味を帯びて輝いている。女性はほっそりした腕を伸ばして開いたドアを押さえていた。アメリカ人ではない。大使館で働くマコンゴ人のひとりで、本国からやって来ては去って行くアメリカ人のために、長年大使館で働き、業務が滞りなく行なわれるように事務を引き受ける重要な職員だ。

ダンは自分の記憶をさっとたどってみた。確か、マリーだ。そう、マリー・ディユー、クレアのいちばんの仲良し。噂ではそういうことになっていた。

マリーはダンのことなどまるで無視し、クレアを手招きした。クレアは体を乗り出すようにして、ダンの手から離れ、おずおずと立ち上がった。

これがどういうことなのか、ダンにはわからなかったが、何にしても締め出されるのだけは嫌だ。ダンもライフルを手に立ち上がった。尻《しり》ポケットにはブローニング製の拳銃《けんじゅう》が入っているので、そちらも確認する。

するとマリーとクレアのあいだで、いきなり早口のフランス語が飛び交った。クレアがダンのほうを向く。「彼女、あなたはここに残ってほしいんですって」

ダンは言葉をためらった。マリーもクレアも、ここに留まるべきだ。ポスト・ワンは、大使館の中ではもっとも安全な場所なのだから。銃撃戦が始まれば、ここに身をひそめているのがいちばんだ。

そもそも、マリー・ディユーは、いったいどうやってここに来た？　大使館周辺は、狂気に駆られた酔っぱらいの反乱軍でいっぱいなのに。ダンは反論しかけたが、クレアが彼の唇に人さし指を立てた。

「お願いよ、ダン」彼女の言葉がやさしく響く。「マリーのことなら、よく知ってるの。私に伝えたいことがあるんですって。私だけに知らせたい話みたいなの。だから、お願い。あなたはここにいて。すぐに戻ってくるから」

ダンは歯を食いしばった。強く嚙みしめすぎて、奥歯が破裂してエナメル質が耳の中に刺さりそうだった。「いいか、クレア。このあたりは危険で、今後状況がどう変わるか予想がつかない。俺が言わなくても君ならわかってるはずだ。俺の目が届くところにいてもらいたい。君の友だちもここに来た以上、このあと外に出てもらいたくはない」

クレアはダンを見つめ、そしてマリーに視線を戻した。マリーは苛々した様子で、今すぐ自分について来るよう態度でクレアを促している。「彼女は私と話したいのよ。長くはかからないわ」クレアがそう言って、ダンの胸をやさしく叩《たた》いた。そして穏やかに、しかし真剣な調子で言い添えた。「お願い。ほんの数分でいいの」

ダンがそれ以上何も言えずにいると、クレアは同意のしるしだと受け取ったらしい。クレアは入口にいるマリーのそばに行くと、顔を近づけてひそひそと話し始めた。色合いという意味では、まさに対極にある二人の美女が、低い声で早口のフランス語を話している。ダンはフランス語などまったく理解できないのだが、滑らかに聞こえてくる音が優美だと思った。しばらくするとクレアがうなずいて、ダンのほうを見て、指を一本掲げた——世界中どこでも同じ意味、一分で戻るから、と告げている。

ダンは渋面を作って、二人が消えていくのを見た。ポスト・ワンの巨大な木製ドアが音もなくゆっくりと閉まる。まずい。よくないことが起こる気がする。くそっ、一分だけは待とう。一分経ったら、すぐに二人を捜しに行く。

無線が音を立てた。

「ガニー、聞こえますか？」海兵隊宿舎からだ。ワードだ。電波を出す際に盗聴防止用のスクランブルをかけ、受信側でスクランブルが解除できるようにしてあるので声が違って聞こえる。本来ワードは、低音で重い響きの話し方をするのだが、今はダフィー・ダックがヘリウムを吸ったような声だ。

ダンはマイクのスイッチを入れた。「ああ。状況報告を頼む。そこからなら市街地が見渡せるだろ」海兵隊宿舎は中心部に面した通りにあり、大使館の中からのぞき見るより、街の中のことがよくわかる。

しゃっ、と雑音がしてワードの声がひずんだ。遠くでかすかに聞こえる銃声は、一マイル先の宿舎にある無線から送られてくる音と同じだ。

「――たいして報告することはないんです。こいつら、車を乗り回して、やたら銃を撃ちまくるのを楽しんでるだけみたいです。よく見ると、同じ兵士を乗せたジープが何度もこのあたりを回ってます。だから兵士の数も、最初の印象よりは少ないはずです」ワードが横にいるバカンと話し合う。「そうですね、こっちで見たところ、兵士の数は五百程度です。もっと少ないかもしれません。こいつらの目的が何かはわかりませんが、特にこれといった計画もないようです。ただ、一対百なら――確率としては悪くないですね」

ワードの言うとおりだ。レッド・アーミーには数千の兵士がいるのはわかっていた。これが全軍で首都に攻め込んできたのなら、打つ手はない。しかし五百人なら何とかなる。全員が読み書きも満足にできない、迷信に踊らされる田舎の少年だ。幼い頃に故郷の部族から誘拐され、中には手にするライフルより背が低い子もいる。常に酒を飲まされ薬漬けにされ、赤いシャツを着ていればどんな銃弾にも当たらないと洗脳されている。

こんな少年たちが海兵隊を相手にできるはずはない。一対百なら、賭けに出られる。大丈夫だ。ダン自身も部下もじゅうぶん鍛え上げられた選り抜きの海兵隊員で、武器もある。

「よし、監視を続けろ。また新しいレッド・アーミー部隊が到着したと思ったら、連絡をくれ」

「了解」

ダンは親指でボタンを押して無線を切り、ふと時計を見た。おかしい。もう五分近く経っている。クレアは一分で戻ると約束したのに。五分は一分とは違う。五分もあれば、非常によくないことが起こり得る。

非常時の規則では、ダンはポスト・ワンに残ることになっている。しかしそんな規則など、くそくらえだ。正式に非常事態が宣言されたわけではない。ともかく、今のところは。クレアがどこにいるにせよ、今すぐこの自分のそばに戻ってもらわなければならない。ここにいれば、彼女は安全なのだ。いや、できるかぎりの安全な状況を提供できる。マリー・ディユーも同じだ。

少しだけドアを開け、ダンは外を見た。左右両方を確認する。赤道に近いところの常で、宵の時間というものがなく、あたりは急速に暗くなっていた。館内の明かりをつける者がいなかったせいで、廊下はすっかり闇《やみ》に包まれている。

ダンはそっと外に出た。待合室、領事執務室、奥の事務室と次々に部屋を見ていく。屋内をくまなく見て回った。物音を立てないように移動するすべは心得ているし、盲点になりそうな場所もわかっている。十分後、ダンは建物の一階部分をすべてチェックし終わり、それでも……何も見つけられなかった。他の職員はいない。反乱軍は忍び込んでいない。マリー・ディユーはいない。そして何よりも重要なのは、クレア・デイがいないことだった。

ダンは動きを止め、耳を澄ました。ほとんどの海兵隊員は感覚が鋭敏で、ダンもその例に漏れない。ダンの場合は、特に聴覚がすぐれている。自分の呼吸音に邪魔されないよう、彼は息を吸い込んで止め、かすかな音を探った。

大使館は古い建物で、十九世紀の植民地時代にフランス人がパリのタウンハウスの様式で造った。ただ赤道直下の場所で調達された木材や漆喰は、光の都の建造物のように永遠に輝き続けることはできない。常に補修が必要で、補修したての状態でも建物は軋《きし》り、大きな音を立てる。

しかしこの瞬間、建物はまったく何の物音もしない状態になった。表の自由大通りで反乱軍が騒ぎ立てる音が、かすかに聞こえるだけ。兵士たちは奇声を上げ、狂ったように銃を撃ち放し、エンジン音を響かせている。

建物内部は、完全に沈黙に包まれている。

ダンは二階に駆け上がった。部屋をすべて調べ、さらに三階に上がる。ここは基本的に物置として使われているだけだ。

残るのは地下だけ。地下には武器庫があるが、ここは鍵《かぎ》がかかり、鍵を解除するコードを知るのはダンと、副官であるワードだけ。さらに情報管理室だがここも施錠されている。隣の貯蔵庫も、同じく鍵をかけて閉めてある。

クレアの姿がない。

マコンゴのアメリカ大使館はきれいな建物だ。建築物という意味では文化財にも匹敵する。しかし大使館としては、サイズが小さい。ここの職員は、全員が顔見知りで、誰がどんな仕事をしているのか、みんな知っている。隣の執務室の電話の会話が聞こえるぐらいだ。建物内に人がいるとき、静かなのはポスト・ワン、防音壁に囲まれた作戦室、クレアが仕事をする情報管理室、そして武器庫だけになる。

クレアが地下にある部屋の開錠コードを知っていたとしても、外国籍の職員の立ち入りが禁止されているこういった部屋にマリーを連れて行くことはないはずだ。大使館で働く人間にとって、絶対に破ってはならない規則なのだから。

クレアとマリーが建物内にいるのなら、どこかで何かの物音がする。どれだけ小声でささやいても、かすかに音は聞こえる。

ささやき声すらない。足音もしない。いっさい音が聞こえない。

海兵隊に入って以来、つまり大人になってからずっと、ダンは自分の五感を鋭敏にする訓練を受けてきた。彼は全身を〝狩り〟のモードに入れた。薄暗がりに目を凝らし、耳をさらに澄ます。ライフルを背中に回してぶら下げる。拳銃を取り出し、安全装置を外す。これで突発事態にも対応できる。

大使館の中を上から下まで完全に調べ終わる頃には、ダンは汗びっしょりになっていた。

クレアが消えた。

どうすりゃいい?

マリー・ディユーという人物のことを、ダンはまったく知らない。裏でレッド・アーミーを支援しているのかもしれない。そしてクレアを彼らの手に渡したのかも。

レッド・アーミーは頭のいかれた悪党集団だが、政府軍もたいして変わりはない。マコンゴ正規軍はあちこちで敵を作ってきた。ディユーの家族にせよ、政府軍の手で辛い目に遭わされた可能性はじゅうぶんあり、そうであればマリーがレッド・アーミー側に味方していてもおかしくない。

クレアがレッド・アーミーの手に落ちたと思うと、ダンは気が狂いそうになった。

やつらは言葉にはできないほど残虐だ。ああ、どうしてクレアを行かせてしまったのだろう？　あの瞬間、思考が完全に停止していたのに違いない。その結果、彼女が命を落とすことになるのだ。

　クレアもマリーも、建物の外に出るほど分別を失っていたのだろうか。いや、ひょっとして、大使館の敷地外に出たとか？　マリーは秘密の出入口でも知っているのだろうか？

　ダンは暮れなずむ窓の外を見た。当番にあたる警護官が、照明スイッチを入れる時間だ。通常は強力なライトで大使館の門と壁のあいだを隅々まで照らす。今夜は暗くて何も見えない。

　また注意深く耳を澄ましながら、ダンは裏手のドアを少しだけ開けた。職員が駐車場に出るための通用口だ。駐車場は裏庭に屋根付きの組み立て式のものを作ってあったのだが、最近になってそのすぐ後ろにコンクリート造りの倉庫が建て増しされた。どこかの大金持ちが主宰する財団から寄付された、エイズの特効薬を置いておくためだ。

　倉庫に大きなトラックが停まっていた。薬を満載して。

　外に出るとむっとするほど暑く、夜の闇はまだひんやりとした空気を運んできていない。実のところ、夜になってさらに蒸してきて、息苦しいほどだ。ダンは立ち止まって、目に入る汗を拭《ぬぐ》った。

ダンはライフルを下ろして肩に構え、いつでも撃てるように呼吸を整えた。倉庫のドアを蹴飛《けと》ばして開け、中を順に探っていく。何もない。一分後、ダンは構えていたライフルを下ろして、眉をひそめると、倉庫のドアを閉めた。

声だ！　間違いなく女性のささやき声がする。兵士なら、戦場ではささやいてはいけないと教えられる。低い声でつぶやくより、ささやいた声のほうが遠くまで聞こえるからだ。もともと声の高い女性がささやくと、男性がささやくよりさらに遠くまでその音声が届く。

そして今度は……別の女性が答えている。

クレアだ。これはクレアの声だ。どこで聞いたって、彼女の声なら聞き分けられる。建物の中にいなきゃいけないのに、建物の中ならちゃんと守ってやれるのに、クレアは外に出たんだ。

ダンはクレアのほうに向かって歩き出そうと……したのだが、最初の一歩すら踏み出すことができなかった。足を下ろす前に、巨大な力で五メートル以上も空中高く吹き飛ばされ、時速百六十キロで倉庫のコンクリート壁に打ちつけられたのだった。

意識を失う直前、炎の塊がまぶしくあたりを照らし、猛烈な熱が襲いかかる前の一瞬、ダンは思った――クレア。

クレアがあの炎の中にいる。そして死んでしまった。

やっと彼女と出会えたのに。もう彼女を失った。
そしてダンの目の前が真っ暗になった。

2

フロリダ州、セイフティ・ハーバーの町
一年後

クレア・デイは父の家の玄関ドアを開け、そろそろと用心しながら中に入った。

実際、ここはもう父の家ではない。現在はクレアの家だ。父は亡くなった。心臓麻《ま》痺《ひ》で。死んだ原因は、人に言わせると、心労に耐えきれなかったから、ということだった。

クレアは墓に花を供えに行って、墓地で二時間ばかり過ごしてきたところだった。三ヶ月前に父が亡くなって以来個人的に人と接触したことがなく、父の墓石に向かって語りかけるというのは人間的な交わりにいちばん近い行為だった。

父に、今どれだけ悲しいかを訴えた。父に会いたくてたまらない、自分が父を死に至らしめた事実を、どれほど後悔しているかと告げた。ラカでの爆破事件でクレアが死にかけたことが、父の弱った心臓にこたえたのだ。

父は耳を傾けてくれた。それははっきりわかっている。父はどこにいようとも、クレアの話を聞いてくれるのだ。いつもそうだった。母が生きているときの父は、強くて愛情にあふれた存在だった。母の死後、父は娘を失うことに怯《おび》える、愛情あふれる男性になった。

こんな娘でも、父は許してくれるだろうか。

墓地は寒くて風が強く、クレアは骨の髄まで凍えそうだった。家の暖房を入れたままにしておいてよかったと、しみじみ思った。実は昼夜を問わず、暖房を入れたままにしている。陽光あふれる南の土地で、こんなことをする人はいない。

暖房費はとんでもない額になったが、そうでもしていないといつも寒さに震えなければならなかった。最近は常に寒さを感じ、手足に血がかよわず青白くかじかんでいた。

クレアは、ほうっと息を吹きかけて両手をこすった。ボストンにいた子どもの頃、外で雪遊びをして家に帰ると、母がいつもこうしてくれた。母親の温かな思いやりを、愛情をたっぷり注がれて育った少女はあたりまえのものとして受け止めていた。温熱器で暖めてあるセーター、熱々のココアがすぐに出てきて、手をさすってもらえる。

クレアの母はアマチュアではあったが、ピアノの才能があり、きれいな手をしていた。

細くて長い指だった。

目を閉じると、子どもらしい丸くて肉づきのいい自分の手が、母の温かくて優雅で――女性らしい手にやさしく包まれる光景が目に浮かぶ。

今、クレアの手を包んでくれる人は誰もいない。世界中、ただひとりも。誰もクレアの手をさすってくれないし、誰も肩をやさしく抱いてくれない。抱きしめてくれる人が存在しない。

個人的な意味合いで肌を触れ合わせた人は、誰が最後だったのか考えてみる。たぶん、父の葬式でグレイマーシーさん一家に抱き寄せられたときだろう。グレイマーシーさんは、ほんの一瞬クレアを抱きしめたが、すぐに毒のある言葉を投げかけてきた――たいした冒険をしたものだね、君は。そのせいで、お父さんは亡くなられたんだよ。自分が父を殺したと再確認させられた。

強い非難のこめられた言葉を耳にして、クレアは膝《ひざ》から力が抜けそうになった。そして罪悪感が、鋭く彼女の胸を突き刺した。

そのとおりかもしれない。もしクレアが羽根を広げて飛ぼうとしなければ、おそらくどこかでフランス文学でも教えていたはずで、その合間にフランス語の翻訳でもして、まっとうな暮らしを送れていただろう。

記憶喪失に悩まされることもなく、めまいに苦しむこともない生活。悪夢にうなされて、悲鳴を上げて飛び起きることもなかった。

そして、父を失うことも。

疲れきったクレアは、どさりとソファに座り込み、膝を抱えた。少しでも暖かさを感じたかったが、疲労が激しくて二階にある寝室に行く気力もなかった。温かでくつろげる服装に着替える気にもなれない。

外出のあとはいつも、疲労困憊《こんぱい》状態になった。外の世界の刺激に、今の彼女は対応できなかった。外に出なければならないときは、綿密な計画を立て、それも必要最低限の場合だけにした。日用品を買いに行ったり、片づけなければならない用があったり、あるいは父の墓まいりをしたりというときしか外出しない。外から帰ると、体が震え、体力を使い果たした気分になった。

これが今の生活だ。九ヶ月前に意識が戻って以来ずっとこういう日々が続いている。体力的にも精神的にも弱っていて、深い闇《やみ》が待ち受ける穴にどんどん吸い込まれていく感覚が消えない。一般社会とクレアを見えない壁のようなものが隔てている。昼間は常に疎外感を感じる。

夜になると、悪夢がクレアをとらえて放さない。

ソファの背もたれに頭を預けると、クレアは突如どうしようもなく悲しくなった。自分の弱さに押しつぶされてしまいそうだ。着替えをしに二階に行くのが、途方もなまだまだ早い。

い挑戦のように思える。ヒラリー卿《きょう》がエベレストに登るような覚悟が必要だ。ベッドに入るには、暖炉の上に置いてある大きな金箔《きんぱく》張りの時計が、七時を告げた。

これまでに何度も失敗してきたので、わかっている。何もかも忘れたいと早くにベッドに入ると、夜中になる前に目が覚める。全身に汗をかき、シーツも毛布もぐっしょりと湿っていて、そのままどうしても寝つけない。朝になってベッドから出ると、頭はふらふらして体には力が入らず、また一日が始まるのかとぞっとする。もうひとつ苦い経験から学んだのは、睡眠薬をのむのもだめだということ。睡眠薬を摂取すると頭がさらにぼうっとして、体はまったく休まらず、いっそう惨めな思いを味わうだけなのだ。

だめだ、このまま起きていなければ。そう十時になったらベッドに入ろう。そして眠りが訪れるように、祈るのだ。眠れますように。

睡眠に対して、憧《あこが》れのような気持ちが体の奥からわき上がってくるのを感じて、クレアは笑い出しそうになった。ああ、ひと晩でいい。ぐっすり眠れたら。かつての憧れといえば、海外旅行や冒険、知的好奇心をくすぐる体験だった。異なる文化のさまざまな人と出会いたい、そして、社会的な成功を収めているという実感を得たかった。

今のクレアは、ひと晩の睡眠に憧れる。悪い夢などみず、ぐっすり眠りたい。

ほとんど毎夜、恐怖が彼女を苦しめた。悪夢はすべて、似たような臭いがした。我ながら不思議だと思い、アマゾンが自宅の玄関に届けてくれるかぎりの睡眠障害に関する本を読んだ。それでも納得できず、やはり情緒障害について調べるべきだろうか、そちらの分野の本を注文しようかと考え始めていた。

悪夢はいつも同じだった。ねっとりとした暑さ、銃声、邪悪な男が追いかけてくる。逃げようとするのに、どうしても足が動かない。悪夢としては典型的なものだ。かろうじて聞き取れるぐらいの声が、どこかでささやく。内容はわからないが、何か恐ろしいことをクレアに告げている。危険を感じて心臓がどきどきする。脅威はすぐそこに迫っている。

銃声、女性が目の前で倒れている。あたりは血の海。

それでも、この逃げ場のない恐怖に包まれた悪夢のさなか、ごくまれにではあるが、襲いかかる邪悪さになすすべもなく怯えるクレアを守ろうとする誰かを感じるときがある。

男の人。その男の人の顔は厚い雲に隠れて見えない場合もあれば、一瞬ではあっても、はっきりわかるときもある。背はそれほど高くないが、非常に分厚く広い肩をした人。こげ茶色の髪、精悍《せいかん》で、何があってもへこたれないぞ、という感じ。

目の色まではわからない。しかし、それはたいした問題ではない。大切なのは、この男の人が夢に現われてくれたときには、クレアの頭をきりきりと突き刺すような痛みが少しはましになること。魔物の形をした恐怖の中で、この男の人が安心感を与えてくれる。

ただ、いつもその男の人が夢に出てきてくれるわけではない。だからクレアは、こういう夢は本当に精神状態がおかしくなってきた証拠なのかと考えてしまう。実際にはありもしない恐怖に怯え、存在しない男の人を頭の中で作り上げているのだろう。

怖いのは、最近ではこの悪夢を日中でも思い出すことだった。妄想しているのだ。突然周囲の音が消え、誰かの声が聞こえる。低い声だが、性別ははっきりとはわからない。ただ悪意に満ちクレアを威嚇する。銃声と爆発音。熱と恐怖で身動きができなくなる。

そしてはっと我に返る。恐怖で心臓が激しく打っているのに、体はじっと立ちつくしたまま。ぞっとするような恐怖の映像のせいで思考が停止していたことを悟る。恐怖の映像は脳裏に焼きついていて、ふとしたはずみで表面に出てくるのだ。

ある意味、白昼夢は夜中の悪夢よりたちが悪かった。どこで身動きが取れなくなるか、わからないからだ。スーパーマーケットの中かもしれないし、図書館に向かうところとか、家の周囲をそぞろ歩きしている最中かもしれない。何の前触れもなく映像が現われる。そしてそのまま恐怖の闇に引きずり込まれ、自分で何とか這《は》い出さなければならない。やっと出られても、体は震え、汗まみれで、ひどく怯えた状態になっている。

クレアは額をさすった。また頭痛が始まりそうだ。よかった、これは頭痛一号だ。彼女は頭痛を段階的に分け、一号から五号まで番号をつけている。一号は目の奥がずきずきして、頭がふらふらする。違う、めまいがして体もふらつくのだ。通常の状態でも頭は常にふらふらしているので、さらに目がまわってよろよろしてしまう、という意味だ。

それでも頭痛一号なら、どうにか普通の生活を送れる。頭痛一号を抱えながらでも、買い物に行けるし、掃除もできる。翻訳の仕事すらこなせる。そこから二号、三号、四号と、痛みは増していく。頭痛四号になると、クレアの体の機能はすべて停止する。そして五号。ああ、考えるだけでもぞっとする。かれこれ一ヶ月近く頭痛五号は起きていない。もう五号が起きる段階は終わったのだと、信じたかった。五号になると、安らかに死なせてほしいと切実に願う。

だめよ、そんなことを考えちゃ！　クレアはいつも自分に言い聞かせている言葉を繰り返した。そんなことを考えちゃだめ、考えちゃだめ。頭痛のことを考えてはいけない。意識不明で失った数ヶ月のことを考えてはいけない。大好きだったマリーのことを考えてはいけない。ジャングルの中で干からびていく骨の山のことを想像するのもいけない。実は、マリーは死体さえ見つからなかった。DNAも発見されず、ただ完全に地上から消し去られてしまったのだった。

それからいちばんいけないのは、心臓が弱って死んでしまった父を思うこと。現在の境遇がいっそう惨めに感じられるのは、クレアには当時の記憶がまったくないためだった。彼女の人生を奪ったあの爆発について、何も覚えていないのだ。

クレアがはっきりと覚えているのは、フランス大使館のパーティが最後だった。パーティではフランスの代理大使から、かなりあけすけに愛をささやかれたが、それを言葉で巧みにかわすのが楽しくもあった。彼は魅力的な男性で、博識でハンサムだった。ただ妻帯者だった。すてきな外交官には必ず妻がいるのだ。彼は拒否されても不愉快な態度を取らず、潔くあきらめたので、クレアは、今後いい友人になれそうだと思ったほどだった。

そしてそのあとの記憶は、いっさいない。パーティがあったのは十一月十八日。爆発は二十五日、感謝祭の日だ。

意識が戻って文字を読めるようになると、クレアは当時の記録を調べてみた。文字を見ても目がまわらないようになったのは、三月だった。

そのずっと以前、十二月にはマリーの姉、アバから電話があった。クレアはまだ意識が戻らず、父が電話に出た。そして電話があったことをクレアに言わなかった。あとになって、留守番電話に録音されたメッセージを消去しようとしているときに、その後また電話があったことを知った。クレアの父は機械に疎《うと》く、メッセージがいっぱいでこれ以上録音できなくなっていたのだ。

あのメッセージを聞いたのを、昨日のことのように思い出す。三月の晴れた日だった。あまりに天気がよかったので、クレアも車椅子《くるまいす》をやめて、ほんの少しでも自分の足で庭に立ってみようと思った。結局、メッセージの内容に打ちのめされて、庭に出ることはできなかった。

太陽がまぶしく射し込んで、父の机に四角い光の模様ができていた。次々と用件を再生しては消去していくうちに、聞き覚えのあるアバの声が流れて、はっと背筋が伸びた。

マリーの姉のアバは地元では名の通った医師で、クレアも好感を持っていた。彼女の家に招かれたことがあるほど直接の親交もあった。アバの夫はジャーナリストで、彼も交えてたびたび夕食をともにした。

そのアバが、聞いたことのないような厳しい口調で話していた。低い声で敵意をむき出しにし、怒りがこめられていた。

クレア、あなたはもう安全なところにいるのね。のんきに暮らしているんでしょう。お父さんがアメリカにあなたを連れて帰ったんですもの。マリーはあなたみたいに運がよくなかったの。先週、埋葬したわ。いえ、ただお葬式をしただけなのだけれど。死体が見つからなかったから。あなたのせいで、私は妹を失った。だからあなたのことは絶対に許さないし、このことを一生忘れない。あの子、あなたが危ないからって、大使館に行ったのよ。やめなさいって私がいくら言っても聞かなかった。自分の命の危険を冒してまで、どうしてあなたを助けなきゃならないの、そう言って説得しようとしたのだけれど、あの子を止めることはできなかった。あなたは全身あの子の血にまみれているわ。その血の中で溺《おぼ》れ死ねばいい。

これほど悪意に満ちた憎しみの言葉を浴びせられたのは、クレアにとって初めての経験だった。最悪なのは、アバがどうして自分を非難しているのかまるで理解できないことだった。あの日のことは何ひとつ覚えていない。完全に空白なのだ。自分がマリーを危険にさらしたのだろうか？　自分が何をしたせいで、マリーは死んだのだろう？

アバの自宅の電話番号を調べ、メッセージを残した。おそらく百回以上も電話しただろうか、それでもアバは電話を返してこなかった。

クレアが知ったのは、一般的な事実だけだった。レッド・アーミーが反乱を起こし、感謝祭の日に首都ラカに侵攻した。そして大使館を吹き飛ばした。損害としては甚大だったが、犠牲者は出なかった。唯一の例外は、現地職員、マリー・ディユーだけだった。

そしてもちろん、クレア・デイは殻に閉じこもる生活を送ることになった。

大使館職員は、当日全員が大使公邸にいた。警護にあたる海兵隊員は、海兵隊宿舎にいた。クレアも大使公邸で感謝祭を祝っていて然るべきだったが、自分がなぜ大使公邸にいなかったのかが、さっぱりわからなかった。ただクレアは、大使も、陰険きわまりないその妻のことも、大嫌いではあった。

たぶん提出しなければならない報告書でもあったのだろう。そんなことも、今となっては記憶の扉の向こうに入り込み、爆発で傷を負った精神がその扉を完全にふさいでしまっている。

アメリカ大使館の爆破というのは、レッド・アーミーにとってきわめて愚かな行動だった。自国大使館の爆破に対しては、米国政府は即座に対応するからだ。アメリカは何百万という兵力を送って、マコンゴ政府軍が反乱軍を制圧するのを助けた。クレアに言わせれば、マコンゴ軍事政権の政府軍というのもレッド・アーミーと大差はないのだが、ただ結果として、西アフリカ沿岸地域一帯が強大な米軍の軍事力の管理下に置かれ、大量の医療支援物資がこの地域に投入されることになった。

爆破事件とその後の混乱についても、後日クレアは知った。それでも他の地域にいる同僚の報告書を読むような感覚しか持てなかった。彼女自身は何も覚えていないのだ。あの日からさかのぼって一週間のできごとは、記憶の中で完全な空白となっている。そしてそれからさらに三ヶ月は意識不明だったわけで、この間のこともわかるはずがない。

自分の人生の中に、大きな穴が開いたようなものだった。今にもその穴に引きずり込まれそうな気がした。どこまでも落ちていって、やがて完全な闇に吸い込まれてしまいそうだった。

落ち着かない気分で立ち上がると、クレアは居間の中を行ったり来たりした。と言っても、大きな部屋なので端から端まで歩くだけでも、今のクレアでは時間がかかる。この家全体が大きすぎる。ひとり暮らしの女性には。

この家を売ろうかという考えが、クレアの頭をかすめた。そう思ったのは初めてではない。どこかのコンドミニアムに移り住んで……しかし、どこがいいのか、思いつかなかった。セイフティ・ハーバーの家を売って、同じ町にコンドミニアムを買うのはばかげている。生まれ育ったボストンを考えたのだが、あそこに住んでいたのは十五歳のときまで。頼りにできる人もまったくいない。ワシントンDCならどうだろう？　もう少し現実的だ。翻訳仕事の依頼は、ほとんどワシントンDCの事務所から来る。ただ、顧客の近くに住んだからといって、何か違いがあるわけでもない。メールで依頼された仕事を、メールで納品するのだから。

それに首都ワシントンに住むと、爆破事件で失ったものの大きさを絶えず思い出すことになる。父、友人、仕事。人生そのものを失ったのだ。国防情報局の分析官という仕事が大好きだった。自分には分析官としての能力があるのがうれしかった。困難な仕事に立ち向かう感覚が好きで、たとえどんな小さなことでも、クレアが解いた謎《なぞ》が自国の人々の安全を守る役に立つのだと実感できた。大切で重要な仕事を任されている充実感があった。困難で必要不可欠な仕事だった。

そんな日々は終わった。永遠に。右と左の見分けもつかないような分析官を使いたい部署などない。いつめまいの発作を起こすかわからず、夜ごとに悪夢にうなされる分析官など、聞いたこともない。

運よく、クレアは翻訳の才能にも恵まれていた。徐々に顧客も増えてきた。自宅で仕事をするので、クレアがめまいのせいで何時間も身動きがとれなくなることを、顧客は知らない。頭痛がひどくなるとじっと横たわっていなければならないことも知らない。

顧客が求めるのは、正確な訳を期日どおりに仕上げることだけで、クレアはこの要求にきちんとこたえた。直接顔を合わすこともなく、クレアが人間としてほとんど機能していないことを教える必要もない。

ああ、こんなのはもう嫌！　クレアはつくづく自分が嫌になっていた。自分の弱さにうんざりし、将来の計画が立てられないことが腹立たしかった。誰かにこの気持ちを打ち明けられたら、ほんの一時間でいい、心の安らぎが得られたら……しかし、誰と話せばいいのだろう？

セイフティ・ハーバーには取り立てて知り合いはいなかった。大学入学と同時に家を出て、戻ってきてもほんの数日しかいなかった。

これまでのキャリアは移動の連続だった。一年か二年ごとに任地が変わり、任地を離れればそこで付き合いは終わった。職場でいちばん仲良くなったのは、マリーだったが、彼女も死んでしまった。しかもマリーの姉によれば、クレアのせいで殺されたのだという。

そのあとこの家に住むようになって、一年が経った。時間としては確かに一年だが、そのうちの三ヶ月は意識がなかったし、ようやく意識が戻っても、歩く練習とか、人間として基本的な機能を取り戻すために、エネルギーのすべてを費やした。友人を作るだけの時間も気力もなかった。ただ生きていくだけで、体にあるエネルギーのすべてを使い果たしていた。つまり、誰も話し相手はいないということだ。

家はがらんとしていて、何の物音もしない。この地区は住民以外の車両は通れないようになっており、近くに住む人の車のエンジン音さえ今は聞こえない。

沈黙が重石となって胸に乗っかってきたようで、クレアはその重さに息苦しさを感じた。大きな家で何ひとつ動く気配がなく、家全体が墓場のようにしんとしている。父の棺の中もこんなだろうか？　大きな棺の中にいるようだ。

　病院で意識を取り戻して以来ずっと、じゅうぶん息が吸えたことがないように思えたが、沈黙の重さを感じていると、さらに胸が締めつけられる気分になった。

　クレアは静けさに耐えられなくなった。自分ひとりが、地球最後の人間として生き残ったように思える。

　どうしても誰かの声が聞きたい、突然クレアはそう思った。呼吸を求めるのと同じぐらい、人の声を聞きたくなった。沈黙は暗い穴となり、今にもクレアをのみ込もうとしている。底のない、息のできない闇に彼女を引きずり入れるのだ。これ以上何の音も聞こえないのは嫌。録音した声でもいい。空っぽで何もない状態よりはましだ。

　クレアは首を振ると、テレビのリモコンを手にしてチャンネルを次々に変えていった。天気予報、昔のドラマの再放送、ロマンティック・コメディ。だめだ、これは前に一度観たし、こんなのを見ると現実の自分がどれほど孤独で面白みのない生活を送っているか、再認識してしまう。視聴者参加番組、天気、視聴者参加番組、料理番組、スポーツ、天気、視聴者参加……嘘《うそ》、修道院で視聴者が何に参加するわけ？

　ぞっとして、クレアはさらにチャンネルを変えていった。トークショウ、スポーツ、天気……指がそろそろ疲れてきた。ＣＮＮになったところで、クレアはやっと指を止めた。番組の変わり目にいつも出る音楽とロゴ。何か興味を持てるニュースがありますようにと願って、クレアはこれに決めた。だめだ。イスラエル、パレスチナ、パリで爆破事件、オレゴン州ポートランドで連続殺人事件の可能性。こんなニュースには興味を持てない。クレアはまた暗い闇が待つ穴へとずるずる引き入れられそうになった。

またリモコンを手に取る。ああ、リモコンが発明されててよかったわ、とクレアは思った。そう思ったのは初めてではないが、ともかく今立ち上がってテレビを消すエネルギーがない。

そのとき画面に若い女性が映し出された。黒い髪の美人で、画面の上部に、〈速報〉という文字が赤く光る。画面の下にはテロップで、ワシントンDC、ケイティ・マロニー記者と女性の説明がある。

そして『アメリカのヒーロー』という文字が赤い帯にまぶしく輝いて流れた。

それを見て、クレアは手を止めた。いいわ、ヒーローなら。いい話のはず。今はヒーローの話を聞きたいところだ。

首都は雪が降っていた。ひらひらと雪が風に舞う。そのときカメラが女性の背後の、まだ煙の出ている住宅を映し出そうと引いた画像にしたため、クレアはぶるっと震えた。すごく寒そう。なのに、この記者は襟の大きく開いたジャケットに、短いスカートだけ。

あり得ない。クレアがあの格好で雪の中に立ったら、凍え死んでしまう。寒さで青ざめもしないなんて、どうして？

カメラはまたケイティ・マロニーに焦点を合わし、彼女が肩幅の広い男性に向かって歩いて行く姿を追う。男性はくすんだ茶色の毛布を頭からかぶっている。

画面の一方に消防車が見え、防火服とヘルメットに身を包んだ十人以上の消防隊員が懸命の消火活動を行なっている。巨大なホースから銀色の弧を描いて住宅に水が放たれ、もくもくと大きな煙が上がる。

「ＣＮＮ、ワシントンＤＣからケイティ・マロニーがお伝えします」記者は息せききって話し始めた。「今日午後、デュポン・サークルで、漏電による住宅火災があり、その模様を現場からライブ映像でお送りしています。住んでいるのはエバレット・ハインズ夫妻、そして夫妻の三歳と五歳の二人の子どもたちです。漏電が起きたとき、ハインズ氏は牛乳を買いに外出していました。漏電は一階で発生し、住宅内の電気配線および電話線をすぐに焼いてしまった上、ハインズ夫人の携帯電話も通じず、緊急通報ができませんでした。夫人は三階の窓から大声を上げて助けを求めたのですが、そこで奇跡が起きました。助けがやって来たのです。救出劇の一部始終を通りすがりの人が撮影していましたので、その模様をこれからご覧いただきましょう」

クレアは身を乗り出した。女性と幼い子どもが二人。ああ、神様。ハッピーエンドを見させてください。

映像は激しく揺れ、粒子も粗く、『クローバーフィールド／HAKAISHA』や『パラノーマル・アクティビティ』を観ているような感じだった。おそらく携帯電話で撮影した画像だろう。女性が三階の窓から大きく身を乗り出し、助けてくれと叫んでいる。家のすべての窓から煙が噴き出している。

やじうまの興奮した声が、大変だと騒ぐ。誰かが緊急連絡をしている。しかし、誰も動こうとしない。そのとき肩幅の広い、茶色の髪の男性が、通りの角を曲がってきた。男性はジーンズと革のボマージャケットだけ、この天気に寒くないのだろうか。

携帯電話のカメラが、吸い寄せられるようにその男性を追う。ボマージャケットの男性は事態を見て取ると、すぐにそのジャケットを脱ぎ、革の部分を自分の頭に巻きつけると建物の中に飛び込んだ。

クレアは目を離すこともできず、息をのんで映像を見つめた。

悲鳴や歓声が上がる。「きゃー、大変」「おい、今の見たか？」そして、実際には一分も経っていないのだろうが、永遠とも思える時間が過ぎたあと、男性が炎の中から飛び出してきた。泣き叫ぶ子どもを両脇《りょうわき》に抱えた男性のすぐ後ろ、開いたままの玄関ドアの向こうでは、火が生き物のように燃え盛る。壁の一部が大きな音を立てて崩れ落ちると煙の中に見えなくなる。

　カメラは男性を追う。男性は子どもたちを待っていた人に渡すと、また建物へと消えた。「嘘だろ?」「だめだ、もう間に合わない」「おい、もう崩れ落ちるぞ」人々の声にも男性はいっこうに取り合わない。

　サイレンを響かせながら消防車が到着し、パトカーもやっと来た。消防隊長らしき人物を大勢の人が取り囲み、口々に訴える。「崩れかけてる家の中には、まだ人がいます」「建物の中で男性と女性が身動きを取れずにいるはずです」カメラは消防隊長が指示を出すところをとらえる。隊長が、中に人がいる、と隊員に怒鳴ったとき、映像はまた住宅に戻った。急に画像が動いたため、クレアは目がまわって気持ち悪くなった。

　粒子の粗い、揺れ続ける映像を見ながら、時間が止まったように思えた。何もかもがスローモーションで起こっているような感覚だった。肩幅の広い男性が、玄関ドアにまた現われた。地獄の業火を絵に描いたような炎がすぐそこに迫る中、毛布で体を覆った女性を抱きかかえて。何もかも舐《な》めつくそうとする炎が、男性のズボンの裾《すそ》を焦がすのだが、気づいてすらいないように見える。女性を押し出すようにして待っていた人に渡し、その女性が担架に載せられて初めて、がくっと膝をついた。

　そこで粒子の粗い画像は終わり、ケイティ・マロニーのきれいな顔がまた映し出された。ケイティは周囲のさまざまな音に負けないように声を張り上げた。「すばらしい救出劇でした！　本物のヒーローですね」マイクを男性の鼻先に突き出す。「お名前、何ておっしゃるの？」

男性は低音の豊かな声をしていたが、疲労と痛みのせいでうまくしゃべれないようだ。頭を垂れて、大きく息を吸い込む。全身が煤《すす》で黒くなっている。

「米国海兵隊一等軍曹……」そして首を振って顔をしかめた。ぜいぜいと息を吸い込む。「一等軍曹じゃない……海兵隊でもない。除隊したんだ。ただのダニエル・ウェストンだ」

クレアはふと考え込んだ。どこかで聞いたような……

「わかったわ、ただのダニエル・ウェストンさん。お仕事は何をなさってるの？」勇敢な行動をしたこの男性は、今体が辛いのだ。この記者はそれぐらいのことに気づかないのだろうか？　クレアならマイクを払い飛ばして、地獄に落ちろとでも言ってやるところだ。しかしどうやらこの男性は、クレアより礼儀正しいようだ。

「警備保障の会社を……経営して、コンサルタントをしてる」

「なるほど」マロニーは猫がごろごろと喉《のど》を鳴らすようにしてすり寄り、やけどを負って疲れきった男性に色目を使いながらほほえんだ。「りっぱな行動だったわ、ウェストンさん。奥さまもご自慢でしょうね、きっと」

男性はまた首を振る。救急隊員が二人近づいてきて、男性を担架に載せた。男性はあえぐように、大きく息を吸う。マロニーのマイクは彼の口元から離れない。「結婚は……してない」その言葉と同時に、救急隊員が酸素マスクをかぶせて、救急車へと連れ去った。

ケイティ・マロニーは猫のような笑みを浮かべ、カメラ目線で視聴者に訴えかける。「皆さん、いかがでした？　ご覧になったでしょう？　元海兵隊一等軍曹ダニエル・ウェストンさんは、実に勇敢で立派な男性です。彼は燃え盛る建物に二度も飛び込んで、母親と二人の子どもを助け出しました。特に女性視聴者の皆さん……」そして秘密のたくらみをもちかけるような笑みを浮かべて、カメラに近づき、ウィンクした。「すごく引き締まった体をした、勇敢なヒーロー、会社経営者で独身。みんな、何をぐずぐずしているの？」

海兵隊……ダニエル・ウェストン。クレアは、はっとした。一瞬、頭の中に立ち込める雲に、切れ間が見えた感じだった。この名前にはなぜか聞き覚えがある。どこで聞いたのだろう？

左上の隅に出ていた顔写真が、画面いっぱいに大きく引き伸ばされた。さっきの救出劇の映像から切り取ったものだろう。そして画面の下にテロップが入る。『ダニエル・ウェストン氏、警備保障コンサルタント』

クレアは思わず声を上げて、大画面テレビに近づいた。心臓が大きな音を立てる。この男性に見覚えがある。記憶に比べると、黒っぽい髪は長くて、体重が減ったのか頬《ほお》がこけた感じはあるが、この顔を知っている。理由はわからないが、この男性とどこかで会っているのだ。

そしてさっとひらめいた。なぜ見覚えがあったのかを。

クレアはすぐに書庫に走って行った。必死だった。やみくもにあちこちの引き出しを開け、書類を取り出す。そして求めていたものが見つかった。

大使館爆破事件についてファイルした、大きな赤のフォルダーだ。新聞の切り抜きまではさんである。紙を夢中でめくっていくと、何枚かが床に落ちたが、そんなことには構っていられなかった。しばらくして、目当ての書類が出てきた——昨年十一月時点での、在ラカ大使館職員名簿だ。ページの二枚目に、彼の名前があった。

海兵隊所属、駐マコンゴ大使館付き警護分遣隊、隊長ダニエル・ウェストン一等軍曹。着任は爆破事件の一週間前。ちょうどフランス大使館のパーティがあった日だ。

ラカの大使館で、彼に会った記憶はまったくなかった。ただ、頭の中に立ち込めた雲が、少しだけ切れ間を作り、何を調べればつながりが見つけられるかだけを示したようだ。記憶が戻ってきている兆候かもしれない。記憶のない一週間のうちに、この男性と何らかの接点があったのだろうか？

通常、海兵隊の大使館付き警護分遣隊員は……ただ、そこにいるだけだ。クレアのこれまでの任地のすべてで、海兵隊は自分たちだけの世界を作っていた。全員が海兵隊宿舎に住み、警護官として大使館職員の身分にあるのに、他の職員とは交わらない。しかし、このダニエル・ウェストンという男性とクレアは、どこかで接点があったのだ。

手にした名簿が震える。クレアはいにしえの預言者が呪文《じゅもん》を解こうとするときのような面持ちで、名簿の写真を見つめた。テレビ画面より、職員名簿の証明写真のほうが、ずっと若く見える。ただ、燃え盛る炎に二回も飛び込んだあとで、インタビューを受けたわけだし、煙で肺をやられて苦しそうだったので、当然とも言える。

職員名簿の写真の彼は、いかにも海兵隊といった雰囲気だった。てっぺんを立て、白い地肌まで見えそうなぐらいサイドを極端に短く刈り上げた――そのせいで〝白壁〟と呼ばれる――髪型、そして制服の胸にはいっぱいの勲章が並んでいる。クレアは新聞の文字を読むように、それぞれがどういった勲章かを読み取れる。これらはすべて、〝本物〟の勲章だ。長年平穏無事にまじめに勤務してきたから、とか後方支援に精を出したからといったことで与えられる勲章ではない。英雄と呼ばれるにふさわしい行動をしたことに対して与えられるもの。このダニエル・ウェストンという男性は、優秀な海兵隊員だった。最高の人材のひとりだったのだ。

こげ茶色だ。彼の瞳《ひとみ》は濃褐色だった。

彼の経歴を示す紙を手にしながら、クレアは呼吸が苦しくなるのを感じた。この人は、ラカにいたのだ。爆破事件の、あの日。その事実をクレアが思い出せないだけ。

この一年クレアは、精一杯だった。彼女の人生は、きれいに爆破事件以前と以後に分かれている。毎日を生きていくだけで、爆破事件そのものへの関心を抱くことはなかった。事件以後の彼女は、心身ともに弱く、まともな人間とは言えない。幽霊みたいなものだ。

悪夢にとりつかれた女性。あまりに恐ろしく生々しい夢のため、夜中に目覚めると、身を守ろうとしてあるはずもないナイフを探す。

このダニエル・ウェストンという男性は、爆破事件の日ラカに駐在していた。彼なら何かを知っているに違いない。ひょっとしたら……クレアについての秘密を解く鍵《かぎ》を握っているのかも。

そしてきっと……あの悪夢は、クレアに何かを伝えようとしているのだ。眠れないのには、きっと理由があるはず。話し声や銃声にも、間違いなく意味がある。その理由がわかれば、眠れるようになるのではないか？

残りの人生をずっとこうやって過ごさなければならないのは、あまりにも悲惨だ。気力も体力もなく、人間の残骸《ざんがい》のようになって、いちばんの願いが、ひと晩だけでもぐっすり眠れること。そんなのはひどすぎる。

嫌だ。

だめ、一生このままなど、考えたくもない。

クレアは、迷宮に入り込んで抜け出せずにいる。この男性なら、手を貸してくれるかもしれない。事件以後、初めて見えた希望の光だった。元気を取り戻す方法を見つけるのは自分だが、彼に助けてもらおう。悪夢の泥沼から抜け出せるかもしれない。

突然、力がわいてきた気がして、クレアはパソコンに向かい、エクスペディアにログインして旅の手配をした。フロリダ、タンパ空港発の翌朝始発便、行き先、ワシントンDC。手配が終わると、クレアは震える手を膝に置いた。

ほんの数時間ではあるが、飛行機に乗り、タクシーに乗り、クレアのことを覚えているかどうかもわからない男性に、いきなり話しかけなければならない。そう思うと目の前が真っ暗になりそうだ。彼はクレアのことを頭のおかしい女だと思うだろう。だめだ、できない。

そもそも、この男性に何と言えばいいのだろう？　こんにちは、私のこと、助けてもらえませんか？　私、頭がおかしくなりかけていて、夢で変な声が聞こえるんです。夢には男の人も出てきます。

ああ、だめ。頭のおかしい女が来たから、連れて行ってくれと、警察に連絡されるのがいいところだ。そんなおかしな人間が目の前に現われれば、自分なら、そうする。

クレアは椅子に座ったままぶるぶる震え、胸がどきどきするのを意識した。今すぐキャンセルすれば、飛行機代も払い戻してもらえるかもしれない。そう思った彼女は、震える手をマウスに伸ばした。そして手を止めた。

家を出るのは、ものすごく怖い。セイフティ・ハーバーの町を出たくない。見ず知らずの人と接触を持つのは嫌だ。それでも、そうしないかぎり、将来はもっとひどくなる。なぜ悪夢に悩まされるのか、理由を突き止めようと一歩を踏み出すべきだ。何を恐れているかを理解し、自分の人生を取り戻す努力をしなければ、残りの人生をずっとこの状態で過ごすことになる。

そんな生活を思うと耐えられない。死んだほうがましだ。

知らなければ。どうしても。

ダニエル・ウェストン一等軍曹が、大使館爆破事件の謎に答えてくれるかもしれないのだ。彼の与えてくれる情報で、クレアの記憶の空白になった部分を埋められる可能性もある。

しかし、クレアが思いきって外に出る本当の理由は、それだけではなかった。セイフティ・ハーバーの町を出るのは、戻ってきて以来初めてだったのだが、それは切実な理由があったからだ。その理由は、とてもではないがこの男性に打ち明けるわけにはいかない。そんなことをすれば、本当に頭がおかしい女だと思われる。

理由は、夢の中でクレアを守ってくれる男性がダニエル・ウェストンだったのだ。

3

ワシントンDC郊外、アレクサンドリア市
十一月二十六日

クレアは握りしめた紙を見下ろしてから、また顔を上げ、真鍮《しんちゅう》のプレートに刻まれた数字を見つめた。バロン通り2215番。ここだ。さっと顔を上げたので、めまいがする。彼女は歯を食いしばった。

ときとして、めまいは吐き気につながる。クレア自身はどうすることもできない。彼女は神に祈った。お願いします、町の通りの真ん中で吐くような醜態はさらしたくないのです。

女性を苦しめる役目の神様は、今回ばかりはクレアの祈りを聞いてくれ、めまいは消えた。ただ、震えて心細いだけ。自分はこんなところで、いったい何をしているのだろうとクレアは思った。家からはるか離れた場所に来るなんて。

いや、ちゃんと、目的があった。ウェストン・コンサルティングへの訪問だ。ワシントンDC首都圏の一角であるアレクサンドリア市の旧市街、バロン通り2215番。目的は、ひょっとしたら、もしかして、ダニエル・ウェストン氏なら、自分の心の暗雲を取り払ってくれるかもしれないから。

そして、もっと大きな理由は、クレア自身考えないようにしていたのだが、彼がクレアの夢に現われるから。

そういうわけでクレアはここにいる。震える手に、住所を書いた紙を握りしめて。頭では何も考えられなくなって。彼女は住所を確かめた。そしてもう一度、真鍮の番号を見た。

これほど単純なことが——住所を確認するだけ、普通の人なら一度でじゅうぶんなことが、クレアにとっては困難な作業だった。こんな単純なことを二度も三度も繰り返さなければならない自分が、彼女は嫌でたまらなかった。

クレアは、じりじりしながら待っていたタクシーの運転手のほうを向いた。こんなに時間をかけて住所を確認するのだから、少々知性が足りないと思われているに違いない。運転手はうなずいた。ああ、ここだよ、間違いない、と伝えてくる。

運転手は野球帽のひさしに人さし指を添え、軽く挨拶《あいさつ》するとタイヤを軋《きし》らせて去って行った。あとに残されたクレアはひと気のない通りに、ひとりでぽつんと立ちつくした。

この旅行は最悪だった。家を出た瞬間、どしゃ降りの雨に遭い、クレアは旅に出ようと決心したことを後悔した。ひどい雨のせいで道は渋滞し、タクシーに空港の出発ロビーの前で降ろされたときは、搭乗受付終了の寸前だった。搭乗口まで駆け込む羽目になったが、巨大なエアバスが二機も出発準備の最中であったため、地方空港が通常取り扱う乗客数をはるかに超えた人たちで混雑し、小さなタンパ空港はパンクしそうな状態だった。

全員がピンクの服に身を包んで、陽焼けローションの匂《にお》いをぷんぷんさせた集団の中をかき分け、ベビー・バギーにつまずき、バスケットボール選手の一団に取り囲まれて、その大きさにエイリアンにつかまったような気分を味わい、やっと搭乗口にたどり着いたときには、クレアは汗びっしょりで動悸《どうき》が激しく、頭がふらふらして、ここで失神しませんようにと祈るだけだった。

首都へは、これまで体験した中でも、もっとも激しく揺れるフライトとなった。クレアは自分の胃が弱くなったことをありがたく思った。朝からむかついて朝食をまったく口にできなかったからだ。何か食べていたら、隣の26Cの席に座った女性のように、紙のエチケット袋にすべて吐き出していたはずだ。

ワシントン・ダレス国際空港でタクシーを見つけるのも、大変だった。中心部でひどい渋滞があったらしく、タクシーがほとんどいなかった。

それでも、ようやくここに来た。震え上がって、自分の正気を疑っているが、やっとたどり着いた。きっとダニエル・ウェストンという男性にすぐ警察を呼ばれ、彼のオフィスからつまみ出されることになるのだろうが、それでも来たのだ。

こんな遠いところまで来られた。事件以降、初の遠出だ。自分をほめてもいいはず。さあ、あとは呼び鈴を鳴らすだけ。中に通されたら、ウェストンという男性に、自分のことを知っているかとたずねればいい。クレア本人は、彼のことを知らないが、なぜ彼が夢に出てくるのか、推測するぐらいはできるだろう。

かーんたん。

クレアは深く息を吸い込み、呼び鈴を押して待った。さらに待つ。何の応答もない。まさか、どうすればいいのだろう？　散々な思いをしながらはるばるやって来たのに、誰も事務所にいないなんて。クレアは自らを鼓舞して頭脳を回転させ、今の行動を振り返った。筋肉がどういう動きをしたかを考えてみる。すると、実際には呼び鈴に手をかけただけで、きちんと押せていなかったことに気づいた。

今度はもっと力をこめて押してみる。するとすぐさま強いニューヨーク訛《なま》りの女性の声が響いた。

「ウェストン・コンサルティングです」

「あの、私――」私は何を求めているのだろうと、クレアは思った。とりあえずは、人生を取り戻すことを望んでいる。頭の中に濃く垂れこめる雲をきれいに晴らし、悪夢の意味を理解したい。そのうちのどれかが現実になれば、ずいぶんすてきだろう。

クレアは咳払《せきばら》いをした。

「私、ダニエル・ウェストンさんとお会いしたいんです。取り次いでいただけます？」

インターコム越しでも、ため息がはっきり聞こえた。「彼に会いたがってるのは、あなただけじゃないのよ。何万人もいるわ」ニューヨーク訛りの鼻にかかった声が、興味なさそうに告げる。「面会のお約束は？」

ああ、どうしよう。クレアはぼう然とした。先に電話をかけて約束を取りつけていなかったばかりか、そんな手順が必要だということすら完全に忘れていたからだった。最悪だ。自分がここまで社会習慣に気がまわらない人間になっていたとは。

クレア・デイはかつて、要求の厳しい仕事を見事にこなす専門家だった。女性には難しいと考えられている職場で、成功してきた。仕事の手腕以外にも、どういう駆け引きをし、何に気を配ればいいかを心得ていたから、出世できた。礼儀作法を熟知し、そういった面でも落ち度がないようにしてきた。

今、守るべき礼儀作法は、助けを求める男性に対して、あらかじめ面会の約束を取っておくことだった。彼は忙しいビジネスマンなのだ。

そんなことぐらいわかっている。この程度の礼儀は、骨の髄までしみ込んでいる。それなのに、ニュース映像を見たとたん、頭の中が〝この人なら私を助けてくれるかもしれない〟という思いに占領されてしまった。そして夢中で旅の手配をした。ワシントンDCまでの旅がどれほど大変かということ以外には、何も考えなかった。

道中も体力を使い果たして、事件以降初めての空の旅をどうにか乗りきろうということばかりで頭がいっぱいだったため、前もって連絡を入れ、面会の約束を取りつけるという考えなど、脳裏をかすめもしなかった。

何という人間になってしまったことか。ただの女性の抜け殻。かろうじて残っている人間性も正常な判断力を失いかけている。この現代社会で暮らしていくには、不適格な存在に違いない。

「いえ、ごめんなさい」クレアは息をのみ込んだ。「約束はありません。お手間を取らせました。失礼します」

またインターコムからため息が聞こえる。「まあ、いいわ。せっかくいらしたんだから、事務所までお入りになれば？　スケジュールを調整できないか、確認してみます。事務所は四階です」すると、がちゃり、と大きな音がして、建物の扉のオートロックが解除された。

クレアは、磨き上げられた木製の扉に手のひらを当てたものの、そこでためらった。いかだにのって大海原に漕《こ》ぎ出すような気分だった。行くあてもなくどこか遠くへ、ただただ潮の流れに身をまかせる。無限に広がる海には、ぽつんと島がある。それが四階の事務所だ。そこに砂浜以外何もなければ、クレアは死を待つだけ。人生はそこで終わる。

扉を開けようと力を入れると、滑らかな木目を指に感じる。鍵《かぎ》のかかっていない扉を押すだけ。難しいことはない。それなのに、どきどきして、めまいを覚える。息ができない。

クレアは足を踏みしめ、背筋を伸ばした。さあ、中に入るのよ。最悪の場合でも、このウェストンという男性に、頭がおかしいと思われるぐらいで済むのだ。それぐらい、いつも自分に言い聞かせていること。彼がそれ以上ひどいことを言うはずはない。

クレアは扉を押し開け、建物の玄関ロビーに立った。感じのいい、しかし上品ぶったところのない、総合事務所ビルだった。こぢんまりして、よそよそしくなくて、いかにも成功したコンサルティング会社が選びそうなビルだ。掃除が行き届き、たくさんの観葉植物が置かれている。

家で調べたところ、元海兵隊一等軍曹ダニエル・ウェストン氏は、九ヶ月前に除隊した。自分の会社を立ち上げたのは半年前、なのにこんな感じのいいビルに事務所を構え、受付兼秘書の女性を雇っている。

ダニエル・ウェストン氏がどういう人物かはわからないが、どんな仕事でも立派にやってのけるタイプなのだろう。

奥のほうにエレベーター・ホールがあり、そこまで歩くのもクレアにはひと苦労だった。エレベーターに乗り込むと、四階のボタンを押す。上階へと運ばれていくにつれ、胃が落ちていくような気がした。

まったくの無駄足になるのかもしれない。ただ同じ時期にラカに赴任していたというつながりしかない、まったくの赤の他人を煩わせるだけの結果に終わる可能性もある。しかもクレアはこの男性を覚えておらず、男性のほうも当然クレアのことなど知らないはずだ。

ただ、そう、クレアの夢に彼が現われる。これについては、調べる必要がある。けれど、おそらく最新版の精神疾患の手引書には、見ず知らずの男性を夢にみる女性についての解説が新たに書き加えられているのだろう。

エレベーターが滑らかに止まり、しゅっという静かな音とともにドアが開いた。目の前には感じのいいフロアが広がっていた。天井に埋め込まれた豪華な照明、鉢植えの観葉植物がまたさらにたくさん置かれ、ぴかぴかに磨き上げられた真鍮の押し板のついたドアが、ずらっと並んでいる。

正面にあるドアの向こうが、ウェストン・コンサルティングだった。ここまで来たら、ほんの数歩足を運んで、呼び鈴を鳴らすだけ。

突然前触れもなく、クレアはパニックに陥った。胃が完全にどこかに落ちてしまった気がする。ダニエル・ウェストンという男性を恐れているのではない。クレアは自分自身に恐怖を抱いたのだ。こんな女性になってしまった事実が怖い。怯《おび》えてばかりで、社会的な常識などまるで失った女。どういう観点からいっても、世間を渡っていけそうにない人物。

そして、ウェストン氏と会って、何がわかるかが怖い。いや、何もわからないことが、もっと恐ろしい。

自分の心の中に、何か激しい感情があることに、クレアは気づいた。希望といった感情にきわめて近いもの、その気持ちが何千マイルも離れたこの北の地へとクレアを駆り立てた。まだ旅ができる状態ではなかったのに。今になってやっと、この男性が自分の心の得体の知れない闇《やみ》を晴らしてくれるかもしれないと、激しく狂おしい期待を抱いていたことを悟ったのだ。

狂気そのものだ。

彼が自分に何を言うのかについては、恐怖を感じなかった。彼が何も話すことなどないと知るのが怖い。見つけたと思った手がかりもここで終わり、今後ずっと闇に怯えながら暮らしていくことを思うと足がすくむ。

クレアは震えながらエレベーター・ホールを歩き、呼び鈴を押した。ドアがかしゃっと開くと、彼女は入口の敷居をまたぎ、そしてすっと息を吸ってから、中へと入って行った。

穏やかな色に統一された感じのよい受付ロビーがあり、座り心地のよさそうなソファと趣味のいい絵画が飾ってある。まあ、ここは警備保障のコンサルティングをする会社なのだから、訪れた人に安心感を与える必要があるのだろう。穏やかな雰囲気のせいか、実際にクレアの不安も少し薄らいだ。

「いらっしゃいませ」中年だが美人の黒人女性がコンピュータの画面から顔を上げた。仕事ができそうで、知的で、なおかつ親切そうだ。それにどことなくマリーとアバ姉妹の母に似ている。二人の母親は、クレアがラカにいるあいだ、自分の娘のようにやさしく接してくれた。クレアの不安レベルは、さらにひと目盛下がった。

「すみません」そう言いながら、声が震えるのが情けなかった。心臓があまりに大きな音を立てるので、シルクのブラウスの左胸のあたりが上下しているだろうと思った。コートを着たままで、助かった。「私、ダニエル・ウェストン一等軍曹――ウェストンさんに会いたいんです。お約束はいただいてません。ごめんなさい。ただ、マコンゴ共和国のラカで同じ時期に大使館勤務をしていたもので。任期が少しのあいだですけど、重なっていたんです。ウェストンさんは、ひょっとしたら、私のことを覚えていらっしゃるかと」

女性はクレアが話し終わる前に、マイクつきのヘッドセットを耳に当てていた。「ダン、さっき言った女の人が、到着したわよ。ええ」女性が大げさに天を仰ぐ。「はい、はい。わかってるわよ。でも、この人、前に同じ職場で働いてたって。マコンゴ大使館。名前は――」受付女性が読書眼鏡をずらして、レンズの上の縁越しにクレアを見る。こげ茶色の眉《まゆ》を上げ、無言で質問してくる。

クレア・デイです。そう言おうとした。しかし、どうしてかはわからないが自分の名前が出てこない。そして、自分でもひどく驚いたのだが、外交官うちで使われていたニックネームが彼女の口をついて出た。止める暇さえなかった。

「ブロンディよ。ブロンディが来たと伝えて」

4

「また女の子が来たわよ。あなたに会いたいって」ロクサーヌがインターコムの向こうから伝えてきた。「もうすぐ上がってくるわ。まったく、次から次に現われるわね、ダン」

「だめだって言え」ダンは不快感で鼻孔をふくらませながら、髪をかき上げた。あれから何十回髪を洗ったかわからないが、いまだに煙の臭いが髪にこびりついている気がする。「俺はいないって言うんだ。二十二世紀まで、俺の予定は詰まってると説明しろ。ダニエル・ウェストンはもう死んだと言ってもいい」

「もう遅いわ」歌うような軽やかな調子でそう言うと、ロクサーヌはインターコムを切った。

どうにかしてくれ、とダンは思った。あの記者のせいだ。ちょうど食べ頃のオスですよ、とニュースで紹介されてから、ダンの生活はめちゃめちゃだった。全国ネットのニュースになるとどれほどのインパクトがあるのか、初めて知った。病院で手当てをしてもらい、建物から出た瞬間、まぶしいフラッシュ攻めに遭い、マイクを突きつけられた。大声で叫ぶレポーターが百名近く、きゃーっと歓声を上げる女性がその十倍ぐらいいた。

押し寄せる群衆をかき分けて進むのは、本当に大変だった。力まかせに押さなければならず、誰かに怪我《けが》をさせてしまったのではないかと心配だった。それでも何とかその場を離れようと必死だった。口元に迫るマイクを払いのけ、女性の体をよけながら進んだ。この女性たちは、分別もじゅうぶんあるはずの年齢なのに、ダンに関する戦利品を獲ようとし、そう決めたらあとには引かない。

ダンはボマージャケットを失った。特別体格のいい赤毛の女性が体を投げ出してきて進路をふさぐと、彼の服を脱がしにかかった。逃れるには、ジャケットをあきらめるしかなかった。海で鮫《さめ》に襲われたとき、生餌《いきえ》を投げて逃れる要領だ。

通りを隔てたところからでも悲鳴が聞こえそうな、ほとんど乱闘状態の中、ダンはかろうじて脱出した。

家に帰ってもくつろぐどころではなかった。何を血迷ったか、自宅の電話番号を電話帳に載せるという失敗を犯したのだ。ああ、何たる大失策。こんな愚かなミスは二度としない。留守番電話の録音装置は、ニュースが流れて一時間で満杯になった。自宅のドアを開けるとちょうど電話が鳴っているところで、ダンは電話の線をコンセントから抜いた。会社のメールもすぐにいっぱいになった。信じられなかった。サーバーの容量には、かなり余裕を持たせてあったのだ。しかし全米中、さらにはカナダも含めて、アイドル好きの女性たちが、いっせいに自らの写真をダンに送りつけ始めたようだった。ものすごい数になった。中には服を着ていないものもあった。

メールの件名の欄をざっと見ただけで――件名のほとんどは、セックスへのお誘いで――ダンはぞっとした。同じような内容のメールが何千件も来ていたのだ。仕事関係以外のメールのすべてを削除した。

この作業に、かなりの時間がかかった。

受信トレイを空にしたと思ったら、すぐまた同じ量のメールを受信するからだ。この状態が続けば、メールアドレスを変えなければならないし、それは会社にとってもダン個人にとっても、かなりの痛手だった。顧客や昔の仲間と、このメールアドレスでつながっていたし、ホームページを変更し、銀行や会計士や弁護士や医者にも通知しなければならない。

ああ。

こういう女性は、そもそも何がしたいんだ？　そこにあるのも知らなかったスイッチを、ふとしたはずみで入れてしまったような、あるいは、女性の聴覚だけが感知する高周波の音を出す笛を吹いてしまったというべきか、ダンはそんな感覚にとらわれた。

普通の男として、当然のことをしたまで。誰だって、少なくともダンと同じような訓練を受けた男なら、あの状況では同じことをしたはずだ。警察官、消防士、パイロット、もちろん軍隊経験者なら、まったく同じ行動を取っただろう。ダンはスーパーマンに変身したわけではないのに、女性は突然、自分をロイス・レインだと勘違いし始めたらしい。

さらに事務仕事を引き受けてくれる会社のアシスタント、ロクサーヌは何の助けにもなってくれない。彼女はこの事態をけっさくだと大笑いしている。今朝事務所に入ると、彼女は敬礼まがいの挨拶《あいさつ》をよこした上、受付デスクに何枚もメモ用紙を置いた。「メッセージよ、ヒーローさん」そしてこともあろうか、わざとらしくまばたきしてみせた。まったく。ロクサーヌは、うなり声を上げんばかりのダンにほほえみかけた。彼が自分のオフィスに入って勢いよくドアを閉めると、彼女が声高く笑っているのが聞こえた。

くそ。ああ、くそ。今日はまるで仕事になりそうもない。世界銀行の警備状況の調査結果を報告しなければならず、国土安全保障省との契約が大詰めに来ており、さらには超巨大ヘッジファンドのCEOとの会議が午後に予定されているので、その準備もしなければならない。しかし、どこに行くにも女性たちが押しかけるのでは、まる

ばかばかしい。
かが過ぎる、何かが足りない。あれこれ理由を見つけた。
欠点があったから、その気にはなれなかっただけだと、自分に言い聞かせてきた。何
は自分の手で処理した。その間、付き合った女性はいたが、全員にそれぞれ致命的な
女性をベッドに誘うことができなくなり、この一年、誰とも寝ていなかった。欲求
った。彼女の姿が、ダンの頭にしっかりと根を下ろしてしまったように思える。
自分の頭から消し去ろうとした。しかし丸一年経っても、消し去ることなどできなか
どうしようもない。ダンも努力したのだ。ものすごくがんばって、クレア・デイを
ダンが求める女性はただひとり。そしてその女性は、一年前に冷たい土に返った。
き〟になろうと必死になっている女なんか、いっさいごめんだ。
言っても、ダンはY染色体を持って生まれてきたのだ。それでも、今ダンと〝お近づ
ちくしょう。ベッドの相手など要らない。いや、まあ、欲しくはある。何だかんだ
ってわけだ。おお、うらやましい」
こう一年はベッドの相手に困らないぜ。指をぱちんと鳴らせば、女たちが寄ってくる
「そのうちおまえを主人公にしたテレビドラマでもできるんじゃないか、喜べよ。向
海兵隊時代の旧友、アンディ・クロスリーが電話してきて、ダンをからかった。
で仕事にならない。

先月、すこぶる美人でじゅうぶんに感じのいい黒髪の女性と食事を楽しんだ。そしておやすみのキスさえせずに家に帰ったとき、自分に言い聞かせてきた理由のすべてが、まったくばかばかしいと気づいた。その女性と別れる際、彼女のことは気にいったが、ブロンドじゃない、と理由をつけたからだった。

その瞬間、事態の深刻さを悟って、ぼう然とした。救いがたい状況に陥っている。この一年付き合った女性に対して、どうしても気が乗らなかったのは、その女性がクレアではなかったからだ。ところが、クレアは二度とこの地上に現われることはない。

そこで、今は自分の会社を立ち上げたばかりで、ビジネスを軌道に乗せるまで忙しく、セックスを考えている場合ではないと言い訳を考えた。日中は、このことを忘れようとした。仕事をしているときは、それも構わない。たいていは。ただ、夜になると、下半身が頭を裏切り、クレアのことを思って眠りについた。目覚めるとまた彼女のことを思い、さらにどんな夢をみたのかは思い出せないが、おそらくクレアが出てきたことは推測できた。

頭がどうかしたに違いない。最後の日、彼女と一緒にいたすべての瞬間がダンの脳裏に焼きついていた。彼女の声、頰《ほお》のやわらかな線、まぶしく輝くプラチナブロンドが、編み込んだ髪から落ちてきて、肩に届く様子。

あの官能的なキスのことも覚えている。彼女の口はどんな味がして、舌がどんな形をしていて、肌の感触がどうで、どんな匂《にお》いがしたか、すべて記憶している。

それから彼女が父のことを話すときの、愛情のこもった声。そして何より、二人きりで大使館に取り残された彼女は、どんなに気丈で勇敢だったかがはっきりと印象に残る。首都全域が反乱軍に包囲され、無事に助け出されるという保証などないのに、毅然《きぜん》としていた。結果的に、やはり助け出されることはなかった。クレア自身に関しては。

ダンにとっても、無事に、とはいかなかった。膝《ひざ》を吹き飛ばされ、片方の鼓膜が完全に破れ、脾臓《ひぞう》を失い、リハビリ施設で三ヶ月過ごす羽目になった。最悪だったのは、戦闘員として海兵隊に在籍できなくなったことだった。ダンにとって、それは死の宣告にも等しかった。

死と言っても、クレアの運命とはもちろん種類が違う。彼女は吹き飛ばされて、この世から消えた。ダンが何をしても、何を言っても、彼女が生き返ることはない。

どうしてこんな男になってしまったのだろうと、彼は思った。女性を想って感傷にふけるなど、あり得ない。これまで、自分がどうがんばっても手に入らないものを欲しがった経験はない。現実的で、割り切りの早い人間なのだ。何といっても、海兵隊なのだから。膝のお皿はつぶれ、脾臓を失い、片方の鼓膜がなくなったが、それでも海兵隊員だ。一度海兵隊に入ると、海兵隊員をやめることはできない。永遠に。そして海兵隊員は、人生を現実的に受け止める。不可能な望みを持つことはない。

それなのに、死んだ女性をいつまでも忘れられないとは、どういうことだ？　何でこんなことになる？

クレア・デイは、この世には戻って来ない。その事実をしっかり全身で受け入れないと、体が爆発してしまいそうだ。いや、その前に大切な部分の使用頻度が低くなりすぎて、しなび落ちてしまうかも。何か方法を考えて……何をすればいいんだ？　迫ってくる女性たちの中から、いくらかでもまともなのを何人か選んで、誘いに乗ればいいのだろう。しかし、完全にいかれているわけではないと、どうやったらわかる？　「私は一時的な気の迷いで、おかしな行動をしていますが、それはただ、ニュース記者に煽動《せんどう》されたためで、実際のところはしごくまともな女です」そんな説明書を首からさげてくれるわけではないし。

ロクサーヌに事前審査を頼んでみるか。そうだ、それがいい。彼女なら海兵隊員としても、りっぱに勤まるはずだ。単刀直入、くだらないごたくを並べることはないし、ダンの訓練を担当した教官と同じぐらいタフだ。

ロクサーヌに、電話や手紙やメールのすべてをチェックさせ、デート相手になれそうな女性を推薦してもらおう。うまくすれば、ベッドをともにできる相手が見つかるかもしれない。そうなれば頭の中からクレア・デイのことを消し去れる。

ああ、最悪だ。

ダンはしばらく片手で額を支えた。疲れて、苛々《いらいら》して、どこかの女性とデートしてベッドをともにすると考えても、いっこうにわくわくしなかった。

そのときまた、インターコムから音が聞こえた。「ダン、さっき言った女の人が、到着したわよ」

「やめてくれ、ロクサーヌ。そんなことに付き合ってる暇はない」ダンは大声を上げた。

「はい、はい。わかってるわよ。でも、この人、前に同じ職場で働いてたって。マコンゴ大使館。名前は――」

ロクサーヌの向こうで、誰かが何かを話す。やわらかな声の返事が聞こえ、ダンは電気に打たれたように、びくっと背筋を伸ばした。嘘《うそ》だろ？　この声は確か……いや、そんなはずはない。いよいよ正気を失ったんだ。

「ブロンディよ」ロクサーヌが言った。「ブロンディが来たって、伝えてほしいんですって」

ダンはドアに向かって走り出していた。足の感覚すらなかった。ノブを引きちぎる勢いで、大きくドアを開けると――ああ、そうだ。神様、本当に……本物だ。

クレア。クレアだ。

「本当なのか」ダンは息も荒くそう言うと、ドアの枠によりかかった。膝から力が抜けていきそうで、金属製のドア枠につかまっていれば倒れずに済むかもしれないと思った。「君、生きてたんだ」

まさにクレアだった。前よりうんと痩《や》せているし、顔色が青白く、髪を短く切って、目の下のくまが紫色になっている。悲しそうで、途方に暮れた様子。そして心細そうだ。しかし、間違いなく本人だった。

ダンは大急ぎで彼女のすぐそばに駆け寄った。彼女の肘《ひじ》に手を添え、もう一方の腕を体に回す。しかし抱き寄せようとした直前に、クレアの体がひどく震えているのに気づいた。そこで少し体を離したままで、そうっと肩を抱いた。本当はありったけの力をこめて、きつく抱きしめたい。二度と放さないぞと胸に抱きとめたい。

クレアは何だか……今にも壊れてしまいそうだった。少しでもダンが力を入れたら、骨が折れてしまいそうだ。そう思って、腕をほどこうとしたときだった。突然自分の背中で、クレアが両手をこぶしに握るのを感じた。そしてダンの肩に顔を埋める。

ぶるっと大きな身震いがクレアの全身から伝わってきた。ひくっとひと声泣いたあと、息を殺すような鋭い音が彼女の喉《のど》の奥から漏れた。そして、彼女はダンから体を離して、深く息を吸い、もう一度しゃくり上げるのを止めようとして、また息を止めた。

あまりに彼女の体の震えが激しくて、これでは体のあちこちが痛くなるのではないかと、ダンは心配になった。そこでまたそっと彼女を抱き寄せ、そのままやさしく抱いていた。視線を上げると、ロクサーヌの親切そうなチョコレート色の瞳《ひとみ》と視線が合った。ロクサーヌは当惑した様子だった。

いいんだ、大丈夫。ダンは口だけを動かしてロクサーヌに伝えると、またクレアのほうを見た。二人は互いにしがみつくようにして、立っていた。クレアのほうは立っているのもやっとだからという理由から、ダンは腕に抱く女性は幻ではなくて、もう自分の人生からふっと消えることはないと確認したくて。

「君は死んだと思っていた」しばらくしてから、ダンはクレアの髪に向かってつぶやいた。あのまぶしい金色の髪が、今は男の子のように短くなっている。それでも記憶のとおり、やわらかかった。最上級の羽毛みたいだとダンは思った。

大声にならないように気をつけて言ったが、胸がいっぱいで、それ以上言葉にならず、ダンはごくんと唾《つば》をのみ込んだ。

自分が何か声を出したとも思えない。クレアが少しだけ体を引いたので、ダンは身を引き裂かれる思いを感じながら、腕を放した。ただ彼女が倒れたらいつでも支えられるように、両手はぶらんとさせている。クレアは嵐《あらし》に吹き飛ばされたような感じだ。

クレアがじっとダンの目を見た。何か大切なことが彼の瞳の中にあるとでも思っているような眼差しだった。そしてそっとつぶやいた。「あなた、私のこと知っているのね。私を覚えているんだわ。ああ、よかった、私の頭がおかしくなったんじゃないんだわ」

そこで、彼女の体がふらついたので、ダンは肘を取って支えた。今にも倒れそうな彼女を立たせたまま、話を続けるつもりはもともとない。

「ああ、君のことを知っている」声の調子をできるだけやさしくする。「ただ、君は死んでしまったと思ってた。爆発で命を落としたと。ともかく、あっちのオフィスに行こう。それから……」**俺のそばにいるんだぞ、二度と君を失わないからな。**「それから、積もる話でもしよう」

「ええ、ぜひ」クレアはなぜかほっとした様子だった。後ろを向いて、震える手でバッグと傘をつかむ。ダンはほとんど追い立てるようにして、彼女を自分のオフィスへと促し、ドアからまた顔を出した。「ロクサーヌ、できれば――」

「コーヒーでしょ」ロクサーヌがすかさず応じる。「濃いのをたっぷり用意するわね。それからミルクとお砂糖、向かいのパン屋さんから、できたてのクロワッサンも買ってくるわ」

ロクサーヌがいてくれて、本当によかった。この瞬間、彼女の存在をつくづくありがたく思う。「ご主人に言っといてくれ。いい奥さんを持てて幸運だなって」

「いつでも言ってるわよ」視線が合うと、ロクサーヌの瞳に寛大な心が無限にあふれているのが見えた。「さ、話があるんでしょ。私はすぐにコーヒーを用意するから」

ダンはうなずくと、クレアの背中に手を添えた。紳士としてそうするのが当然だと思ったからだが、同時に、クレアにはサポートしてやる手が必要な気がしたからでもあった。

オフィスに入り、ダンはクレアのコートを受け取って、いちばん座り心地のいい肘掛け椅子《いす》に彼女を案内した。この椅子でダンはときどき仮眠を取るのだ。そして自分のデスクには行かず、彼女の右斜め横のソファに座った。

クレアはおどおどした様子で、椅子の端にちょこんと腰を下ろし、膝で両手を重ねた。その手が小刻みに震えている。ダンはその手を見て、どうしても自分の手で包んでやりたくなった。その気持ちがあまりに強くなり、痛みを感じるほどだった。

ええい、もうどうにでもなれ。

そう思ったダンは手を伸ばして、クレアの手を自分の両手の中に入れた。氷のように冷たかった。ダンは何も言わず、ただ座って、彼女の手がわずかに温まるのを待った。やがて震えも止まった。

クレアが、身動きもせず、用心深くダンを見上げた。

何かを言おうと口を開き、そしてまた閉じた。

「どうした？」ダンは落ち着いた調子で、やさしく声をかけた。

「私――私のこと、頭がおかしいって思うだろうなって」

ダンは重ねた手に少し力を入れた。「俺は結構、我慢強いほうなんだ。試してみるかい？」

クレアはこれから飛び込みでもするように、深く息を吸い込み、そして息を止めた。

ダンは手を重ねたまま、じっと待った。

「私たち――体の関係があったの？」しばらくしてからクレアはそうつぶやき、そして自分の言葉に驚いて息をのんだ。

いよいよ本当に精神が病んできた。完全に頭がおかしくなって、理性をなくしている。

そう思って震えながら、クレアは返事を待った。

聞きたいことはいっぱいあったのに――たとえば、〝私のこと覚えてる？〟とか、〝爆破事件の日、あそこにいたんでしょ？　いったい何があったの？〟とか――よりにもよって、あんな質問が口から飛び出すとは。恥ずかしくてたまらない。実際、異常としか思えない質問だ。しかし、クレアの心の中で、その質問がどんどんと大きくなっていき、自分でも認識しないうちに、言葉を発していた。

ただどう説明すればいいのか……何かぼんやりとしたイメージがあって、この男性と親密だったという気がしてならない。

彼がこれほど魅力的な男性でなかったら、ここまで恥ずかしい思いをしなくても済んだだろう。現実には、彼には非常に荒削りな魅力があって、ものすごく女性にもてるのは間違いない。

受付の前で感情を抑えきれなくなったとき、彼のたくましい体に抱きついたが、両手が背中に回りきらなかった。筋肉質の胴は鋼《はがね》のようで、このましがみついていたいと思った。嵐の中で鋼鉄の梁《はり》にしがみつきたい感じだった。硬くてびくともしない、安全なよりどころ。

付き合った男性の数は多くないが、相手――かつて普通に暮らしていたときの相手は、都会的な魅力にあふれた男性たちだった。やさしくて楽しくて、少し浮ついた感じもある。ダニエル・ウェストンは、まさにそういう男性の対極だ。厳しくて真剣。今のクレアはずっと彼にしがみついていたくて、彼の手を放したくなかった。

しかも、彼は手をそのままにしていてくれる。正気をなくした女が、いかれた頭に抱える尋常ではない話を告げるのを待ってくれている。そう、あきらかに尋常ではない。最初に口にした言葉が、体の関係があったのか、ということなのだ。

だいたい、どうしてそんなことを思いついたのだろう?

長期間独りぼっちで、誰ともかかわりを持たずにいたから、頭が勝手に考え出したに違いない。丸一年完全に独りだったのに、突如、危険なほど魅力的な男性――きわめて男らしい男性――の腕に抱かれたので、いかれた頭はすぐに最終的な結論に飛びついたのだ。恥ずかしいことこの上ない。少しでも自負心が残っているのなら、今すぐ、彼を煩わせたことを詫《わ》び、席を立ってセイフティ・ハーバーの町へ飛んで帰るべきだ。

ただ……冷たい手が、彼の大きくて陽に焼けて温かな手に包まれているのは、本当に気持ちいい。クレアは二人の手を見下ろした。急に自分自身を情けなく思った。恥ずかしいのは自分の弱さだ。何も覚えていないこと、迷宮に入り込んで抜け出せない感覚。

「いや、体の関係はなかった。どうしてそんな質問をする？」ダニエル・ウェストンは心配そうにクレアを見守っている。彼の瞳が暗く、知性にあふれている。

クレアは正直に話すことにした。「自分でもわからないの。どうしてそんなことを言い出したのか、見当もつかない。そんなことを質問するつもりじゃなかったの」

見つめる彼の眼差しには、何のためらいもない。「何を質問するつもりだったんだ？」

「あの日のこと」クレアは彼を見ながら、率直にたずねた。「あなたは私と一緒にいたのか、知りたかった。爆発が起きたとき」あの瞬間、クレアの世界は終わりを告げた。

ダニエル・ウェストンは何も言わず、少しだけ首をかしげて肯定した。視線はクレアに注いだままだ。

やっぱり！

あの日のことをたずねられる人は誰もいなかった。ただのひとりも。職員全員が〝くそクロック〟のパーティに出席しており、海兵隊員は宿舎にいた。マリーは死んだ。

意識を取り戻したときには、クロッカー大使は退職し、職員のほとんどが他の任地に赴いていた。知っている人は誰もおらず、何を質問することもできなかった。クレアはひとり、悪夢にうなされ、頭の中には記憶の代わりにブラックホールができていた。

「あなた、大使館にいたのね。警護当番で」クレアは低くつぶやいた。そういうことだったのだ。大使館には、必ず海兵隊の警護がつく。警護官がひとりもいない状態はあり得ない。

そんな事実に、これまで考えが及ばなかった。

かつては乏しい情報から状況を分析し、正しい推測を立てられたクレア・デイが、これぐらいのことすら思いつかなかったのだ。「あなた、海兵隊宿舎にはいなかったのね？」

「ああ。俺は大使館にいた」実直な答が返ってきた。

「私、何も覚えていないの」クレアは低い声でそう言って、彼の濃褐色の瞳を見つめた。「完全に記憶がないの。最後に覚えているのは、フランス大使館のパーティのことなの」

「十一月十八日だな」彼がうなずく。「ちょうど事件の一週間前だ。俺は十一月十七日付で正式に配属になった。だが最初の日と、その翌日は引き継ぎやら何やらで忙しかった。本当に何も覚えてないのか？　何もかも？」

「ええ」悪夢のことまでは、話せない。絶え間ない熱、ささやく声と銃声、あれはただの夢だ。「いっさいなしよ。頭の中に、ぽっかり穴が空いた感じ。それから、私たちの関係について、くだらないことを聞いてごめんなさい。どうしてそんなことを考え出したのか、自分でもわからないの」ふっと笑い声を漏らしてみたのだが、悲しそうにしか聞こえず笑い話にもならないのがわかった。仕方ない、辛いが本当のことを伝えよう。「私、爆発で、頭にひどい怪我をして……それで、少しおかしくなっているのよ」

こん、こんとノックの音が聞こえ、ドアの向こうから受付の女性が声をかけてきた。

「ダン、入ってもいい？」

彼はダンと呼ばれているのだ。クレアの手を放し、彼は入口まで行くとドアを開いた。クレアはすぐに、また手が冷たくなっていくのを感じた。

受付女性が大きなトレイを持って立っていた。トレイには、コーヒー・ポット、大ぶりのマグカップがふたつ、シュガー・ポット、ミルク入れ、さらに巨大なクロワッサンの載った大きな皿が二枚あった。女性はトレイをソファの前のテーブルに置いたあと、彼に目くばせしながら体を起こした。そしてクレアに心配そうな眼差しを向ける。

クレアはまた恥ずかしくなった。さっき受付の前で感情を抑えきれずに泣き出して、この親切そうな女性に心配をかけてしまった。そこで、何とか笑みを浮かべた。「ありがとう。コーヒー、とてもいい香りだわ」

女性の心配そうな表情が、いくらか明るくなった。「どういたしまして。あなたたち二人とも、残さずきれいに食べるのよ。わかったわね？」

彼が不満そうに応じる。「はい、わかりましたよ」そしてやれやれ、という顔をクレアに向けてから、女性に対して軍隊式の敬礼をした。「こちらはロクサーヌ。彼女の命令には、従っといたほうが身のためだぞ。命令が無視された場合には、直ちに報復行動に出るんだから。この仕返しがまた、こっぴどいんだ」

ロクサーヌはまぶしいほど白い歯を出して笑顔を向け、ダンの腕を叩《たた》いた。二人が互いを大切に感じているのは、このやり取りからもよく伝わってくる。「さ、召し上がれ。このお嬢さんがちゃんと食べるように、目を光らせるのよ。この人、今にも倒れそうなんだから」そしてクレアのほうに向き直ると、まっすぐに目を見た。「あなた、今日の朝食は？」

こんな個人的なことを聞かれたのは、一年ぶりだったので、クレアは少しとまどった。

「あ、いいえ」そして笑みらしき表情を浮かべてみせる。「食べなくてよかったの。フロリダからの飛行機がものすごく揺れて、隣に座っていた女の人なんか、エチケット袋に朝ごはんを全部吐き出していたから」

ロクサーヌは、だめ、だめ、と指を立てて振った。「でもあなた、昨日もろくに食べてないでしょ？」

実を言えば、昨日もクレアは、はちみつ入りのホットミルクを口にしただけだった。墓地から戻って気分がひどく落ち込み、食欲を完全になくしてしまった。もっと言えば、意識が戻って以来、食欲というものを強く感じたことがない。ホットミルクにはちみつを入れたのを飲むのは、ただ体を温めるためだけのことだった。

「ほらね」何も言わないのに、ロクサーヌという女性は、クレアの心の中を読んだようだ。「そうだと思ったわ」ほっそりした茶色の指でトレイを差し、まずダンを見てから、クレアに視線を向けた。「そのお皿は、洗わなくてもいいぐらいにきれいに平らげてちょうだい」

ダンはにやっと笑ってから、皮肉っぽくまた敬礼した。「了解しました、上官」

ドアを静かに閉めてロクサーヌが出て行くと、ダンはトレイのほうへ身を乗り出した。クレアを鋭く一瞥《いちべつ》する。「ロクサーヌの言い分は正しい」穏やかに言葉を続ける。「少しでも何かお腹《なか》に入れるんだ。君、今にも倒れそうだぞ」

以前のクレアなら、こんな言葉をかけられるとむっとしただろう。人から命令されるのは嫌いで、だからこそひとりでできる仕事が気に入っていた。国防情報局の分析官を複数置いておけるほどの余裕のある大使館はほとんどなく、クレアはひとり自分自身に命令を出せばよかった。上司も同僚もいない。そんな職場をありがたいと思った。

しかし今、彼の言葉はあまりにも正しく、憤る気持ちなどまったくわかなかった。

「コーヒーに、ミルクと砂糖は?」

「ブラックで」

返事を聞いても、彼はしばらくクレアを見つめていた。何もかも見とおすような知性あふれる濃褐色の瞳が、じっと彼女を見る。「少し、ミルクと砂糖を入れたほうがいいんじゃないか？　すきっ腹には、そっちのほうがやさしいと思うんだが」

クレアは肩をすくめた。「じゃあ、お願い」見ていると、ダンはコーヒーが完全にクリーム色になるまでミルクを注ぎ、さらに砂糖をどさっと入れてシュガー・ポットを半分空《から》にした。うわあ、と思ったが、その気持ちが表面に出ないよう、クレアは平静を装った。

「ほら」彼は巨大なクロワッサンの載った皿をクレアの真ん前に置き、クリーム色になったコーヒーを添えた。「このパンは通りの向かい側にあるフランス菓子の店のなんだが、なかなかいける」

クレアはそうっと体を前に倒し、自分の胃袋の状態を確認した。驚いたことに、胃がこぶしで握りしめられる感覚がない。いつもなら、食べ物を前にすると、恐怖でぴたりと胃袋が閉ざされるのだが、今日は……穏やかだ。むかつく感じがなく、平和にそこにある。これから食べ物が入ることに、気づいていないようだ。何か他のことに気を取られているのだろう。

クレアはパンの端を少しちぎって、ほほえんだ。パリで昔よく食べたのと同じ、バターのかぐわしい香りが漂う。ただこちらのクロワッサンのほうが三倍ぐらい大きい。ステロイドで巨大化したみたいだが、それでも口に入れると、同じようにおいしかった。ああ、天国だ。

ダンが注意深くクレアを見守っていた。そしてマグカップをさらに近づけた。「今度は、コーヒーだ」

クレアは覚悟を決めてコーヒーを口にした。コーヒーの味はほとんどしないし、ミルクと山のような砂糖の味を感じるだけだが、それでも温かな液体が喉を通り、胃に落ち着いた。

そろそろとコーヒーをすするクレアに、ダンがうなずきかける。「それで……君は何も覚えていないんだな？」彼の頬の筋肉が、波打つ。「何か、ちょっとしたこととかは？」

クレアはかぶりを振って、またひと口分パンをちぎった。「だめなの」ほとんどささやくような声になった。クレアは軽く咳払《せきばら》いをして、横隔膜を広げ、強い声が出るようにした。「いっさい思い出せない。事件の報告書をあとで読んだんだけど……何だか、ずっと昔に遠いところで起きた事件のことを読んでる気分だった。ほら、一九八三年にベイルートの海兵隊兵舎が爆破されたでしょ？　私はジョージタウン大学で政治学を専攻したから、授業で習ったんだけど、その顚末《てんまつ》を読んでるのと変わりなかった。この感覚、わかるでしょ？」

彼がまじめな顔でうなずく。

「でもね――」甘すぎるコーヒーをまたひと口飲んでから、クレアはカップを置いた。

部屋は静かだった。受付部分は、バロン通りに面しているのだが、このオフィスの窓の向こうに広がるのは、湿った空気の中で木々の生い茂る裏庭だった。

「でも？」彼に先を促されると、クレアは泣きたい気分になった。もどかしくてたまらない。

何か言いたいことがあった。記憶が一瞬、脳裏をかすめた。いや、記憶というよりは——何かの映像。

その映像が消えてしまったのだ。彼女の人生の多くのものと同じように。思考の中の大きなブラックホールにすっと退いていった。

「何でもないわ」説明できない。何か見えた気がしたがもう消えた、とは言えない。現実と想像が区別できないと白状するようなものだ。心神喪失だね、と言われれば、そのとおりと答えるしかない。

話題を変えなければ、とクレアは思った。この一年で身につけた技だ。みんなが知っていることを思い出せなかったり、あるいは何かを言って、火星人でも見るような目つきをされたりしたときは、話題を変える。まったく異なる内容のことについて、何か意見を述べるのだ。

違う話をしようと、部屋を見回しながら、クレアの頭はめまぐるしく回転した。しかし、話題にできそうなものが見当たらない。家具にはこれといった特徴がない。高そうではないが、安っぽくもない。本棚、額に入った証明書がふたつ。

そのときテーブルに置かれた新聞が見えて、クレアは目を輝かせた。ワシントン・ポスト紙、開かれたページは政治欄だ。この一年、政治にはまったく関心がなかったが、この記事には注意を引かれた。いや、写真だ。ハンサムな男性が、笑顔を向けている。

なるほど、この男はうまく立ち回っているわけだ。

ボウエン・マッケンジー。クレアは二度、この男と同じ任地になった。ダーバンとラカだ。彼がCIAであることは公然の秘密で、本人もそれを隠そうとはしなかった。CIAの諜報員《ちょうほういん》という立場が、自分に謎《なぞ》めいた魅力を与えていると考えているからだろうと、クレアは推察していた。表沙汰《おもてざた》にはならない秘密を知っているとほのめかすことで、女性を誘惑する際に有利に働くと考えていたようだが、実際、外交の世界にいる二十歳から五十歳までのすべての女性が、この事実を魅力的と考えた。既婚、未婚を問わず。例外は、クレアとマリー・ディユーだけだった。

クレアは、ボウエンと寝るぐらいならシュレッダーに手を突っ込むほうがましだと思っていた。彼がそばに来ると、ぞっとして全身に鳥肌が立った。しかし、そう感じるのはクレアだけで、ボウエンは拒絶されたことを恨みに思うようになり、クレアの気持ちを変えることに使命感を燃やした。

そんな使命は成功せず、もう過去のことになった。

「ボウエンはワシントンにいるの？　彼にも連絡を取ってみようかしらね」そう言いながらも、実際にボウエンに会うことを考えると不快感で表情が歪《ゆが》んだ。

「会っても、役には立たないだろうな」ダンが言った。「ボウエンはあの日、いなかったんだ」

クレアはほっとため息を吐《つ》いた。ダン・ウェストンと話すほうが、ボウエン・マッケンジーなんかを相手にするより、ずっといい。

斜め前に座ったダンは、いかにも男性的な態度だった――膝を広げ、身を乗り出し、手を組んで膝のあいだに垂らす。肩幅が広くて、窓の下半分が隠れてしまう。

洗練とか、優雅さなどはない。ファッションというより実用本位な服装で、コーデュロイのズボン、分厚い茶色の毛糸のセーター、襟元からは水色のシャツがのぞき、足もドレス・シューズではなく、ブーツを履いている。

クレアは窓の向こうを眺めた。みぞれ混じりの雨になり、針のような氷の粒が窓を叩くが、窓は防火防音ガラスらしく、何の音もしない。裏庭の大きな楡《にれ》の大木さえ、強い風に吹かれて枝がしなっているのに、風の音もない。

彼の言葉の何かが、クレアの心に引っかかる……。

クレアは向き直って、ダンを見た。

「ボウエンがいなかった、って言った？　でも……」

どうもおかしい。たぶん。ボウエン・マッケンジーは私的なシンクタンクとの共同事業を担当していて、それには軍事作戦が絡んでいた。ＣＩＡならではの邪悪な取引だ。ボウエンが自分の名声を上げるために、そのプロジェクトに強く肩入れしていたのを、クレアは知っていた。信じられないぐらい野心に燃えた男なのだ。だから、事件の前の半年間、ボウエンがラカを離れることなどほとんどなかった。「それ、確かなの？」

「間違いない。ボウエンは、そもそもラカにいなかったんだ。アルジェに行って、向こうの副首相と会談していた」

「ほんとに……本当なの？」どうしてこんなことにこだわってしまうのだろう？　ただ何か……ほんの一瞬、頭の中の雲が切れ、ボウエンがあの日ラカにいた記憶があるような気がした。そういう記憶があったと、記憶している。

「大使館職員全員がどこにいるかを把握しておくのは、俺の任務のひとつだった」ダンがやさしく言う。「確かだ。マッケンジーは泊まりがけでアルジェに出張だった。予定では二十七日に戻ることになっていた」そして首を振る。「もちろん爆破事件があったから、あいつも急いで戻ってきたらしい。これは俺の副長だったやつから、あとになって聞かされた。あいつがラカに戻った頃には、俺は手術を受けるためにドイツのラムシュタイン空軍基地に搬送されていた」

「あなたも怪我をしたの？」

彼はぎこちなくうなずき、言葉では返事しなかった。この話はしたくないのだ。お互いさまね、とクレアは思った。その気持ちは完全に理解できる。

近くでじっくり眺めると、この男性がいかに引き締まった健康的な体をしているかがよくわかる。あの爆破事件で怪我をしたのに、そんな過去をうかがわせる様子はまるでない。

牡牛《おうし》のようにたくましく——広い肩幅、分厚い胸板、それなのにたるんだ肉はどこにもない。大きくて力強い手。筋肉の盛り上がった太い腿《もも》。厚手のコーデュロイの上からでも、筋肉の動きが見える。

髪型はもう、サイドを刈り上げててっぺんを尖《とが》らせた海兵隊っぽい〝白壁スタイル〟ではない。正直なところ、少々伸びすぎてぼさついている感じさえある。散髪に行ったほうがよさそうだ。額に髪が落ちてくる。すると何を思ったのか、クレアはその髪をかき上げたくてたまらなくなり、彼の顔に伸びようとする手を抑えておくのに苦労した。そんなことをしたら、それこそ頭がおかしいと思われる。

突拍子もないことをふと思いついてしまう癖ができてしまった。そんな自分を抑えておく方法は身につけたと思っていたのだが、今また、見ず知らずの男性の髪を撫《な》でつけてあげたい気持ちを強く持つ。どうかしている。

それでも、でも――ああ。手を膝でおとなしくさせておくには、大変な努力が必要で、体に力が入った。ダンは、ほれぼれするほど……頑強そうだ。どっしりして頼もしい。体から放たれてくるこの強さと……熱。


何を考えてるの、クレア！


彼の言葉に集中しようと、クレアの頭はさっきの話題に戻った。ボウエンは事件当日、ラカにいなかったという話だった。クレアは彼の瞳をのぞき込んだ。濃褐色の瞳にあふれる確信。自分の考えに自信を持っている。

クレアとは大違いだ。自分の思いつくことすべてに疑いを抱いている。

そんな自分が、クレアは大嫌いだった。何かを思っても、それが真実かどうかわからない。以前の彼女なら、分析官として相反する複数の事実を突き合わせ、真相はどうなのかと推論する能力があった。この能力に、彼女は特別すぐれていた。そして自分がその能力に恵まれていたことにさえ気づかなかった。能力を失って、初めて知った。何の推論もできなくなり、常に不安定な状態で暮らさなければならなくなった。

爆破が起きたとき、ボウエン・マッケンジーはラカにいたという感覚がクレアにはあった。ところが実際はいなかったのだ。自分の感覚を信じてはいけないといういい例だ。

それでもやっぱり……ボウエンがいたと、これほど強く信じた理由は何だったのだろう？　記憶のない一週間について、自分で勝手に記憶を作り出したのだろうか？　ああ、だめだ。まったくつじつまが合わない。しかも、こんなに親切で感じのいい男性の時間を取ってしまった。そう考えて、クレアは立ち上がった。

突然、記憶の深いところにあった闇から映像が掘り出され、クレアの思考を奪った。

熱、低いささやき声、危険な目つきがこちらをとらえる、銃声が鳴り響き、頭が破裂し……

「嫌！」頭の中で鋭い痛みが炸裂《さくれつ》し、クレアは体を折って、目を閉じた。両手でしっかり頭を押さえる。頭が破裂するような痛みに襲われたときにはこうやって頭を抱えていないと、頭がい骨が粉々に弾け飛ぶような気がするからだ。

閉じた目の中で、何かがちかちかと光る。立っていられたのは奇跡のようなものだった。家にひとりでいたとき、一度この発作が起きて気を失い、気がついたときには冷たい大理石の床に横たわったまま、夜になっていた。

しかし今回は、クレアを支えてくれる人がいた。大きくてたくましい手が彼女の体を引き寄せ、分厚い胸に抱きしめてくれる。これならどう倒れようと思ったところで、床に倒れることはない。

その瞬間、クレアの頭は真っ白になった。相反する感覚を体のあちこちが察知する。

めまい、絶望感。寒い、怖い。体の中で感じるのは一生、もう二度と自分を取り戻すことはできないという冷たい絶望だった。つじつまの合う説明などいっさい存在しない凍える場所で、呪《のろ》われた一生を無意味に送るという感覚。

一方で、今この瞬間、新しく得た感覚もあった。絶対的な安心感、必ず助けてやると手を差し伸べてくれるたくましい男性の確かな感触。

つかの間、ほんの一瞬だが、クレアは他の誰かに頼ることを自分に許した。大きな胴に腕を回し、自分の存在のすべてをその体に預けた。この体につかまってさえいれば大丈夫、そんな気がした。このままでは、自分が闇に引きずられてしまう、頭痛と恐怖感だけしかない狂気の穴に落ち込んでしまう。その前に命綱につかまらなければ、という感覚だった。

すると悪いことのすべてが、ただ……消えた。緊張して硬くなった筋肉がほぐれ、目を閉じていると鼻先を埋めたセーターの匂いだけが感じられる。柔軟剤と、ほんのわずかに煙の臭い。

クレアはしっかりと抱きしめられ、力強い腕に守られ、温かくて、頭は考えることをやめた。

どんなときでも頭のどこかに不安と恐怖がくすぶり、じりじりと闇が迫ってくる音を聞き取ってきた。そんな感覚に慣れていたクレアは、不安や闇のないこの状態を至福のときとして受け止めた。

否定的な思考や悪い感情がなく、めまいや突然のパニックを恐れなくていい。ただ天国のような……何もない状態。すっぽりと繭《まゆ》に包まれ、力強く守られて安全で、ひどいことなど起こり得ないところにいる。足元の床が割れて、迷宮にクレアをのみ込もうとしても、彼がつかまえてくれる。

クレアは額を夢でしか知らない男性の胸に預け、しばらくそのまま立っていた。

ダンが腕時計を見るのを感じ取って、クレアは体を離した。足元を確かめてみると、きちんと立てるのがわかった。

「実は謝らなきゃならないことがある」ダンが顔を曇らせる。「本当に申し訳ないんだが、バルティモアで商談があって、どうしても行かなきゃならない。できればキャンセルしたいんだが、一ヶ月前から約束していたもんで、どうしようもないんだ」

クレアは顔を赤らめた。自分が恥ずかしかった。「まあ、どうしよう。もちろん、行ってちょうだい。私、すっかりお邪魔を――」

「いや、違うんだ」ダンが慌てたようにクレアを見る。「他の予定はすべてキャンセルする。これから行く商談には、二時間もかからないと思う。だから六時には戻って来られる。夕食までには必ず戻る。君を食事に連れて行くから。帰りの飛行機は何時なんだ？」

「実は帰りの便は予約していないの」クレアは本当のことを打ち明けた。インターネットで予約する際、『帰りの便』という欄を見て、空白のままにしておいた。帰りの予定まで立てるのは、クレアにはまだ荷が重かったのだ。それで往復で買ったほうがはるかに安いのはわかっていたが、片道だけを買った。

ダンが笑みを浮かべた。「そいつはよかった。じゃあ、決まりだ。ホテルに七時に迎えに行く。それでいいかな?」

本来クレアは、自分の予定を勝手に決められるのは好きではないのだが、彼の態度に押しつけがましいところはまったくなかった。彼が自分の生活に口を出している感じがない。ただ、大切にされているという気がするだけ。少したらめってから、クレアはうなずいた。

ダンはうれしそうにした。うれしいだけではなく、何だか……食事以上のことを考えているような。

「七時でいいわ」

こんな感覚は、クレアにとって実に久しぶり、男女の駆け引きみたいなことをずっとしていなかった。過去九ヶ月、接触のあった男性と言えば、医者、リハビリ療法士、そのあと父の遺産相続のために弁護士に会った、それぐらいだ。自分が女性であったことも、忘れかけていた。ダンは、自分が女性であることを再認識させてくれた。

彼とは何らかのつながりがあったように思える。実際にわかっているつながりと言えば、夢の中だけなので、これは自分の頭がおかしくなりかけている兆候のひとつかもしれないが、いつもの寒くて独りぼっちの無力感が、今この瞬間はない。

見下ろしてきたダンの笑顔に、クレアも笑顔で応じた。笑ったのも久しぶりだったので、頬にひびが入らなかったのが驚きだった。今夜は、夕食のデート。七時に迎えに来てもらう。やっとクレアにも、何か楽しみにすることができた。

コートを着ようとすると、後ろでダンがコートを持ってくれた。袖《そで》を通すと、彼の大きな手がクレアの肩に置かれた。クレアが彼に背を向けたまま、二人は立ちつくした。

外は激しい嵐になり、氷の粒が窓を激しく打ちつける。窓から見える木の大枝が風でしなる。しかし、オフィスの中には、外の音は聞こえない。

二人は黙ってただ立ちつくした。ダンはじっとしたままだ。やがてクレアはバッグを取ろうと体を倒した。

肩に置かれていた手が離れ、ダンはドアを開けてクレアを待つ。受付に出ると、ロクサーヌがほほえみながら、挨拶してくれた。

ビルから足を踏み出した瞬間、ダンが大きな黒い傘を広げ、肘を曲げてクレアのほうに差し出す。腕を組もうと誘ってくれているのだ。

クレアは何の迷いもなく、腕を組んで歩き出した。男性と腕を組んで、街を歩く。昨夜はほとんど眠れなかった。不安でぼんやりと朝の四時に起きたとき、今日こんなことになるとはまるで想像できなかった。そもそも、地獄のような飛行機の旅で始まったのだ。それが、こんな展開になっている。

人生は驚きの連続だ。その驚きは必ずしも悪いことばかりではない。それを忘れないようにしなければ、とクレアは思った。

空はどんよりと暗く、北の方向がうっすらと明るくなっているだけ。遠くで雷鳴がとどろく。みぞれ混じりの雨が激しくなり、路面から水しぶきが跳ね上がる。ダンはクレアが濡《ぬ》れていないことを確認してからちらっと空を見上げ、足を速めた。ポケットから鍵束《かぎたば》を取り出して、オートロックのボタンを押す。数メートル先にあった黒のBMWが、かしゃっと音を立てた。

クレアは助手席に案内されたが、乗るあいだもダンは傘をクレアの頭上にかざしていた。そして車の後ろを回って運転席に乗り込んだ。

「さて、と」ダンはハンドルに手を置き、もう一方の手でキーを差し込んでエンジンをかけると、クレアのほうを向いた。「行き先は？　ホテルはどこなんだ？」

「実際はホテルじゃないの。ちょっとおしゃれなペンションみたいな感じ。マサチューセッツ街の三叉路《さんさろ》の突き当たりにあるの。静かなところよ。名前はケンジントン・ハウス、ウォレン通りに面してるとこ」十九世紀末に建てられた住宅を改造した感じのいい宿泊施設で、温かな雰囲気があった。インターネットで見つけたのだが、今朝チェックインしたとき、その感じのよさに、いい場所を選んだと喜んだ。

「そこなら、たぶん、俺も知ってると思う」クレアが眉《まゆ》を上げてみせたので、ダンは肩をすくめた。「あちこち歩くのが好きなんだ。町を知るには、歩くのがいちばんだからな。町のいろいろをすっかり頭に叩き込むまで、あらゆる通りを歩いてみるんだ。歩いてるときに、前を通った気がする。さあ、ベルトを締めて」

雨はいっそう強くなり、大きな音を立てて屋根に降り注ぐ。車の周囲に大きな水たまりができつつある。渋滞が始まり、防音効果のすぐれたBMWの車内にも、いがみ合うようなクラクションの音が聞こえる。

ダンが運転するあいだ、クレアは何も言わずにいた。こんな悪天候の中運転しなければならないとなれば、クレアなら冷や汗ものだ。だが、彼にはどうということではなさそうだ。運転技術がすばらしく、車を自在に操り、晴れ上がった春の郊外でドライブを楽しんでいるようにリラックスしている。

運転のうまい人には、クレアはいつも尊敬の念を抱く。おそらく自分の運転がうまくないからだろう。父の古いフォードが遺産の一部として彼女のものになったのだが、それ以前には自分で車を所有したこともなかった。必要なとき以外、できるだけ運転は避けた。

ダンの運転で、車はすいすいと街路を進む。クレア自身、ジョージタウン大学を出たので、四年間ワシントンDCに住んでいたのだが、ダンが今通っている近道があることなど、ほとんど知らなかった。

車内には……穏やかな空気があった。運転中の雨音は、ストレスをもたらすものだったはずなのに、ダンの運転がうまいことを知ると、単調な音がクレアの心を鎮めていった。

ゆっくりと快適な革のシートに体を預け、クレアはほうっと息を吐いた。いい気分。ほんのしばらく、何もかもを誰かにまかせるのは。他の人に面倒をみてもらうのは。少しだけ……このまま……

交通量が多く、到着まで四十分近くかかった。クレアはゆったりとシートにもたれ、うとうとしていた。ブレーキがかかって車が停まるのを感じて、彼女ははっと目を開けた。

「いいとこだ」建物の真鍮《しんちゅう》と木材のドアの前に車を停めて、ダンが言った。

「ええ、そうなの」クレアはそう答えた。「部屋もいい感じなのよ」

ダンは車から降りるクレアに手を貸し、ロビーまで一緒に来てくれた。ロビーはここが住宅だったとき、玄関ホールとして使われていたようだ。居間と同じように家具が配置されている。ここが個人住宅でないとわかるのは、チーク材のカウンターがフロント・デスク代わりにあるからだ。カウンターの向こうには、非常にきれいな中国系の女の子がいた。本を読んでいた女の子は、二人がロビーに入ると顔を上げ、笑顔を向けてきた。しわのないぴんと張った白いシャツの胸には、〝エイミー〟と書かれた真鍮の名札がつけられている。今朝チェックインするときも、このエイミーが対応してくれた。

「おかえりなさいませ、デイさま。7号室でしたね」エイミーの読んでいたのは分厚い本で、どうやら教科書のようだ。クレアが好奇心を持ったのに気づいたらしく、エイミーが説明した。「大事な試験が迫っているもので」

「がんばってね」自分の学生時代のことを思いだして、クレアはほほえんだ。懸命に勉強した。達成感があった。あの頃の生活はなんて単純だったんだろう——懸命に勉強すれば、必ず成果を得られる。

そんな単純な生活は、もう戻ってこない。

クレアはダンのほうを向いた。普段あまり笑わない男性という印象を受けるのだが、それでも今の彼はクレアにほほえみかけている。すぐ近くにいるので、彼の存在を体で感じることができる。体温、石鹸《せっけん》の匂い、まだかすかに残る煙の臭い。そうだった。彼は大変な経験をしたばかり——火事はいつだったのだろう——たった昨日のことだ。

なのに、外見からはそんなことはまったくうかがい知れない。タフな不屈の男そのもの。

それに比べて……クレアも昔はタフだったのだ。燃え盛る炎に飛び込むようなまねはできなかっただろうし、向かってくる敵は撃ち殺せ、といったタフさでもなかったが、それでも男性社会にひとりで立ち向かう強さはあった。言い訳無用の専門家として、評判だった。

今のクレアはタフでもなければ、強さもない。専門知識さえ失った気がする。

ダンが心配そうにクレアを見つめている。濃褐色の瞳が何でも見抜いているように思える。クレアが何を考えているか、彼にはわかるのかもしれない。心の奥底まで不安でいっぱいでびくびくしている人間だと、見透かされてしまったのだろうか？

彼がクレアの手を取り、唇を寄せた。手の甲に彼の唇を感じ、クレアはびっくりした。まるで――おとぎ話の白馬に乗った王子さまのようなしぐさ。

ダンのような男性には、まるでそぐわない行動のように思えた。何と言っても、彼は海兵隊員なのだ。これまでどの任地に行っても、クレアは海兵隊の人たちが好きだった。男性として、頭の回転が速く、タフで効率よく行動する。しかし、海兵隊全軍のどこを捜しても、ロマンティックさのかけらもないと信じてきた。

「さあ、午後はゆっくり体を休めて」手を放してそう言ってから、ダンは指でクレアの頬を撫でた。「疲れてるみたいだから、ちょっと眠ったほうがいい。今朝は、夜明け前に起きたんだろ？」

クレアはほほえんだ。「四時に」

「だと思ったよ。ゆっくりするんだ。俺は七時に迎えに来るから」

目の前のダンは、そう背は高くないが、がっしりとたくましく、笑顔でクレアを見つめていた。強くて、まじめで、頼りになる人。クレアはそのとき悟った。瞬間的に強い信念のようなものを感じて、疑う余地さえなかった。彼は必ず七時にやって来る。もし来なければ、死んでしまったか、病院に担ぎ込まれたかのどちらかだ。

「ええ、わかったわ。それじゃ――楽しみにしてるわね」

本当に楽しみだった。期待に胸が躍るのが自分でもわかった。礼儀として返事したのではない。わくわくすることが待っている感じは、本当に久しぶりだ。

ダンがうなずいた。「よかった。俺も楽しみだ。ジョージタウンに小さいがいいレストランがあるんだ。八時十五分前に予約を入れておく」

二人はしばらく、そのまま向き合って立っていた。エイミーがあからさまな視線を二人に向ける。クレアを見ては、ダンを、そしてまたクレアを見て、何か劇的なことが起こるはずだと待っている。

クレアは一歩退いた。彼の胸に飛び込みたい気持ちがあまりに強く、このままでは一歩前に出てしまうと思ったからだった。

「じゃあ、七時に」クレアはそう言うときびすを返して、部屋へと続く廊下に向かった。自分の部屋の前で立ち止まり振り返る。ダンは動こうとしない。クレアの後ろ姿を、彼女の一歩一歩を見守っている。

部屋は非常に居心地がよく、ちょっとした居間部分にはソファの他に、机と椅子がある。クレアはゆっくり時間をかけて荷物をほどき、ちらっとベッドを見た。天蓋《てんがい》つきで、ふかふかの羽毛の上掛けがクレアを誘う。

クレアは椅子に座って、窓の外を眺めた。外はみぞれが激しく降る嵐になっていた。いっさい何も考えずにぼんやり嵐を見て、めったに味わうことのないリラックスした気分を楽しんだ。

ベッドに横になろうかな、と思ったとき、ドアをやさしくノックする音がした。のぞき穴から見ると、フロントにいたエイミーが満面の笑みを浮かべ、トレイを持って立っていた。

クレアはドアを開いた。

「これが届けられたんです、デイさま」エイミーは慎重に机にトレイを置くと、一歩下がった。

銀の蓋《ふた》を開けると、ほわっとおいしそうな匂いが漂った。湯気の立つきのこのポタージュ・スープ、小さな皿に盛られたサラダ、熱々のフォカッチャがあり、濃厚なチョコレートケーキがひと切れ添えてあった。さらにハーフサイズの白ワイン《シャルドネ》、エビアンの大瓶が一本。ワインボトルに白い封筒が立てかけてあり、太く黒いインクでクレアの名前が書いてある。

クレアは封筒を開けた。

ランチを楽しんでくれ。今夜、七時に。D《ダン》

クレアはランチを楽しんだ。食事をおいしいと思えるとは、考えてもいなかった。この一年、食べものと言えば――その匂いに対し、ときには食べるものを目にするだけでも、胃が完全に拒否反応を示した。胃の上部にぎゅっと結び目ができた感じで、もう一生食べものは口にしないと決めるまで、吐き気がした。ところが今は違う。今は胃袋が……大きく開いている気がする。空腹とはこういう感覚だったような。

クレアはそれぞれ半分だけ食べた。スープは温かく、やさしくお腹に収まった。熱々のフォカッチャは、しゃきしゃきした歯ごたえのグリーン・サラダに合った。そしてデザートのケーキは贅沢《ぜいたく》なほど濃厚で、チョコレートケーキはこうあるべき、という至福の味だった。天国にいる気分になれる。

チョコレートが大好物だったことさえ忘れてしまっていた。

さらにワイン。クレアはワインも好きだった。飲まなくなっていたのは、なぜだろう？　ワイン・ショップまで出かけてボトルを買うことが億劫《おっくう》だったから。何も受け付けない胃のせいで、ワインのことを考えると口の中がすっぱい感じがしたから。そして、楽しむという概念そのものを完全に忘れてしまっていたから。

このワインは、夢のような喉越しで、夏と太陽の味がした。クレアはすっかりリラックスした。さっきよりもさらに強く、ベッドが彼女を招く。彼女はパジャマに着替えると、ベッドに入った。上掛けをかぶって、二時間ばかり横になろうと思った。いつもなら体を硬直させてそのままぼんやりしているのだが、今日はあっという間に眠りに落ちた。

目覚めたときあたりが薄暗く、一瞬七時を過ぎてしまったのかと焦ったが、時計を見ると五時半だった。つまり、四時間続けて眠ったわけだ。こんなことも事件後初めてだ。通常は、夜も目覚めることなく四時間続けては眠れない。ましてや昼間ではあり得ない。

荷造りするときに、デートの可能性などまったく考えてはいなかったものの、着替えは持ってきていた。黒のパンツ、黒いカシミアのタートルネック・セーター、黒のブーツだ。『ボディ・ショップ』で買った、いい香りの——ホワイト・ムスクだ——ボディ・クリームもある。お風呂の熱いお湯につかり、心身ともにくつろいだ気分になったクレアは、身支度を楽しんだ。全身にたっぷりとボディ・クリームを塗って、備えつけのドライヤーを使って、そのまま髪を乾かすのではなく、ブラシできれいに毛先をまとめ上げた。

それから……化粧だ！　メイクアップというものが存在していたことさえクレアは忘れていたのだが、女性ならではの技術を駆使するのは実に楽しかった。洗面所のシンクに身を乗り出して鏡を見ると、そこに映る女性はまるで別人だった。頬にも唇にも赤みが差している。頬は自然の赤み、唇は色を塗ったものではあるが、それでも……普通の女性らしく映っている。蒼白《そうはく》な顔色をして頬のこけた、どこか寒くて空気のない惑星からやって来たエイリアンみたいには見えない。

おかえりなさい、クレア。彼女は自分にそう呼びかけた。**本当に久しぶりね。**

夕食のデート――クレアにとっては何年ぶりかのこと――のための女性特有の儀式に時間はかかるとしても、ダンが迎えに来てくれるはずの七時までにはまだ四十五分ある。

バッグに入れてきた本を読む気にはなれなかった。もう結末がわかったのだ。銀行員にお金を渡したのは義理の兄で、動機は金、権力、復讐《ふくしゅう》。実社会では重要な意味があるのかもしれないが、今の彼女では共感することができない。

いつもの癖で、ネットブック・パソコンを荷物に入れた。十六歳のときから、どこに行くにも旅行かばんには必ずパソコンを入れてきたので、その習性が抜けなかっただけだが、モバイル用にはラップトップよりは性能が劣るが、軽くて持ち運びに便利なネットブックを利用していた。クレアはネットブック・パソコンを取り出して電源を入れた。

ボウエンがアルジェにいたという話が、どうも引っかかる。ただ、なぜおかしいと感じるのか、その理由がわからない。もちろん、今の時点では何もかもがおかしいのだが、それにしても……

ボウエンは人を欺くのが天才的にうまい。何と言っても、彼はＣＩＡなのだ。もしかしたらアルジェに行ったという話をでっち上げ、実際は当日ラカにいたのかもしれない。

もしボウエンが本当はラカにいたのなら、つまりクレアの記憶が——いや記憶だと思っているものが、違う、記憶していると記憶したことが、正しかったなら、本来の自分を取り戻しつつあるという証拠かもしれない。もしボウエンがラカにいなかったとしても、ダンが確信を持って言ったとおりアルジェにいたとしても、別にこれ以上状態が悪くなったということでもない。頭がおかしくて、妄想にとらわれているだけ。

ふむ。クレアは考えた。それなら少しぐらい調べても損はない。

クレアは国防情報局のホームページを開いた。クリックを続けると、やがてパスワードの必要なページが出てきた。ここにログインすると、さまざまな報告書が閲覧できる。クレアはもう国防情報局の職員ではないし、身分証明書やセキュリティカードも返還して使えなくなっているのだが、経験上、パスワードの無効化は忘れられているのではないかと考えた。

クレアの知り合いの中には、パスワードを〝123456〟とか、誕生日とか、母親の旧姓、ペットの名前などにする人たちもいる。こういう行為こそ頭がどうかしているとしか思えない。クレアは常に無作為に数字や文字を選んで複雑な組み合わせのパスワードを作り、それを覚えることにしている。

39＊Zan103hzy

そう入力すると、かわいいピンクのネットブック・パソコンが静かなうなり音を立て始めた。

やった。思ったとおり、パスワードは有効だった。

一分後には、クレアは昨年の十一月までさかのぼって当時の報告書を見ていた。捜し出すだけでも時間がかかる。この一年、国防情報局は忙しかったようだ。世界中のあちこちが、さまざまな脅威にさらされ、国防情報局としては、その脅威のすべてを漏らさず追っていたからだ。クレアは丁寧に報告書のページをスクロールしていった。もっとも危険な地域、脅威がいつになっても消えない場所、そして……あった。

ラカの大使館爆破事件の報告書はｐｄｆファイルにしてあった。全部で六十ページもある。全部を読んでいる暇はないので、クレアはファイル全体を検索することにした。検索フィールドを画面に出し、『ボウエン・マッケンジー』と打ち込んで、エンター・キーを押す。彼の名前が報告書で言及されているのは、たった一箇所だけだった。内容は『十一月二十五日、アルジェに二日間の予定で出張、アルジェリアの副首相と会議』となっていた。ボウエンは二十四日の夕刻アルジェに到着し、ラカが反乱軍に包囲され、爆破事件があったあとに帰着している。

クレアの全身が凍りつき、キーボードの上で指が震えた。ああ、やはりそうだったのだ。クレアの記憶が違っていた。頭の中の雲に切れ間が見えたと思ったのに、そうではなかった。はっきりとした映像が見えたと思い、元気づけられたのだが、映像は記憶ではなかった。病んだ精神が作り上げた虚構にすぎなかった。

よくなったわけではなかった。虚構にいっそう現実感が増し、真実だと思い込んでしまっている。これから一生、妄想を現実だと信じて生きていかなければならないのだろう。ときおり頭に浮かぶ、断片的な嘘の映像に惑わされるのだ。そう考えると怖い。

この一年、クレアは父の死に耐え、瀕死《ひんし》の状態からどうにか歩けるまでの力を取り戻した。その間、眠れぬ夜があり、どうすることもできないパニックに日夜襲われ、悪夢にうなされて目覚めると、どきどきしながらベッドの頭板にぴたりと寄せた体を縮こまらせ、見えない敵と闘おうとしてきた。

見えない敵とは、クレアの頭が勝手に作り出したものなのだ。

そのすべては、クレアが生み出したもの。進んでとまでは言えないだろうが、淡々と魔物を生み続けたのだろう。これまではずっと、精神状態がおかしいのは一時的なことだと頭の片隅で信じてきた。いずれ心身ともに健康な状態に戻れるのだと自分に言い聞かせてきた。そうなれば、また本来の生活を取り戻せると。

そのはずだった。なぜならクレアはあまりに若く、これで人生が終わってしまうはずなどないと思ったから。まだまだ、クレアの人生はこれからだった。テレビドラマではいつも、ヒロインが成功する見込みのない試練を強い意志の力だけで乗り越え、やがては幸せになっていくではないか。だからクレアも、自分もそうなのだと思っていた。

ところが……現実はそんな筋書きなどないのかもしれない。一生こんな状態で生きていかなければならないのかも。弱々しくて傷つきやすく、独りぼっち。頭がおかしい女を求める人などいるわけがない。

これからあと、四十年、いや五十年、こんな暮らしが続く。目覚めると顔には涙のあとが残っていて、暴力的な光景が突如フラッシュバックして頭の中でいっぱいになり、知らぬ間に郵便局やスーパーマーケットの冷凍食品売り場で怯えて体を小さくしてしゃがみ込むような、そして実際には起こらなかったことを生々しい現実感を持って見たり聞いたりする、そんな暮らしが。

今後一生、びくびくしながら、吐き気と不安にさいなまれるのだ。

クレアはネットブック・パソコンの電源を切り、蓋を閉じると、パールピンクのパソコンの表面に手を載せたまま、じっと動かなかった。パソコンには少し歪んだ自分の像が映っている。青白い顔に、きつく結ばれた口元。クレアは何も考えてはいけないと思いながら、ずっとしばらく腰かけていた。

そのうち部屋の電話が鳴った。ちらっと時計を見ると、七時ぴったりだった。ダンだ。彼が夕食に連れて行ってくれるのだ。

クレアはパソコンをケースに戻しながら、今夜は絶対に楽しく過ごそうと心に誓った。一年ぶりの外食だからというより、今後当分、こんな機会はないだろうと思ったからだった。

5

ワシントンDC中心部、
ウィラードホテル

慎重で、注意深く、どんなときでも用意周到。そういった特性を失わなかったおかげで、彼は現在の地位にたどり着くことができた。登山で言えば、ここが五合目。ラカは頂上へ登るための中継基地だった。ラカで富と権力を得ることができた。ここを足場として、さらなる上を、はるかに大きな富と権力を目指すのだ。誰にも邪魔はさせない。

これまでのところ、邪魔だてするような者は誰ひとりいなかった。しかし、油断は禁物だ。常に警戒を怠らない彼のことを被害妄想だと呼ぶやつもいるが、二十年間CIA職員として勤務した彼にとって、行動のすべては被害妄想から始まる。CIAではそう叩《たた》き込まれた。そのおかげで、危険な地域で危険な連中と付き合う生活においても、命を失うことなく、金持ちになれた。

ＤＮＡに被害妄想を埋め込まれた彼は、いつも状況を綿密に把握する。あたり一面に警戒網を張りめぐらせ、自分のテリトリーを探るやつが出てくればすぐさまわかるような仕掛けを作ってある。彼に対して不穏な動きや必要以上の興味が示された場合……まあ、それでも大丈夫だ。ＣＩＡに長年勤務したことの利点のひとつは、ちょっとした軍隊規模のボディガードをすぐに動かせるようになることだ。国のために尽くした男たちが、今度は彼のために尽くしてくれるという寸法だが、当然、政府から支払われるよりははるかに高額の給料をはずんでいる。

ラカ大使館爆破事件に関しては、ＣＩＡ、国防情報局、国務省、海兵隊の警護分遣隊それぞれが報告書を上げていたが、彼はそのすべてに隠し信号を仕込んでおいた。情報収集に慣れた人間が彼のことを調べようとするなら、まず、これらの報告書で彼の名前を検索するはずだ。すると彼のパソコンが警告を発する。

この一年、警告音は鳴らなかった。彼は緊張を緩め始めたところだった。隠し信号を外してもいいかもしれないと考えたほどだ。信号を仕込むこと自体は、大きなリスクではないが、それでもリスクには違いないからだ。どこかの退屈したコンピュータおたく、たぶん国土安全保障省とかにいるようなやつらが、仕事がないことに飽きて、隠し信号を見つけるアルゴリズムを開発する可能性だってある。そこで彼は隠し信号を外すべきか、その是非を思案しているところだった。

　ここまでの地位を築くには、常にリスクを検討し、正しい判断を下してこなければならなかった。

　ワシントンでもっとも由緒正しいホテルとされるウィラードで、彼が主催する盛大なパーティが開かれた。そのまっただ中に、警告が鳴った。周りはどこかの大使か政府高官か億万長者ばかりだ。全員が、彼のためにこの催しにやって来た。ひとつの大陸全体に進歩をもたらしたと、彼を称賛するために。すばらしい仕事だ、見事な業績だ、歴史に残る大事業だと彼をほめそやす。そして彼らは、自分もその業績の一部を担おうとする。偉大な事業に名前を残すひとりになりたいと思う。

　正式なパーティを開くには、二万五千ドルもかかったが、安い投資だ。

　みんながパーティ券を求めた。この場にいる栄誉を求めて、争うようにチケット代を払った。今月いちばん世間の注目を集める催しだったのだ。人々は列をなして彼にお金を渡し、彼をほめたたえた。

　二千ドルもするタキシードのズボンのポケットで、ブラックベリーが振動した。彼は周囲の人に、失礼、と断って、人のいない隅でブラックベリーを見た。電話と同じぐらいの大きさしかないのに、あらゆることがこの携帯端末機でできる。自宅のパソコンと変わらない働きをしてくれる。

嘘《うそ》だろ！　彼はショックを受けて、実際によろめいた。すぐに上品なしぐさで立ち直ったが、驚きだった。誰かが彼の名前を検索したのだ。国防情報局のパスワードが使われている。いったい何ごとだろう？

彼はすぐに国家安全保障局のエージェントにメールした。このエージェントのことは魔法使い《ウィザード》という名前でしか知らないが、秘密でハッカーのアルバイトをしている。彼はウィザードに年間二十万ドルを払い、こういった場合のために仕事をしてもらっている。ウィザードなら、誰が彼のことを嗅《か》ぎまわっているのか突き止めてくれるはずだ。

五分後、ブラックベリーの画面にメッセージが出た。ＩＰアドレスからどこで検索がされたか、住所番地まで調べ上げられていた。

住所を見て、彼は顔を曇らせた。まだ腑《ふ》に落ちない。検索がなされたのは、ワシントンＤＣ特別区内の小さなホテル、いやペンションといったほうがいいようなところだ、そんな場所でなぜ……画面をスクロールしていった彼は、メッセージの先を見て凍りついた。検索されたのは、７号室、そこに宿泊しているのは、クレア・デイだった。

ちくしょう！

クレア・デイが爆破事件で負傷したと聞いたとき、彼は当初、クレアが何か目撃したのではないかと心配した。当日大使館では誰も仕事はしていないことになっており、海兵隊の警護当番がひとりいただけのはずだった。ところがクレア・デイが敷地の外で発見された。重体で、彼女の父親がすぐにアメリカに連れ帰った。

彼はクレアの行動に目を光らせた。何かあったら、いつでも彼女の命を奪うよう指示が出せる体制を取った。しかし彼女は三ヶ月ものあいだ、意識が戻らず、そのあとも死人も同然の状態だった。フロリダの田舎町に引っ込んだまま、彼の脅威ではなくなった。

その彼女が、いったいワシントンＤＣで何をしている？　おまけに彼のことを調べているのだ。遠い南の地で、まだ爆破事件の衝撃から立ち直れず、頭がおかしいのではなかったのか？　記憶喪失で家から出ることさえできなかったはずなのに。しかしあの女が何かを始めた。それが何にせよ、あの女は危険な存在だ。消えてもらわねばならない。すぐに手を打っておくべきだった。あの女が事件の日大使館にいて、命を取りとめたと知ったときに。

どんなことにも、きちんと始末をつけておかねばならない。早急に。

会場に、国務長官の声がマイクを通して響く。「さて皆さん、盛大な拍手でお迎えください。我が国が誇る、最高の慈善事業家。目的達成のためなら労をいとわず……」

国務長官に演台へと招かれている。彼は内ポケットからハンカチを使って、プリペイド式携帯電話を取り出した。自分の軍隊を招集しなければならない緊急事態に備えて、彼は常に使い捨てにできる携帯電話を持ち歩いている。指示を出し終えたら、この場所から数マイル離れた場所で電話は下水に投げ込む。携帯電話は一度しか使わない。

彼の軍隊のリーダーであるヘストンが、一回目の呼び出し音で電話に出た。

「はい」名前は名乗らない。絶対に。

「掃除仕事だ」彼はそう告げた。「ケンジントン・ハウス、7号室。住所はウォレン通り。マサチューセッツ街の突き当たりだ。クレア・デイという名前の女が宿泊している。部屋にあるパソコンを取ってこい。そのあと、部屋を派手に散らかせ。頭のいかれたやつが押し入ったように見せろ。この女が俺の厄介のもとになっている。これ以上こいつに煩わされるのは、いっさいごめんだ」

「わかりました。女はどうします?」

彼はクレアのことを考えた。彼女は何を知っているのだろう。何かを目撃したのだろうか? ゆっくり時間をかけ、彼を追い詰めるタイミングを狙《ねら》っていたのかもしれない。彼を今の立場から引きずり下ろすことでも考えているのか?

今はおそらく見る影もないだろうが、以前の彼女は美人だった。そして高慢ちきで高飛車な女でもあった。彼の誘いをにべもなく断り、裏では彼のことをばかにしていた。ふん、あのときのお返しをさせてもらうとするか。あの女が何をたくらんでいるかは知らないが、今度ばかりは大きな失策を犯したものだ。取り返しのつかない失敗を。彼の機嫌を損ねるやつは許せない。誰ひとりとして。

それに今度こそ本当に始末をつけられる。今、こんなときにほころびが出てきてはいけないのだ。

「消せ。部屋に盗みに入った強盗と顔を合わせたように見せかけろ」彼はそう言って電話を切った。そして巨大なシャンデリアに照らされた赤じゅうたんの上を力強く歩く。会場は割れんばかりの拍手と喝采《かっさい》に包まれた。彼こそが時の人、真のアメリカの英雄なのだ。

彼女が来た！

廊下を歩いて来るクレアはいつもどおり美しかった。前と比べると少し痩《や》せて色が白いが、今朝の、こちらが不安になるほどのぴりぴりした感じは消えていた。ダンが抱き寄せると、彼女のほうからきつくしがみついてきた。傷ついた小鳥を手のひらに包み込む感じだった。ラカにいたときのクレア・デイは、頭がよくて、きびきびと動き、タフだった。あの姿と今の彼女を重ね合わせると、ショックだ。

爆破事件のせいで、彼女は心身ともに最悪の状態に陥った。ようやく自分を取り戻す過程についたばかりだ。

夕食に現われた彼女は、オフィスにいたときより、少しは元気そうに見える。よかった。ダンが届けさせたランチをわずかでも食べたのだろう。それに、どうやら眠ったようだ。ただ、このましな状態がいつまで続くかはわからない。

それでも彼女は、クレアなのだ。息をのむほどの美貌《びぼう》だけでなく、銀色に光るブルーの瞳《ひとみ》にあふれる知性が、ダンを魅了する。瞳に浮かぶ表情は、悲しみと絶望だけだが、それでもきれいで知的であるのは変わらない。

廊下をダンのほうに近づいてきながら、クレアは弱々しい笑みを浮かべた。視線が合った瞬間、ダンは自分の心臓が胸の中で宙返りしたように思った。

ダンは海兵隊だ。これまでもこれからも、たとえ除隊しても、海兵隊員としての気概は変わらない。そしてダンは最高の海兵隊員なのだ。

仕事の性格上、さらには訓練によって、海兵隊員はタフで感傷にひたることはない。ダンはその中でもさらに、感傷的な気持ちとは縁のないほうで、とりわけ女性に心を乱されたりはしなかった。母親は彼が二歳のとき、性根の腐った最低男である父のもとを去った。どこへ行ったのかは知らないが、息子を連れて行くことなど考えもしなかったらしく、常に酔っぱらって暴力をふるう男のところに、小さな我が子を残していった。

ダンが性交渉を持った女性のほとんどは、ただセックスを楽しむのが目的で、その女性たちが求めるものはきちんと与えてやった。それ以外の女性は基地の近くでたむろして、兵士の妻の座を狙っていた。定期的に給料を運んでくれる夫、保険や年金などが保証されている生活に期待していただけだ。

こういう女性たちはまともな職業に就いて地道に働くことができず、酔っぱらってはパーティに明け暮れる。そして網を張って自分を養ってくれる夫をつかまえようとする。いずれは離婚するのはわかっているのだが、離婚したあとも、政府からの給料なら、間違いなく定期的に扶養料に充当される。こういう女性があてにしているのは、まさにそれなのだ。子どもができれば、その額も大きくなる。

クレアは、ダンが知る女性のどのカテゴリーにも入らない。まさに対極だ。

彼女からは知性のオーラが出ていた。独特の知的な雰囲気に包まれ、人生のいちばん辛い時期を経験しているであろう今でさえ、眼差しの鋭さには一点の曇りもない。ジャカルタで初めて出会い、熱病にかかったように彼女に夢中になってから、ダンは彼女についてあれこれ調べた。そして見た目どおりの人物であることがわかった。頭がよく、責任感が強く、仕事熱心。

クレアは飛び級で高校を終え——しかもふたつの高校、フランスとアメリカの学校を卒業した。実際、どうやったらそんなことができるのか、ダンには想像もつかなかった。彼が高校卒業資格を得たのは海兵隊に入ってからだった。ただ、それ以降、つまり次の食事にありつけるかという不安や、酔っぱらった父親の怒りのはけ口になるのに対処しなければという心配がなくなってからのダンは、ほとんどすべての科目で最優秀の成績を修めた。

クレアは大学まで、ずっとトップの成績だった。国防情報局に入ってからの評価については簡単に調べられなかった。国防情報局が、自分のところの職員の個人情報を誰にでも見られるようにしておくわけはない。ただ外交の世界の噂《うわさ》というのは、情報収集マシンとしては最高のもので、これ以上の情報収集手段というのはあり得ないぐらいなのだが、その外交情報によれば、クレア・デイは国防情報局の中でも最高の分析官だという話だった。彼女の上げる報告書は分析が鋭く正確で、読む人を、なるほどと納得させた。プライベートな部分も、分析官の多くはストレスに耐えられずアルコールに逃げたり、頭がおかしくなったりするのだが、彼女はしごく健康な生活を送ってきた。

大使館すべてを吹き飛ばすほどの爆破事件で瀕死《ひんし》の重傷を負い、心身ともにぼろぼろになった今でさえも、彼女は自分が失ったものについて恨み言を口にしない。彼女は職を失い、丸一年を棒に振ったわけだが、そんな話をいっさい持ち出したりはしなかった。負傷したSEALの兵士が、いつまでも泣き言をわめいていたのを、ダンは以前に聞いたことがある。

いや、ダン自身がそうだった。怪我《けが》により海兵隊を離れなければならないと知ったときには、病院でフランク・コラセラと一緒に五日間すっかり落ち込んだ。フランクはイラクで片目を失って除隊を余儀なくされたのだ。

ダンはクレアに挨拶《あいさつ》しようと、数歩前に出た。

「ハイ」クレアの口元が少しだけ笑みを浮かべる。彼女はダンのコートの袖《そで》に手を置いた。「ランチ、ありがとう。本当にうれしかったわ」

ダンは置かれた彼女の手に自分の手を重ね置いた。やわらかな肌の下に、華奢《きやしや》な骨を感じる。目を閉じてその感触を存分に堪能《たんのう》し、鼻先を彼女の首につけて犬のように匂《にお》いを嗅ぎたかったが、彼はどうにか目を開けておいた。

まいった。彼女の肌から何かいい匂いがする。その匂いがまっすぐダンの脳を襲い、とんでもない妄想を始める。そのあと、う、困った、体を下へと駆け抜け、生殖腺を強く刺激する。激しく。

ダンは重ねた手に少しだけ力を入れた。「全部食べたか?」

クレアは、いい加減にしてよね、という顔をしてみせてから、低く笑い声を立て、置いていた手を離した。「はい、ママ。ほとんどすべて食べました。ワインもグラスに半分いただいて、そのあと四時間ばかり寝ました。自分でも信じられないの」

「よーし」ダンは大げさに腕を差し出した。フレッド・アステアがジンジャー・ロジャースをダンスに誘うような雰囲気だった。「ではお姫さま、まいりましょう。馬車が待っております」

一瞬、美しい笑みが彼女の顔全体に広がったが、すぐにいつものまじめで悲しそうな表情になった。「鍵《かぎ》をフロントに預けてくるわ」彼女が小さな声で言った。「そのあと、出かけましょう」そしてダンを見上げる。「それから、あの日何が起きたのか、話してちょうだいね」

ダンの笑みも消えた。「ああ。あの日何が起きたのか、俺の知るかぎりのことを話すよ」

クレアは、居間のように調度されたこぢんまりと感じのいいロビーの隅にある、フロント・デスク代わりの木製のカウンターまで歩いて行った。今は黒いアフロヘアの青年が座っている。青年は金属縁の眼鏡を光らせて、分厚い本を読んでいた。

ダンは文字が逆さまになっていても読める。海兵隊のときは、この能力が役立ったことも多かった。しかし、今日は何の役にも立たない。何かの数式だろうが、ダンにはまるで意味がわからない。文字はなく、数字と記号だけだ。理系の学生なのだろう。ホテルの受付のアルバイトをして、学資の足しにしているのだ。

ダンは海兵隊に入ってから大学教育を受けた。費用はアメリカ政府が支払ってくれた。その費用を、彼は海兵隊への忠誠心と献身でもって返した。毎月千発以上も銃を撃つ訓練に明け暮れ、毎日百五十回以上腕立て伏せをした。

クレアが青年にキーを手渡す。本物の、鍵穴に差し込む鍵だ。最近ではほとんどのホテルがカード・キーを使う。ところがここは、磁気テープの貼《は》ってあるあのキーではない。ダンは不安になった。

カード・キーも万全ではない。しかし真鍮《しんちゅう》の鍵に比べれば安全であることには疑問の余地もない。カード・キーのセキュリティ・コードを破るには、ある程度の、いやかなりのコンピュータ知識が必要となる。本物の鍵と錠は、安全上の穴だらけだ。全部屋を開けるマスター・キーが存在し、支配人、支配人代理、フロント・デスクのスタッフ、さらには部屋掃除のメイドやルームサービスのスタッフに至るまで、ホテルじゅうの人間がマスター・キーは持っている。支配人のペットの犬にだって、合い鍵が預けられているかもしれない。

部屋についているのは、シリンダー錠ですらない。昔風の穴に鍵を差し込むタイプのもので、こんなキーなら一分以内で開けられる。

戻ってきたら、まず俺が部屋を調べようとダンは思った。クレアを部屋に入れるのは、安全を確認してからだ。

カウンターのところにいたクレアが振り向き、ダンのほうを見てほほえんだ。ちょうどそれは、ダンが彼女の部屋に――ベッドのある部屋に一緒に入るところを想像した瞬間だった。すると、ああ、だめだ！　クレアが裸でベッドにいる姿が彼の頭の中にはっきりと浮かんだ。

この一年間、ダンは女性と体の関係を持っていなかった。修道僧みたいな暮らしだった。そのつけがたまっていたのか、今いっきに激流となって、ダンの体の中を駆けめぐる。もともと、性欲が強いほうだった彼の全身に、男性ホルモンがみなぎり、巨大な大波となって外へ噴出しようとしている。あちこちが熱くて、下腹部が燃え上がるようだ。

過去一年、ダンの体を留守にしていた男性ホルモンが帰ってきて、一斉に猛然と働き出している。ホルモンに体が反応し、お腹《なか》の下のほうが、命を吹き込まれたように脈打っている。

こぎれいで感じのいい、クレアの宿泊しているペンションのロビーで、ダンのものは、いきなり大きくなっていった。

くそ、どうしたんだ、俺は。

勃起《ぼっき》したんだ。ダンは改めて、自分にその事実を認識させた。しかも、こちこちに硬く。最悪のタイミングで。救いは、分厚い膝《ひざ》までの冬用のコートを着ていたことだった。

クレアは青年が伸ばした手に鍵を置き、ダンのほうに向き直ると、そっと彼の肘《ひじ》のあいだに手を通した。ウールのコートとコットンのシャツの上からでも、ダンは、クレアの小さな手から伝わる体温を感じた。肘に焼印を押されたような気がした。

クレアがダンを見上げる。「さあ、行きましょ」

「んがっ」返事をするつもりが、得体の知れない音が口から漏れた。どこからそんな音が出たのか、ダンにもわからなかった。

そしてまた、ダンはこれがクレアだということを意識した。ずっと想いを抱き続けてきた女性。いつのことからか……永遠のように思える。ダンの心をとらえて放さなかった女性。死んだと思っていたときにさえ、忘れられなかった人。

賢くて美しくて勇敢な女性。クレア。彼女が今ここにいる。ダンと一緒に。青白い顔をして、弱々しく、ひとりで立っているのもやっとという状態で。クレア。彼女にはダンが必要なのだ。

つまり、ダンは頭をきちんと働かせ、クールに保っておかねばならないということだ。もちろん、ダンは彼女が欲しかった。彼女への欲望はかなり以前から、ずっと抱き続けている。初めて彼女を見た瞬間に、かっと頭に血が上り、それ以来欲情が募って目がくらむような気さえする。しかし、彼女はまだ心身ともに、傷が癒えていない。

ひどい怪我をしたのだから、今のところ、ダンの欲望はどこかにしまい込んでおくべきなのだ。

かちんかちんに硬くなったものを、意志の力で多少なりともコントロールすると、ダンは架空の帽子のつばを軽く掲げた。「では、お手をどうぞ」

この言葉に、クレアは笑みを見せた。あっという間に消えはしたが、ダンは、太陽を自分のためだけに輝かせることができたような気分になった。ひとつだけ、確信したことがあった。クレアは去年一年をほとんどほほえむことなく過ごしたのだ。

まあ、いいさ、とダンは思った。これからはクレアの顔に笑みを浮かべさせるのが自分の任務だ。それからもちろん、最低七キロは体重をつけさせよう。そして、あのさびしそうな表情を消す。

そのための第一歩は、まず食事だ。

「さあ、どうぞ」ダンはそう言うと、椅子《いす》を引いてクレアを座らせた。まるでジョージタウンの女王さまのように彼女を扱う。

海兵隊員がここまで大げさな態度で、マナーを尊重するのを目にすると、ふと笑みが漏れてしまう。海兵隊員が、ロマンティストだとかレディ・ファーストを重んじるとかいう面を評価されることは通常ない。

ライフルの名手が必要だとか、敵から身を守ってもらいたいときには、海兵隊員は理想の男性だ。ロマンティックなムードとか花束を求める場合は、海兵隊員など問題外、他で相手を見つけるべきだ。

ダンは頭からつま先まで、どこをどう取っても海兵隊だった。信じられないぐらいたくましくて、粗野な雰囲気があり、見るからにいかつい。真剣な表情に顔を引き締め、クレアに椅子を引くのが何か大切な任務であり、任務には全力をつくす、といった感じ。まさに海兵隊だ。

一方レストランは、まったく正反対で、おしゃれな場所だった。

十八世紀に建てられた住宅を改造した建物の二階にあり、洗練されてものすごく高価そうだが、趣味のいい常連客が多いせいか温かな雰囲気に包まれている。何週間も前に予約をしなければならず、それでも騒々しい場所にある狭いテーブルが取れれば幸運という、まさにそんな店だ。店の支配人が暖炉のそばのテーブルまで案内してくれるなど、本来なら願っても無理なのだ。

クレアは大ぶりのベージュ色のナプキンを膝に広げ、その贅沢《ぜいたく》な布地の感触を楽しんだ。体を乗り出してダンに告げる。「私のせいで、他のことができなくなっているのではないでしょうね？　一緒にいてくれるのは、本当にありがたいのだけれど、あなたが忙しいのなら、私はホテルでルームサービスを頼んでもよかったのよ」

そう言われて、ダンは顔をすっと上げた。クレアとしっかりと視線を合わせる。濃褐色の瞳が強い力を放つ。「ここで、ひとつはっきりさせといたほうがいいみたいだな」ダンが低い声で真剣に話し出した。「今の時点で、世界のどこよりも俺がいたいと思うのはここだ。もっとはっきり言おう。君以外の誰とも、一緒にいたくない」

まあ。

二人は視線を絡ませ、そのまま見つめ合った。やがてクレアのほうから目をそらした。下腹の奥のほうに不思議な感じが広がるのに、驚いたからだった。

この人、本気なんだわ、と彼女は思った。

嘘みたい。クレアも、お世辞を言われたことは何度もある。思春期を迎えた頃から、甘い言葉をよく耳にした。しかし、宣言とも言える今の言葉は衝撃的で、彼女の脳の中で、男女間の駆け引きめいたやり取りに慣れていた部分が吹っ飛んでしまった。返す言葉がなかった。

クレアは狼狽《ろうばい》して、メニューを開いた。

地中海料理だったが、どこ産の何とかに何を添えてだの、料理のひとつひとつにたくさんの形容詞がついているタイプのメニューで、空腹でないときに眺めると、何だかめまいがしそうになり、お腹が空《す》いている場合にはよだれが出てくる感じだ。驚いたことに、クレアの口の中はよだれでいっぱいになってきた。

彼女はメニューを目で追った。「ここには以前にも来たことがあるの?」

ダンはメニューには目もくれず、ただクレアを見ている。

「ああ、ここではしょっちゅう食事する。オーナーはギリシャ系で、元海兵隊なんだ。俺の友だちだ。一年ぐらい前にこの店を始めてね、できるだけ店が繁盛するように、あちこちの人間に紹介してる。だが、君を連れてきたのは、料理が本当にうまいからなんだ」ダンは熱心にそう語った。

クレアは胸の内で、ほほえんだ。〝フラテルニ・インフィニタス〟ね。海兵隊のモットーと言えば、〝常に忠誠を《センパー・ファイ》〟が有名だが、センパー・ファイのあとに続くこの言葉も、海兵隊員なら大切にする。〝兄弟よ、永遠なれ〟だ。海兵隊に入った者は、兄弟としての絆《きずな》を作り、その絆は生涯続く。

クレアは周囲を見渡した。他の客たちが何を食べているのかを見ようとして、全員が幸せそうな顔をしているのに気づいた。こんなに幸せそうな人たちを一度に大勢見たのは、いつ以来のことだろう? 幸福感と満足感がきれいな分子構造を作って、席に着いていているように見える。

「みんなおいしそうだわ。それにすごくいい香り。何かおすすめがある?」

「ウサギ肉の香草添えはいけるぞ。それからシーフード・クスクスもうまい」

メニューを再度見ると、どの料理も七行に及ぶ説明付きだ。永遠の若さと世界平和以外だったら、どんなことでも叶《かな》えてくれそうだ。「ひとつずつ注文して、シェアしない？」

「決まりだ。給仕長のヘクターは、何も頼まなくてもここのハウス・ワインを持ってきてくれる。これがまたうまいんだ。レバノン産のシラーでね。それでいいか？」

レバノン産のシラー。とてもおいしそうだ。「いいわ」

ヘクターという給仕長は、二人のオーダーの用意ができたことをどうやって知ったのか、すぐに現われた。ダンに静かに会釈する様子から、彼が店の常連で上得意であることがわかる。

ヘクターがボトルの栓を抜き、二人に赤ワインを注いだ。ダンが手振りで、先に飲むようにと促す。太陽をいっぱいに浴びた、フルーティな香りが口いっぱいに広がって、クレアは幸福感にひたった。

クレアの表情を見て、ダンがほほえんだ。

「話して」突然、クレアの口から言葉が飛び出した。「あの日、ラカで何があったの？」そして、はっとして口を閉じた。

こういったことをたずねるには、礼儀というものがある。クレアはこの種の礼儀は誰よりも心得ていた。人付き合いにおけるアンテナは感度がよく、いつもその場の空気というものを読んでいた。誰かから情報を得ようというときは、まず遠まわしにその話題に触れるところから始める。いきなり質問をぶつけたりはしない。ぶしつけな質問をすると、食事に付き合った目的は情報を得るためだけだと宣言するのと同じになってしまう。

ダンはわざわざ時間を割いて、こんなおしゃれなレストランでの食事に誘ってくれた。それなのに、クレアはいきなり質問をぶつけた。食事を楽しもうともしない。

クレアは大きくうなだれ、テーブルクロスを見つめた。しっかりした麻の生地に、小さな模様が織り込んである。そして視線を上げて、どきっとした。ぶしつけな言葉をぶつけられて不快になったダンの顔があると予想していたのに、彼は濃褐色の瞳でただじっとクレアを見ているだけだった。

「ああ、もちろん」豊かな低音が、振動となってクレアに伝わる。そして長くて太い腕をテーブルの上に伸ばし、クレアの手を取った。

予想外の展開に驚いたクレアは、反応することができず、重ねられた手をじっと見下ろした。不思議な感覚だった。自分の手がすっぽりと彼の手に包まれるのは、これまでにない感じ。彼の手は皮膚がざらついていて、まめができている。軽く握られただけだが、しっかりと包まれている。彼の手は……気持ちいい。温かくて。安心できて。ここに手を預けるのが、当然という気がする。

「何が知りたい？」ダンがたずねた。

そう言われると、クレアはたじろいだ。私は記憶喪失で、などと説明を始めると、たいていは相手に恐怖心を抱かれる。実際、クレア自身が怖いのだ。昏睡《こんすい》状態だったほうがよかった。意識がないあいだのことなら、何も覚えていなくて当然だと受け止められる。ところが反乱軍にラカが包囲されたとき、クレアは意識があった。その前の一週間も。普通に暮らし、おそらくは周囲の人々と言葉を交わした。朝、職場に行って、夕方家に帰った。たぶんマリーとビールの一杯も飲んだだろう。水曜の午後は、大使館が早くに閉まるので、いつもそうしていた。

そのすべての記憶がない。本来記憶があるべき場所には、ただ巨大な闇《やみ》の迷宮があるだけ。

「何ひとつ、覚えていないの」クレアは小さな声でつぶやいた。

ダンの手が一瞬、力強くクレアの手を握る。「そのあとのことから、話をしよう」

「覚えていることの最後は何になる？」穏やかな口調で質問してくる。

「午前中にも話したと思うけど、最後に覚えているのは、十八日にフランス大使館であったパーティよ。そのあとのことは——まったく記憶がない」

ダンが首を振った。「俺は着任したばかりで、その日も翌日も、引き継ぎで忙しかった」彼の口元がわずかにほころぶ。「でも聞いた話では、フランス大使館で出された食いものは、すごくうまかったらしいな。シャンパンも空輸したとか——本物をシャンパーニュから」

クレアもほほえんだ。「大使館が開くパーティでは、私あまり食べるものには手をつけないし、お酒を飲むこともないのよ。でもあのパーティではカナッペを結構食べたわ。確認のために言っておくけど、ええ、すごくおいしかったし、シャンパンは本物で、最高だった」

「そのあとは？」

「そのあと」クレアはそっと告げた。「いっさい記憶がないの」もの悲しい言葉が、冷たく重くのしかかる。「フランス大使館から帰ったところまでは覚えているのよ。いつもの大使館の車を断って、歩いて帰ったわ。気持ちのいい夜で、自宅までは歩いても二十分ほどだったし。家に帰ると、ベランダに出て、アイスティーを飲んだ。それから報告書を見直して、ベッドに入り……次に覚えているのは、フロリダの自宅近くの病院の一室で、意識が戻ったときのこと。翌年の二月二十八日だったわ。その間の記憶は、いっさいないの」

記憶の代わりに闇と、夜ごと彼女を苦しめる映像と音があるだけ。クレアは、大きな彼の手に自分の手を預けたまま、身を乗り出した。「意識が戻って、文字を読めるまで体力が回復すると、いろんな報告書を読んだわ。それでも、実際に何が起こったのか、現実感がないの。自分がその場にいたという気がしなくて。大昔の事件の報告書を読んでるみたいなのよ。百年も前のできごとについて書かれているとしか思えなかった。でも、あなたはあそこにいたのよね？　何が起きたの？」クレアはダンの目を見た。「何もかも教えて」

「わかった」ダンが深く息を吸い込んだので、分厚い胸がさらに分厚くなった。「俺は警護当番だった。第二シフト、つまり正午から午後八時までが任務だ。大使館には誰もいなかった。いや、いないと思ってた。部下たちには、宿舎で感謝祭を祝えばいいと言っておいた。他の職員は、全員が大使公邸での行事に参加したものだと思ってた」

クレアは身震いした。「クロッカー夫妻が主催するパーティなんて、十五分以上はいられないわ。考えただけでもぞっとする。銃口を頭に突きつけられたら、考えてもいいけど」

「アーメン」ダンがにやっと笑った。「大使館の敷地内にいるのは、俺だけだと思ってた。ところが一六〇〇時に、君が現われた。廊下の向こうから歩いてきたんだ。ぶったまげちまって」ダンが少しうなだれる。「失礼」

クレアはまた、自分が笑顔になりかけているのを感じた。顔の筋肉が笑みをどうやって作るのか忘れているのだが、口の両側が上のほうに引っ張られる感じがある。

「海兵隊の荒っぽい言葉遣いは有名よ。仕事がら、どうしてもそうなるの。私の前だからって、そんなに気を遣わないでちょうだい」

実を言うと、海兵隊独特の言語表現は、複雑で独創性に富み、ときには詩的ですらあるとクレアは思っていた。その言葉遣いを書き留めておくのが、趣味となっていた。情報局時代に収集した表現をノートいっぱいに書きためてある。

クレアはダンの手をぎゅっと握った。「それで……私はどこにいたの？　一日大使館にいたわけでしょ？」自分が何をしていたかを他人に、実際まるで知らない人に聞くのは、実に奇妙なものだ。ただありがたいのは、ダンといると見ず知らずの他人という気がしないこと。クレアのことを認知症を患った人間のように扱う人さえいるが、彼はいっさいそんな態度を取らない。

ダンはそんな人じゃない。クレアはそう思った。彼はまっすぐにクレアの目を見て話す。質問に答える際も、まったく普通の態度を崩さない。

「情報管理室だろうな。ただ、どうやって誰にも見つからずに入り込んだのか、俺にはわからない。何にしても俺が警護につく前、午前中だ。それにしても、俺の前のシフトはワード軍曹だった。君はあいつに見つからずに大使館に入ったみたいだ。どうやってそんなことができたのかは、俺には謎《なぞ》だ。正午に警護の引き継ぎをしたとき、大使館には誰もいないと報告されたんだから」

クレアは固く口を閉ざし、肩をすくめ、何も知らないようなふりをしてみせた。

国防情報局の標準的手順だ。職員の出入りは、できるだけ誰にも見とがめられないようにする。誰にも告げずに大使館に入ったということは、クレアは当時極秘情報を扱っていたわけだ。その場合、横の通用口からそっと入る。

「つまり、私を午後四時に見かけたわけね。それから――」

「そのとき、反乱軍が攻撃を始めた」

クレアはうなずいた。報告書のすべてで、反乱軍が行動を開始したのは午後四時頃とされていた。午後五時にはあたりは暗くなる。

それでもまだ、納得できないことがあった。

クレアはレッド・アーミーに関して、さらにムブツ大統領の軍事政権についてさまざまな報告書を書いた。その内容は、今でもはっきり覚えている。内乱はあちこちで小規模な衝突を続けているが、首都が脅かされる危険はない、クレアはそう分析した。彼女の報告書を国務省が参考にすることは、じゅうぶん承知していた。そして報告書をもとに、一般市民を含めたアメリカ国民をマコンゴ共和国およびその周辺から退去させるかどうかを判断する。

クレアの分析が間違っていたことはそれまでなかった。レッド・アーミーがラカに侵攻してきたのを直接目にしたとき、さぞかし誰もが驚いただろう。それまで一年間に彼女が送った報告書、情報のすべてが、そんな危険はないと告げていたのだから。

レッド・アーミーによるアメリカ合衆国への攻撃、大使館を爆破するという事態は、アフリカにおいてはケニアでの一九九八年の大使館爆破事件以来のことで、大きな意味を持った。歴史上の事件となった。クレアは目を閉じ、目頭《めがしら》を親指と人さし指ではさんで押さえた。どうして何も思い出せないのだろう？

クレアは顔を上げた。「それで……銃声が突然聞こえたわけね？　そのあとは？」

「そのあと、俺は君を押し込むようにしてポスト・ワン避難室に連れて入った。慌てたので、君のズボンが釘《くぎ》にひっかかって、少し破れた」

クレアは笑顔を見せた。「まあ、私の命を助けようとしてくれたんだもの。ズボンにかぎ裂きができるくらい、安いものだわ。ただ――大使館への襲撃はすぐに始まらなかったのよね？」

「ああ。それから俺たちは二人でしばらくポスト・ワンにいた」

ダンの瞳は闇のように暗く、そのため瞳に映る暖炉の火がオレンジ色に輝くのまでわかった。射抜くような彼の眼差しが、自分の心の中を探っているようにクレアには思えた。やがて、こちらに目を向けたまま、ダンがゆっくりうなずき、そしてほほえんだ。

笑顔になると、ダンの顔つきがすっかり変わる。表情が明るくなったおかげで、ずっと若く見えるのだ。彼は四十歳を過ぎていると思っていたのだが、この笑顔を見ると、三十代、それも前半かもしれない。海兵隊員は、通常キャリアの早い時期に、三箇所で大使館付き分遣隊員として警護任務に就く。いつも真剣そうな顔をしているため、もっと年齢が上だと思っていた。

ちょうどそのとき、料理が到着した。ウエイターが湯気の上がる巨大な皿をテーブルに置くと、おいしそうな匂いが漂ってきた。

ああ、だめ。

山盛りの料理を見て、クレアは恐怖に凍りついた。胃がぎゅっとよじれて、痛い。ぴたりと胃袋が閉じられてしまった。これだけの量は、とてもクレアの手に負えない。見ているだけで気持ちが悪くなってくる。胃がじりじりと食道へと上がってくる。クレアは硬直したまま、喉《のど》の奥に上がってくる苦いものをのみ込んだ。全身が冷や汗でびっしょりになる。彼女は手を膝の上でそろえ、震えているのをダンから隠した。

口の中に酸っぱい唾液《だえき》が広がる。こうなると吐く寸前だ。

ああ、どうしよう。ダンはこんなに親切にしてくれているのに。彼の気分を害したくはない。しかし、胃が大きな岩をのみ込んだみたいだ。

がっしりとした体格の、浅黒い肌の男性がテーブルにやって来た。床まで届きそうなエプロンとシェフの帽子をかぶり、ダンと男の挨拶を交わしている。背中を叩き、掲げた手を合わせ、こぶしをぶつける。

「よう、ダン！」シェフが顔を輝かせた。

「スタヴロス！」ダンも笑顔でシェフの背中をどんと叩いた。背中から小麦粉がふわっと舞い上がる。そしてシェフの背中を押してクレアのほうを向かせた。「クレア、紹介しよう。今晩の料理を作ってくれたのが、こいつだ。スタヴロス・ダスカラキス。スタヴロス、こちらはクレアだ。ラカの任務で一緒だった。彼女は、国防情報局だ」

スタヴロスは眉《まゆ》を高く上げた。眉が帽子に隠れそうだ。「防諜《ぼうちょう》の専門家か」

「防諜の専門家よ」クレアもそう応じながら、震える脚で立ち上がった。ささっとズボンで汗を拭《ぬぐ》って、手を差し出しながら、料理に背を向けた。「初めまして、よろしく」

スタヴロスが、きれいな手でクレアの手を取った。「こちらこそ」そして横目でダンを見る。「こんな美人の防諜の専門家がいたとはな」

クレアは何も言わなかった。国防情報局の分析官の約九割が男性だ。全員が目立つ存在にならないように訓練を受ける。誰からも見過ごされる人間になるのだ。そんな中でいちばん美人だと言われても、たいした意味はない。

ダンは気楽な笑みを浮かべた。「おい、スタヴ、クレアにおまえの陶器のコレクションを見せてやってくれないか？　彼女なら、値打ちがわかるだろうから」

スタヴロスは、ほんの一瞬、わけがわからない顔をしたが、すぐにクレアを反対側の壁に連れて行った。「おう」壁際には、古代ギリシャのものと思われる甕《かめ》が置かれていた。黒地に赤の模様が入ったもの、赤地に黒のものなど、かなり古そうだ。通常なら、クレアも芸術的な工芸品を見るのは好きなのだが、今は目の前がかすんで甕もよく見えない。今いちばん大切なのは、スタヴロスがそれぞれの甕の歴史を説明するあいだ、この板目のすてきなフロアに嘔吐《おうと》しないこと。

スタヴロスの声が遠くに聞こえる。虫の大群がどこかでぶーんとうなっているような。それでもクレアは、外交の世界で防諜の専門家として鍛えられてきた。銃撃戦のさなかでも、あら、とか、へえ、とかつぶやいて、礼儀正しい会話を続けることができる。内臓がひっくり返りそうな吐き気と闘うぐらい、何でもない。

スタヴロスがクレアの手に、素焼きに黒い色をつけた甕を置いた。すごく軽いでしょうと言っている。素材の土に含まれていた水分が長い年月のあいだにほとんど蒸発しているからだそうで、どうやら古代のものである証拠らしい。クレアは何千分の一秒か、その甕を持ってほほえみ——笑顔を作るのは非常に難しかった。クレアは顔じゅうのあらゆる筋肉に、笑えと命令し——そしてすぐに甕を返した。二千年前のギリシャ文化の粋が、汗で滑る手から落ちて、フロアで粉々になってしまうところだった。

まともな生活ができると考えたのが間違いだった。体があまりにも弱っていて、外で夕食を楽しむことさえできないのだ。

間違いだった。ワシントンまでやって来て、自分のほうでは覚えてもいない男性を困らせる権利があると思っていたのだ。なぜなら、彼が自分の夢に現われるから。

大間違いだ。そんなふうに考えてしまうこと自体、一般社会の一員となる用意ができていない証明のようなものだ。

クレアは少女じみた夢を追いかける女性ではない。現実主義で、自らが実地に調べ上げたことに基づいて、行動する。仕事に関してはとくにその傾向が強く、結果として、面白みには欠けるが、実際的な人間になった。おとぎ話など信じないし、天使がいるとも思っていない。願いごとが、ただそうなってほしいと祈るだけで叶うはずなどないのだ。彼女はこれまで事実だけを信用してきた。

分析官の仕事は、現実をそのまま直視することだった。どれほど不愉快な事実も、受け入れなければならない。国防情報局では、希望的観測だけで報告を出す人間など役に立たない――いやそれより悪い。そんな分析官は危険なのだ。

だからクレアもどれほど酷な現実があっても、その状況をずばりと指摘した。そうしているうちに、自分を残酷なまでに客観視するようになった。

現在の自分が、本当にぼろぼろの状態だということに気づかなかった。だから、ダンのオフィスで泣き出し、彼にすがりついた。こんなこと自体、本来のクレアでは考えられない。まるで別の女性の行動だ。爆破事件以前と以後で、別の人間になってしまったのかもしれない。

以前のクレアは、決断力にすぐれ、ビジネスライクにものごとを割り切り、生気にあふれ、いろんなことをしようと計画を立て、集中力が高く、確実に仕事をこなし、野心に満ちていた。事件後の彼女は……情けない女、魂の抜け殻になり、過去の記憶もなく、それにもまして、将来的な展望もなく、今の息苦しさにあえぐ影のような存在。

もう行こう。こんなことをしていても、何にもならない。どう考えても。食べものにも、大人の時間にも、男性にも、いっさい向き合うことができない。

失礼を詫《わ》びて、立ち去るのよ。今ならまだ大丈夫。こんなにすてきなレストランで吐いてしまわないうちに。

スタヴロスが何かを言ったので、礼儀正しい受け答えをしようとした瞬間、クレアの体の奥から、パニックがわき起こった。

全身、汗びっしょりで、お酒を飲みすぎたか、薬で朦朧《もうろう》としているかのように頭がふらつく。周囲の音がどんどん遠のきながら、それでも鋭くクレアを威嚇する。競走を終えたばかりのように、動悸《どうき》が激しい。心臓は大きな音を立て、胸から飛び出しそうだ。

こんな最悪の状態になるとは。しかし、だからこそ、これまでめったに外出しなかったのだ。家の中にいるときなら、パニックの発作に襲われても、その場所に根を張るようにじっと動かずにいればいい。どんなに時間がかかっても、いつか発作はおさまる。そんなクレアの様子を見る人はいない、あの女頭がおかしいんだ、と指を差されることもない。

家の外では……そうはいかない。一度、銀行にいるときに、ひどいパニックの発作が起きた。足がフロアにくっついて離れず、全身から汗を流し、木の葉のように体が震えた。その間、誰の呼びかけに応じることもできなかった。銀行の支店長が救急車を呼んでくれた。それからは、インターネット・バンキングを使うようになった。

大きな発作が起こりそうだ。パニックが津波のようにクレアに押し寄せてくる。鼓動がさらに速くなるのを感じて、きちんと立っていられるよう、クレアは膝に力を入れた。パニックの発作と吐き気。救いがたい組み合わせだ。ああ、だめ、一刻も早く、この場所から逃げ出さなければ。

何も言わずに階段を下り、通りがかりのタクシーを停めてそのまま立ち去ろうか？　クレアがどこに宿泊しているか、ダンは知っているが、こんな頭のおかしい女ともうかかわりになりたくはないだろう。

ダウンのコートは置いていくことになる。高価だったが、コートぐらいまた買えばいい。

ホテルに戻って、またひとり眠れぬ夜を過ごすのだ。そして、疲れ果ててフロリダに戻る。自宅に入って、鍵をかける。そしてしばらく、家でじっとしていよう。暖炉の上でかちこちと音を立てる時計に、いつまでも耳を澄まそう。その音と同じリズムを刻む自分の鼓動を確認すればいい。まだ生きているという数少ないあかしだ。

クレアはスタヴロスにお礼の言葉を告げながら、頭の中でいろいろの弁解を考え、ダンのほうへ向き直った。

ごめんなさいね、本当に。私、体の具合がよくないの。いいえ、いいのよ、タクシーを拾うから。この時間なら、すぐにつかまるはず……

ホテルに帰って、悪寒を振り払うために、熱いシャワーを浴びよう。しかし体の芯《しん》までですっかり冷えきっているから、温かさを感じるまでには至らないだろう。そのあと、眠りを期待しながら、ベッドに入る。しかし、眠ることができないのもわかっている。

眠れぬ夜が明けた明日の朝、疲れ果てて帰宅の途に着く。大きくてがらんとした家に入ると、孤独と絶望と床磨き剤のレモンの香りがクレアを包む。

まだ世の中に出る準備はできていなかったのだ。それを改めて思い知った。しかし、いつになっても準備などできないのかもしれない。もう修復が不可能なところまで、クレアという女性は壊れてしまったのか……

そう考えて、クレアはがつんとハンマーで頭を殴られたように感じた。ワシントンに来ることは……ちょっとしたテストのようなものだったのだ。そのテストに、無残にも失敗した。旅することができず、完璧《かんぺき》にすてきなレストランでの食事にも、対処できなかった。理想的にいい人が誘ってくれたのに。

ダンは、理想的にいい人以上の男性だった。圧倒的に男らしく、魅力にあふれている。通常、男らしさを自慢するような男性にはマッチョな押しつけがましさがあって、クレアは辟易《へきえき》するのだが、彼はそんな態度をいっさい見せず、性的なほのめかしさえも口にしない。文句のつけようのないほど紳士で、こんなに感じのいいレストランに連れて来てくれた。それなのにクレアは、深い闇に引きずり込まれようとしている。ただ食べものが大量にあったのを目にしただけの理由で。

いつの間にか、ダンがクレアのすぐ横に立っていた。大きな手が彼女の肘を支える。手が温かくて、頼もしかった。ダンがクレアの肩の後ろにうなずきかける。彼は誰に向かってうなずいたのだろうと、クレアは思った。何も考えられない。

「悪いな」彼の言葉に、クレアは振り向いた。スタヴロスが、二本の指で敬礼し、クレアにほほえんだ。

「とんでもない」スタヴロスはそう言うと、厨房《ちゅうぼう》へと消えて行った。

ダンに案内されるまま、クレアは元のテーブルへ戻りかけたが、はっと足を止めた。

ダンも立ち止まる。

大量の食べものでいっぱいになっていたテーブルから、巨大な皿がすっかり片づけられていた。八人家族が食事をしても余るほどだったのに、今は小さな皿——おそらくデザート用の皿だろう——が二枚だけになっている。円盤投げに使われるようなさっきの大皿とは対照的に、いろいろな料理がひと口ずつ盛られている。

少量だったため、クレアの体はその皿を見ても拒否反応を起こさなかった。ああ、そうだったのか、とクレアは悟った。スタヴロスと一緒にテーブルを離れるようにダンが言ったのは、このためだった。クレアに古代の甕を鑑賞させるのが目的ではなく、彼はウエイターに大量の食べものを片づけさせ、代わりに少しずつ料理を盛った小皿を用意させた。頭のおかしな女でも対処できるように、ほんの少しずつにしてくれと命じたのだ。

「これならいいか?」ダンが落ち着いた声でたずねた。背筋を伸ばし、身動きもせず、鋭い視線をクレアに向けて立っている。アステカ民族のような厳しい濃褐色の瞳が光る。「このほうがいいだろ?」

クレアは彼の瞳を見返した。「ええ、これなら」

ダンがクレアのために椅子を引き、クレアはおずおずと座った。このままここにいていいものか、それとも立ち上がって逃げたほうがいいのか、判断がつきかねた。逃げるとすれば、今しかない。

クレアはテーブルの上に手を置いて組んだ。「どうしてわかったの?」つぶやくような声で、たずねた。

ダンはたいしたことじゃない、と言わんばかりに肩をすくめる。「俺は兵士だ。元兵士だった。PTSD。心的外傷後ストレス障害。戦場から生還した兵士が苦しむもので、クレアは戦場に行ったわけではない。ただ爆破事件に遭遇しただけなのだ。

「恥ずかしいことなんかじゃない」彼の低い声がやさしく告げる。「俺の友人にもいる。自爆テロに巻き込まれたんだ。帰還してからも二年間外出できなかった。どういう症状が出るかは、人によって異なる」

ダンのその友人の気持ちが、クレアには痛いほどよくわかった。二年間外出できなかったのは、しごくもっともなことだと思える。外の世界は、危険でいっぱいだ。ブラックホールが大きく口を開けて待ち受け、罪のない人を引きずり込もうとしている。

ダンが手を伸ばして、クレアの組んだ手に重ねた。そのまま包み込んでくれる。重ねられた手を見下ろしたクレアは、魔法にかけられたような気分になった。この一年、辛いことばかりが続いた。失ったものはあまりにも多い。手の甲に腱《けん》がはっきりと浮き上がる。いつも寒気がある。クレアのすべてが青白く、弱々しい。

ダンも爆破事件で負傷した。それなのに、普通の生活に戻っている。重ねられた彼の手は大きくて陽に焼け、たくましい。冷たい皮膚には、小さなたき火に手をかざしているように感じられる。

二人は何も話さず、互いを見つめ合って、そのままじっとしていた。すると不思議なことが起こった。彼の手が発する熱が、クレアに伝わってきたのだ。熱はゆっくりと腕を上がり、肌を温めていく。寒さの他に、動揺していたせいもあり、クレアは少し震えていたのだが、肌を伝わってきた熱のおかげで、かじかんでいた筋肉がほぐれ、常にクレアの体の中で張りつめていたものを溶かしていった。

クレアはほうっと息を吐いて、椅子にもたれた。激しい内なる闘いに、勝てたのだ。ここにいよう。逃げる必要はない。

ダンがテーブルの上から手を戻した。「このままで、大丈夫だな?」豊かな声が静かに響いた。

クレアは彼の濃褐色の瞳をのぞき込んだ。そこには、非難も心配も、いっさいなかった。頭のおかしい女を夕食に誘ってしまったという後悔も、まったく見られない。こんな女性、その場で置き去りにされても当然なのに。

そんな様子はいっさいなかった。クレアのすべてを受け入れようとする温かで寛大な気持ちが全身から伝わるだけ。ダンはクレアを見つめながら、少しほほえみ、体を乗り出してきた。

「ええ」クレアは答えた。「このままで、大丈夫」

ダンはさっとうなずくと、フォークを手にした。「よし。それならよかった」

ダンは食べ始めたが、ほんの少量なのでほとんどひと口で食べ終わった。がっしりと体の大きい男性なので、これでは前菜としても足りないはず。それでもほっと息を吐いて、背もたれに体を預けてから、クレアに皿のほうを示した。「うまいぞ。食べてみてくれ」

普段ならクレアの全身を包む冷気を振り払ってくれた熱のおかげか、彼の笑顔か、あるいは小さな皿から上げるおいしそうな匂いのせいか、はっきりとした理由はわからないが、クレアはフォークを取り、少しだけ口に入れることができた。

奇跡だ。胃が締めつけられる感じがなく、苦いものも上がってこない。吐き気によるめまいもない。

すごい。クレアは口に入れたものをのみ込んだ。それでも世界の終わりは来なかった。

料理の半分ぐらいを食べると、クレアはまた皿をテーブルの中央へ戻した。幸運に恵まれたようだが、調子に乗ると危険だ。こんなにきれいなテーブルクロスの上に、吐きたくはない。

「一度にこんなにたくさん食べたの、一年ぶりよ」ナプキンで口元を押さえると、クレアは体を起こして椅子の背にもたれた。

「食事ってのは、温かな料理を、誰かと一緒に楽しむもんだ」

そう言われて、彼女はふと目をそらした。食事に悩んだことなどなかった。以前は……以前のクレアなら。一般的な人たちと同様、食事を楽しんでいた。しかし意識が戻って以降のクレアにとって、食事も恐怖のひとつになった。拒否反応がどういう形で現われるか、予想がつかないのだ。一度など、食卓に着いていて、そのまま気を失った。口に何も入っていなかったのは不幸中の幸いで、何かを食べている最中なら、窒息死していたかもしれない。

それ以来、食事というものには、慎重になった。

一緒に食事を楽しむ人は必要かもしれないが、そこまでの幸運は望めない。

「デザートは？」

ダンの誘いにもクレアは首を振った。これ以上食べ物は要らない。必要なのは、さらなる情報だ。

「爆破事件当日の話をしてたでしょ？　大使館のすぐ外で銃声が聞こえて、あなたはポスト・ワン避難室に、私を急いで連れて行ったって。そのあと、どうなったの？」

ダンのこげ茶色の瞳で何かが燃え上がった。激しい熱を帯びた炎のようなものだったが、すぐに消し止められた。「自由大通りでは大騒ぎが続き、俺たちは一時間ばかり、そのままにしていた」

「その一時間、大使館への銃撃はなかったのよね？」

「ああ。レッド・アーミーの連中は、市街を走り回り、街灯を撃つことだけで、じゅうぶん満足しているように見えた。爆破の瞬間まで、大使館には興味を示さなかった」

「それ、変ね……」

「ああ、確かにおかしい」ダンが同意する。「俺は大使公邸に連絡を入れた。全員無事だった。そのあと海兵隊宿舎の部下とも話し、みんなその場で騒ぎをやり過ごすほうがいいと判断した。俺たちはポスト・ワンに身をひそめ、騒ぎが治まるのを待った」

ダンはクレアの表情を探っている。この話で、記憶が戻ったか調べているのかもしれない。

「そのあと、どうなったの？」

ダンが少し口ごもった。「しばらくしてから、君の友人のマリーがドアから顔をのぞかせた。あたりが暗くなる寸前だった。マリーは君に、一緒に来てほしいと頼み、俺は反対した。しかし、マリーの話をどうしても聞かなければと君は言い張った。一分で戻るからと」

マリーの名前を聞いて、クレアは胸が締めつけられるような思いだった。そのあと、何があったにせよ、それでマリーは命を落とした。

ダンが顔を曇らせる。「このへんのこと、まったく覚えてないのか？」

クレアは首を振った。「何も。いっさい記憶がないの」

悪夢のことを話そうかと、しばらくクレアは考えた。しかし、あれは記憶ではない。ただの地獄絵図だ。「それで、どうなったの？」

「君が出て行って五分後、俺は心配になり始めた。もう一回大使公邸と海兵隊宿舎に連絡を取り、それから君を捜しにポスト・ワンを出た」

「武装して？」

ダンが背筋を伸ばす。「もちろん、武装してた。ライフルと拳銃《けんじゅう》で。自分のレミントンを背に、自分のブローニングを手に」

わかりきった答だ。

「君の姿はどこにもなかった」ダンが話を続ける。「建物内をくまなく捜したんだ」

ダンは眉間《みけん》を寄せて、クレアを見た。「君が自分の意思で建物を離れたとは、どうしても思えなかった。しかし、事実としては、君は建物の中にはいなかったんだ」

いったいなぜ、自分は大使館の建物を離れたのだろうと、クレアは考えた。ダンの言うとおり、頭がどうかしていたに違いない。国防情報局ではこういった場合に備えて訓練があり、どの訓練でも、安全な場所でじっとしていることと教えられる。

国防情報局の分析官は、闘うための訓練を受けない。分析官の武器は、頭に詰まった情報であり、その情報でいっぱいの頭をちゃんと胴体の上につなげておくことが、分析官の義務となる。いったい自分は何を思って安全なポスト・ワン避難室を離れ、さらには建物の外に出たのだろう？　その理由がクレアには想像もつかなかった。ポスト・ワンには、クレアを守ることが任務の海兵隊、警護分遣隊長がいたのに。

つまり、またひとつ謎が増えたわけだ。これまでの人生の記憶に現われたブラックホールがもっと大きくなったようなものだ。

クレアはまた身を乗り出した。「それで？」

「俺は建物を出て、大使館の敷地を調べることにした」ダンが辛そうな顔をした。彼の気持ちが、クレアにはよくわかった。規定では、大使館が襲撃を受けた場合には、警護官は建物を離れてはいけないことになっている。ましてやダンは警護分遣隊長だった。彼はクレアのために、規定に違反した。規定を破ったとして、厳罰を受けていたかもしれないし、場合によっては、戦闘時の敵前逃亡として不名誉除隊になっていたかもしれない。「女性のささやく声が聞こえた。そう思った瞬間、爆発で吹き飛ばされた。たまたまコンクリートの柱の横に立っていたので、命を失わずに済んだ」

「ああ、そうだったの」クレアは小さな声でそう言うと、ダンの腕に手を置いた。「ごめんなさい」クレアのせいで、ダンは命を落としかけた。それなのに、自分がなぜそれほどの行動をしたかがわからない。

ダンはまた、クレアの手に自分の手を重ねた。すぐに温かな感覚が腕に伝わるのをクレアは感じた。ダンの頬《ほお》にぐっと力が入る。「最初から、建物の外を調べればよかったんだ。そうすれば、君も爆破に巻き込まれずに済んだかもしれない。もっと早く君を見つけ、建物の中に避難させられていたら、この一年、君が苦しむこともなかった」

クレアはぼう然とダンを見つめた。彼は本気で言っているのだ。言葉のどこにも、嘘はない。暗く厳粛な顔に浮かぶしわのひとつずつが、心からの言葉だと伝えてくる。この一年、ダンは自分を責め続けてきたのだ。あんなことになったのは、自分のせいだと考えて。

「とんでもないわ、ダン。あれはレッド・アーミーがやったことで、あなたには何の責任もないでしょう？　そもそも建物の外に出るなんて、私、どうかしてたのよ。私が軽率だったせいで、あなたが罪悪感を持つなんておかしいわ。自分でも、何でそんなことをしたのか、さっぱりわからない」

ダンはさらに引きつった表情になり、強い思いをこらえているためか、通った鼻筋が白く見えた。

「君は死んだんだと思った」感情をまじえないようにダンがつぶやく。「俺は君を守ってやることができなかった、そう思った。俺のせいで、君は命を落としたんだと。君が死んだのは、何もかも俺が悪いんだと、そう思ってきた」

クレアははっと息を吸い込んだ。ショックだった。両手でひとつずつ彼の腕をつかむと、鋼鉄のような筋肉があるのがわかった。彼のすべてがたくましく、どっしりとして、健全だ。そんな彼が、罪悪感を持ち続けていたと知って、クレアは申し訳なさでいっぱいになった。ただクレアを守ろうとしてくれただけなのに。

それに……

二人の視線が合った。ダンが体を前に出し、ほんの数センチのところまで二人の顔が近づいた。彼とすぐ近くで、手を触れ合って、清潔な男性の匂いを感じて……クレアの頭の中で、ふとひらめくものがあった。

どこか奥のほうに隠されていた質問が、わき上がり、どんどん大きくなっていった。口を閉ざしておかなければ、きっと頭がいかれたと思われてしまうわ、とクレアが考えるより先に、質問が飛び出した。

「私たち、体の関係はなかったって聞いたけど――キスはした？」そう口走っていた。

そしてその途端、クレアは自分が口にした言葉にショックを受けた。

6

私企業。最高だ、とカール・ヘストンは思いながら、マサチューセッツ街の突き当たりで車を停めた。以前は公務員だったが、現在は私的に雇われている。待遇は比べものにならない。

この任務が、そのいい例だ。たいした困難もなくやってのけられる仕事なのだから。任務が出張をともなうものであるとき、ときには外国の場合もあるが、ボスは気前よく経費を払ってくれる。アフリカまで、すべてビジネス・クラスで行ける。C－130輸送機のがたがた揺れるベンチに凍えそうになりながら座り、ボトルに小便を出すのとは大違いだ。

今回の任務には出張は必要ない。ちょっとした押し込み強盗、プラス軽い汚れ仕事。ヘストンを訓練するために、政府は百万ドル以上使った。イラクには二度派遣され、アフガニスタンにも行った。昔の邸宅を改造したペンションに押し入って、どこかの女の命を奪うくらい、朝飯前だ。

すると明日には、ケイマン諸島の銀行口座で彼を待つ百万ドルに、さらに十五万ドルの残高が加えられる。そうだ、ボスの下で働くとはそういうことだ。あのくそったれの上官に我慢するより、岩だらけの地面で寝るより、何ヶ月も非常食だけで食いつなぐよりも、ずっといい。おまけに政府の仕事では、撃たれる可能性さえあったのだから。ボスのところで仕事をするようになってから、ヘストンは一度も銃を向けられたことがなかった。

楽な任務だ。給料はいい。これこそまともな仕事ってもんだ。

さらにご機嫌なのは、ヘストンがボスのために作り上げた工作員のネットワークだった。工作員は国じゅうに存在し、みんなまじめに働く。彼らの働きに対し、ヘストンには十％の手数料が支払われる。

ヘストンはフォード社製のワゴン車から降りると、きびきびした足取りでマサチューセッツ街を歩き出した。ビジネスマンかロビイストか弁護士か、ワシントンDCに掃いて棄てるほどいる男のひとり。おまけにこのあたりは弁護士がうじゃうじゃいる場所だ。ヘストンに目を留める者などいない。計画どおりだ。ごく自然に見える黒い髪のかつらが銀色に近いブロンドを隠し、黒っぽいコンタクトレンズのおかげで淡い水色の瞳《ひとみ》はこげ茶色になっている。さらに、もじゃもじゃの口ひげ、黒くて角ばった縁の眼鏡――もちろんヘストンの視力では眼鏡など必要ない、そしてシークレットブーツで八センチ近く背が高くなっている。

目撃者がいた場合、警察がまずたずねるのは、犯人の髪の色、目の色、身長、目立った特徴があるか、だ。

黒っぽい髪、黒っぽい目、長身、黒縁の眼鏡、口ひげ。

この証言のすべてが、ヘストンの特徴と異なる。

特殊部隊の兵士の多くはそうなのだが、ヘストンも中背で細身のしなやかな体つきをしており、やたらに盛り上がった筋肉ばかりの男ではない。ブリオーニのスーツ、アイゾッドのシャツとディオールのタイ、ゼロハリバートンのブリーフケースといった小道具を加えると、本当のヘストンの姿は完全に隠すことができる。DCの中心地デュポン・サークルを歩けば、十秒に一度、必ずこういう男とぶつかる。

しかし、格好は同じでも中身は異なる。こういう身なりの平均的な男には、まずスタミナがない。ヘストンは誰よりも長時間走れる。心臓が止まるまで、走り続けていられる。それに、ヘストンは誰よりも銃器に精通している。ライフルであれ拳銃《けんじゅう》であれ、何でもOKだ。もちろんナイフも。いや、必要とあれば、石を使うこともできる。

地上の誰より、銃の扱いに優れ、長時間走っていられるとヘストンは自負していた。

さらにブリーフケースに入っているものも法廷用の宣誓調書やビジネス用の書類では

ない。ピッキング用の装置、C－4爆薬が百グラム強、P－38拳銃、それからパーツに分解したAR－7ライフルが収めてある。AR－7に取りつけられるよう熱源感知スコープと、ライフルと拳銃用の弾薬もある。このおしゃれなペンションとやらに、防犯カメラがあった場合に備え、レーザー光照射器もある。全体で二十数キロになるのだが、ヘストンは軽々と持ち運ぶ。

実際、アフガニスタン南部のヘルマンド州で高高度降下低高度開傘《HALO》のために飛行機に乗り込んだときには、パラシュートも含めて七十キロ近い荷物を背負っていたのだ。あれに比べると、どうってことはない。あの最悪仕事のために、アメリカ政府から給料としてヘストンに支払われたのは、年間たったの四万ドルだった。

ボスのところで仕事を始めてから、その二十倍稼げるようになった。しかも、くそ難しい規則なんかに縛られることもない。つべこべ言わず、任務を達成する、求められるのはそれだけだ。

ヘストンは路地に入って行った。ここがウォレン通り。瀟洒《しょうしゃ》で飾りだけの玄関門の前を彼は通り過ぎた。門の横には控えめな真鍮《しんちゅう》の表札がついている。〝ケンジントン・ハウス〟。門には凝った細工が施されているが、留め金がついているだけ、鍵《かぎ》はかけられていない。防犯カメラはなし。一階の部屋の窓には格子もはめ込まれていない。やれやれ。頭を働かすってことを知らないやつがいるもんだな、とヘストンは思った。

彼はたくさん持っている携帯電話のひとつを使って、ケンジントン・ハウスに電話した。

「ケンジントン・ハウスでございます」きびきびとした男性の声が聞こえた。

ヘストンは、ぜいぜいと息を吐き、よぼよぼの情けない老人を装った。痰《たん》が絡まって、声もろくに出せない雰囲気を作る。「もしもし？　そちらは――」電話の横で紙切れを握りつぶして、がさごそ音を立てる。さらにぜいぜいと息を吸っては吐き、苦しそうにした。「ケ、ケンジントン・ハウスかね？」

「はい、そうです」電話の向こうの声が、苛々《いらいら》する気配もなくきちんと応対する。

「どういったご用件でしょう？」

「私の姪《めい》がそちらに泊まっているんだ。クレアだ。クレア・デイというんだが、弟の娘でね。部屋につないでくれるか？」

「申し訳ございません。デイさまは、現在外出なさっているようです。メッセージがございましたら、お預かりいたしますが」

完璧《かんぺき》だ。

ヘストンは咳《せき》を何度かして、また息を吸った。棺桶《かんおけ》に片足を突っ込んだような、老いぼれじじいを演ずるのだ。「ああ。チャーリー伯父さんから電話があったと伝えてくれ。また電話するからと」

ヘストンはまた表通りのマサチューセッツ街に戻り、近くの小さな花屋に入った。店にあったバラのすべてを買い、百ドル払った。最後に花屋がふわっと広がる白い花――赤ちゃんの吐息《カスミソウ》とかいうもの――と緑の大きな葉っぱを足すと、花束は兵士が背負うリュックと同じぐらいの大きさになった。

十五分後、ヘストンは静かで上品なロビーに、満面の笑みを浮かべて入って行った。片手にはブリーフケース、もう一方の手には花束を抱え、ロマンティックなことをしようと心に決めた弁護士、といった風情だった。

「やあ」

大きなアフロヘアの若者が、読んでいた本から顔を上げ、わずかに笑みを見せた。

ヘストンはロビーをしげしげと眺め、壁につけられた燭台《しょくだい》や、アンティークの肘《ひじ》掛《か》け椅子《いす》の優美さに感嘆しているふうを装った。防犯カメラはここにもない。一台も。まったく、おめでたいもんだ。

「ご用件をうけたまわりましょうか？」若者が堅苦しい挨拶《あいさつ》をした。

「ああ」間抜け面いっぱいに笑みを浮かべ、ヘストンはきれいなレース紙で包装された花束を持った手をカウンターの上に置いた。左手だ。「今日、ここにクレア・デイという女性が宿泊しているはずなんだ」わざとらしくウィンクしてみせる。「美人だよ、わかるだろ?」クレア・デイが美人かどうかをヘストンは知らなかった。ひょっとしたら、顎《あご》が何重にも垂れたデブかもしれないが、そんなことはどうでもいい。「僕たち、その、ちょっとした意見の相違ってやつがあってね」笑みをさらに大きくする。「みんな僕が悪いんだ。だから、埋め合わせでもできないかと思って」花束を少し揺らしてみる。まったく、ものすごい大きさだな、この花は、とヘストンは思った。凶器として使えそうなぐらい、巨大だ。

若者はまっすぐヘストンの目を見て、笑みを浮かべることもなく花束を受け取ろうとした。「デイさまに、必ずお渡しいたします」

ヘストンは急いで花束を若者の手から奪った。「だめ、だめ。彼女の部屋に置いておこうと思うんだ。部屋の鍵を渡してくれないかな? 部屋で彼女の帰りを待つから。すぐに戻って来るはずだ」

若者が顔を強ばらせた。その手には乗らないぞ、と主張している。「申し訳ありませんが、そういったご要望にはおこたえできません。メッセージと一緒に花束をこちらにお預けいただければ、デイさまがお戻りになったとき、必ずお渡しします。あるいは、ロビーであれば、お帰りをお待ちになっても結構です」

ヘストンは若者の斜め後ろにちらっと視線を走らせた。番号のついた小さな箱状の棚があり、それぞれの下に真鍮のフックに掛けられた鍵がぶらさがっている。7番の箱には折りたたまれた紙が入っている。善良なチャーリー伯父さんからのメッセージだ。

そうだ。チャーリー伯父さんが、これから連絡を取るのさ。

ヘストンは指のあいだに百ドル札をはさんで、身を乗り出した。「彼女、本当に怒ってってね」声をひそめて、秘密めかした言い方にする。「何もかも僕が悪いってわけでもないんだ。でも、女ってそういうもんだろ？　話し合って理屈が通じる相手じゃない。ただださ、僕も考えたんだ。彼女が帰ってきて、部屋のドアを開いたとき僕がバラの花束を手に待ってたとするだろ、で、そうだな、すごく上等のシャンパンのボトルとグラスも用意してさ、そしたら、彼女も僕を許してもいいと思ってくれるんじゃないかなって。いい案だろ？」

ヘストンは、何気なく体を乗り出し、右手でブリーフケースを開けた。手の先は死角になっていて、若者からは見えない。中を探り、目的のものに触れると、ヘストンはそれを握りしめた。

若者はぴんと体を固くして、緊張した面持ちで反論しようとした。「申し訳ありませんが、そのような――」

ヘストンの右手がすっとブリーフケースから伸びてきた。手には戦闘ナイフがしっかり握られている。同時に左手は花束を放して若者の胸ぐらをつかみ、強く引き寄せた。若者の体をカウンターに持ち上げ、すばやく戦闘ナイフを第三肋骨《ろっこつ》と第四肋骨のあいだにゆっくりと滑り込ませる。ナイフは愚かな若者の心臓を正確に貫いた。

　若者は口を開いたが、言葉にはならず、くぐもった音が漏れただけ。大きく目を見開き、あり得ないという思いを、現実を認識した頭が打ち消していく。ショックの表情を浮かべる。オリーブ色の肌から血の気が引いて、顔面が蒼白《そうはく》になる。二人は顔を近づけたまま、そこに立っていた。キスしようと思えば届くぐらいの距離で、ヘストンは若者の表情が、ショックから絶望、あきらめへと変化していくのを見守った。あとは死を待つのみ。

　若者の胸部で何が起きているのか、ヘストンには手に取るようにわかる。ナイフは冠動脈を貫き、血液は秒速九十センチで送り出され、胸腔部《きょうこうぶ》へと広がる。ヘストンは動脈の位置を認識した上で、きれいに血管を分断した。今この場所に心臓外科医がいたとしても、若者が助かる見込みはない。この損傷を修復することは不可能で、死はすぐにやって来る。一分半後、若者の呼吸が止まり、目から光が消えた。

　これがいちばん楽しい瞬間だ。

　ヘストンはそう思いながら、左手から力を抜いた。若者の体がずるずるとカウンターから滑り落ちた。ヘストンはすばやく、しかし注意深く行動を開始した。優秀な兵士は、常に細部に気を配るものだ。

ラテックスの手袋をはめ、ジップロックに入れておいた、漂白剤に浸《ひた》した布を取り出す。布でドアノブ、カウンター、その他、手を触れたところすべてを拭《ふ》く。ナイフもきれいにして、ブリーフケースに戻す。カウンターの内側に回り、若者の死体を踏まないようにしながら、7号室の箱の下にかけてあった鍵をそっと手にする。メッセージの紙も忘れてはならない。死体を奥の事務所へ引きずっていき、事務所の電灯を消して、静かにドアを閉めた。

通りの向こうにゴミ置き場があったので、ヘストンはそこまで花を棄てに行き、ホテルに戻って7号室のドアを開け、フロント・デスクの奥に鍵を返した。鍵がぶら下げてあるのは左側の壁なので、フロントで誰も応対に出なければ、クレア・デイは手を伸ばして、自分で鍵を取るはずだ。このペンションは小さいので、そうする泊り客は多いだろう。

クレア・デイの部屋に入ると、ヘストンは立ち止まって中の様子を確認した。ボスは何よりもコンピュータを欲しがっていた。よし、これだ。ネットブック・パソコンがある。小さくて——何とまあ、ピンクだ——ブリーフケースにも楽に収まる。布製のキャリーケースと充電器、それに念のため机の真ん中の引き出しにあった、分厚いフォルダーの中のホテルの便せんとペン、ワシントンの案内図も持ち去ることにした。これで、クレア・デイがパソコンらしきものを持っていた証拠はあとかたもなく消えた。

次にクローゼットとタンスを調べる。何だ、これは。ずいぶん荷物の少ない女だな、とヘストンは驚いた。クローゼットにあったのは、ウールのズボンがひとつ、靴が一足、そしてキャスター付きのキャリーバッグだけだった。タンスには夜着と下着の替え、セーターが一枚ある。

ヘストンは手袋をしたまま、ブラとパンティをつまみ上げた。この女、服にはたいして興味がないようだが、下着はセクシーなものが好きらしい。シルクでレースが贅《ぜい》沢《たく》に使われている。淡いライラックの色だ。ヘストンはシルクのパンティを鼻先に持っていって匂《にお》いを嗅《か》いだ。高そうな香水、女そのものの匂いだ。

普段なら、これだけで勃《ぼっ》起《き》できるが、今はそんな場合ではない。任務中はだめだ。任務にあたるときのヘストンは、飢えも渇きも性欲も忘れる。

ヘストンは殺人マシンとなる。ハンマーとか銃と同じだ。冷徹で、感情など持たない。

この教訓は、実体験によりヘストンの体に叩《たた》き込まれた。性欲のせいで不名誉除隊をくらったのだから。

まあともかく、ここに来たのは、下着を見てうっとりよだれを垂らすためではない。ボスの脅威となる証拠を消し去るため、そしてこの女を始末するために来たのだ。

ヘストンは折りたたみ式の簡易ナイフを取り出した。戦闘ナイフを使うのは、この種の仕事には不向きだ。必要なのは道具であり、武器ではない。

二十分もすると、クレア・デイの衣服は下着も含めて、すべてが布地の切れ端となった。カーテン、枕《まくら》、ベッドのマットレス、椅子のクッションまでも、びりびりに引き裂かれ、部屋じゅうを細かな繊維が舞っている。

その様子を見て、ヘストンは満足した。この部屋の荒らされ方は、狂気、親しい者による暴行を示す。おまわりのやつらは、クレア・デイの知り合いから凶暴な人間を捜すに違いない。

ヘストンは、ふとカーテンに目を留めた。片方がまだ一枚の布としてつながっている。だめだ、これではいけない。ヘストンは作業を仕上げ、部屋の明かりを消し、ぼろぼろになったマットレスの上に座った。ライフルを手に、いつでも撃てる準備を整える。

任務の第一段階は、ほぼ終了だ。

私たち、キスしたの？

その言葉が、二人のあいだに重くのしかかる。クレアのかわいい口元が、丸くOの字を作ってショックを表わしている。こんな質問をするつもりではなかったのだ。そ

れはは っきりしている。一年前にダンがキスした女性なら、こんな質問をしてこなかっただろう。あの頃のクレアは自立した女性でしっかりと感情のコントロールができた。上手に別の話題を持ち出し、さりげなく、実際はどうだったのかを探り出していたはずだ。

そんな女性は、今はいない。

目の前にいるのは、青白い顔をして震えている幽霊のような女性。まったく、彼女がこんなにひどい状態になっているとは。すっかり瘦《や》せて、触れると骨が突き出しているのを感じる。何をすればいいのかわからず怯《おび》えた目をして、ラカにいるときにうっすらと陽焼けしていた肌は、今、太陽を浴びた痕跡《こんせき》などいっさいない。彼女、フロリダに住んでいるのに。

今のクレアは、スタヴロスの店のウエイターが大量の料理を運んできたとたん、パニック障害を起こした。ダンは自分のうかつさを呪《のろ》った。彼女の体は、大量の食べものを見ると拒否反応を起こすのに、そんなことをダンは考えもしなかった。彼女がどれほど瘦せたか見れば、それぐらい想像がついたはずなのに。一瞬だが抱き寄せたとき、折れそうな体があまりに頼りないことに気づいたのに。つまり、彼女の体は、食べ物に拒否反応を起こすということだ。ああ、失敗だ。

ダンは以前にもこういう人を見たことがあった。ＰＴＳＤによって起こる、ありとあらゆる症状を目にしてきた。アフガニスタンで、彼の部隊の砲手は両脚を吹き飛ばされた。怪我《けが》から回復しても、砲手はただ壁に向かってうずくまるだけだった。赤ちゃんのように、スプーンでひと口ずつ食べさせなければならなかった。それが二ヶ月続いた。

そんな経験があったのに、クレアと結びつけて考えなかった。ただクレアを温かくて雰囲気のいいレストランに連れて来ようと思っただけだった。おいしい料理をごちそうして、リラックスしてもらおうとした。スタヴロスの店は、その要求をすべて満たす。問題は、スタヴロスが料理を山盛りにして出してくれることだった。ダンが行くと、いつもそうなのだ。海兵隊員は、旺盛《おうせい》な食欲でよく食べる。食べることに夢中になると、頭を働かさない。まったく、そのことも忘れていた。

クレアは気絶寸前だった。これまでも青白い顔をしていたが、ウエイターが目の前に皿を置いた途端、肌が氷みたいな色になった。気を失うところまでいかず、吐くこともなかったのは、ただの幸運でしかない。

ところが、そこでパニックを起こした。パニックからじゅうぶん回復しない精神状態の中で、クレアはあんな質問を口にしたのだ。今の彼女は、運悪く地雷を踏んだような顔をしている。

どう答えるべきか、難しいところだ。しかし、ダンは海兵隊だ。困難には真正面からぶつかる。

ダンはクレアの冷たく震える手を取った。

「私ったら、変なこと言ってしまったわね」クレアは震える声で甲高く弁解する。「どうかしてたの。ごめんなさい。どうしてそんなおかしなこと考えたのか、自分でもわからない――」

ダンは人差し指を彼女の唇に立てた。「しーっ」クレアの美しい顔が途方に暮れるのを見たくなかった。「もう、いいから。変な質問じゃない。君の頭はおかしくない」もっと彼女の唇に触れていたかったが、指を下ろした。彼女の唇はとてもやわらかい。そう、あのときもそう思った。そしてその感触を、夜ごとに思い出した。「それから、確認のために言っておく。俺たちはキスした。君がマリーと出て行く寸前だ」

「本当に？　キスしたの？」クレアの銀色に光る大きなブルーの瞳が、ダンの顔を見つめる。今にも爆発しそうな手りゅう弾を見るような目つきで、用心深くダンの顔を探る。いや、またダンがキスしてくるのではないかと、思っているのかもしれない。

実際、ダンはキスしたかった。その気持ちがあまりに強く、彼はテーブルの下で固くこぶしを握っていた。どうにか人差し指を離したが、あらんかぎりの意志を――ダンの意志力は特別に強いのだが、それでもその力をすべて使わなければならなかった。

彼女の口に指を置いておきたかっただけではない。そこに唇を重ねたかった。唇を重ね、胸を合わせ、体全体をぴったりとつけたかったのだ。クレア・デイと。彼女の息を顔に感じられるぐらい近くに。彼女の鼓動が胸に直接伝わるぐらい近くに。

「ああ」絞り出すようにダンは言った。そして冗談めかした声に変えた。「で、キスした途端、君はどっかへ行っちまったんだ。体を吹っ飛ばされに」

クレアの顔がほんのわずかに明るくなった。笑みというほどではなかったが、笑顔の影のようなものが見えた。「体を吹っ飛ばされようと出て行ったのは、キスが原因じゃないと思うわよ」部屋の中央にある大きな照明の光が、クレアの瞳に反射する。クレアは探るようにダンを見つめ、青みがかった銀色の光線がダンを射す。「どうしてそんなことに……私たち、付き合ってたの？　その前の一週間に。だって私、あなたのこと何も覚えていないのよ」

「付き合ってはいなかった」ダンはナッツがたっぷり入ったケーキの載ったデザート皿を、少しだけクレアのほうへ押した。「このバクラヴァ、ちょっと食べてみないか？　全部食べなくていいから。好きなだけ食べて、残せばいいんだ。でも、少しぐらいは食べてもらいたい。ひと口でいい。食べきれないようなら、それでもいいんだ」

ダンは、人生における新たな使命を見出した。海兵隊に入って以来、彼は常に目的意識を持って暮らしてきた。目標を設定し、それを達成していくのだ。

　現在の彼の目標は、このすばらしい女性の世話をきちんとすることだった。魔法が運んできた人。賢くて、美しくて、強いが、恐ろしい事件に巻き込まれて、今はひどい状態だ。一度彼女を失ったが、奇跡が起きてまた出会うことができた。もう二度と彼女を失いはしない。何があっても。

「わかりました、上官」彼女の美しい口元が緩む。その瞬間、クレア本来の姿が顔をのぞかせた。この傷つき怯えた体のどこかに隠れた、本物のクレア。クレアは殻を破って外に出たがっている。それを助けてやりたい。「警護分遣隊長に逆らえる人なんていないものね」

　それは事実だ。有事の際、警護分遣隊が全体の指揮を執る。ダンの命令には誰もが従うことになっていた。神も同然の存在なのだ。

「そのとおり」ダンはナッツがたっぷり入ったケーキを少し切り分けた。スタヴロスの作るバクラヴァは最高だ。「さ、これを口に入れて」

「わかりました、上官」クレアは同じ言葉を使った。ダンが見守る中、フォークに載ったナッツのケーキが、クレアの口の中に消えていく。ああ、俺もあのバクラヴァになりたい。「つまり」クレアが片方に首をかしげ、値踏みするようにダンを見る。自分が彼女の目にどう映るかは、ダンも知っていた。ぼろぼろになった三十四歳、膝《ひざ》に金属が入り、脾臓《ひぞう》がなく、片耳は満足に聞こえず、キャリアをゼロからやり直さねばならなかった男。自宅はあるし、自分の会社も所有しているとはいえ、特別見栄えがいいわけではなく、これといった魅力もない。

クレアがほほえんだ。「わかったわ、昔からよくあるパターンだったのね。月明かりの下、異国情緒たっぷりで、銃声が聞こえ……」

「そうなんだ」やったぞ、昔のクレア・デイがちらっと顔をのぞかせた。「さ、食べて」

クレアはケーキを食べた。濃厚なバクラヴァを二切れも。最初は、無理やり喉《のど》に押し込む感じだった。そのうち、少しずつ進んで口元にケーキを運び始めた。その間、ダンの低音の声が伴奏になった。

彼の話は楽しかった。しかし、そのうちに話の内容よりも、彼の豊かな声の響きに身をまかせる感覚がうれしくなった。そして彼のことを観察した。ものすごく長身というのではないが、これまでに出会った男性の中でいちばん肩幅が広い。椅子の背もたれの倍あるのだ。白のドレスシャツを着ているが、タイはなし。この人がネクタイをしている姿が想像できない。これほどたくましくて陽に焼けた喉元に、ネクタイのような小市民的なものはそぐわないと思う。彼はネクタイを締める代わりに、シャツの第一ボタンを外して襟元を開けている。そこからふさふさと黒い胸毛が見える。

クレアが最後に恋人として付き合っていたモーリスは、やさしくて、見栄っ張りで、異常なほど脱毛に執着した。新しく毛が生えてくるときは、ものすごくちくちくする。一緒に食事に行くと、モーリスは絶えず胸を掻《か》きむしるので、見て見ぬふりをするのが大変だった。また、クレアが洗面台に置いていたクリニークのクリームが急に減っていたこともあった。目元のたるみを防ぐクリームだったが、クレアは自分がいつもよりたくさん使ったからだと思い込もうとした。そして、いつの間にかモーリスの目元のしわが消えていくのには、気づかなかったふりをした。

ダン・ウェストンはそういった中性的な男性とは、まさに対極にいる。外で過ごすことが多いせいで目の周りには細かいしわがあるが、その部分に彼がモイスチャライジング・ローションをすり込んだことなど、一度もないはずだ。ダンが胸毛やすね毛を脱毛する姿など、絶対に想像できない。モーリスは毎週きれいに手のお手入れをしていた。ダンの手は大きくてごつごつして、たこやまめがあって、爪《つめ》は短く切られ、もちろんマニキュアなどされていない。

けれど、とても魅力的な手だ。陽焼けして、大きくて、甲に腱《けん》がきれいに浮き上がる。シャツの袖越《そでご》しにでも、手首の上の腕の筋肉がわかる。クレアが見た中で、いちばん頼りになる手だった。

ダンのすべてが魅力的だった。贅肉のかけらもない体。低音の太い声。男らしさというものが、彼の体から蒸気のように音を立てて噴き上がり、そこに男性ホルモンがたっぷりと混じる。

やがてレストランを出るときになって、クレアは気づいた。ダンはクレアを崇《あが》めるまでに大切にしてくれる。そのおかげで、すっかり自分を取り戻せた気がする。この一年のクレアは、ゾンビだった。人間として、まともな暮らしを送っているとは言えないような状態だった。外の世界にはまるで無関心、壊れてしまった自分の殻に隠れていた。誰かと十語以上しゃべったことさえほとんどない。

今のクレアには、食事を——たくさん食べたわけではないが、少なくともちゃんとした食べものを一緒に楽しむ人がいる。その男性と語らい、彼の体温を感じるぐらい、近くに座っている。

自分はよちよち歩きし始めた赤ちゃんみたいなものだと、クレアは思った。最初の一年は暗闇《くらやみ》に閉ざされてどこにも出かけられなかったが、おぼつかない足を少しずつ踏み出して、光のほうへ向かおうとしている。晴れやかな気分だった。しかし同時に疲労も激しい。体力がひどく落ちているところに、パニックの発作が起きて、エネルギーを使い果たした。

背後に赤々と燃える暖炉の火、ダンが近くにいるのを感じる。クレアがずっと体の奥に抱えていた氷が、ゆっくりと溶けていく。暖かい。そう感じるのは、本当に久しぶり。ぽかぽかして……眠い。クレアのまぶたはくっつきそうになっていた。

ダンが笑ったので、クレアはびくっと体を起こした。「ウィスコンシン街に、ご機嫌なジャズ・クラブがあるんだけど、これからジャズを楽しむのは、ちょっと無理そうだな」

「そうね」クレアはダンの様子をうかがいながら言った。そして、自分が何を言っているのかを認識する前に、またふと口走っていた。「でも、明日ならきっと」

何と愚かなことを言ったものだろう。

クレアは防諜《ぼうちょう》の専門家なのだ。本来はそうだった。自国の機密を守り、情報戦を操り、自分の求める情報を得るために相手に最低限の情報を渡し、常に自分の得たもののほうが多くなるようにしてきた。

いつ終わるとも知れない国際会議に何度も出席し、延々と続くカクテル・パーティに顔を出した。目的はちょっとした言葉の端々から、できるかぎりの情報を収集すること。そんな場で、クレアがうっかり口を滑らしたことなど一度もなかった。何を話すにしても、一語一語を計算し、研ぎ澄まされた旋盤のような正確さで言葉を発した。

ところが今のクレアときたら……。口を開くたびに、思い浮かんだことがそのまま飛び出す。いかれた頭の中でいろんな思いが飛び跳ね、口を開いた瞬間にそこにあった言葉が、ぽん、と出る。救いがたい。

「ごめんなさい」

明日の夜、自分がどこにいるのか、クレアにはまったく予想できなかった。たぶん自宅に戻っているのだろう。大きくてがらんとしたあの家に。そもそも、どうしてここにいるのだろう？　この男性なら魔法を使って、頭の中に立ち込める雲を振り払ってくれるとでも思ったようだ。だから夢中でやって来た。しかし、彼がそんな魔法を使えるはずもない。彼がいてくれれば、食事ができ、暖かさを感じられるだけ。

ラカで何が起こったのか、肝心な部分は謎《なぞ》のままだ。わかったのは、クレアと彼がキスしたという不思議な事実。

しかし、キスしたからといって、クレアがこの男性に何を求める権利があると言うのだろう？　ゼロだ。彼は自分で会社を持ち、オフィスを見たかぎりではその経営に成功し、だから忙しい人だ。成功したビジネスマンは、昔なじみが訪ねてきたからといって、予定をすべて空けられるものではない。その昔なじみは、彼のことを覚えてさえいない。

「ごめんなさいね。つまらないことを言っちゃったわ。私は……」**明日の夜には、フロリダの自宅に帰っているから。**しかし、喉がつかえて、言葉が出なかった。

クレアがまごつくのを見守っていたダンが、ふっと口元を緩めた。すると――えくぼ？　ごつい感じのダンの顔に、えくぼという表現は当てはまらないだろうが、口の横にくぼみが見えた。そう、くぼみだ。間違いなく。笑うと必ずくぼみができる。

ダンはクレアの手を取り、唇を近づけた。温かな息を手のひらに感じる。すると彼はクレアの手のひらの中央に、キスした。クレアはびくっとして、すぐに手を引っ込め、テーブルの下に隠した。指を折って、キスされたところを触れると、そこに太陽ができて大きく広がっていくような気がした。

「君の行きたいところ、どこにでも喜んで連れて行く。明日も、あさっても。いつでも。今日は君が来るとは思っていなかったので焦ったが、明日からは君のために予定をすっかり空けておく。俺の時間を好きに使ってくれ」

クレアはきょとんとダンを見つめた。口を開いたが、すぐに閉じた。何か言おうとすれば、必ず間違ったことを口走ってしまう。頭の中が空っぽで、完全に何も考えられなくなっていた。

ダンはクレアの顔に視線を据えたまま、彼女の様子を見守っていた。「疲れてるんだな」そっと手を伸ばして頬《ほお》に触れる。きっと目の下がすっかり紫色になっているのだろう。この一年、鏡を見るたびにその場所にはくまがあった。「ホテルに送り届ければいいか？」

単純な質問。しかし、答は難しい。

ええ、お願い。私、一刻も早くネグリジェに着替えてシーツにもぐり込みたいの。慣れないベッドで天井を見つめ、浅い眠りがやって来るのを待つわ。うとうとしたと思ったらひどい夢をみて、三時頃目覚めるのよ。私のお気に入りの夜の過ごし方。

別の答もある。いえ、とんでもないわ。あなたの家に連れて行って。裸にして、激しくセックスして。

何とまた！　どこからこんな考えが出てきたのだろう？　以前でもクレアはそれほどセックスが好きではなかったし、この一年、首から下の部分は死んでいたのも同然だった。セックスどころか、男性との接触さえなかった。

彼の家に連れ帰られ、ソファの上に投げ出されるようにして、乱暴に体を奪われると思うと怖い。しかし、そういう行為を求める女性に自分がなれればと望んでいる。体で女性ホルモンがちゃんと作られている女。

頭が痛くなってきた。

「ええ」クレアはそっとつぶやいた。「ホテルまで送って」

ダンはもう支払いを済ませていたらしく、勘定書きを見ながらチップを計算するという面倒なプロセスもなかった。ただ目くばせしただけで、ウエイターが二人のコートを手にやって来た。一分後、二人はダンの車に向かって歩いていた。

凍《い》てつく寒さの夜だった。頭上の闇に星がきらきら輝き、ダイヤモンドを散りばめたように見える。歩道は凍結して滑りやすくなっていた。ボストンを離れて時間が経つクレアは、凍った道路を歩くのに慣れておらず、足元に注意しながら歩いた。

突然、足元を見る必要がなくなった。ダンが腕を回して、クレアの体を支える。彼の筋肉質の体が温かく、頼もしい。クレアの動物的な本能がはっきりと悟った。もう足を滑らす心配はない。ダン・ウェストンがかたわらで支えてくれるかぎり、転んだりしない。完璧に安心していられる。

すぐにクレアの体が緊張を解いた。レストランで暖められた頬に、夜気が心地よい。まだ少しは残っていたクレアのめまいも、冷たい大気にあたって完全に消えた。一緒に歩くダンの体がたくましい。彼がクレアの足元に万全の注意を払ってくれる。パニックの発作に襲われたのが、遠い別の世界のことのように思える。二人とも分厚い防寒用の服を着ているが、それでも彼の力強さと温かみを感じる。触れると自分も強く温かな気分になれる。クレアはその強さと温かさを少しのあいだ借りることにした。最高だ。

ＢＭＷの目の前に来ると、ダンがコートのポケットに手を入れた。すると車のヘッドライトが点滅し、ドアのロックが外れる。主人を待っていた忠実な生き物が、主人の帰りを喜んでいるように見える。

ダンはドアを開けて、クレアを助手席に座らせた。クレアが分厚いダウンコートの裾《すそ》を膝の前で合わせようともたついているあいだに、ダンは運転席に乗り込んできた。

ダンは少しのあいだクレアを見ていたが、体を倒してキーをイグニッションに入れた。エンジンがかかっても、あまりに寒いので、しばらく二人の息が白く見えた。

「すぐにあったかくなるから」ダンはクレアのほうを向くと、手を伸ばして助手席のシートベルトを引っ張った。かちっと音がして、ベルトが締まる。

その姿勢のまま、ダンが顔を上げた。二人の顔は鼻先がぶつかりそうな距離にあった。そしてダンの顔に浮かんだ表情を見て、クレアは息をのんだ。

純粋な欲望。男としての本能がそこにあった。厳しいダンの顔に、クレアが見たのは、それだった。二人の視線が絡み合う。しっかりと。

ダンはまったく動かなかった。頬骨の上の筋肉だけが、わずかにぴくっと動いた。この人は私を求めている、はっきりそう悟ったクレアだが、それを知ったからといって、どうすればいいのかわからなかった。いつも以上に、頭の中の雲は濃くて、何もわからない。互いの欲望が複雑に絡みついている。どうやってほどけば、自分の欲望と結びついた感情をきれいに処理できるのか……。

自分の欲望？

そう認識して、クレアはまたショックを受けた。

ダンはクレアを求めている。クレアも彼を同じように求めている。しかし、自分が彼に欲望を抱くのは間違っているとクレアは思った。欲望を感じた動機のすべてが不純だった。彼の放つ情熱に包まれると、芯《しん》まで凍えていた体が温かくなるから。頼もしい手で支えてもらうと、転ぶ不安を感じずに済んだから。彼は本当に疑う余地もなく、完璧にまともな人で、クレアは……控えめに言っても、かなりいかれたことばかりする女性だから。彼は海兵隊で、一緒にいると安心できるから。たとえ夜中の三時に目が覚めて、頭の中で渦巻く音と恐怖に震えたとしても、彼がいれば大丈夫だと思えるから。

そんな理由で、男性をベッドに招くのは、正しくない。

ダンの黒っぽい瞳が、クレアの顔を探る。視線は口元にしばらく留まってから、クレアの目に戻る。彼の視線で愛撫《あいぶ》されているような、そっと口づけされている感覚がクレアの肌に残る。筋肉の塊の彼の体は特別の重力磁場を持っているように、クレアの体を引きつける。強い重力に吸い寄せられるのを避けようと、クレアはほんの少しだけ体をずらした。大きく体を動かしたのではない。わずかに重心を変えただけ。それでも重力の魔法を解くにはじゅうぶんだったらしく、二人のあいだの緊張がなくなり、ダンも体を元に戻した。

すぐに車は走り出した。澄みきった大気に、真っ暗な夜空が広がる。車や生け垣、木の枝は霜《しも》で覆われて白く見える。クレアは窓のほうを向き、外を眺めた。ダンを見つめていたい気持ちがあまりに強かったためだ。

彼を好きなだけ見つめたら、体を引いたのとは正反対の意図を伝えてしまうことになる。ノー、イエス……やっぱりノー。頭がまともでないことを、また証明してしまう。

それでも、ああ、ダンのほうを見たい。この一年、父と医師以外にはほとんど男性と接触がなかったせいだろうか。ダンは、男性というものがいかにすばらしいかを体現したような存在だ。

クレアは以前から男性というものを好ましく感じていた。しばらくそばに男性の存在がなくて、さびしかった。

そこに現われたのが、男らしさの象徴のような人。そして、男性としての欲望をこれほど率直に伝えられたのも久しぶりだ。できるだけ長く、彼と一緒にいたい。きっとすてきだろう。しかしそこにセックスが絡んでくると、理論的には、さらにすてきなのだろうが……

自分が体の関係を持てるのかも、クレアには自信がなかった。体はすっかり衰弱しているし、激しいセックスに耐えられるのかわからない。心もひどく傷つきやすく、そういった関係の緊張に耐えられるのか不安だ。ああ、だめ。自分の状態について、断言できることなど何もない。ひとつだけ確かなのは、あらゆる意味でぼろぼろだということだけ。

何も言わないでいたほうがいい。

ダンは沈黙を気にする様子もない。気まずさを取り繕おうとする男性ならではのおしゃべりも、積極的に誘惑しようとする甘い言葉もない。ただ運転し、くつろいだ様子で、ときおりクレアの様子をうかがう。

クレアは、あるイタリア人――非常にハンサムなトスカーナ文化担当領事館員――がひどく酔っぱらって、それなのにクレアをベッドに誘おうとしたときに使った言葉を思い出した。〝一語では足りない。二語では多すぎる〟

だから、彼女は黙っていた。車が冷たい大気を切り裂くように闇を疾走する。贅沢《ぜいたく》な内装にゆったりと体を預け、車内の暖かさをありがたく思う。何の心配もなく、自分であれこれ手配する必要もなく、どこかに連れて行ってもらえる感覚がうれしい。

馬力のある車が静かなエンジン音を立てると、快い疲労感にうとうとする。ダンが車を寄せて、すっとタイヤが止まり、エンジン音が消えた。

「着いたぞ」低音の声がそう告げる。

街灯が明るく、車内でもダンの顔が見える。力強い顔に半分だけ光が当たり、向こう側が影になると、異国的な顔立ちにさえ見える。肌は古代の武器のような淡い銅の色、目元がかげり、頬骨が高く浮き出し、口元がきりっと結ばれている。筋張ったたくましい手はハンドルを握ったまま。肩幅が広くて、クレアの席からは向こうの景色が見えない。ダンがクレアのほうを向き、見つめてきた。

ああ、どうしよう。

中まで一緒に来て、と誘いたい気持ちは強い。部屋に迎え入れたい。そう言い出してしまいそうで、クレアは強く歯を嚙《か》んだ。

この男性なら、いろんな悩みを忘れさせてくれる。それは絶対に間違いない。彼の情熱が、一年前の爆破事件についての悩みや、その後の長く辛い日々の思いをすっかり焼きつくしてくれるだろう。寒くて独りぼっちの日々を。

ダンがドアを開けに来て、クレアが地面に足を下ろした瞬間、二人の視線が合い、電気のようにばちっと音を立てた気がした。互いが気持ちを理解し合った。

ダンはクレアを求めている。クレアがどうしたいかは、彼女自身が決めること。ほんの三秒ほどのあいだで、クレアは決心しなければならない。大きな、重要な、決断だ。どう決めるにせよ、その結果には責任がともなう。

分析官としては、クレアはさまざまな決断を下してきた。大きくて、意味のある決断ばかりだった。自分の決断が、どういう結果を招くのかをじゅうぶん理解していた。深刻な事態になることもあった。間違った判断を報告すれば、とんでもないことになる。

たとえば、レッド・アーミーが侵攻してくるのを予想できなかったときのように。

しかし、本来クレアは決断の速さには自信があった。状況を判断し、どちらの方向に進むべきか的確に判断する。その判断が間違っていたと思ったことはほとんどなかった。

ただ今の状況では、どちらにも進めない。心が大きく揺れる。イエス、ノー、イエス、ノー。

イエス、なら……ああ、すごいことになる。ダン・ウェストンが見た目どおり、体全体から放つ強烈なオーラの男性だとすれば、ベッドでの彼は激しく力強いはず。その荒々しさに応じ、これまでの殻から抜け出し、全身を熱く燃え上がらせよう。何もかも忘れて、官能の渦にのみ込まれる。ああ、すてき。

だめ、もちろん、ノーだ。正気の沙汰《さた》ではない――まあ、確かに頭はおかしい。それが問題の根幹だ。ダンはまともな女性と愛を交わすべきだ。健全な思考の持ち主と。

そもそも、体がセックスに対処できるのかもわからない。クレアの坐骨《ざこつ》は粉砕骨折したため、チタンのピンであちこちをつなぎ合わせてある。空港では金属探知機に必ずひっかかる。歩けるようになったのも、やっと五ヶ月前だ。ダンは体重があって、元気いっぱい、そんな男性とのセックスなど、クレアにはまだ無理なのかもしれない。骨が折れてしまうとか、体がどうにかなるかも。

いや、最悪の場合、体の内側からしなびてしまっているかもしれない。そうであれば、結局、目的を果たせずに終わるのだ。あるいは、どうにかセックスできたとしても、そのあと眠りに落ちたらどうなるだろう？　夜中に悪夢にうなされ、怯えて汗びっしょりの状態で目が覚める。

だめだ、そんなところを見せたら、夜中でも男性は悲鳴を上げて逃げ出す……

フロント・デスクに近づく頃には、いろんな可能性が頭で渦巻いて、クレアはめまいを起こしそうだった。だが、まだ結論は出せずにいる。

フロント係が出てくるのを待ちながら、クレアはふと顔を曇らせた。夕方見かけた若者は、非常にまじめそうに見えた。フロントをほったらかしにして、どこかに行ってしまうような人物には思えなかったのだが。まあ、人は見かけにはよらないものだ。ともかく、鍵はカウンターの向こうの左手の壁にぶら下がっている。十室ある客室の鍵は、すべてそろっていた。他に客はいないか、他の宿泊客は夕食からまだ戻っていないかのどちらかだろう。

クレアは鍵を取ろうと手を伸ばした。次の瞬間、どっしりと重たい筋肉に組み伏せられる形で床に寝転がっていた。武装した偉丈夫の下敷きになって。いつの間にか、ダンは大きな黒い拳銃をどこからともなく出してきて構えている。グロック19だ。殺傷能力の高い、本気モードの拳銃だ。

「しっ」ダンが耳元でささやくと、クレアはうなずいた。話そうと思っても、胸が押しつぶされて、声が出ない。頭のてっぺんからつま先までダンの体がクレアを覆い、そのせいでものすごく重い。

セックスで骨が折れるのではないかという心配は不要だとわかった。ダンがいきなり体に飛び乗ってきても何ともないのだから、セックスしても平気なはずだ。

しかし、今のダンはセックスのことなどまるで考えていない。クレアは、いったい何ごとなのだろうと、彼の顔を見上げた。

何が起きているのかはわからないが、よくないことだ。

ダンは顔を引き締め険しい表情で、目をすがめてロビーじゅうを見ていく。兵士が戦闘時にするとおり、四分の一ずつに場所を区切って、一方の隅、まばたき、次、まばたき、と、もれのないように調べるのだ。調べ終わると、ダンは頭を下げ、唇が触れるほどクレアの耳のすぐそばで言った。「床に血の跡がある」かすかにつぶやくような声だったが、クレアの耳にしっかり届いた。

クレアはうなずいた。状況を完全に理解したのだ。血の跡が残り、フロント係がデスクにいない。いろんな可能性が考えられるが、そのどれであっても厄介なことには違いない。二人とも危険な場所で仕事をしてきた。そういう場所では、理解できないできごとが起きれば、たいてい厄介な事態なのだ。流血となれば、特に深刻だ。

ダンはクレアから体を離した。かがんだまま、フロント・デスク代わりのカウンターの内側に回り、クレアにこっちに来るようにと合図した。クレアは体を小さくして、できるだけすばやく、さらに音を立てないようにカウンター裏に這《は》っていった。ここまで来ると、クレアにもはっきり見える。おそらく裏の事務所につながるドアが閉じられていて、そこに血がつながっている。

ダンは大きな銃を構えたまま、もう一度ロビーを確認し、血の跡がつながるドアのノブに手をかけた。ノブは回るのだが、ドアはほんの数センチしか開かない。何かがドアの向こうにあって、邪魔をしている。クレアはダンと顔を見合わせた。動悸《どうき》が速くなるのが、自分でもわかった。

ダンは力をこめて肩でドアを押した。やがて中をのぞき込めるぐらいまでドアが開くと、クレアにも片方の靴底が見えた。ダンは見下ろしてから、静かにドアを閉めた。さっきよりも、さらに厳しい表情になっていた。

クレアは吐き気を覚えた。あのフロント係は、感じのよさそうな青年だった。何でこんなことに？　ドラッグの売買がらみ？　居直り強盗？

ダンが手を伸ばして鍵を取る。しゃがんだまま、自分の腕の一部のようにグロックを構え、前に進む。そしてふと動きを止め、怪訝《けげん》そうな顔をクレアに向けた。クレアが彼のコートの裾をつかんだからだった。それでもクレアは、がしっと生地をつかんで放さなかった。彼が事情を調べるあいだ、ここにひとりで置いておかれるのは、絶対に嫌だった。手で合図して伝える。『私も一緒に行く！』

どうしようかと考えているのだろう、ダンの頬が波打った。そして肩をすくめ、すぐ後ろについて来るように示した。

もちろんだ。離れるつもりはない。クレアは音を立てないように気をつけながらも、急いでダンのすぐあとを追った。銃を持っているのは彼で、クレアではない。さらに、彼は元兵士で、クレアは元事務方の官僚だった。頭はいかれているかもしれないが、ばかではない。

ロビーを静かに移動するダンに、クレアはぴたりとついて行った。広い廊下の右側に、小さな真鍮の札があり、『10号室』という表示と、廊下の奥を指す矢印がある。ダンはすべての部屋の前で足を止め、耳を澄ました。自分の鼓動の音がうるさくて、クレアには何も聞こえないが、ダンは部屋に誰もいないことを確認したのか、よし、という顔をして次に進む。部屋のドアの下には少しだけ隙間《すきま》があり、中が暗闇であるのがわかる。

クレアの部屋、7号室の前で、ダンは止まった。そしてドアの下を指差した。ほのかに光がゆらめいている。ダンはクレアを見て無言の質問をし、クレアは首を振って否定した。出るときに部屋の明かりを消したことは、はっきり覚えている。明かりについては節電を意識している。いちばん頭がおかしかったときでも、不要な明かりを消すことは忘れなかった。そうするのが癖になっている。

部屋から、かすかな音が聞こえた。誰かが、何かを破っているような音。もう疑いようもない。誰かが部屋にいる。

ダンの大きな手がクレアを押し、ドアから少し離れた場所で、クレアは壁に沿って腹這いになった。ダンはかがんだ姿勢のまま、左手で鍵穴に鍵を差し、右手で威嚇的なグロックを握り直す。そして鍵を回し、ドアを開くと、部屋に飛び込んだ。

その瞬間、クレアの体が吹き飛んだ。人生で二度目の体験だった。

7

いたぞ！

男がカーテンを引き裂いている。視界の隅で部屋の他の部分をとらえたダンは、いだるところがめちゃめちゃに荒らされているのを確認した。男はショルダー・ホルスターに武器を携えている。ダンは男に銃を構える隙《すき》を与えず、転がりながら肘掛《ひじか》け椅《い》子《す》の後ろに回り込んだ。

一秒が経過する。二秒。戦闘においては永遠にも感じられる時間。

ドアは一箇所。ガラスの割れる音は聞こえないので、男はまだこの部屋にいる。

そっと顔を出して、ダンは凍りついた。侵入者は照準器のついたライフルを取り出して構えている。小型のライフル、おそらくＡＲ－７だ。軽量で、小ぶり、隠して持ち歩きやすい。暗殺者にとって完璧《かんぺき》な武器だ。しかし、部屋の中で、ばかみたいに照準器をつけているとは、こいつ何考えてやがる、とダンは思った。しかも、銃口はダンに狙《ねら》いをつけていない。壁のほうを向いている。

何のつもりだ？

そのとき、どーん、どーん、と大音響が小さな部屋を揺さぶった。レンガの破片が飛び散り、頬《ほお》に小さな痛みを感じる中、ダンは目を閉じて体を小さくした。

ちくしょう！

男はダンが椅子の後ろにいることを知っていた。レンガの壁を撃ち抜くほどの銃弾があるのだから、椅子ぐらい簡単にクッションごと吹っ飛ばせたはずだ。ダンが銃を持っていることも、男は知っている。壁に向かって撃つなんて、こいつ、本当にばか……

ダンははっと状況を理解し、頭をハンマーで殴られた気がした。全身の血が凍る。ライフルに取りつけられていたのは、照準器ではなかったのだ。あれは、熱源感知スコープだ。そしてあいつは、クレアに狙いをつけていた。

今、立ち上がるのは自殺行為でしかない。防弾ベストを着ていないのが、くれぐれも残念だ。つまり、侵入者の銃弾を自分の体では防げないのだ。もちろん、クレアのためなら、喜んで自分の体を盾にする気はある。しかし、男がクレアにとどめを刺そうとしたとき、ダンが死体になっていたのでは彼女には何の助けにもならない。内臓や肺を撃ち抜かれた状態でもだめだ。

ダンは生き残る必要がある。問題は、どうやって男の注意をこちらに向けるかだった。

もう一度大音響がして壁が崩れたが、ダンはじりじりしながら待った。自分が戦闘シーンにいるところをスローモーション映像で見ている気分だった。ほんの数秒のあいだにいろいろのことをしているのに、時間は自分の動きを待って経過していく感じがする。その中でも、自分の思考が半分しか動きに向けられていないのを意識している。あとの半分は、廊下で傷ついて横たわっているであろうクレアのことを思って、パニックになっている。細い体が、血まみれでぐったり動かずにいると思うと、恐怖が波のように押し寄せる。

ダンはその映像を頭のいちばん奥の隅に押しやった。今はそんなことを考えている場合ではない。銃で撃たれたクレアがホテルの廊下で横たわる姿を頭に思い描いてはいけないのだ。集中力がとぎれ、動きが遅くなる。

戦闘状態にあるとき、ダンは常に冷静さを保ってきた。目の前の敵に全神経を集中させられなくなったのは、初めてだ。

注意をそらすと死を招く。しっかり集中し、すばやく行動しなければ、クレアを助けられる可能性があったとしても、完全に失う。

ダンはすぐ横にあったテレビ台の脚を押し上げた。男は家具にはほとんど手をつけておらず、台もまっすぐに立ったままだった。台に載っていたシルクの造花を飾った花瓶がすうっと滑り落ちてきて、ダンは花瓶を片手で受け止めた。うっ、とうめきそうになる。花瓶はひどく重かった。よし。

部屋の向こうを見ようと頭を出せば、すぐに吹き飛ばされるのはわかっていたので、ダンは男がいる位置を計算し、腕だけで花瓶をその位置目がけて放り投げた。陶器が割れる音に続いて、男が低く罵《ののし》る声が聞こえると、勝利の雄叫《おたけ》びを上げたくなったが、それはあきらめた。

ガラスが割れる。

ダンは厳しい表情で立ち上がった。グロックを構え、撃ち放したが、ブリーフケースが窓の外へ投げられ、すぐに男の影がガラスのなくなった窓を飛び抜けていった。ダンは窓際に駆け寄り、裏庭の暗闇《くらやみ》に目を凝らした。

いた、あそこだ！　男が灌木《かんぼく》のあいだを稲妻のように駆けていく。敏捷《びんしょう》で力強い走り方。こういう仕事に慣れた男だ。ダンは男の体の中心に狙いをつけ、野蛮な喜びを全身に感じながら、発砲した。男はうめき声を上げてうずくまったが、すぐにホテルの周囲に張りめぐらされたフェンスの入口の南京錠《ナンキンじょう》を拳銃《けんじゅう》で撃ち、走り出した。フェンスを通り抜けるときには、先ほどにも増して力強く全力疾走していた。

くそ！　あいつ、防弾着をつけてやがった。ダンは腹立ちまぎれに、枠だけになった窓をばしん、と閉めた。一瞬、あの男を追おうかという誘惑が頭をよぎる。この窓から飛び降り、追いかけて、報いを受けさせる。ダンの全身が、それを求めていた。しかし、報復よりも重要なことが、ひとつある。クレアが廊下に横たわっている。おそらく血まみれで、瀕死《ひんし》の状態かもしれない。

ダンは急いで廊下に戻った。クレアがうつ伏せのまま、じっと動かずにいるのを見て、膝《ひざ》の力が抜けそうになる。ぴくりとも動かない。ダンはクレアのすぐそばに膝をついた。すっかり取り乱して、彼女の全身を手で確かめる。

「クレア！　クレア！　ああ、ちくしょう、ブロンディ、何か言ってくれ！」

ダンは彼女の体を仰向けにして、どこか出血していないか、骨折していないか調べた。どこにも異常はない。そして彼女が目を開けて見上げたのを認めて、どっと安心感がわき、ぶるっと身震いした。大きくて美しいブルーの瞳《ひとみ》が銀色の光をダンに投げかける。意識がある、クレアは無事だ。

ダンはクレアを胸にひしと抱き寄せた。彼女がどれだけ華奢《きゃしゃ》な体であるかも忘れ、満身の力を腕にこめ、彼女の匂《にお》いを胸いっぱいに吸い込む。しばらくして自分を取り戻してから、ダンはそっと手を貸して、彼女を立たせた。

クレアのブルーの瞳が焦点の合わないまま、ダンの顔を探る。「もういないの？」

「ああ」ダンはクレアを助け起こそうと、背中に手を回した。すると妙な手触りを感じた。「どこも怪我《けが》してないか？　あいつ、熱源感知装置を持ってやがった。壁の向こうからでも、君の位置がわかったんだ。あいつがぶっ放した瞬間、心臓が止まるかと思ったけど、あいつ、狙いを――」

外した、ダンはそう言おうとしたのだが、手に触れる妙なものが何かを悟って、やめた。クレアの大きな黒のダウンコートが、背中のところで破裂したように避けていた。羽毛がコートの裂け目から舞い上がり、触れていたのが、コートの中身だったことがわかったのだ。

クレアが抱きついてきて、腕を彼の首に回す。激しく震える彼女の体を、ダンはしっかりと抱きしめ、その震えを少しでも自分の体に吸収してやろうとした。

「大丈夫」ダンはやさしく彼女の体を前後に揺すり、今自分の腕に抱き留めた奇跡に感謝した。やわらかな羽毛と一緒に、生身のクレアを抱き寄せ、彼女の体のすべてを感じ取る。ほんの数センチだった。数センチ違えば、ダンはクレアの亡骸《なきがら》を抱えて、悲嘆の叫びを上げているところだった。

クレアはいっそう強くダンにしがみつく。彼の体に慰めを見出そうとしているのだ。できることなら、自分の体を引き裂いてでも、彼女にできるだけの慰めを与えたいと思った。

奇跡だった。ダンが腕に抱くのは、本物の奇跡だった。

ダウンコートは、クレアの体温を保つため、大きくふくれ上がっていた。熱源感知スコープで見れば、全体が熱を持った塊に見えただろう。侵入者は、太った女性を撃ったつもりだった。しかし、弾はコートの背の部分を吹き飛ばしただけだった。さらに、クレアが床にしっかり伏せていたこと、男は不自然な姿勢から発砲せざるを得なかったため、本来の角度で狙えなかったことが、彼女の命を救った。

　二人はしばらくそのまま、しっかりと抱き合っていた。二人とも心を落ち着かせる必要があった。ダンのほうが、すがりつきたい気持ちは強かったかもしれない。目を閉じると、クレアがぴくりとも動かず横たわっている姿が浮かぶ。

　やがて片方の腕だけを放し、ダンは携帯電話を取り出すと、友人に電話した。

「おう、一等軍曹《ガニー》。つまらん話ならあとにしてくれよな。俺、仕事を終わって、これから熱いデートを楽しむところなんだ」

「女の相手なら、いつでもできるだろ」ダンが怒鳴りつけた相手は、マーカス・ストーン刑事だった。女には不自由していないんだから、今夜ぐらいセックスなしでもいいはずだ。ときには禁欲してみるのも、この男の健康にはいいはずだ。「今、ウォレン通りにいる。ちっちゃなホテル、ケンジントン・ハウスってペンションみたいなとこだ。ロビーに死体がひとつ。ナイフでやられたらしい。それから7号室で殺人未遂だ。こっちの被害者は、ミズ・デイ、クレア・デイだ。ミズ・デイのほうは、襲われたものの命に別状はない」

「何とまあ」マーカスが驚いた声を上げる。「おまえ、デイって言ったか？　クレア・デイって？　噂《うわさ》の金髪《ブロンディ》ちゃんが生きてたのか？」

ああ、くそ。一度ひどく酔っぱらったとき、ダンは親友に思いを打ち明けてしまった。そのことを後悔している。「とにかく、ここに来い。今すぐだ。鑑識班も連れて来いよ」

「おう」マーカスはすぐにまじめな声になった。「もうそっちに向かってる。何にもさわるなよ」

ダンは腕に力を入れた。当然だ。彼が触れていたいのは、クレアだけなのだから。


ちくしょう！

ヘストンは自分の車に乗り込むとき、背中に激痛が走ってびくっとした。肋骨《ろっこつ》が折れているかもしれない。折れていないかもしれない。重要なのは、任務が失敗に終わったとボスに伝えることだ。

銃を持った男が女と一緒にいるとは、まったく思っていなかった。ボスも予想していなかった。目的の女以外に誰かがいる可能性は、いっさい言及されなかった。ボスはそのことを承知しているし、失敗をヘストンのせいにされる心配はない。

そこがボスのいいところだ。これぞリーダーシップというものだ。常に公平で、筋の通った話をする。だからこそ、ボスのために働く人間は、地獄にでも飛び込むのだ。ヘストンも、ボスのためなら何でもする。ボスからの任務には、常に完璧な情報と、最高の器材が用意される。政府に飼われていたときとは大違いだ。治安部隊の一員としてイラクに行かされたとき、最初の数ヶ月はサイドを布地で覆ったトラックでパトロールしていた。防弾ベストも、まともに銃弾を吸収できないものだった。

実はこの最高品質の防弾着を見つけてくれたのも、ボスだった。闇市場で見つけてヘストンにくれたのだ。どうってことはない仕事を頼まれた際に。ヘストンにとっては少々時間と労力を割いただけの簡単な仕事だったのに、防弾着ばかりか、報酬として一万ドル支払われた。キャッシュで。

今ではヘストンも、海外の隠し口座に百万ドルの預金を持ち、所有するアパートメントは、完全に支払いが終わっている。定職に就けず、銀行に口座すら持ったことのない男の息子としては、たいしたもんだ。これもみな、ボスのおかげだ。

しかし、これはまだ始まりにすぎない。ボスには計画がある。大きな野望だ。ボスが目的を達成したとき、ヘストンは必ずそばにいようと決めていた。

ヘストンは痛みをこらえて、車を走らせた。ときおり背後をチェックする。追ってくる車はない。これは確実にしておかねばならない。十五分ほど走ったところで、ヘストンは裏通りに車を停め、携帯電話を取り出した。またプリペイド式。一度使ったら処分する。通話記録をたどることはできない。

〝問題発生〟

ショートメールを送信した。ボスはウィラードホテルでお偉方と夕食の最中だ。この偉そうな連中は、ボスが次のステップに行くために必要で、その邪魔をしたくはなかった。しかしボスは事態の進展を知りたがるはず。そこで、見られてもわからないよう、必要最低限の言葉だけをショートメールにした。夕食を抜け出すべきかどうかは、ボスが決める。

すぐに携帯電話が着信音を鳴らした。

〝415号室、三十分後〟

8

　ダンの腕でやさしく体を揺すられるあいだも、クレアは彼にしがみついていた。耳元で何か彼がささやいている。それを聞いていると、なぜか安心できる。ただ、内容まではわからない。鼓動が耳に大きく響くせいだ。こんなに大きな音を立てるのでは、心臓が破裂するのではないかと思えた。ああ、どうしよう。どうすれば、いいの？

　体が激しく震える。一年前と同じだ。今回のほうがショックは大きい。一年前は、すぐに意識を失い、その瞬間の記憶がないからだ。今回は銃弾が自分のコートをとらえたときの恐怖が、意識にはっきり刻み込まれている。床にぴったりと体を押しつけ、これなら誰にも見えないと思おうとしたときだった。本能的に、立ち上がって逃げると標的として狙《ねら》われやすいと感じた。だから床に伏せ、動かずにいた。そして銃弾が自分の体をとらえる瞬間を待った。

　ダンはただ、部屋に飛び込んだ。あんな勇敢な行動は、見たことがない。彼はまったくためらわなかった。何の迷いも見せずに、ライフルを構える男が待つ部屋へ入って行った。

クレアは彼の首に腕を回し、ひしとしがみついた。こんなに強くしがみついたのでは、ダンは息もできなくなるだろうとは思ったが、苦しいよ、と言われるまでは力を緩めるつもりはなかった。

不思議なことに、ダンがクレアのショックや恐怖をいくらか吸収してくれたようだった。激しい震えが治まってきた。しばらく時間が経ってからやっと、クレアは深く息を吸い込んだ。何世紀も呼吸していなかったような気がする。喉《のど》がぜい、と音を立てた。

「それでいい。ゆっくり吸って、吐いて。いい子だ。怖いだろうが、もう大丈夫だからな。悪いやつはいなくなった。戻って来る心配はない」豊かな声が耳元でささやく。言葉をきちんと理解するのは難しかったが、声の調子は、わかった。強さと安全を象徴する声だった。

ダンは片方の腕を放し、携帯で電話をかけた。クレアの思考はまだまとまらず、彼の言葉をぼんやり聞いていた。それでも、彼の落ち着いた声が頼もしかった。

彼がまたクレアを抱き寄せ、耳元で告げる。「警察はもうこっちに向かってる。俺の言うこと、ちゃんと聞いてるか？」

その言葉が思考回路にたどり着くのに、一瞬時間がかかった。クレアは顔を彼の首筋に埋めたまま、あやふやにうなずいた。

「俺たちは事情聴取を受ける。きちんと事情を説明できれば、それだけ、こんなことをしたやつは早く捕まる」

ダンが確認するように言葉を切ったので、クレアはまたうなずいた。喉がからからで、声が出なかった。

呼吸が落ち着いてきたので、クレアは深く息を吸って、しがみついていた腕の力を抜き、少し体を離した。

クレアはダンの顔を見ようと視線を上げた。二人は互いを見つめ合った。ダンは険しい顔をして、口元を引き締めている。鼻孔がふくらみ、顔色が青い。

「誰――」うまく声が出なかったので、クレアは咳払《せきばら》いをして、喉の筋肉を緩めた。

「誰なの、今の？」

絶望的なパニックは薄れ、クレアはまともに考えられるようになってきた。

「わからん。見たことのない男だった」腹立たしそうにダンがつぶやく。「でも、必ず見つけ出してやる」

「男の顔、見えた？」壁の向こうにいたクレアにとって、襲撃者はまったく顔のない怪物でしかない。「手配写真を見せられたら、その男ってわかる？」

ダンの顎《あご》に、ぐっと力が入るのが見て取れる。「ああ。男の顔は見た。だが、何もかもが平均的すぎる。中肉で身長はやや高め、ありきたりの肌の色」

クレアは笑顔を見せようとした。「そんな表現があるの？　ありきたりの肌の色なんて。どういう色？」

ダンが肩をすくめる。「白っぽい肌で、少しだけ陽に焼けてるって意味だ。それから、髪は黒っぽい色で、瞳《ひとみ》は茶色だ。俺よりか、少し明るめの色だな」

「世界中の半分の人が茶色の目よ。ひょっとして――」クレアは言葉を切って、耳を澄ました。遠くでパトカーのサイレンが聞こえる。こちらに近づいてくる。

ダンが腕を放した。「玄関の前に出て、ここだと合図してくる」

「私も一緒に行くわ」クレアはすかさずそう言った。こんなところでひとりにされたくない。

ダンは射抜くような眼差しでクレアの全身を見てから、手を差し出した。なるほど、彼の目には救いがたい弱虫だと映っているのだろう。フラッシュバックによるパニックの発作に襲われたところも見られているのだから仕方ない。それでも構わないとクレアは思った。ダンのそばにいれば、彼と手をつないでいれば、安心していられる。

玄関前に出ると、ちょうどパトカーが二台、車寄せに入ってくるところだった。その後ろに、白いワゴン車が停まる。制服警官が三名、スーツ姿の背の高い男性がパトカーから、それに鑑識班とおぼしき係官が数名ワゴン車から降りてきた。

スーツ姿、つまり刑事だろう、彼は、人目を引くタイプだった。背が高く、胸板が厚く、鋼鉄のようなグレーの瞳、海兵隊式に刈り上げた髪、びしっと背筋を伸ばして立つ。

元海兵隊だ。絶対に間違いない。

刑事はダンの背中を叩《たた》き、ダンとクレアと一緒にロビーに入って行った。そのすぐあとに続く若い鑑識官が三名、重たそうな箱を運ぶ。

「クレア、こいつはマーカス・ストーン刑事。マーカス、この人がクレア・デイだ」

「ブロンディ」刑事がつぶやく。

「マーカス……」ダンが脅すように言った。

クレアはわけがわからなくなって、刑事を見た。「以前にお会いしてました?」

刑事は言葉に詰まり、ダンを見た。そして軽く握ったこぶしで口元を押さえて、こほん、と咳をしてからやさしい口調でクレアに話しかけた。「いえ、初めてです。けど、ダンから、ラカのことはさんざん聞かされてたもので。あの日のこと……ひどい事件でしたね」

「ええ、ほんとに」そのとき、ばしゃっという音とともに、あたりが閃光《せんこう》に包まれたので、クレアはびくっと飛び上がった。鑑識官が写真を撮影しているのだ。死体の。

「ごめんなさい」クレアは力なくつぶやいた。

「死体を見てもらわなければならないんです。死んだのが誰かを確認しないと」

クレアは意識して呼吸した。きっとできる。確認作業なのだから。

腰に回されたダンの腕が、しっかりとクレアを抱き寄せた。ああ、だめ。脚から力が抜けていく。立っていられるのは、ただダンの腕が支えてくれているからだけかもしれない。意識が朦朧《もうろう》としてきて、呼吸するのも難しかったが、クレアは膝《ひざ》に力を入れ、薄れていきそうになる意識を必死で呼び戻そうとした。**倒れちゃだめ、倒れちゃだめ、倒れちゃだめ。**

「ええ……あの、わかりました」

三人はカウンターの裏から、奥の事務所へと向かった。ドアにはつっかえ棒がしてあって開いたままになっており、クレアは中の惨状をただ見つめた。また白い光がひらめいたので、ぎくっとした。

「落ち着いて」ダンが耳打ちしてくる。

鑑識官が二人、ブラシで指紋採取している。死体のそばにかがんでいた中年男性が立ち上がった。この男性のおかげで、クレアのいたところから死体が見えなかったのだが、もうはっきり見える。オリーブ色の肌が、緑っぽいくすんだ色になっている。開かれたままの目。青い唇。そして真っ白のシャツには、鮮血がべったりとついている。血は黄褐色のカーペットにも広がっていた。

ハンサムで感じのいい青年だった。この若者には両親がいて、ひょっとしたら妻もいるかもしれない。その人たちは彼を失ったのだ。

「この男性に見覚えがありますか?」刑事の口調はやさしかった。しかし、はっきりとした返答を要求している。協力しなければならない。尻《しり》ごみしている場合ではないのだ。この若者は誰かに殺害された。その犯人を見つけ、正義の裁きを受けさせなければならない。そのために自分でできることがあるのなら、何でもしよう。クレアはそう決意した。

「ええ」自分がしっかりした声で答えていることに気づいて、クレアはほっとした。「この男性は今夜のフロント係でした。午前中からお昼すぎまでは、フロントには女性がいました。女性の名前はエイミーです」クレアは悲しそうに若者の胸元を見下ろした。血まみれの真鍮《しんちゅう》の名札がついたままだった。「この人はロジャー。でも、苗字《みょうじ》のほうは、まったくわからない」

「確かにこの青年だった」ダンがさらに確認する。「今夜、二人で一緒にここを出るとき、フロントにこの青年がいた」

「なるほど」刑事がダンのほうを見る。「どっか、座れるところがないかな?」

「ああ、こっちならどうだ?」ダンが先頭に立ち、三人はロビーの横の小部屋に入った。ちょっとした応接間のように家具が調えてある。刑事は疲れたように、どかっと肘掛《ひじか》け椅子《いす》に腰を落とし、手帳とペンを取り出した。ダンに抱きかかえられるようにして、クレアも低いテーブルの前のソファに座り、刑事と向き合う。危なかった。あと一瞬遅かったら、完全に力の抜けた膝から、フロアに崩れ落ちているところだった。鑑識官が事務室でやたらに写真を取っていたので、目がちかちかする。若者の死に顔が、目の前にぱっと浮かぶ。まったく動かず、氷のように冷たそうな血の気のない顔。青い唇から紫色の舌が少しだけのぞく。白いシャツの前が血で赤く染まり……

遠くでダンの声が聞こえた。どこか別の世界から話しかけられている感じ。ダンがクレアの名を呼ぶ。しかし、声のほうを向くことができない。顔をそっちに向けると、目の前がぐるぐる回りそう。渦の中にのみ込まれてしまう。

そのとき、クレアのうなじを大きな手がしっかりと支えた。そして膝のあいだに顔が入るまで、クレアの頭を押し下げる。遠くで聞こえる声が、息を吸って、と呼びかける。

クレアは思いきって、深く息を吸った。**吐いて。**遠くの声が、また告げる。一、二秒後、クレアは息を吐き出した。

吸って、吐いて。吸って、吐いて。クレアは目を開けてみた。膝を見ても、星がちかちかする感じはない。次に唾《つば》をのみ込んだ。胃液が上がってくる気配もなし。頭を少し上げてみる。めまいもなし。

そこで、用心しながら体を起こした。大丈夫、胃は本来の場所に留まってくれている。体の真ん中あたり。じりじりと食道を上がってくる感覚はない。

「ごめんなさい」ようやくどうにか言葉を口にできた。「私、あの……実は……」

ダンが急に立ち上がって、ロビーの向こうに消えた。クレアには、どこに行くの、とたずねる元気もなかった。胃を本来の場所に落ち着かせておくだけで精一杯だったのだ。

「大丈夫ですよ」刑事が言った。

クレアは、試しに笑みを浮かべてみた。「こんな弱虫でごめんなさい」ぐっと大きく息を吸い、胸の周りに巻かれたように感じる鉄の輪っかを吹き飛ばそうとした。

「私ったら、本当にどうしちゃったのかしら」

「大量のアドレナリンが出たあとの、虚脱感ですよ」荒削りな雰囲気の刑事の顔に、笑みのようなものが浮かび、目元に細かいしわが見えた。この男性も都会派の草食系ではないようだ。モイスチャライジング・ローションなど使わないのだ。「まったく普通の反応ですよ。ダンのやつも俺も、銃撃戦のあとはいつもよれよれでした」

「本当に?」ロビーの向こうから戻ってきたダンに目をやりながら、クレアはたずねた。ほんの三十分ほど前、彼は人に向かって発砲したばかりなのに、精神状態には何の影響もなさそうに見える。厳しい表情ではあるが、まったく大丈夫そうなのだ。当然、冷たい水のボトルをクレアに差し出す彼の手も、震えてはいない。

クレアは奪い取るようにしてボトルを受け取り、冷たい水をいっきにボトルの四分の三ぐらい飲んだ。そのおかげで、嘔吐《おうと》の前兆として起こる食道が焼けつく感覚が消えた。

ダンがうなずく。「ああ、手は震えるし、目の前に星が見える、それから吐き気だ。典型的な症状だ」クレアの視線が、彼の濃褐色の瞳をとらえる。実際に今、彼がこういった症状を感じているわけではないのだろうが、どういうことか、彼にはわかっているのだ。わかった上で、クレアの心境を理解してくれる。

刑事が軽く、こほん、と咳をして、俺もここにいるんだが、と告げてきた。「ダンについての肝の部分は、もうわかってるんで、あなたのも教えてください」

クレアはまた、ぽかんとした。肝の部分？　つまり、肝臓のことだろうか？　不快な感覚が再度、大きなうねりとなってクレアの頭で渦巻く。

しばらくの沈黙のあと、ダンがぽつんと言った。「クレア・デイだ」

ああ、そうだった。クレア、しっかりしなさい、彼女は自分を心の中で叱咤《しった》した。

「まあ、ごめんなさい。クレア・ロレーナ・デイです。一九八二年九月十五日、ボストン生まれ、現住所は、フロリダ州セイフティ・ハーバー、ローレル・レーン通り、427番」刑事はノートに書き込もうと顔を下に向けた。すると短く刈り上げた髪のあいだから、頭皮さえ見えた。実務に就いている海兵隊員のようにサイドを剃《そ》るところまで短くはないが、普通の生活をしていて見られる中では、きわめて軍隊風に近い髪型だ。

刑事が、フロリダの住人なのにワシントンDCで何をしてるんですか、と質問してこないのが、クレアにはありがたかった。答としては、見つかるはずのないものを捜しに来ました、と言うしかない。

「で、ええと、何が起きたんです?」

ダンがうなずきかける。先に話せ、ということだ。わかった。「二人で食事に出かけたんです、ダンと私で。私はここに宿泊してるので、ダンの車でここまで送ってもらいました。二人でロビーに入ると、誰も人がいなかった」

「いつも、そうなのかな?」

クレアはかぶりを振った。「わからない。ここに泊まるのは初めてなもので。ここはインターネットで見つけたんです。さっきも言いましたけど、あの……死んだ男性が、今夜の当直らしく、七時に出かけたときには、あの人がフロントにいたの。だから、夜はずっとあの人がフロントにいるものだと思ってた。またあとで、って言われたので、フロントにはいつも誰か人がいるんだと。夜にフロントに人がいない場合は、普通、何時までに戻って来てくださいって、言われるでしょ?」

ストーン刑事がうなずく。「それで？」

「誰もいないので、私は鍵《かぎ》を取ろうと手を伸ばしたら、ダンに床に押し倒されたの。ダンが上から私に覆いかぶさってきた」

ストーン刑事はダンのほうをじろりと見て、眉《まゆ》を上げた。

「血だ」ダンがすぐに説明する。「かなりの血が見えて、これはひどい重傷だと思った。紙で指を切ったぐらいの怪我《けが》で出る量じゃなかった」

「ええ。それで、ダンは姿勢を低くしたまま、カウンターの内側に行った。彼が奥の事務室に通じるドアを開けると、そこに――」死体があった。明らかに殺害された人の体が。「ロジャーが見えたの。血まみれで」

ストーン刑事は、ダンに険しい顔を向ける。「そのときすぐに警察を呼ばなかったわけか？」

「すぐに呼ぶつもりだった。けど、犯人がそこらにいるかもしれないだろ？　安全を確認するのが先だったんだ。で、やっぱり危険は去ってなかったってわけだ。あの野郎、クレアの部屋で待ち構えてやがった」ダンの頬《ほお》の下あたりが、激しく波打つ。「俺たちは、ひとつずつ部屋を確認しながら、廊下を進んだ。クレアの部屋からかすかに明かりが漏れてたし、物音も聞こえた。あいつ、部屋をめちゃめちゃに壊してたんだ。椅子やマットを切り裂いてクッションを出し、カーテンをびりびりに刻んでた」

　クレアもうなずいた。「体を低くして待ってろって、ダンに言われて、私はドアの横でしゃがんでたの。ダンがドアを蹴《け》り開けたとたん、もう大音響で、私は思わず床に伏せた」

「それで助かったんだ」辛そうに言葉を吐き出すと、ダンはストーン刑事と目を合わせた。「あの野郎、ＡＲ－７に熱源感知スコープをつけたのを持って、まっすぐクレアを狙いやがった。壁越しにな。目の前に銃を持った男、つまり俺がいて、俺に撃たれてるんだぞ。それなのに、俺には撃ち返してもこない。あいつの狙いはクレアだった。クレアが死なずに済んだのは、あいつのいた場所からは角度が悪かったことと、彼女が大きなダウンのコートを着てたから、そのふたつの偶然によるものなんだ。体温を逃がさないためにダウンがすっかりふくらんでて、熱感知ではコートも彼女の体の一部に見えたんだ。だから、コートは完全に撃ち抜かれてる。クレア、見せてやってくれ」

　クレアは背中を向けようとしたのだが、ダンの腕がしっかりつかんでいるため、体を動かせない。「ちょっとだけ、手を放してくれる?」ダンは渋々腕を下ろした。クレアはコートを脱ぎ、刑事に見せるために高く掲げた。クレアもこれを見るのは初めてだった。コートの背に大きな裂け目ができ、弾丸が当たった熱で裂けた生地の端が焦げている。この部分が狙われた。クレアの体の一部だと勘違いされて。

クレアはぞっとしたが、同時に不思議に思った。「ＡＲ－７？ ライフルじゃない。いったいどうして、強盗がライフルなんて持ってたの？ そもそも盗みが目的なら、普通は武器を持たないでしょ。つかまったら刑期が長くなるもの。そこまでの危険を冒すのなんて、変だわ」

「武器について、ずいぶん詳しいんだな」ストーン刑事が冷たい笑みを見せた。「ＡＲ－７を使うのは……このライフルには特定の用途があるんだ」

「殺人だ」ダンが吐き出すように言った。「主たる用途は、人を殺すこと。暗殺者がよく使うライフルなんだ。軽くて、分解すれば銃身、マガジン、レシーバーをストック部分に収めておける。あいつはブリーフケースを持ってた。ゼロハリバートンのジュラルミンのやつだよ。あれなら、ＡＲ－７はうまく中に納まる。あいつ、熊《くま》でも倒すような銃弾を用意してきやがった。それでクレアを殺すつもりだったんだ」ダンは憤りで鼻息が荒くなり、こぶしを握る。そして、さっとストーン刑事を見た。「あいつの狙いは、クレアだ。それは断言できる」

「あなたは国防情報局の職員だった、そうですよね？」ストーン刑事がクレアに向かって言った。不思議な言い回しだ。国防情報局で仕事をしたことを責めている感じではないが、それなら宿泊したホテルに暗殺者が現われても当然だという言い方だった。

「いえ、違う!」そんなはずがない。「私を殺そうと思う人なんて、まったくいません。私は分析官で――した。報告書を提出するだけで、工作員じゃないの。そんな任務、私たちには絶対無理よ。国防情報局の分析官が、仕事がらみで殺されたことなんて、これまで一度もないわ」酒を飲みすぎて死んだ分析官なら、相当数いる。しかし、そういう問題ではない。「それに、私が持っている情報なんて、一年前のものなの。世界情勢は刻々と変わるし、時代遅れになった情報を求めて階級の低い分析官を殺そうなんて、あり得ないわ。これは断言できます」

それを認めるのは辛く悲しいが、冷徹な真実だった。

「刑事」使い捨てのオーバーオールを着て、ラテックスの手袋と靴カバーをつけた鑑識官が、奥の事務室から出てきた。「あっちの部屋の証拠採取は終わりました。指紋が何種類もあって、誰の指紋か特定するだけで一ヶ月はかかりますね。検視医も、ここではもう終わりだそうです。死因はおそらく、鋭利な刃物で大動脈を切断されたことによる出血性ショック死。解剖すれば、どういう刃物か、刃渡りまでわかるだろうと検視医は言ってます」

そのとき鑑識官が二人がかりで、担架に載せられた死体袋を運び出した。全員がそちらのほうを見た。クレアは、あの若者のことを思った。これから輝かしい未来が待っていたはずなのに。今はああやって、分厚いビニール袋に入れられ、真ん中をジッパーで閉じられて運ばれている。すぐに彼の母親、妹、恋人、あるいは妻や子どもが、愛する人を失った悲しみにくれる。

　暗黙の了解があったかのように、死体がワゴン車へと運び込まれるまで、誰も何も言わなかった。死者に対する、原始的な弔意の示し方だ。

　鑑識官のリーダーが、ストーン刑事のところに戻って来た。若くて背が高く、砂色のブロンドで、コミックなどに出てきそうな、表情豊かな顔をしている。しかし今の彼は、コミックの楽しさとは無縁の表情だ。重々しい表情のために、実際の年齢より老けて見える。この青年は、人の性の残虐さを多く見てきたのだろうなと、クレアは思った。「これから客室のほうを調べます。銃弾が残っているはずなんで」

「私も行くわ」クレアは自分でもそんなことを言い出したのに驚いた。彼女の人格の根底にある部分から、出てきた言葉だった。

　ダンがそわそわする。「クレア、そういうのはどうかな……」

　クレアはダンの言葉に取り合わず、ストーン刑事のほうを向いた。「刑事さん、私も部屋を見たいの。犯人がすぐに撃ち始めたので、私は一度も部屋を見る機会がなかったわ。部屋の中に、一歩も足を踏み入れていないの。絶対に、何も触れません。犯罪現場であることは、じゅうじゅう承知してます。でも、私も見ておきたいの」しっかりした声で、クレアはそう告げた。刑事の許可があってもなくても、自分の目で見るつもりだった。

ストーン刑事は一瞬ためらってから、言った。「では一緒に」

全員で廊下を進む。ダンはクレアのすぐ横にいて、彼の体温まで伝わってくる。彼はまだ、警戒態勢をまったく解いていない。左側の腕をクレアの体に回し、グロックを右手に構え、何も見逃さないぞと視線をあちこちへ動かす。

開いたままの入口に着くと、クレアはさっと後ろに飛びのき、ダンの腕が彼女のウエストをしっかり支えた。クレアは、また誰かに襲われた気分だった。

クレアは部屋をまじまじと見た。彼女の部屋。表面がやわらかなところは、すべて切り裂かれている。ソファ、椅子、クッション、マットレス、枕《まくら》、すべてだ。数少ない着替えの服も、ネグリジェや下着も含め、全部糸のように細かく切られている。さらにはもう一足あった靴も、ぼろぼろだった。

これほどの破壊行為は、冷酷としか言いようがない。その効果を計算してのことだ。壊して音が出るようなもの、たとえばランプの陶器の部分、机の上の大きな花活け、壁に何枚かかかっていた装飾皿、そういったものには、手が付けられていない。破壊の狂気は、やわらかいものとクレアの個人的な持ち物に向けられている。ここまでして、クレアが大切にするものを壊したいと考える人間がいる。そう思うと、クレアはぞっとした。

「もういい」ダンが突然言った。「終わりにしよう。マーカス、俺たちがここにいる必要はないよな?」

「この部屋から、荷物を持ち出してもらっちゃ困るんだ」ストーン刑事がぴしゃりと言う。「全部、証拠品だから」

「荷物なんて、もう何もないわ。持ち出すものもない」クレアはそう言って、部屋に入った。横のバスルームをのぞいて、中へ進む。化粧道具がバスルームの床にすっかりぶちまけてあり、甕《びん》が粉々になっていた。甕の割れる音を聞いて不審に思う人がいないよう、犯人はバスルームのドアを閉じたはずだ。クリームとシャンプー、それにミス・ディオールの香りが鼻腔《びこう》を刺激する。

それでも、クレアはめまいを感じなかった。あまりに腹が立ち、それどころではなかったのだ。

バスルームから出たが、部屋には持って出られるものなど、何もなかった。キャリーバッグさえ、びりびりに引き裂かれ、もう使えない状態になっている。

「パソコン」はっと思い出して、クレアはそうつぶやいた。「なくなってるわ」

ダンが体を硬くして、周囲を見回す。

「間違いないですか?」ストーン刑事が確認してきた。「壊れて、どっかに落ちてるのかもしれないな」

クローゼットの扉も開いている。他に見ていないところと言えば、ベッドの下だけだ。クレアはベッドに触れないように気を遣いながら、体を低くしてベッドの下をのぞいた。磨かれた木目の美しいフロアだけ。パソコンはない。

「小さな、モバイル用のネットブックなの。粉々に壊されたのかもしれないけど、ここにはない。ハードディスクをトイレに流せるはずはないし、犯人が持ち去ったとしか考えられないわ」

「コンピュータにはどんなファイルが入ってました？　機密情報とか？」

刑事の推理がクレアにはわかった。国防情報局の元職員。いわゆる防諜《ぼうちょう》の専門家だ。海兵隊員は、本能的に防諜の専門家を疑う。その気持ちも論理的に正しい。国土安全保障省がらみの極秘情報がコンピュータに入っていたとしても不思議ではない。

「いえ」クレアはきっぱりと首を横に振った。「さっきも説明したわ。私が国防情報局を辞めて、もう一年になるの。仕事で使っていたラップトップは局のもので、辞職と同時に返却した。このパソコンは買ったばかりなの。プロ仕様の翻訳支援ソフトと、用語集、翻訳仕事のファイルがいくつか入ってただけ。オリジナルの翻訳原稿と、それを私が訳したものよ。私、フランス語の翻訳の仕事を始めたので」

「翻訳の内容に、機密情報はなかったんですか？」

機密ではないかと指摘された内容を思って、クレアはふとほほえんだ。「ありません。まったく、ゼロよ。最近訳したのは、子ども向けの本が二冊、雑誌の記事と、展示会のウェブサイト用のページだけ。持ってきたのはモバイル用で、翻訳関係のファイルすら、ほとんど入れていなかった。どこに行くにもパソコンがあるのに慣れてるし、メールをチェックしたかったから持ってきただけ。これがあれば、ネットカフェに行かなくても済むでしょ。このホテルは無線ＬＡＮが完備なの。それを確認してから、予約を入れたのよ」

「あなたとしては、非常に困難な状況になるわけかな？　そのラップトップ・コンピュータが――」

「ネットブック・パソコン」

「ネットブック・パソコン」ストーン刑事は、少し苛《いら》ついた様子で繰り返す。「それが壊されたとなると」

クレアは考えてみた。「いえ、たいしたことはないわ。翻訳仕事に必要なファイルやソフトは、全部自宅のデスクトップ・パソコンに入ってるから。もちろん、ネットブック・パソコンを盗まれたなら、金銭的な損害はあるけど、今翻訳中のものは、ＵＳＢに保存してあるし、フロリダの自宅にあるデスクトップも、クラウドを使ってファイルは別に保存してる」クレアは眉をひそめた。「ネットブックはほとんど新品だけど、それほど高価なものじゃないわ。盗難品ショップに売ろうとしても、たいしたお金になるはずがない。この部屋にあった私の所有品の中では、いちばん高価なものに違いないけど、だからと言って――」クレアは深く息を吸った。現実を直視しなければならない。「犯人は、盗みが目的で部屋に入ったのではないわ」

「確かに」ストーン刑事は自分のノートに何かを書き続け、顔も上げない。「犯人の目的は、盗みじゃない。さ、あとは鑑識にまかせよう。これから署まで同行してもらいます」

若い鑑識官がピンセット状の器具を使って、長方形の金属片を床板からそっとつまみ出していた。外の廊下の床板にも、弾が埋め込まれているはずだ。もう少しでクレアの体に埋め込まれるところだった銃弾だ。

そう思うと、クレアはまたふらっとよろめき、はっと体を起こした。

「だめだ」ダンのしっかりした声が聞こえた。ダンは威嚇的な目つきで親友をにらみつけている。「クレアはもうふらふらなんだ。今朝いちばんの飛行機に乗って、フロリダからやって来たんだぞ。俺の家に連れて帰る」

ストーン刑事は、ぱたんとノートを閉じ、ダンを険しい目つきでにらみ返した。同じようにダンがまた、にらみ返す。オスとしての沽券《こけん》を懸け、にらみ合いが続く。

そしてダンが勝った。

ストーン刑事はため息を漏らした。「わかったよ。だが、明日の朝は、十一時までにはM通りの署まで来てくれよ。二人ともだ。今聞いたことも含めて、調書を仕上げよう。市内から出ないでくれよな」最後は、ダンに向けられた言葉だった。ダンはうなずき、クレアのほうを見た。片方の眉を上げ、問いかけてくる。

質問は明白だった。彼の家に来る気はあるのか？

答も同じようにわかりきっていた。

当然、イエスだ。

9

ウィラードホテル415号室は、贅《ぜい》のかぎりをつくした調度品が並ぶ。ボスは常に、すべてに最高のものを求めるからな、そう思いながら、ヘストンは部屋に入った。

ポットのコーヒーと繊細な味わいのサンドイッチが、ヘストンのために用意されていた。部屋の外までおいしそうな匂《にお》いが漂っている。ボスはあらゆることに気を配るのだ。

ヘストンは失敗を報告しにやって来た。しかし、ヘストンは任務を終えたばかりで、実行部隊の兵士が任務のあと必要とするのは、エネルギーであることをボスは理解している。さらに、女性も必要だが、こっちのほうはヘストンが自分で調達できる。このあとで。

アルコール類はない。作戦は継続中だ。ギアのスイッチが替わっただけ。

ボスはずっと窓の外を見ている。眼下にはまばゆい光が広がる。ペンシルバニア街の街灯、ライトアップされたホワイトハウスが、窓の隅にバースデイケーキのように浮かび上がる。ボスがカーテンをさっと閉じた。これで、誰かが窓越しにレーザーで狙《ねら》ってきても大丈夫だ。部屋じゅうを二度も調べて、盗聴器がないことは確認してある。

ボスは万一の用心を怠らない。だからこそ、この地位にいられるわけで、ボスの邪魔をする者がいない理由もそこにある。

ボスは振り向くと、手を広げてヘストンに指示した。「座りたまえ、ヘストン」ボスの声が、ヘストンの耳に心地よく響く。

「はい」ヘストンは急いでそばの椅子《いす》に座った。この部屋の椅子はすべて豪華で、座ると体が沈み込む感覚がある。表面の生地もやわらかな手ざわりで、まるでシルクに触れているみたいだ。いや、この部屋を借りるのにいくら払わねばならないかを考えれば、おそらく本物のシルクなのだろう。コーヒーがカップに注がれる。向こうが透けて見えそうな、ごく薄い磁器。周囲にはバラがあしらわれている。繊細で壊れやすいカップ。

どうすりゃいい？

こんなきれいなカップを壊したらどうしようと、ヘストンはびくついた。彼の手は大きくてがさつだ。銃撃や殺戮《さつりく》向けの手で、極上の磁器の繊細さを扱うようにはできていない。

しかし、これが一種のテストであることもヘストンにはわかっていた。ボスは常に自分を観察している。自分をもっと洗練された人間にするための訓練だ、ヘストンはそう考えていた。ただし、ボスの意図を見抜いていることは、誰にも知られないようにしている。ヘストンにもっと立派な、大きな存在になってもらおうと、ボスは期待している。だから、ボスが階段を上がるときには、必ず自分もついていく。この先ずっと。

ヘストンがコーヒーを飲み終えるまで、ボスは待った。そして、もうお替わりは要りません、と断ると、椅子から身を乗り出し、寛大な様子で質問してきた。ボスの顔には失望や非難の色など微塵《みじん》もなかった。「さて、何があったか、話してくれるか？　問題発生とのことだが、どういう問題だ」

ヘストンは事情を説明した。最初から最後まで。詳細をすべて、何を省くことなく。ボスは背もたれに深く体を預け、壁を眺め始めた。顔には何の表情もなく、ときおり胸のあたりが少し上下する以外には、体はまったく動かない。身じろぎすらしない。やがてボスの視線がヘストンに戻った。「これは僕の失敗だね。君に命じたのは、コンピュータを奪うことと、女を消すことだけだった。武装した男がその場にいるなど、君は知るはずもなかった。それで、その男は……こういうのに慣れているやつだったか？」

これでこそボスだ。自分で失敗の責任を取ってくれる。ヘストンの良心が、たいして大きな良心があるわけではないが、少し痛んだ。ヘストンの父はいつも暴力をふるい、軍隊での上官はクズばっかりだった。ボスのような人は初めてだ。

「はい、確かです。そいつはグロックを携行していて、使い方にも精通していました。俺に自分を撃たせて、女を守ろうとしたんです。さっきも言いましたが、女は部屋の外でうずくまってました。俺の弾が三発当たってるはずです。これはほぼ間違いないでしょう。その、でかい女だったんで」

ボスの瞳《ひとみ》が鋭く光る。「何だと?」

「つまり、大柄だったって意味です。太った女で。撃った角度はあまりよくなかったんですが、女に当たったたと思います」

「でかい女、ねえ」ボスは顎《あご》の先を撫《な》で、何かを考えている。「まあ、それはいいさ。すぐにわかることだ。コンピュータの得意なやつを雇っているから、地元の警察の記録にハッキングさせる。報告書には、死体がひとつだったかふたつだったか書いてあるだろう」ボスがヘストンを見た。一瞬、ボスの顔を何か厳しい感情がよぎった。「待機していろ。少なくとも四名、君の手の者をそろえておくんだ。遠くには行くな。隠れ家を使うといい。僕が連絡するまで、そこで待て」

「はい」ヘストンは頭を下げた。「準備万端にしときます。それから、次はしくじりません」
「もちろんだ」ボスは背もたれから体を起こし、やさしくヘストンの膝《ひざ》に触れた。もう笑顔が戻っている。「今度こそ失敗しないはずだ。頼りにしているよ」

あのくそボケ。ヘストンが出て行くと、愚か者に対する怒りがわいてきた。役に立つ愚か者ではある。忠実でもある。それでも愚かであるという事実はどうしようもない。手下の別の者に命じて、ヘストンを消そうかという誘惑も、彼の頭をよぎった。ただ……ヘストンは普段なら、きちんと仕事をこなす。それは認めてやらねばならない。さらにこの大失態を何もかもヘストンのせいにするわけにもいかない。あいつは、狙う敵が女性ひとりと信じて任務に向かったのだから。

クレア・デイと一緒にいたという男は、いったいどこのどいつだ？　クレアは国防情報局の分析官だったので、軍隊にも知り合いは多かっただろう。しかし、武装した男を連れてワシントンＤＣに現われるとはよほどの覚悟だ。何か思うところでもあったのだろうか？　まるでこちらからの攻撃を予想していたかのように、こんなにすばやく反撃してくるとは。

じっくりと考えなければ。以前に知っていたクレア・デイはどんな人物で、今はどうなっているのかについて、検討してみるのだ。

あの女は、準備を整えてやって来た。その事実をきちんと計算に入れておかねばならない。

クレアは天才的に頭がよかった。国防情報局にいた当時の彼女の分析の正確さは、誰もが認めるところだった。将来を嘱望される、最高の人材。しかし、その頭脳はすっかり壊れてしまった――彼はそう思い込んでいた。魂の抜け殻みたいになって、普通に生きていくのもやっとの状態だと聞いていた。長いこと、意識すら戻らなかったのだ。

クレアは、国防情報局と完全に関係を断った。聞いたかぎりでは、とても仕事に戻れるような状態ではなく、彼女の復職などまったく考えられないという話だった。ところがそんな女性が、非常に優れた兵士を暗殺者として送ったのに、まんまと逃げおおせた。聞いた話とはまるで違う。どうやって襲撃をかわしたか、おそらく一緒にいた男というのが、彼女を援護したのだろうが、その方法は問題ではない。問題は、援護してくれる男がいたという事実、つまり彼女の頭脳がきちんと機能していたということだ。

クレア・デイが自分を追い詰めようとしている。彼女が迫ってきているのを、すぐそこに感じる。こういった勘は、これまで常に正しかった。勘を無視してはいけない。今、彼の体の全細胞が、あの女を始末しろと叫んでいる。優先順位のトップだと。しかし、彼女の行方は知れず、どこに隠れたのか見当もつかない。

彼女が、ヘストンの銃弾に殺されていないとすれば——彼の勘では、彼女が無傷で生きているのは間違いない——彼を破滅させる計画を立てているはずだ。

あの女を消すには、まず居場所を突き止めねば。しかし、どうやって？　あの女に煩わされるのは、これで最後にしたい。あの女、どこに身をひそめやがった？　いや、どうすれば見つけ出せるかを考えればいい。

彼は隠れ家に向かっているはずのヘストンに、ショートメールした。

〝フロリダ、セイフティ・ハーバーには、誰かを送ったな？〟

二分後、返信があった。

〝はい、使えるやつを。あと十五分で到着します〟

〝そいつに火をつけさせろ。クレア・デイの自宅、ローレル・レーン通り、４２７番だ。全焼させる。放火と断定されても構わない〟

それから五分後、携帯電話がメールの着信を知らせた。

〝手配済み〟

やっと笑みが浮かんだ。クレア・デイを捜す方法。簡単だ。あぶり出せばいい。

自分の自宅ほど安全な場所はないと、ダンは固く信じていた。海兵隊時代の仲間が防犯システム機器の製造会社をやっているおかげで、最高機種をいたるところに設置してある。ダンの家の防犯システムは、銀行や国防総省に機器を納めるハイテク企業並みだ。敷地に誰かが侵入しようものなら、どこにいようとダンのところにすぐに警告が行く。

家に帰る途中も、あとを追ってくる車がないか、何度も確認した。

門で防犯システムを解除し、車庫に乗り入れるとすぐにまたシステムを作動させた。ヒーターを最強にして、自分は汗をかきながら、凍《い》てつく道をアレクサンドリアまで車を走らせた。それでもエンジンを切ったとき、クレアはまだ震えていた。

寒さで震えているわけではない。彼女はショック状態にある。死体を見て、自分も狙撃《そげき》された。ひと晩にこの両方が起きたのだ。強靭《きょうじん》な精神を持つ元気な女性でも、このストレスに対処するのは無理だし、ましてやクレアは、心身ともにひどく傷ついた状態から何とか抜け出そうと必死の努力をしている段階なのだ。

ダンは黙ってクレアを見た。車庫はネオン灯で照らすようにしてあり、これだと影になる部分がない。この明かりは常に点灯してある。それ以外に、赤外線装置のついた防犯カメラも二台ある。ダンは、やりすぎという言葉など、くそくらえと思うタイプなのだ。古い軍隊のスローガンだ――ふたつ用意すればひとつは使える。ひとつしかなければ、何も使えない。

「気分はどうだ？」努めて穏やかな調子で、ダンはクレアに声をかけた。車庫にはエンジンが冷えていく音しか聞こえない。

「だ、だいじょぶ」クレアは弱々しい笑みを浮かべようとした。

大丈夫ではない。レストランでパニック発作を起こしたときより、顔色が悪い。独りぼっちで途方に暮れる女性の姿。

ちくしょう、クレアは独りじゃないぞ、ダンは心でそう叫んだ。彼女が独りぼっちになることは、今後いっさいないのだ。彼女は俺が守る。彼女に危険が及ぶような事態は、絶対に阻止してみせる。そのためなら何だってやる。

だが、なぜ彼女は命を狙われているのかが、さっぱりわからない。だからこそ、ダンは底知れぬ恐怖を覚えた。彼女を殺そうとしたやつは、必ずもう一度やって来る。今度は失敗しないぞと決意を新たにして。

いいだろう。かかってこい、だ。クレアを殺そうとするなら、俺の死体を踏みつけていってもらおうじゃないか。ダンを殺すのは、困難な仕事だ。

クレアがなぜこんな危ない目に遭うのか、その原因を突き止めなければならない。しかしともかくは、彼女を自宅の安全な場所に匿《かくま》い、頬《ほお》にもう少しでも色を戻さないと。

ダンはクレアの顎の下に指を当て、自分のほうを向かせた。彼女の表情がすっかり見えたとき、どぎまぎしないようにと、自分に言い聞かせた。

だめだ、この人は何でこんなにきれいなんだ。ショックを受け、青ざめた顔で怯《おび》えきっているが、それでも、ダンにとっては世界一きれいな女性だった。その女性が、どういう奇跡か、自分の家にいる。そして、これからは、ここが彼女の家にもなる。

クレアはダンの庇護《ひご》の下に入った。だから、きちんと面倒をみるのは、彼の義務だ。まずは、その義務の第一歩だ。「これからシャワーを浴びて、ウィスキーをたっぷり垂らしたあったかいミルクを飲むってのはどうだ？　そのあと、十時間ばかり寝る」

「ああ、すてき」クレアがため息を吐《つ》き、どうにか笑みを浮かべた。彼女の笑顔を見ると、ダンの心臓は破裂しそうになる。「最高ね。ここ、安全なの？」

「ああ、ここなら安全だ。警戒を解いても心配ない」偏執的とも言える警戒心がダンにはある。そこから来る不安と彼女の気持ちをリラックスさせるのと、どちらの優先順位が高いかを考えて、ダンは一瞬ためらった。クレアを安心させるほうが大切だ。

「自宅の防犯システムはしっかりしたものにしておくべきだと、俺は強く信じてるんだ。敷地には人の動きを感知するセンサーがあるし、敷地すべてをカバーするように屋外にも屋内にも監視カメラがつけてある。入り口は全部鋼鉄で補強した防犯ドアで、窓は防弾ガラスだ」それから、音声認識ソフト、センサー自動動作確認システム、さらにはボタンを押すだけで、門のところには金属製の鋲《びょう》が出る仕組みまである。彼女にそこまで説明する必要はない。要は、ダンがいればクレアは安全でいられることを理解してもらえればいい。

ダンは助手席側に回り、ドアを開けて、手を差し伸べた。クレアはその手を見てから、彼の目を見つめた。

そのとき、時間が停止した。ダンの中のすべてが動きを止める——息ができず、思考が止まり、心臓が止まった。

クレアは差し出された手に自分の手を置き、ゆっくり体を起こした。夢の中の映像そのものだった。何もかもがスローモーションで動き、この世界に二人だけしか存在しない。ダンは、ぐっと顎に力を入れてクレアを助け起こした。羽根のように軽い。いや、霞《かすみ》か雲のような存在。生身の女性とは思えない。

しかし彼女の顔は、女性そのものだった。陶器のような肌、銀色の光をたたえるブルーの瞳。このふっくらとした唇を見れば、口紅であでやかさを装わなくても、男は彼女の体に自分のものを埋めるところを想像してしまう。クレアが車から降りるのに、長い時間がかかったように思える。しかし、彼女がようやく降り立っても、ダンは動くことができなかった。ダンの手に自分の手を預けたまま、クレアは立って小首をかしげ、美しく官能的な顔をダンに向けていた。

こういうとき、男は普通どうするものだろう？　ダンは自分にできる唯一のことをした。今朝十一時半にクレアがオフィスに現われたときからずっと、死んだと思っていた彼女が実は生きていたという奇跡にめぐり合えた瞬間から、望んできたことを。

ダンはうつむいて、ゆっくりと顔を下げていった。これこそが、自分の運命の一瞬なのだと意識した。この瞬間を境にして、すべてが変わる。そう思ったからこそ、ダンは焦らず、勢い込まないように気をつけた。最初はかすかに唇が触れるだけ。しかし、触れ合ったその刹那《せつな》、電気のような感覚がダンのつま先まで走った。

静かな車庫に、二人が息を吸う音が大きく響く。

たった今この瞬間、ダンがこの世の何よりも強く求めるのは、冷たいコンクリートの床にクレアを押し倒すことだった。そして長くてほっそりした脚からズボンを引きずり下ろし、自分のズボンの前を開けてその上にのしかかること。

二秒もかからない。彼女の体に自分のものを埋められる。ダンがたどり着きたいと思っていた——ちくしょう、違うぞ、憧《あこが》れていた場所へ。もう二年近くもずっと。

クレアは許してくれるだろう。ダンを見る眼差しがやわらかく、温かだから。

群れのリーダー、ここではダンが最優位のオスなのだ。ダンは彼女の命を救った。彼女は現在、ダンの家にいる。当然、抵抗するはずがない。

見ればわかるし、手でも感じる。それにOKだという味がする。今だ、この場ですぐにできる。

コートは脱がせないでおく。欲望に思考回路が燃え上がってしまっても、裸の彼女の背中が冷たくざらざらしたコンクリートの床に触れるのは、だめだということぐらいわかる。そう、コートは着たまま。セーターも。ズボンも膝まで下ろすだけにしよう。必要なのは、あの部分だけ。自分のものが、あまりの欲求のため涙を流すように先端が湿ってきている。そこが向かおうとしている、あの場所だけ。

彼女の背中にはダウンコートを敷けばいい。ふわっとした分厚いコートなら、硬いコンクリートでもクッション替わりになるはず。余裕があれば、自分のコートを脱いで、その上に置く。彼女の体に覆いかぶさりながら、前を開ければ、時間を短縮できるかも。すぐに、自分のものをズボンから出し、同時に彼女の脚を開かせ、ああ、滑り込ませればいい。そんな映像が頭に浮かび、ダンの全身に電気が走る。

この一年、まったくセックスをしてこなかったので、おそらく五秒で果ててしまうだろう。しかし、それは構わない。そのあともずっと、硬いままのはずだから。いや、この調子でいくと、今後一生勃起《ぼっき》したままかもしれない。

あそこにギプスでもつけて、無理にでも下を向くようにしなければならなくなるのか。

クレアの中に入ったら、もう自分を抑えることはできなくなる。こんなに興奮したのは、生まれて初めてだ。

激しい撃ち合いから生還したばかりだから、余計に興奮している。危険に遭遇したオスの習性として、よく知られているものだ。アドレナリンが体内から、たいていは男性器から消えるまで、硬くなったものはどうしようもない。

勃起したものをおとなしくさせてくれる女性のいない戦場では、兵士は自分のこぶしを使う。戦闘のあとの兵舎は、山羊《やぎ》が死んだような臭いがする。

だが、ここではこぶしのお世話にならなくてもいいぞ。世界一の美女が目の前にいるのだ。彼女がすぐそこに立ち、ダンの瞳をやさしい眼差しで見つめている。

ああ、最高だ。彼女の中に入ったら、ヒップをしっかり押さえて、猛烈に突き立てよう。それとも手は彼女の両膝に置いて大きく開かせ、奥のほうまで届くようにしたほうがいいだろうか。まあとにかく、猛烈に突き進み、アドレナリンと一年分の禁欲状態を、思いっきり彼女に向けて……

大変だ。

このままでは、怪我《けが》をさせてしまう。今の気持ちをそのままぶつけたら、彼女を傷つける。痛い思いをするのが、このクレアなのだ。ちくしょう、俺は何を考えてたんだ。ダンは戦慄《せんりつ》を覚えた。彼女を自分の手で押さえつけて、激しく突き立てる？　クレアの体が動かないように、大きな手で力まかせに押さえるのは簡単だ。しかし、そんなことをすれば、あのきれいな真っ白の肌に、紫色のあざができるだろう。そして彼女は身動きできない屈辱を感じながら、痛さに耐えるのだ。

ああ。ダンは目を閉じた。

これでは、いかん。今考えたことはすべて、よくない。ダンは本来、自分を抑えておける意志の強さで知られていた。ところが今のダンは、抑制を失うぎりぎりのところまで来ている。誰よりも大切にしたい女性を前にして。

ダンは目を開いて、もう一度クレアを見た。見て、本来の彼女の姿を確認した。賢くて勇敢。絶世の美女。なのに、美人に特有の媚態《びたい》のようなものはいっさいない。男はきれいな顔にすぐなびいてしまうから、美人は幼い頃から生活の中で男を惑わす方法を身につけていくものなのに。

彼女は一年前に爆破事件で体ごと吹き飛ばされた。その後、三ヶ月にわたり意識不明だった。たった一時間前には、銃撃された上、自分の持ち物をことごとくめちゃめちゃにされた——そんな女性に対し、何という妄想を抱いてしまったのだろう？　車庫の冷たいコンクリートの地面に押し倒して、力まかせに自分の性欲をぶつけることを考えてしまうとは。

ダンは全身で激しい罪悪感を覚えた。自分が恥ずかしくて仕方なかった。

「おいで」やさしく声をかけると、クレアがいくぶん緊張を解くのがわかった。頭のいい女性だ。ダンが発する暴力的なオーラを本能的に感じ取ったに違いない。そして、自分はこれからどうなるのだろうと不安になったのだ。いくらかなりともダンが自制心を取り戻したので、リラックスしたわけだ。

まったく、最低の男だな、俺は、とダンは思った。

車庫から直接キッチンに入れるので、ダンはクレアを中へと促し、明かりをつけた。コートを受け取るとすぐに離れて、彼女に安心感を与えようとした。

クレアは興味深そうに室内を眺めている。彼女の目にこの家はどう映るのだろうとダンは思った。キッチンはきれいに片づいている。ああ、よかった。ダンはだらしない人間ではないのだ。元々そうだし、もしわずかなりともずぼらな部分が本来あったとしても、海兵隊での生活で完全になくなった。ダンの身の回りはすべてきちんと整理整頓《せいとん》されている。

一方で、装飾するということがない。すべてが機能優先で、個性を感じさせるものなどまるでない。キッチンは防犯システムと同様、最先端の道具がそろえてあるし、映像音響機器も、コンピュータも最新式のものだ。それ以外の椅子、ベッド、クローゼットなどは、作りのよさだけで選び、これといった特徴はない。

ダンは椅子を引いて座るようにと促した。「確かミルクを出す約束だったたな」

「ウィスキーを入れてね」クレアがダンを見つめながら言う。「忘れちゃだめよ」

もちろん、忘れるはずがない。やっと安全な場所に来て、銃撃戦であおられた興奮とストレスをセックスで鎮めることができないのなら、ウィスキーで紛らすしかない。

電子レンジが、ちん、と音を立てると、ダンは流し台の下からウィスキーのボトルを取り出した。温めたミルクにウィスキーをワン・フィンガー分入れてから、自分用のグラスにはじゃばじゃばと注ぐ。指の幅四本分ぐらいあったが、二口で酒をあおり、ミルクをクレアの前に置いた。

クレアは両手でマグカップを包み、目を閉じて鼻を近づけた。匂いを嗅《か》いで、ふっと笑みを浮かべる。

ああ、だめだ。あの表情。クレアがミルクを飲むために頭を少し後ろに下げると、細い首がむき出しになり、ダンはその場で崩れ落ちそうになった。

夕食のために少し化粧をしていたようだが、もうすっかり落ちている。短い髪はあちこちで跳ね上がり、服はよれよれだしズボンの膝のところが擦れている。銃弾を避けようと、夢中で伏せたときにこすれたのだろう。

今夜彼女は、大変な目に遭ったのだ。今の姿にその様子が出ている。

けれどダンはクレアから目を離すことができなかった。

ミルクを飲み終えると、クレアは顔を上げてダンを見た。車庫のときと同じように、また世界からすべての音が消えた。何の音も聞こえない。ダンの家はしっかりした作りの上、防音装置も完璧《かんぺき》だった。通常の家のような風で軋《きし》む音なども、この家にはない。

呼吸音すらしない。クレアと視線が合った瞬間、ダンは息をするのを忘れたからだ。一分後、胸が苦しくなって、ダンはあえぐように息を吸い込んだ。

クレアはキッチンで輝く真珠のようだった。青白い光を放ち、完璧な姿を見せる。聖人でもなければ、この誘惑には勝てない。ダンは聖人ではなかった。

今の状態でクレアに触れるのは、絶対にまずい。手にどれだけ力が入ってしまうか、自分でもわからない。そう考えた彼は、テーブルの端をつかみ、クレアの座った椅子の背を持ち、ゆっくりと体を倒した。クレアを自分の腕の中に感じられる、もう少しで……だが、だめだ。

ダンの頭の中で、良識のかけらのようなものが、赤い旗を大きく上下に振っている。

気をつけろ、彼女を傷つけるぞ！

ああ、どうすりゃいいんだ。ダンは欲望を抑えようとするのだが、方法がわからずにいた。このままではクレアを怖がらせてしまう――ああ、大変だ――怪我をさせてしまうかもしれない。

ダンの手が震えた。自分の手が震えているのを知って、ダンはさらに怖くなった。これまで手が震えた経験などなかった。彼は狙撃手《スナイパー》であり、スナイパーの手はしっかりと引き金をとらえておけるよう震えることがなくなる。何があっても。つまり、初めて手が震える経験をしたダンは、どうすればいいのかまったくわからなくなった。

二人の目が合い、そのまま互いを見つめていた。クレアの目の中で虹彩《こうさい》部分がダンの視線を探るように、上下左右に動く。ダンの次の行動を待っているのだ。

ダンの次の行動はキスだった。ゆっくりと唇を重ねる。

落ち着いて、自分を抑えておけますように、とダンは思った。

唇が触れ合うと、クレアから電気的な刺激が伝わり、その感覚が直接彼の下半身に働きかけた。ああ、だめだ。

ダンは体を離し、慎重にクレアの瞳を探った。**教えてくれ、ハニー。どうなんだ？**

クレアはこの先を望んでいるのか、それともダンの強い欲望が作り上げた妄想を見ているだけなのか、彼女の気持ちが読めない。

一瞬の合図だったが、ダンは見逃さなかった。笑みだ。クレアの顔に光がさっと射し、口角が少しだけ上がった。

笑顔。キスへの返事が笑みだ。

いいぞ。

セックスしても、いいという合図だ。

ダンは頭の中で、ガッツポーズを突き上げる自分を思い浮かべ、それでも手は慎ましく椅子の背とテーブルをつかんだまま、また体を倒した。

今度はもっと長く。もっとやさしく。さっきよりもさらに気持ちがいい。

クレアのまぶたが揺れ、閉じられた。

もう一度。ダンの唇がクレアの口をとらえる。唇を開かせ、互いの舌が触れ合う最初の衝撃を堪能《たんのう》する。ダンは全身が熱を帯びてくるのを感じた。また口を離し、顔をずらしてもっと奥のほうまで舌が届くようにした。さらにもっと気持ちいい。するとクレアが力強く口を押しつけてきた。

やっと音が聞こえる。ダンの荒い息、キスが濃厚になる濡《ぬ》れた音、そして、クレアの喉の奥から漏れる快感のあえぎ声。

ああ、もう我慢できない。このままでは体が爆発してしまう。ダンは、自分の体が粉々になる前に行動を起こすことにした。

ダンは腕を伸ばして、クレアを抱き上げた。


ダンの腕に運ばれると、空を飛んでいるみたいだとクレアは思った。

何ひとつクレアの体を拘束するものの感覚がなく、重力すら感じない。あるのは唇に触れる彼の口と、体を抱き上げるたくましい腕の感覚だけ。無重力でいることにわくわくする。

病院でやっと意識が戻ったとき、クレアの体は筋肉が萎縮《いしゅく》してすっかり弱くなり、ここは木星だろうかと思うほど重力を感じた。何もかもが重くて辛かった。世界が総がかりで、自分の体を下へと引っ張っている感覚だった。最初の頃は、足を少し持ち上げるのも大変だった。

今の感覚は夢のようだ。ふわふわして体を縛りつけていたものがすっかりほどけ、空中に浮いている気がする。

ダンの家は大きかった。クレアを抱いたまま、ダンは広々としたほとんど家具のない部屋をふたつ通り過ぎた。ダンは唇を重ねたまま目を閉じているので、家具がなくてよかった。それでも彼は自分がどこにいて、どちらに向かっているかがちゃんとわかっているらしく、つまずくことなく、やがて寝室に入った。

この部屋も大きかった。ほとんど家具らしいものはないが、壁際に非常に大きなベッドがある。部屋の中でいちばん大きくて、存在感がある。大きな木製の頭板、そして巨大なマットレスには紺色の上掛けが広げてある。

ここで二人は愛を交わすのだ。これからすぐに。ダンの表情を見ていればそうなるのはわかっている。

彼はひどく緊張しており、体のどこかに触れれば、張りつめた筋肉がぱちんと弾けて切れてしまうのではないかと思うほどだった。顔色は普段より暗く、頬に赤黒い色が差している。ベッドのそばに来ると、彼はただ脚を支えていた手を放し、クレアはそのまま彼の体を滑るようにして足を下ろした。彼の息遣いが荒い。

クレアは、ぴったりとダンの体に抱き寄せられ、彼のすべてを感じ取った。盛り上がって割れた筋肉、大きく上下する胸、そして、大きく勃起したもの。巨大にふくれ上がり、熱を放ち、まだ二人とも服を着たままなのに布地越しでも感じ取れる。

ダンがセーターの裾《すそ》を持ち、問いかけるようにクレアを見て、手を止めた。クレアから合図してもらうのを待っているのだ。「いいのか?」低音の豊かな声が、しんとした部屋に響く。

クレアは息ができず何も言えなかったので、つま先立ってキスした。

彼の問いかけへの返事だった。もう決心したのだ。

ダンの指先が震えていた。クレアが自分の手でその指を包むと、二人はそのまま動かなくなった。暗がりで、クレアは彼の目を見て、そっとささやいた。「大丈夫よ」

自分の体が性行為に対処できるのか、自信はない。そんなことをしても大丈夫かどうかなど、クレアにはわからなかった。それでもダンにこれだけは伝えておきたかった。もしうまくいかないことがあるとすれば、それはクレアのほうに問題があり、ダンには何の責任もないと。すべてはクレアのせいで、彼には何の落ち度もない。

あっという間にクレアは裸になっていた。少なくともクレアにはそう思えた。夢の中で、服がするすると体を離れていった感じ。セーター、ブラ、ズボン、パンティ、すべてが消える。ダンの大きくてたくましい手が、さっと空《くう》を切り、その途端、衣服がどこかへ飛び去ったようにさえ思える。

裸になると、ダンとの距離があまりに近く、息を吸うと胸の頂が彼に触れそうになる。

ダンは身動きせずに、しばらく立ちつくしていた。その状態が続いて、彼の胸が大きく上下するところが見えなかったら、生きているのか確かめたくなるほどだった。やがて彼が手をそろそろと伸ばしてきた。空気が重たくなったかのように、ゆっくりと手が動く。やっと手が触れたとき、クレアの体がぞくっと震えた。冷たいからではない。彼の手は炎に焼かれた鉄のように熱かった。

ダンは手を広げて、クレアの胸、ちょうど乳房のあいだに置いた。

「本当にきれいだ」ダンがささやく。

「ありがとう」クレアもささやき返した。今はささやくときなのだ。次に何が起こるかを、世界中が固唾《かたず》をのんで見守っている感じ。

ダンの手がゆっくりとクレアの体の正面を滑り、腹部に届く。そこで手は向きを変え、脚を広げるようにとやさしく要求した。

彼の手に触れられている部分が熱く、そこからクレアの全身へ熱が広がっていく。

体じゅうの細胞が、生きていることを実感する。熱く大きくふくらんで。性的な興奮。まぎれもなく、これは欲望だ。この感覚を長いあいだ忘れていた。本当に久しぶりで、これが欲望だとクレアが認識するのに、少し時間がかかった。

クレアは少し顔を上げた。首の筋肉が弱くて、同じ角度に曲げて頭を支えていられないような気がした。体にうまく力が入らない。体を駆け抜ける熱が、筋肉を溶かしているようにさえ思える。まっすぐ立っていられなくなって、クレアは少し足を動かした。

すると――ああ、ダンの手がそこに入ってきた。いちばん感じやすい場所に。ごつごつした指が、その場所で円を描く。

体の奥が、興奮でぎゅっと締めつけられた感じがする。

ダンが手を離し、荒く一回息を吐いた。「ああ、だめだ」そしてまた息を吸う。またゆっくりとその場所を丸く撫でられ、ざらざらした彼の指の皮膚を意識し、クレアの快感は高まっていった。

彼のものが、どんどん大きくなっていく。

触れ合っているのは、ダンの指とクレアの大切な場所だけ。それなのに、クレアは全身を愛撫《あいぶ》されているように感じた。体じゅうが熱い。

「俺、一年間、セックスしてないんだ」絞り出すような声でダンが言った。「残ってるコンドームはひとつしかないと思うし、使用期限が過ぎてるかもしれない。それに一個だけじゃ、とても無理だ。どうすればいい？」

それなら、答は簡単だ。

「私も四年か、たぶん五年はセックスしてないわ」愛か仕事かのどちらかを選ばねばならず、クレアは後者を選択した。「でもコンドームのことは、心配しないで。お医者さんからピルを処方されているの」

ダンの表情がさっと変わった。痛みを感じて、筋肉がびくっと反応したように見える。胸の奥のほうから響きわたるような声を短く出し、次の瞬間、クレアはベッドに彼と一緒に横たわっていた。彼の服が部屋のあちこちに飛び散るのが見えた。

ダンが裸になっていく様子を見守るクレアの心に、不安の影が忍び寄る。衣服に隠れていたものが見えたからだった。ダンはたくましくて、強い体をしている。それは服の上からでもはっきりわかっていた。しかし裸になった彼は、あまりに力がみなぎっていて、怖くなるほどだった。

しっかりと硬い筋肉が体全体を覆い、スポーツ選手と同様血管が浮き出ている。体脂肪などほとんどないのだろう、腹部がきれいに割れている。そしてその下の……あぁ、彼の男性器には威圧感を覚える。服の上から勃起したところを感じていたが、実際に目にするまで、これほどの大きさだとは思っていなかった。棍棒《こんぼう》のように太く、そそり立った先からは、もう既にしずくがほとばしっている。

それを見て、クレアの体が軽い拒否反応を起こした。こんなに大きいものが入るの、とでも疑問を投げかけているようだった。

しかし、もう遅い。ダンの体が上から重くのしかかり、彼の膝がクレアの腿《もも》のあいだに割り入って、手が彼女の脚のあいだを広げる。その瞬間、彼の腰が大きく突き出された。ダンはもうクレアの中に入っていた。

痛い。

二人は凍りついたように動きを止めた。クレアは息をするのも怖かった。突然荒々しく侵入してきたものに対し痛さを感じながらも、下半身がその窮屈な感覚に対応しようとする。

「くそっ」ダンの声が怒りに満ちていた。肘《ひじ》を立てて自分の体を持ち上げ、クレアの顔を見下ろす。「まだ準備できてなかったんだな」ダンはうなだれて、目を閉じた。

「ごめん。悪かった。もっと時間をかければよかったのに、もう待てなくて……俺、最低の男だな」悲しそうに首を振る。「でも、もう抜けないんだ。どうしても……無理だ。ごめん、どうすればいい？」

「キスして」クレアは静かに告げた。

ダンは驚いた顔をした。クレアが悲鳴を上げて、体を押しのけようとするのを覚悟していたようだった。そして悲しそうな表情が変化し、ゆっくり笑顔になった。「あ、いいぞ。それならできる」

クレアの体の上で体を浮かしながら、ダンはすっかりその姿勢になじんだ様子だ。両腕でクレアの肩をはさみ、高校のダンスパーティで初めてデートしたときのようなキスをしてきた。軽く、やさしい口づけ。ベッドにいる男女が交わすキスとは、まったく違う種類のキス。それなのに、彼のものはクレアの体の奥深くにしっかりと入ったままだ。

風のように軽やかなキス、笑顔のままのキス。クレアも笑みを返し、やっと腕を上げて、彼の体に抱きついた。

すごい。見た目と同じように、ダンの体は触れても力強い。試しに、クレアは彼の肩に爪《つめ》を立ててみた。しかし、まったくくぼみができない。鋼鉄を押してもへこまないのと同じ感覚だ。しかし、こうすることで別の効果があった。彼のものがクレアの体の中で、さらに大きくなったのだ。

そして信じられないことだが、彼のものを包むクレアの体の奥の部分が収縮し始めた。その動きを感じたダンが、顔を上げ、すぐ近くからクレアの目をのぞき込んだ。二人の鼻がぶつかりそうだった。

「気持ちよくなってきたんだな?」太い声がかすれている。

「え、ええ――そうみたい」下腹部で大きくなっていく興奮のせいであえぎながらそう言ったが、息が上がるのはダンの重さのせいもある。その重みが心地よい。いや、何もかもが、気持ちよくなり始めた。

クレアは恐る恐る体を動かしてみた。ダンの体にしっかりつかまり、彼の背中に手を伸ばす。大きな背中に感じるのは、硬い筋肉の厚みだけ。脚を大きく広げてもっと奥へと誘うと、彼がするりと中のほうまで入ってくる。刺激的な感覚は、痛みにも似た強い快感へとクレアを追い立てる。ダンは楽に出し入れし始め、彼が小さく円を描くように腰を揺すると、クレアは快感の波へとのみ込まれ、のけぞって目を閉じた。脚のあいだで弾けていく熱にすべてを忘れ、体の奥が激しく脈打って……

そのときダンが体を強ばらせた。うっとうめくと、クレアの体の中で彼のものがいっそう大きくなり、ダンはクライマックスを迎えた。体を震わせ、酸素を求めて胸が大きくふくらむ。

クレアの体は、温かな蜜《みつ》がほとばしる感覚を楽しみながら、ゆっくりと落ち着いていった。自分の体にダンの体重が乗っかっているのに、雲に乗ってふんわり宇宙を漂っているような気分だった。

信じられないのは、絶頂のすぐあとなのに、彼のものはクレアの体の中で硬いままだったことだ。ただ、もっと楽に動けるだけのようだ。

ダンは少し体を持ち上げ、笑顔でクレアを見下ろした。汗に濡れた髪が額に落ちてきた。

もうこうする権利があるわ、と思ったクレアは、同じようにほほえみながら、彼の髪をかき上げた。

「さて、今のはあっという間だったな」見下ろすダンの眉が、楽しそうに持ち上がる。

「んーん」クレアが応じた。「ロケット・マンね」

「体、気になるとこはないか？　背中の下で、シーツがよれてたりしないか？」

「ないわ」夢み心地でクレアは答えた。「とってもいい気分」

「よし」ダンがまた体重をクレアの体にかけ始めた。「このままの姿勢がしばらく続くからな。かなり長時間」

10

髪を大きな純白のタオルでくるみ、クレアはシャワーから出た。

洗面台横のカウンターに、白いTシャツが置かれている。着るとぶかぶかで、裾《すそ》は膝《ひざ》まで届いたが、清潔でアイロンがかけてあった。生地の匂《にお》いを嗅《か》いでみたのだが、洗剤の香りしかしなかった。ダンの匂いがすればいいのに。クレアの記憶の奥深くには、彼の匂いがそっと閉じ込められている。死ぬまでずっと、その匂いは消えない。

ああ、すてき。石鹸《せっけん》と男らしさと官能的な匂いが混じる。うっとりする。どきどきする。クライマックスのとき、クレアはダンの首に鼻先を押しつけていた。全身で彼を感じ、感覚のすべてが彼に向けられている気がした。性的に興奮した男性の匂い、少し塩辛くてぴりっとした味、勢いよく腰を打ちつけながら、何度目かの絶頂を目指して激しく吸っては吐く呼吸音、暗く切羽詰まった表情の彼の姿、そして、クレアの体に出し入れされるあの感触……。

あんな体験は、初めてだった。濃密で、全細胞がたっぷり充電された感じ。ダンがセックスによって、命の泉からエネルギーを注ぎ込んでくれたのかもしれない。今のクレアは温かさに包まれ、体の内側もぽかぽかしている。手や足の指先まで、肌に張りがある気がする。とても気分がよくて……希望さえわいてくる。

もうこの先、いつまでも暗い日々と悪夢の夜だけが続くのではない。どこかに希望を感じる。一年ぶりに思考もすっきり冴《さ》え、頭の中に垂れこめていた雲が晴れたように思える。

ダンとの関係が、これからどうなっていくのかは何もわからない。それでも今この瞬間は、ただうきうきする。求められるという感覚が、うれしくて仕方ない。欲望の炎が燃え上がるあの濃い褐色の瞳《ひとみ》がクレアに向けられるとき、ダンはクレアの心の奥まで見抜いている。

本当の意味で、彼はクレアを見ているのだ。

事件後のクレアは、他人からはほとんど何の注意も払われない存在だった。普通の人々の生活の狭間《はざま》にひっそり漂う幽霊のようなものだ。何を求められるわけでなく、何をたずねられるわけでも、与えられるわけでもない。存在自体が希薄だった。ダンから向けられた欲望がクレアの存在に重みを与え、クレアが存在している事実を明確にした。彼はまた、クレアの話にもちゃんと耳を傾けてくれた。だから、クレアも、自分の考えることにも、なにがしかの意義はあるのだと思えるようになれた。

実際に、意義のある内容を話していると思った。厚く垂れこめていた雲が突然消え、遠くまで見渡せるようになったのだから。昨日のこと、今日のこと、明日のこと、それぞれについてきちんと考えられる。昨日までと同じこの状態が、永遠に続くと思わなくてもいい。

本来の自分をやっと取り戻せた気分。この感覚を喜ぶのはまだ早いかもしれないが、それでもうれしい。長く続いた闇夜《やみよ》の先に、光明が見えてきたのだ。本当にいい気持ち。ただ、まだなじみのない感覚で、油断すると消えそうな危うさはある。

「大丈夫か？」ダンがすぐそばに立っていた。彼はほとんど音を立てずに行動する。これほど大きくてたくましい男性で、鍛え抜かれた分厚い筋肉がたっぷりあれば、何をするにしても騒々しいだろうと思うと大間違いだ。ダンの滑らかな動きは、音を立てない。存在感のある男性というより、肉体のない魂が移動するような感じなのだ。

「ええ、いい気分よ」クレアはまた荒くなった息遣いで答えた。

「そのTシャツ、似合うね」ダンはにやっと笑って、クレアの腿《もも》を撫《な》でた。

クレアはダンの表情の変化を見守った。Tシャツの下にクレアが何も着ていないことに気づいた瞬間、表情が変わったのだ。

「う、まいったな」ダンの顔が引きつる。頬骨《ほおぼね》の上に赤黒い色が差す。彼は少しのあいだ、痛みをこらえているように目を閉じた。目を開けたときには、黒い虹彩《こうさい》に炎がめらめらと燃え上がっていた。「こんなことして、俺をいじめる気か？　俺、心臓が弱いんだぞ」ダンはそう言って胸を叩《たた》いてみせた。

ひどい冗談だ。

彼の心臓が弱いことなど、絶対にあり得ない。

彼の心音をクレアは体に感じた。愛を交わしているあいだは、疾走するように激しく打ち、その後ゆっくりと、やがて落ち着いた確かな音へと変わった。今彼が叩いてみせたちょうどその場所に、クレアはぴったりと耳をつけていたのだ。どくん、どくん、どくん。一分間に六十拍、しっかりと音を刻んでいた。スポーツ選手の心拍数だ。聞いているとうれしくなる音だった。セクシーでありながら、安心感を覚える。彼の腕に抱かれ、耳を心臓の上に置くだけで、愛の行為と同じぐらいすばらしい気分になれた。ただ、愛の行為は、すばらしいという言葉だけでは説明しきれない体験だった。

純粋に人と人とがつながり合うということ自体が、こんなにいいものだとは。

これまで夜と言えば、ただきびしさを実感するだけの時間だった。ときにはベッドから飛び起き、悪夢の恐怖にあえぎ、震えた。この世の中で、本当に独りぼっちなのだと思うと、どうしようもない気分だった。地球上から人類がすべて消えてしまい、自分で作り出した魔物にたったひとりで立ち向かわなければならないように思えた。

さびしさが身にしみ、魔物が今にも襲いかかってくる気がした。

ダンの確かな鼓動を聞き、たくましい腕に抱かれ、全身がぴったり彼とくっついているのを実感すると、ただ、うれしさだけでクレアの心はいっぱいになった。

彼の腕の中にいれば、絶対に自分は安全なのだと思えた。どんな悪いことも、もう二度と起こりそうにない。

けれど、今ダンが投げかけてくる眼差しは、安全とはほど遠い。危険そのもの。ごつごつした手がクレアの脚の外側を滑って、ヒップの丸みを撫で上げてから、背中のくぼみを越え、今度は同じように腿へと下がってくる。その間ダンは様子を確かめるようにクレアを見つめたまま。細い鼻筋がまたふくらみ、オスの捕食動物の顔つきになる。天敵なら、恐怖に震え上がっているところだ。

クレアは彼の敵ではなく、だから彼の顔つきも怖くない。クレアの目には、オスの欲望だと映る。欲望すべてが集約されて、クレアに向けられているのだ。

ダンは分厚くて硬い胸板を見せたまま、パジャマのズボンだけを身に着けていた。パジャマのズボンでは、欲望を隠しきれるものではない。彼がクレアに触れるとすぐ、ズボンの前が大きくふくらみ、ヒップを撫で始めると、すっかり硬くなったものが布地を高く押し上げた。

クレアの体に熱が広がる。動物的な本能が鋭敏になった彼女は、熱を強く意識し出した。ダンの体にも熱が広がるのがわかる。かすかに興奮したオスの匂いが漂う。ダンはしゅっと息を吸い込むと、すぐに吐いた。必要な分量の息が吸えなくなったように。

クレアも息が苦しくなってきた。胸の周りが何かできつく締められたように、大きく呼吸できない。ダンの指先のざらついた部分がヒップを移動すると、猫の舌で舐《な》められたようなざわっとした感覚が皮膚に残り、恐怖を覚えたときと同じように、うなじや腕の毛も立つ。

怖くはない。クレアの感じているのは恐怖とは違う。

下を向くと、彼のものが、ときおりびくっと動くのが見えた。クレアのヒップに置いた手の感触に敏感に反応しているのだ。それを知って、クレアの体の奥が鋭く収縮を始めた。オーガズムが始まるときの前触れのような感覚。ただダンに触れられただけで。

嘘《うそ》みたいだ。

ダンが顔を少しうつむけて、クレアと額を合わせた。手はヒップを撫でたまま。クレアは一歩近づいた。パジャマとTシャツの布地越しにも、彼の大きくなったものをお腹《なか》に感じる。そして、彼の目を見つめたまま、顔をずらして、誘いかけた。

口と口が重なる。ダンの舌が口の中へ入ってくると、クレアは体を離した。すべての感覚がそれぞれにいろんなことを頭脳に伝えてきて、対処できなくなったのだ。体じゅうがくすぐったい。クレアは彼の瞳をのぞき込んだ。瞳孔《どうこう》が大きく開いて虹彩全部が真っ黒に見える。

「クレア」ダンはそうつぶやくと、また顔を近づけた。

今度は、二人の全身がぴったり合わさった。胸をくっつけ、腹部を合わせ、クレアの少し開いた脚のあいだに、彼の硬い腿が押しつけられる。炎が燃え上がり、触れ合っている部分すべてで、互いの筋肉が反応し合う。ダンがクレアのうなじを手で支えてくれた。首の筋肉から力が抜けて、クレアは彼の手に頭を預けた。

触れ合うところすべてが……光を放っている。熱と高揚感と性的興奮を帯びた光だ。ダンがさらに強く抱き寄せたので、クレアはつま先立って、自分をいたぶってみた。鋼鉄のような彼のものに体を押しつけて、こすってみたのだ。すっかり大きくて、硬くて、長くて、太くなった彼のもの。

クレアは少し体を離して、あえぎながら息を吸った。頭の中で『アメージング・グレース』のメロディが鳴り響く。どうしてこの歌が頭に浮かぶのだろう？　CDプレーヤーのスイッチでも勝手に入ったのだろうか？

自分の携帯電話の呼び出し音が『アメージング・グレース』であったことを思い出すのに、しばらく時間がかかった。これまでクレアに電話してきた人などいなかったからだ。この一年、自分の電話の呼び出し音を聞いたことがなかった。何となく、お守り代わりにいつも持っているだけだ。

はっと気づいたクレアは、あたりを見回した。音はくぐもって聞こえる。「私の携帯電話」どこにあるのだろう――そうだ、バッグの中。バッグは居間のソファの前のテーブルに置いたままだ。「電話に出たほうがよさそうだわ」

ダンはうなずいて腕を広げ、体を離した。目の前の彼は、本当にすてきだった。力強くて、肩幅が広くて、勃起《ぼっき》したものがゆったりしたパジャマのズボンを持ち上げて三角になっている。クレアは、また彼に飛びつきたくなった。

電話なんて、どうでもいい気がした。そもそも、自分の携帯電話の番号を、誰が知っているのだろう？　しかし曲はいつまでも鳴りやまず、クレアはやっとたどり着くと、電話に出た。

「もしもし？」庭で駆けっこでもしていたかのように、息せききって電話に出たが、本当は世界一セクシーな男性の腕に抱かれていたからだ。クレアはちらっと居間の時計を見た。何なの、夜中の二時じゃない、そう思いながら、いったい誰が電話してきたのかを考えた。時間だけでなく、この携帯電話が鳴ることさえ、ほとんどないからだ。こんな時間に電話してくる相手が誰なのか、クレアにはまるで想像もできなかった。

表示された番号には覚えがなかったが、市外局番は727。つまりセイフティ・ハーバーから電話をかけてくる人など、思い当たらない。

「もしもし」もう一度、呼びかけた。

女性の声が聞こえた。「クレアなの？　私よ、メイジ」電話の向こうが非常にうるさい。悲鳴、液体がまかれる、しゅわっという音。それに、どうやらサイレンの音だろうか？　すべての音が混じって、はっきり聞こえない。声は水中深くで叫んでいるように響く。

クレアは一度電話を耳から離し、眉《まゆ》をひそめた。今、〝正気なの？〟と聞こえた気がする。自宅近くから夜中の二時に、クレアは正気を失ったと非難する電話をかけてきた人がいるということなのか。

いつもの悪夢の一場面のようだ。ただ内容としては新展開だ。

「聞こえないんですけど」クレアはさっと電話を耳に当て、声を大きくした。「どちらさま？」

ダンも居間に入ってきた。クレアの声の調子がおかしいのに気づいて、ダンが顔を上げ、近づいてきた。

また悲鳴に近い声が聞こえたが、あたりの騒音にかき消される。何かが壊れる、ばりばり、という音に続いて、サイレンが近くに聞こえるようになった。悪夢とすれば、まったく新しいバージョンだ。「誰なの？」

ダンがすぐ横に来ていた。クレアは電話を耳元から離し、ダンにも聞こえるようにした。大きな音がして、ダンが顔を曇らせる。

一瞬、騒々しさがいくらか収まった。電話の主が、騒音のそばから離れたか、送話口を手で押さえたかのどちらかだ。「クレア、私、メイジよ。メイジ・カンバーランド」

「メイジ！　よくこの番号がわかったわね」メイジ・カンバーランドはクレアの家から二軒ほど離れたところに住む女性で、父の友人だった。

メイジはおそらく、父と友人以上の関係になりたいと考えていたようだが、父は狼《おおかみ》のような人だった。生涯ただひとりの相手としか、つがいにならないのだ。父の生涯たったひとりの女性は、クレアの母だった。母が亡くなると、相手を必要としなくなった。

「あなたのお父さんから番号を聞いてたのよ」なるほど。この携帯電話は、もともと父のものだった。そのことをすっかり忘れていた。「ひょっとして、この番号にかければあなたにつながるかと思って。クレア……」大音響のサイレン。電話のすぐ近くで鳴ったので、メイジの声が聞こえなくなった。

「メイジ、聞こえないわ」

「……すっかりなくなったのよ、クレア。かわいそうに」

「今、何て？」クレアはさっとダンを見た。彼の目に、クレアと同じように不安の色が浮かんでいる。「何がなくなったの？　何の話？」

「あなたのお家よ、クレア。今、燃えてるところなの。消防車が来たんだけど、手のつくしようがないみたい。ああ、かわいそうに、クレア。ちょっと待って、消防隊の責任者に替わるわ」

クレアは動悸《どうき》が激しくなるのを感じながら、待った。炎がぱちぱちと燃える音、男性が大声で命令を出しているのが聞こえる。メイジが誰かと話している。クレアの名前が話に出る、そして――

「もしもし」力強くて男らしい声が聞こえた。「セイフティ・ハーバー消防署、部隊長のファーガスンです。ローレル・レーン通り、427番の住居の持ち主だと聞きましたが」

「ええ、私です」膝ががくがくするクレアを、ダンが椅子《いす》まで連れて行ってくれた。彼の助けをありがたく思いながら、クレアは腰を下ろした。ダンもすぐ横に腰を落とし、耳を澄ましている。「今は――どういう状況なんですか？」

「残念ながら、あまりよくないんです。すでに、ほとんどが焼け落ちてます。連絡が入って、すぐに駆けつけたんですが、火の回りが早くて。放火だろうと思われます。

引火性の液体の臭いが強くあり、火の手が家のあちこちから同時に上がったようです。失火の場合、通常は火元から徐々に燃え広がっていくものなんです。今回は、家が一瞬にして炎に包まれました」

クレアは震える手で口元を押さえた。「まあ、何てこと」それだけつぶやいた。

「持ち出せるものもほとんどないでしょう。お気の毒です。保険には入ってますか？」

「は、はい」だが、保険の支払い記録も家の中にあるのだ。今頃はもう燃えているだろう。どこの会社の保険だったかも、クレアは知らない。二十年前、父が契約したままだ。保険証書もない。父が集めた初版本も。母の形見のきれいな水彩画も、みんななくなった。

もちろん、クレア自身の本や服も。たいした家具ではなかったが、それもみんな。あちこちを旅行した、楽しい思い出。買い集めたＣＤ。あらゆる記録や書類。少しばかりの宝石類。母の結婚指輪。祖母の結婚指輪。父の結婚指輪。家族の写真すべて。クレアの過去のすべて、クレアの現在のすべてが。クレアの人生のすべてが、完全になくなった。煙となって消えた。クレアの人生のすべてが、完全になくなったのだ。

ダンが震える手から電話を取った。「ファーガスン隊長」ダンが太い声で呼びかける。「私はダニエル・ウェストンと言います。元海兵隊一等軍曹で、ミズ・デイの友人です。状況説明をもう一度頼む」

「基本的には全焼です。火は徐々に鎮火に向かっているものの、完全に炎を消し終えるまでには、少なくともあと一時間はかかります。そのあとも、二時間ぐらいは、敷地内に入るのは危険です。現場は警察に立ち入り禁止のテープを張らせておきます。ここは犯罪現場として扱うことになります。ミズ・デイは今どこにいるんです?」

「ワシントンDCだ」

「こっちまで来るのに、どれぐらいかかります?」

ダンは時計を確認してから、クレアを見た。「明日の朝いちばんの飛行機に乗る。運び出せるものがあったら、できるだけ頼む」

「できるかぎりの努力はします。だから、あなたがたもできるだけ早く、こっちに来てほしい。相当の悪意を持ったやつが火をつけたとしか思えん。犯人をつかまえるために、最善を尽くしますから」そこでぷつっと音が切れ、ダンも電話を切った。

クレアはこの状況を完全には受け入れられずにいた。椅子に座ったまま震えるだけ。何を失ったかを考えようと必死だった。体の内側、体の芯《しん》がまた冷たくなっていく。悪夢から目覚めたときは、いつもこうだ。

しかし今夜の悪夢は、目覚めてからも恐怖が続く。

ダンがクレアのすぐ隣に来て、肩を抱きかかえた。ふうっと息を吐きながら、クレアは彼に体を預けた。暖かさと強さに包まれる気がする。クレアは彼の首に腕を巻きつけ、鼻先を首筋に埋めるようにして、深く息を吸い込んだ。溺《おぼ》れる人がたった一本の命綱にしがみつくように、クレアは彼にしっかりと抱きついた。

ダンがいてくれてよかった。ダンは陳腐な慰めの言葉を口にしなかった。大丈夫だよ、またやり直せばいいじゃないか、などという言葉を聞かなくて済んだ。大丈夫なんかじゃない。まったく。やり直すことなどできない。失ったものが大きすぎる。両親を亡くし、二人の思い出もすっかりなくなった。クレアは闇の空間に放り出されたのだ。過去も未来もない。くだらない言葉で慰められることなどない。

「オンラインでチケットを予約するから」しばらくしてからダンが言った。いったいどれぐらい彼の腕に抱かれていたのかはわからない。ずっと、たくましく分厚い胸に全体重を預け、しがみつくように腕を彼の首に巻きつけていた。一分か、五分か、三十分かもしれない。時間の概念がどこかに飛んでいた。

彼の言葉に、クレアはびくっと体を起こした。ああ、そうだ。行動を起こさなければ。航空券の手配。そうだ。いろんなことを片づけていかねばならないのだ。計画を立てる。するべきことのリストを作る。保険の申請。警察への届け出。そうやって、持っていたものすべてを失った状況に対処するのだ。

こんな未来を望んでいたわけではない。こんな不愉快なことがあるなんて。今のクレアにできるのは、ただダンの胸に体を預けてしがみつくことぐらいなのに。

ぴーっ、ぴーっと一定の間隔で信号音が響いた。携帯電話の呼び出し音のようだが、少し種類が違う。ダンの体が強ばり、ポケットから携帯電話を取り出した。そして画面を見る。

「ちくしょう」ダンがそうつぶやいて、立ち上がった。彼に肘《ひじ》を支えられていたので、クレアも立つしかなかった。ダンはぐっと腕を伸ばして、テレビのスイッチを入れる。薄型のプラズマテレビがあることには気づいていた。男性が居間に置いておきたがりそうな機器だな、と思っていた。彼の家には、いたるところにこの薄型テレビがあるのだ。

今、テレビを見たいの？　夜中の二時半に？

画面が明るくなり、映像が出た。画面は四分割されている。最初はそれが何だかクレアにはわからなかった。ぼんやりとした白黒の画像で、色のついた点が動いているだけ。ＳＦ映画に出てくるみたいな画像だ。

「何が――」たずねようとしたクレアを、ダンは床へと引っ張った。そして彼が壁の何かに手を伸ばすと、家の明かりが一斉に消えた。

「来たんだ」暗がりでもわかる厳しい表情でダンが言った。「俺たちを狙《ねら》うやつらが」

11

自分のオフィスに戻ったボウエン・マッケンジーは、苛々《いらいら》と部屋を歩き回った。こんなことをするのは不安な証拠だと、自分でもわかっていた。こんな気分にさせたやつは許さない。必ず思い知らせてやる。

ボウエンは不安を感じない人間だ。不安に駆られた行動を取ることはない。慎重に計画を立て、その実行にふさわしい人物を選び、時期をうかがい、成功する。

計画の失敗や、不測の事態など許さない。

クレア・デイが自分を追い詰めようとしているのは、まさに不測の事態、思ってもいなかった展開だ。今すぐこの事態に終止符を打たねばならない。あの女がどこに、誰と身を隠しているかを突き止める必要がある。

一緒にいる男が誰かは知らないが、ヘストンの襲撃を出し抜いたとしたら、かなりの凄腕《すごうで》だ。もちろん、あの女がたまたま運に恵まれただけという可能性もある。ちょっとした知り合いが、偶然その場に居合わせただけかもしれない。しかし、ちょっとした知り合いがあんな場所で武装しているはずもない。

ボウエンは偶然を信じない。

ちくしょう、あの女、どこに行きやがった。一緒にいる男は誰なんだ？

ボウエンはパソコンのモニターのスイッチを入れた。本体の電源は常にオンにしてある。Ｓｋｙｐｅでウィザードとの連絡用に作ったアカウント名を入力する。夜中であろうが、構っていられない。部下が――ヘストンの部下が、セイフティ・ハーバーでの任務をきちんと実行したと連絡を受けたばかりだった。

次のステップは時間が勝負だ。

待っている余裕はない。Ｓｋｙｐｅの小さなスクリーンが画面の中央に出てきた。ウィザードの逆三角形の奇妙な顔と、黒く染めてつんつんに尖《とが》らせた髪が、スクリーンに広がる。

「おう」ウィザードがとろんとした目つきで答えた。小さな銀色の輪っかを五つもつけた眉《まゆ》を上げている。くそ、こいつまたハイになってやがる。ボウエンはそう思ったが、それでもウィザードは天才だ。ドラッグで恍惚《こうこつ》状態にあるときでも、誰より仕事は速い。ただ、タイミングは今しかなく、ウィザードには頭のすっきりした状態で、完璧《かんぺき》に仕事をしてもらいたかったのだ。ちくしょう！

「しゃんとしろ」ボウエンは命令口調で告げた。ヘストンやその部下なら、この声を使えば、はっと姿勢を正す。

しかしウィザードはボウエンたちとは異なる人種だ。ウィザードの薄いヤギひげの下で、口元が笑みを浮かべる。「おう、って」

「しっかり聞け。これからすぐに電話がかけられる。発信元はフロリダの小さな町だ」クレアの自宅付近のおおよその地域を指定した。「相手は、ワシントンＤＣの周辺にいる。携帯電話だ。もしかしたら、バルティモアになるかもしれん。はっきりとはわからんが、首都近郊、半径百マイルの範囲だ。その通話をたどって、受信先の住所を調べてくれ」

「あのさ」ウィザードは椅子《いす》で体を起こすと、突然鋭い口調で話し始めた。「言っとくけど、それって衛星を追えってことじゃん。リアルタイムだぜ。一週間後に記録を追跡するってのと、話は違うんだ。その場で、同時進行でハッキングしろってことだ。すげえな」ウィザードは残念そうに首を振った。「荷が重すぎるね」

ボウエンはまっすぐにパソコンのカメラを見据え、冷たい声を出した。「余分に十万出せば、荷も軽くなるはずだ」

ウィザードが何かを考え込む。彼は個人的に難解なソフトウェア開発に取り組んでおり、このソフトが完成すれば何十億と稼げるはずだと信じている。それがウィザードの夢なのだ。この謎《なぞ》のソフトを売り出す架空会社を設立し、一般に売り出して、あとは引退して何もせずに、ただハイになって一生を送るつもりでいる。それが彼にとってのあるべき生活であり、国土保障省のオフィスで、狭い一角に閉じ込められるのはうんざりだと思っている。

しかし黙って懐に金が入ってくる身分になるには、ペーパーカンパニーを作らねばならない。三十歳までに引退する夢を叶《かな》えるには、そうするしかなく、それには元手となる金が要る。ウィザードは多額の現金を必要としていた。

十万ドルあれば、夢の実現にはずいぶん近づける。

「わかったよ」ウィザードは難しい顔をしながら、そう言った。彼はどこかの地下室、おそらく両親の家にでもいるのだろう。頭上の明かりが眉のピアスに反射して光る。

「すぐに取りかかろう」

「頼んだぞ」ウィザードの顔が小さなスクリーンから消えるのを、ボウエンは渋い顔で見守った。

そして、座ったまま待った。机をとんとんと指で叩《たた》く。

ちくしょう、今クレア・デイに嗅《か》ぎ回られては困る。他の誰でも、今はまずい。何もかもがこんなにうまく進んでいるのに。長いあいだ温めていた計画が予定どおりに運び、やっと実を結ぼうとしている。これほど万事が予定どおりなのは、神の意志が働いたとしか思えない。ボウエンは成功する運命にあったのだ。

実際に成功するはずだ。自分をあと押ししてくれる、神の意思をこれまで何度も感じてきた。ボウエンは懸命に働き、自分でも幸運をたぐり寄せた。ただ、運命が彼を正しい方向へ導いてきたのも確かだ。

きれいに整理された机にあった書類がボウエンの目に入った。明日の予定だ。『ヴァニティ・フェア』誌のインタビューが予定されている。アフリカでの彼の活動を取り上げるのだ。写真撮影は、あのアニー・リーボヴィッツ。

有名誌に特集記事を組まれるのは、次のステージでの始動を意味する。このステージはラカで幕を開けた。計画に十年かけ、幕を閉じるにはこれからまた十年かかるだろう。しかし、目的は必ず達成する。邪魔をするやつは、誰だろうと許さない。おまけにあの高慢ちきな女が邪魔をするなど、もってのほかだ。

Ｓｋｙｐｅの着信音が聞こえ、応じるとすぐにウィザードの奇妙な顔が出たが、笑みはなかった。「見つけたよ。入ってすぐ出なきゃならなかったから、めちゃ、大変だった。わかるだろ？　ま、ともかく、結果報告だ。発信者はメイジ・カンバーランド、フロリダ州セイフティ・ハーバー、ローレル・レーン通り、４２９番。受信したのは、リチャード・デイって名前で登録された携帯電話だ。現在地はＤＣ通話区域」ウィザードは住所まで特定していた。「ここの土地の登記も調べたよ。ダニエル・ウエストンという男の住居として登記されてる。この男のこともわかった。元海兵隊だ。

駐マコンゴ共和国の大使館付き警護分遣隊長だった。ラカの爆破事件で負傷、負傷により名誉除隊。現在は警備会社を経営。おい、あんたも爆破事件のときラカに駐在してたんだよな？」

ボウエンの体にパニックが広がり、身動きできなくなった。恐怖が氷の刃《やいば》となって彼の体を切り刻む。ちくしょう、何でこんなことに？

ウィザードは少し首をかしげて、不思議そうにボウエンを見ている。

こんな男を相手にしている暇なんかない。すぐに行動を開始しなければ。何もかもが明るみに出る前に、対策を講じるのだ。「用事ができた。送金したから、口座を確認しろ」それだけ言うと接続を切り、立ち上がった。もう一秒でもじっとしていられなかった。

彼の頭の中で警戒音が鳴り響き、鼓動と同じリズムを刻む。絶体絶命。とんでもない大失敗だ。これまでデイという女のことを、真剣に考えてはいなかった。調査はじゅうぶん行なった。ウィザードに命じて病院の記録をハッキングさせたし、人をやってしばらく観察もさせた。

結果はすべて——病院の記録も、近所での評判も、一週間にわたる電話の盗聴も、何もかもが、この女は無害だというものだった。ぼろぼろになった女そのものの姿だった。記憶喪失、歩行には長期間の医学療法が必要、まっすぐ立つこともできない。

家から出ることもほとんどない。親しい人間はゼロ。生きているのもやっとの状態だった。

だから、きちんと解決はついていないものの、このまま生かしておこうと決めた。その結果がこれだ。寛大なところを示してやったのに。あの女、俺を追い詰めようとしてやがる。ラカの警護隊長まで雇って、すぐそこに迫ってきた。

警護隊長のダニエル・ウェストン一等軍曹なら、ボウエンも覚えている。勲章だらけの兵士だ。海兵隊のくそ野郎。ああいった低能どもは、海兵隊を辞めてもヒーロー気取りだ。

あの女のことをいくら悔やんでも仕方ない。クレア・デイが闘いを仕かけてきたのだ。あの女が正気を取り戻し、ウェストンと一緒になってボウエンを追い詰める気になったのなら、これはひどく面倒な事態だ。緊急対応策を取るしかない。

ヘストンが必要だ。

ボウエン軍が全員で対処しなければならない。

こいつら、軍隊の一個大隊なみの数で来やがった、ダンはそう思った。

敷地内に三人、家の前に二人確認できた。全員が戦闘に慣れている。外の警報装置を解除してから入ってきたのだ。しかし〝ふたつ用意すればひとつは使える、ひとつしかなければ、何も使えない〃という座右の銘のおかげで、最初の装置が解除された瞬間に、ふたつめが警報を発した。

侵入者はそのことを知らない。ダンが最高レベルの警戒態勢を取っていることなど、わかるはずがないのだ。

ダンが見ていると、侵入者は身を隠す場所を求めて、さっといろんな方向へ分かれた。リーダーらしき男が、背中のリュックから何かを取り出す。かなり高性能の双眼鏡らしく、男は目に当てている。熱源感知装置つきのもので、熱を持った物体の場所を探しているのだ。

ふん、まあがんばれよ、ダンはそう心でつぶやいた。この家の壁には透明の赤外線反射フィルムが貼《は》ってある。熱源感知装置を使っても、全体がぼんやり暗く見えるだけだ。また窓は強化アクリル樹脂で覆われ、防弾機能があるだけでなく、レーザーを使った集音装置でも室内の音は聞こえない。

つまり侵入者は、目も見えず、耳も聞こえないわけで、熟練した兵士ならそういう状態で戦闘しようとは考えない。動きを止め、突入方法を考え直す。作戦部隊には命令系統が存在し、リーダーが別の方法を考える。その方法を部下に伝えなければならない。それには少し時間がかかる。

その時間に、ダンはクレアを逃がす。安全な場所へ。

「姿勢を低くして」ダンは小声でクレアに言った。「キッチンに行くんだ」クレアはすばやくキッチンに移動した。

よし、いい子だ、とダンは思った。頭がいいのだ。文句を言ったり、質問したりせず、ただダンの合図を待ち、指示に従う。

ダンはこっそり寝室に行き、床にあったクレアのズボンとブーツを手にした。さらに新しいTシャツを二枚、毛糸の帽子をふたつ、暖かいダウンジャケットを二枚、そして自分の靴も用意すると、ダンはキッチンに戻った。その間も、モニターからは目を離さない。

侵入者たちは、まだ待機の姿勢だ。できるかぎり人目につかないようにしている。しかし、もうすぐ行動を開始するはずだ。急がねばならない。

キッチンは暗かったが、ダンはどこに何があるか、正確に把握していた。実際に、暗闇の中目隠しまでして、こういう状況の練習をした。五秒もしないうちに、流し台の下から出した金庫を開けた。必要なものを抜き取り、クレアに渡す。

拳銃《けんじゅう》が二丁、使いやすいスプリングフィールド四五口径と威力のあるデザート・イーグル、銃弾としてそれぞれ三クリップ。手りゅう弾1、閃光弾《せんこうだん》1、キャッシュで千ドル、使い慣れたK－バー戦闘ナイフ、車のキーが数種、これは町の反対側に借りている車庫に置いた車用だ、それにプリペイド式の携帯電話。

ダン用には別の身分証明が作ってあり、パスポートまである。ただ、クレアにはない。

最後に、こういったものを入れる筒型《ダッフル》の軍隊用雑嚢《バッグ》。服を渡すと、クレアはうなずき、靴も履いて黒のダウンジャケットを着た。ジャケットに埋まりそうで、クレアの体はほとんど見えないが、それでもこれで暖かい。

問題は彼女の髪だ、金色の太陽のような彼女の頭を見ながら、ダンはそう思った。美しいが、暗闇《くらやみ》では目立ちすぎる。ダンがニット帽を渡すと、クレアは輝くような髪を帽子で覆い、はみ出た毛もすっかり毛糸の中にたくし込んだ。

ブロンディ。俺のブロンディ。ダンはせつなくなった。真剣な顔で彼を見つめ、どんな指示でも従おうと準備している。一度彼女を失った。もう二度と失うものか。

二人はキッチンの勝手口から車庫に出た。頑丈なGM社の四輪駆動車、ユーコンにクレアを案内しながら、余分に一万ドル使ってこの車を装甲車両仕様にしておいてよかったと思った。

どんなときでも、ダンは入口に車の前を向けて停める。車庫から急いで飛び出すための用意を怠ることはない。

ダンはクレアの耳に口を近づけた。鼻が彼女の首に触れ、彼女の匂《にお》いと感触を確かめる。そして手りゅう弾を左手に、右手に閃光弾を握らせた。

「乗ったら、足元のスペースで体を小さくするんだ。俺が、車庫の扉と敷地の入口の門を同時に開ける。窓を開けといてくれ。車庫の扉を通過すると同時に、手りゅう弾と閃光弾を投げろ。できるだけ遠くまで放り投げるんだ。手りゅう弾のピンの抜き方、わかってるよな?」

クレアがうなずく。銀色の光をたたえたブルーの瞳《ひとみ》は真剣で、彼女が集中しているのがわかる。

「よし、いい子だ。閃光弾にもピンがある」ダンはその場所を示した。「ピンはふたつとも同時に抜け。そしてふたつ一緒に投げるんだ」

閃光弾で、敵は目がくらむ。一瞬ではあっても、貴重な時間が稼げる。さらに轟音《ごうおん》で何も聞こえない状態は、もう少し長く続く。そして、もし運がよければ、手りゅう弾で敵の何人かは倒せるだろう。

車庫にもモニターがあった。ああ、くそ。明るい色で映し出される人影が、また動き始めた。家を包囲するように配置している。リーダーの指示で、ひとり、あるいは二人が車庫の前を見張るだろう。全員が暗視ゴーグルを着用している。

ダンは侵入者たちのシルエットを観察した。サブマシンガンが全員の背中に見える。おそらくMP5だろう。

ユーコンは装甲車仕様に改造したが、近距離からMP5で狙《ねら》われると、無傷ではいられない。特にタイヤをやられると、どうしようもない。つまり、脱出は手際よくしなければならない。

車庫の扉も通りに面した門も、二種類の開閉装置がつけてある。日常はゆっくり開くほうを使うが、万一急いで脱出しなければならないときのことを考えて、すばやく開くギアも取りつけたのだ。これには五千ドルかかったので、当時はここまでする必要もないかと迷った。しかし、今はこの予備の急速開閉ギアをつけておいて、本当によかったと思う。これがあるおかげで、二人の命が助かるかもしれない。

ふたつ用意すればひとつは使える。ひとつしかなければ、何も使えない。

モニターを見ると、男たちは建物の二十メートル手前まで近寄っていた。

リーダーは全員が配置につくのを待っている。あまり大きな男ではなく、おそらく身長百七十五センチぐらいだろうか——熱源感知モニターのゆらゆら動く画面では、正確なところまでわからない。ただ、部下を率いる手腕は確かだ。リーダーはさらに五メートル前進し、部下が続くのを待った。そして手を上げる。待て、のサインだ。

リーダーが銃を構えて立ち上がった。今にも突入してくる。

もう時間がない。

ダンはクレアを抱え上げると座席の下のスペースに入れ、運転席まで車の後ろを走って行き、エンジンをかけた。自分の車両のメンテナンスはすべて万全、ガソリンも常に満タンにしてある。外は凍えるほど寒いが、すぐに力強いエンジン音が響いた。

モニターで、侵入者がサブマシンガンを肩にして立ち上がり、ひとかたまりになって戦列を整える。クレアが窓から少し顔を出して、モニターに何が映っているのかを確認し、短く息をのんだ。ショックを受けている。侵入者の態勢の意味が、彼女にはわかっているのだ。襲撃が始まることを理解している。

ダンが思ったとおり、二人の男が車庫の扉の前で配置についた。

リモコンを使って、車庫の照明を最大限に明るくする。外の男たちは暗視ゴーグルをつけているので、扉が開くと中からの光がまぶしくて、しばらくは何も見えないはずだ。

ダンはクレアを見た。「俺が合図したら、ピンを抜け。爆破するまでには、一秒半から二秒の余裕があるから、一秒だけ数えて投げろ。どちらも、できりだけ遠くまで投げるんだ」

クレアは、右手に手りゅう弾、左手に閃光弾を握りしめ、こくんとうなずいた。握りしめたこぶしに力が入り、白くなっている。

失敗したら、と口にする必要もない。クレアが手間取ったり、足元に落としたりしたら、まず手りゅう弾が車内で爆発する。その瞬間、二人の体は木っ端《こっぱ》微塵《みじん》に吹き飛ばされる。その後、閃光弾が百万ルーメンで二人の体の残骸《ざんがい》を照らす。侵入者たちは目がまぶしさに慣れたあと、車内に散らばった血まみれの肉片や内臓をたっぷり見られるわけだ。

もし閃光弾が先に車内で爆発すれば――どういう影響を及ぼすか、はっきりしたところはダンにもわからない。ただ、閃光弾は百メートル半径の人間の視力と聴力を奪い去ることにより、敵の動きを封じる目的で作られている。閉ざされた狭い車内で爆発すれば、かなり面倒な状況になるのは確かだ。

クレアがダンを見上げた。二人の視線が合う。クレアの目は美しく澄み、強い意志を示していた。手も震えていない。自分の家が焼け落ちたと聞いて、体の芯《しん》から震えていたのに、今の彼女は静かに落ち着いている。大丈夫だ。

恐怖を感じているのは確かだ。この場面で怖くなければ、よほど頭が悪いのだ。外交の世界でのクレアの評判は、その美しさと知性だった。いや、頭のよさのほうが、よく知られていた。

今、クレアは自分の恐怖をうまくコントロールしていた。そうであってくれることを祈るばかりだ。

ダンは自分の運命を彼女の手にゆだねたのだ。生きるも死ぬも、彼女次第だ。

「いいか?」そう小さくつぶやき、ダンはモニターを確認した。侵入者たちは一団となり、突撃に備えている。今にも始まる。

本来なら、自分が立てた戦術がどういうプランかを順序立てて説明し、手順をひとつずつ確認していきたいが、とても説明してはいられない。兵士であるダンは常に綿密な戦術プランを立て、部下がそのプランを完全に理解していることを確かめてから行動に移る。だが、今はそんな時間などない。一秒を争う事態なのだ。生き残ろうと思うなら、一刻の猶予も許されない。

ダンはエンジンをスタートさせた。

「いいわ」クレアが小声で返事し、助手席側のウィンドウを開けた。

モニターでは、リーダーが足を止めて体を起こし、家を指差している。行け、と命令が下った。赤と緑の影のような男たちも、突然立ち上がる。隊列を組み、肩に銃を構える。突撃だ。

「今だ」ダンは車庫の扉と門を開けるリモコンを押した。いっきに扉が開き、ダンはアクセルを踏み込んだ。全速力で扉を走り抜ける。門も完全に開いている。通りに出る寸前で少しスピードを落とすと、助手席側の開いた窓から怒声が聞こえた。その瞬間車体に銃弾が当たるのを感じて、びくっとした。

どうか、タイヤには当たりませんように。そう祈るしかない。敵は車が出てきて驚いたはずだが、それでもすぐに反撃を始めている。

男たちはみんな黒い戦闘用の上下を身にまとい、目出し帽をかぶっている。車庫の近くにいた男が、唸り声を上げながらマシンガンを助手席に向け、いっきに撃ち放している。ダンは車体を滑らせて車の後部を男にぶつけた。

ひとり消えた。男の体が吹っ飛んだのを確認しながら、ダンはそう思った。あんなやつには、残忍な気持ちしか持てない。

「クレア」叫ぶと、クレアはもうピンを抜いていた。冷静な面持ちで一秒待ち、窓から少し頭を出して、芝生の真ん中を狙う。まず、手りゅう弾、そして閃光弾が投げられた。

「頭を下げろ」ダンは怒鳴りながらクレアの頭を手で押さえた。ここからが大変だ。ダンはアクセルがぺったりと床につくまで踏み続けた。車が門を駆け抜ける。しっかり握ったハンドルをいきなり右に切る。車は門を通過すると同時に、後部だけがスライドして右に曲がる。すると大きな爆発音、そして甲高い悲鳴が聞こえた。次の瞬間、フロントガラスに、土をつけた芝生の塊、ちぎれた木の枝がばらばらと降ってきて、最後に人間の手がどさりと落ちた。それを見て、ダンも一瞬ぞっとした。

するとすぐに、あたりが昼間のように明るくなり、耳をつんざくショック波が伝わってきた。閃光弾が炸裂したのだ。

侵入者たちは近くに追跡用の車両を用意していたかもしれないが、当面は追ってこられない。怪我人《けがにん》の手当てをしなければならず、閃光弾のせいで、あと数分は目も見えず、耳も聞こえない。

だから論理的には、侵入者たちは全員、負傷したか一時的に体の自由が利かない状態のはずなのだが、それでもダンは徹底的に尾行をまくための運転をした。時速百五十キロ近くで赤信号を突っ切り、他の車がいない道路で二度、タイヤを軋《きし》らせ煙を上げ、Uターンした。

その間も、状況を分析し続ける。

確認できただけでも、侵入者は五人いた。普通の家に侵入しようというには、あまりに全員が重装備だ。誘拐か殺しか、目的はそのふたつに絞られる。どちらにしても、男性ひとり女性ひとりを相手に五人以上を送り込んでくるやつは、絶対に失敗を許さず、財力もコネもたっぷりあるということだ。

だとすれば、他にも兵士がいるかもしれず、失敗に備えてダンの家の近くに予備軍を待機させている可能性もある。ダンは制限速度の倍の速さで車を走らせ、バックミラーで背後を確認しながら、自分の庭のようによく知る街路を駆け抜けた。

最先端の、最高の防犯設備のおかげで、かろうじて脱出することができた。奇跡でしかなかった。

街路を駆け抜けながら、ダンは視界の隅でクレアをとらえた。彼女はまだ足元のスペースで体を小さくしている。荒っぽい運転で急なターンをするあいだ、ドアと座席の隙間《すきま》で自分の体を支えている。しばらくそのまま体を小さくしておいてもらわなければならない。戦闘モードの運転をする際には、全神経を集中させておく必要があり、スピードを落とすことも、角を曲がるときに一旦停止することもできない。当然、足元から彼女を引っ張り上げて、シートベルトを締めてやる余裕などない。

だから猛スピードで街路を疾走するあいだはこのままでいてもらう。急ブレーキをかけ、指示器を出さずに角を曲がり、赤信号を無視するのだから。ダンはひたすら、町の西へと向かった。

三十分ほど走って、絶対に尾行されていないことを確信したあと、ダンは静かな住宅地に入った。明かりのない家の前に来ると、両側に伸び放題の生け垣がある車寄せに乗り入れる。

家の裏には車庫があった。建物の陰になるようにして四輪駆動車を停め、エンジンを切り、ふっと背もたれに体を預けて力を抜く。一瞬でも、ストレスを緩めたかった。建物が街灯をさえぎり、あたりは暗く、馬力の大きいエンジン音がなくなると、何の物音もしない。

クレアに、すぐ戻ると告げてから、ダンは鍵《かぎ》を持って車庫に向かった。

自宅を襲ってきたということは、敵はダンのことを調べ上げているに違いない。ダンがどんな車を持っているかも知られているはずだ。ここからは、この車庫にあるチェロキーを使う。これはイラクで戦死した仲間の名義になっている車だ。ユーコンの助手席を開けると、クレアと目が合った。淡いブルーの瞳が狭い場所で光を反射して白っぽく光る。

クレアは無事だ。大勢の兵士に襲撃され、とても逃げきれないと思ったが、それでもクレアは助かった。しかし、これからも無事でいてもらわねばならない。

「どっか、怪我してないか？　大丈夫だな？」喉《のど》がからからで、声がかすれた。

クレアが咳《せき》をしてからささやいた。「大丈夫」ほとんど聞こえないぐらいの震える声だった。「私は無事よ。あなたのおかげで」

「さ、おいで」ダンは胸がいっぱいで、声を出すのもやっとだった。「ほら」

「ええ」水のような滑らかさで、クレアはするりと車から出ると、そのままダンの腕に飛び込んだ。ダンの首に顔を埋めると、ニット帽がずり落ちた。ああ、よかった。

クレアが生きている。クレアの死体を抱きかかえている自分の姿が、ダンの頭に浮かんだ。悪夢のように、細かいところまではっきりと見える。無残に殺された死体なら、何度も見てきたからだ。

悪夢のシナリオには、死んだクレアをダンが抱きかかえるのとは別のパターンもあった。彼女を狙っているのが誰かはわからないが、生きたままとらえようとしていた可能性もある。拷問にかけて、この美しい女性の頭の中にある情報を得るのが目的かもしれないのだ。彼女は元防諜《ぼうちょう》の専門家だ。本人は何も知らないというが、防諜の世界は闇に包まれている。何が重要かは、簡単に判断できるものではない。

防諜の世界は残忍で冷酷で、自分のプラスになるためなら人殺しも平気でするやつがうじゃうじゃいる。

やっとクレアを見つけたのに、すぐ失うことになったら……そう思ってダンは身震いした。絶対に放したくない。高鳴る鼓動、汗ばむ手で、ダンはクレアの体をしっかりと抱き寄せた。大きなダウンジャケットを着ているのに、こんなに小さい。

ダンは全身汗びっしょりだった。こめかみから汗が垂れ、手が震え、頭の中がクレアの死体の映像でいっぱいになる。

実際に目で見ているように――ホテルの廊下にぐったりと横たわり、血が流れ出て周囲がぞっとするような血の赤で縁取られた姿。あるいはダンの家のキッチンで頭を撃ち抜かれ、壁に肉片や脳の一部が飛び散っているところ。さらに、自宅で火事から逃げ出せず黒焦げになった死体。次々とホラー映画のシーンのような映像が、ダンの頭に再生されていく。

ダンは汗びっしょりで震えながら、必死にクレアにすがりついた。完全に我を忘れている。あとで、頭がちゃんと働くようになれば、自分がこんな状態になった事実に驚くだろう。

ダンは戦火の中でも冷静さを失わないことで知られていた。アフガニスタンでは、十五人の敵をひとりで防ぎきった。背後で衛生兵が負傷者の手当てをしている中、ダンは冷徹な殺人マシンとなって、救急ヘリが全員を救い出すまでテロリストの攻撃を抑えた。岩陰、崖《がけ》の上、窪地《くぼち》、あちこちを移動しながらライフルを撃ち、撃つたびに必ず敵をひとり仕留めた。テロリストたちは、何人ものすぐれたスナイパーを抱えた大部隊を相手にしていると考え、徐々に洞窟《どうくつ》に退いていった。そして『チヌーク』CH－47型輸送ヘリの特徴的なファム、ファム、ファム、ファムというタンデムローターの音が聞こえてきた。

ダンが敵を抑えていたのは六時間。その夜はぐっすり眠り、翌日また任務に就いた。それが彼の仕事だった。任務とはそういうもので、特にどうってことはない。

ところが今のダンは、体の芯から震えていた。脱出のときに大量に放出されたアドレナリンが、毒となって体内を駆けめぐる。解毒剤は、クレアだけ。彼女をこの腕に抱くことだけだ。

ダンは顔を下に向けて、頬《ほお》をクレアの頭を上に置いた。また震える。そのまましばらくのあいだ、ダンは状況認識能力を失っていた。これもまた、あとで冷静に考えると信じられないできごとになるのだろう。

危機に瀕《ひん》して、兵士はあらゆるものに注意を払う。どんなときも。トンネル・ビジヨンと呼ばれる現象は、恐怖で視界が狭くなり、すぐ前のものしか見えなくなるもので、たとえばストローをのぞいて穴の向こうに何があるかを見る感じになる。こうなれば、殺される確率は格段に高くなる。

ダンはいつも、周囲のあらゆるものに意識を向けてきた。戦火の中でも、いや戦火の中であれば特に、五感を研ぎ澄まして自分の周囲のものを認識する。

しかし今、彼の五感はある一点に集中し、完全にダンらしさを失っていた。腕の中の女性のことしか感じ取れない。その体のやわらかさ、もろさをひしひしと意識する。彼女の髪が鼻をくすぐることや、首にかかるやさしい吐息や、背中に回された腕や、わずかに押しつけられた彼女の体重を感じるだけ。

押しつけられた体が……ああ、まずい、勃起《ぼっき》してしまう。

クレアが少し体を動かした。すると、もう完全に硬くなってしまった。非常に気まずいし、困った状況だが、どうすることもできない。戦闘のあとにいつも起こる性的興奮や体内に残るアドレナリンが、一斉に下半身の一点になだれ込む。クレアがまた体をずらし、ああ、だめだ、もうばれてしまった。

気づかないでいるほうが難しい。ハンマーなみの状態になっているのだから。クレアが体をずらすたびに、ますます大きくふくらみ、長く伸びる。この感触が伝わらないはずはない。ああ、どうすりゃいいんだ。

クレアは腕を首に巻きつけ鼻先をぶつかりそうにしたまま、少し体を離した。

「これからどうするの?」やさしい口調でクレアがたずねる。

ベッドに行こう。気絶するまでセックスしよう。

一瞬だが、ダンはそう言いかけた。その先がどうなるかなど気にせず、ただセックスしたい。こんなにそそられたのは初めてだった。これほど強い性衝動を感じたことがない。女性が欲しいと思ったときは、いつだって手頃な女がいた。やりたいと思って、悶々《もんもん》と悩むことはなかった。この一年誰とも関係を持たなかったが、それは自分でその気にならなかっただけのこと。毎週のように、違う女から誘いをかけられた。だから、こんなに強い欲望をこらえておくのに慣れていなかった。今すぐ体を重ねないと、死んでしまうような気さえした。

その場面さえ、頭に浮かぶ。今すぐここで。ユーコンもチェロキーも二台とも大きな車で、窮屈な思いをすることはない。カーセックスしてみたいなんて考えたのは、十七歳のとき以来だ。座席は広くクッションもいい。背もたれをリクライニングさせれば、ゆっくり体を横にできる。クレアを上にして。その姿を妄想して、この一年何度も寝られない夜を過ごした。

その妄想が現実になる。ズボンのジッパーを下ろすだけでいい。彼のものはすっかり準備ができている。準備以上の態勢だ。クレアの服には、もう少し手こずるだろうが、ふん、構うものか。ダンは海兵隊なのだ。細かいことなど気にしない。ズボンとパンティを一緒に下げて、細くて長い脚を出し、ブーツは履いたままでもいいだろう。セーターはどうしようか……

セーターを押し上げれば、小さくてピンク色の乳首がすぐ目の前に……。

待て、俺はいったい何を考えてるんだ、とダンは我に返った。

今日は二人とも、二度命を狙われた。かろうじて逃げてきたばかりなのに、下半身に判断をまかせるところだった。クレアの安全を守るのが、ダンの責任なのだ。まだ危険な場所にいる彼女を前にして、セックスのことを考えるとは。

ダンは自分に驚いていた。もちろん恥ずかしかった。大きくなった分身に、下を向いてろと命じてから、ダンはクレアの目を見た。この美しい女性の命が、彼の手にかかっているのだ。頭のほうに血がめぐるようにして、しっかり考えないと。

一歩離れてから、ダンはクレアを抱え上げ、チェロキーに乗せ、自分も運転席に座った。

「ここ、どこなの?」クレアがたずねる。

「ここなら安全だ。知りたいのはそのことだろ?」ダンはふうっと息を吐いた。「ここは友人の家で、そいつは今週家にいない」

「でも、これまでだって、見つけられたわ。あなたの家まで知られたのよ。あとをつけられたのかしら？」

「確かにな。その理由を突き止める必要がある。尾行されなかったのは、保証できるんだ」

ダンはダッフル・バッグから使い捨ての携帯電話をふたつ引っ張り出した。番号を押して、耳に当てる。

「ストーンだ」電話の向こうが非常にうるさい。ディーゼルエンジンの音のようで、声が聞こえない。

「マーカスか？　俺だ、ダンだよ。おまえんとこ、情報が漏れてるぞ。おかげでこっちは、死ぬとこだった」声に怒りがにじみ出る。どうにか感情を抑えようとして、ぐっと喉に力を入れた。

警察の誰かが、漏らしやがった。そうとしか考えられない。マーカスの指揮下にいる誰かが、クレアの命を狙うやつに金を握らされたに違いない。クレアを狙うやつの正体はわからないが、権力があり、すぐれた情報網を持っている。この点はますますはっきりしてきた。ホテルの事件について口を滑らした下っ端警官は、それがどれほど大変な事態を引き起こすか、自分では気づいていなかった可能性もある。

しかし、それでもその警官を半殺しの目に遭わせてやりたいとは思った。

「いったい何の話だ？」マーカスの背後の音が、一段と大きくなった。「情報の漏れ？　どの情報が？」

「どっか静かなとこへ移動しろよ」ダンは電話に向かって怒鳴った。「おまえの声が聞こえない」

その後、ドアが閉まる音がして、騒音は小さくなった。「これで聞こえるか？」

「ああ」

「で、情報が漏れた話だが、俺んとこのやつが口を滑らすことはないぞ」

確かにそうだった。マーカスはすぐれた統率力を発揮し、彼の部下がうっかりしたことを話すはずがない。しかし、誰かが話したんだ。ちくしょう。

「クレアを俺んとこの家に連れて帰ったんだ。で、一時間ばかり――」クレアと視線が合う。その一時間を二人でどう過ごしたかが、まざまざと思い出され、またダンの全身に熱いものが広がった。クレアの顔までよく見えないが、熱を赤らめている様子だ。「一時間ほど経った頃、襲撃を受けた」

「何だと？」

「ああ、襲撃だ。本物の。来たやつは五人、本物のプロだ。服は上下とも戦闘用の軽いやつ、暗視ゴーグル、MP－5で武装してた。こういうのに、慣れたやつらだ。逃げられたのが奇跡だったよ。だから、正直なとこを教えてくれ、マーカス。クレアと一緒にいるのは俺で、俺が彼女を自分の家に連れて行ったと知ってるのは、おまえとおまえんとこの連中だけなんだ。誰かが漏らした。署に戻って報告書を提出したやつがいて、そのコピーが悪いやつらにメールで送られたんだろう。記者に口を滑らしたやつがいたのかもしれん。金目当てでどっかに垂れ込んだやつがいたか、どういう事情だったのかはわからんが、そういうのはどうだっていい。とにかく、おまえんとこの誰かが、俺たちを売りやがったんだ。そのせいで俺たち二人とも殺されかけた」

猛烈な反論を予期していたのだが、マーカスは考え込むような口調で話しかけてきた。「いや、どうなんだろうな、ダン。つまり——報告書はまだ提出されてないんだ」

「何だと？　どういう意味だ？」

「ホテルに行ったやつ全員、別の現場に来てるんだ。死体を運ぶために鑑識班は帰ったが、あいつらはおまえの名前すら知らん。別の殺人事件があって、鑑識以外、全員こっちに来た。ニュータウン・マリーナに停泊中の船で死体がいくつも発見され、そのまま港に行くよう指令を受けたんだ。犯人のやつ、船体に穴を開けやがったもんだから、船から水を出すのに大変でね。ディーゼルエンジンの音が聞こえるだろ？　あれで船底の水をポンプで吸い上げてる。うちのチームは全員俺と一緒にここにいる。全員まっすぐここに来たし、電話を使ったのも俺以外はひとりもいない。で、俺はおまえのことなんか誰にも話してない。もちろん、報告書にはおまえの名前を記載しなきゃならんが、でもまだ何も書いてない」

ダンは必死で考えた。そしてはっと体を硬くした。「ちくしょう！　フロリダだ。フロリダからの電話が追跡されたんだ」

「何のことだ？」

だめだ、時間がない。ダンはクレアに目でシートベルトを締めるよう合図した。すぐに移動しなければ。

ダンは車道に出て、さらに西を目指した。「俺の家で、クレアの携帯に電話がかかってきた。フロリダのセイフティ・ハーバーの人からだった。クレアの家が燃えてるって、近所の人が知らせてくれたんだ。消火にあたってる消防隊長とも少しのあいだ話したんだが、原因は放火だということだった。家のあちこちから、一斉に火の手が上がったらしい。その電話を誰かが追跡したんだ。彼女の携帯の位置を割り出して、俺の家に男を五人送り込んだ。それも一時間以内に。俺の家に署から誰かを行かせといてくれ、できるだけ早くな。サイレンは鳴らさず、目立たないようにするんだ。五人のうち、少なくともひとりは負傷した。他にも怪我したやつがいるかもしれん。指紋でもDNAでも、証拠になりそうなものを何でも採取しろ。襲ってきたのが誰か、クレアのために突き止めてもらいたい。彼女、まだ狙われてるんだから」

マーカスの頭の中で、歯車が回る音が聞こえる気がした。ダン自身の頭の中でも、歯車が同じ回転を始めている。当然の結論が出る。結論のすべてが、ぞっとするものだった。

その一、クレアを狙っているのが誰かはわからないが、容赦なくクレアを抹殺《まっさつ》しようとしている。絶対に殺そうという、強い意志が感じられる。数時間のうちに二度も殺し屋を送ってきて、居場所をあぶり出すために、彼女の自宅に火までつけた。

その二、クレアを殺そうとしているやつには、非常に大きな権力か、または財力がある。おそらくはその両方を持っていて、そうすると非常に危険な事態となる。大勢の人間を殺し屋として使うことができ、国のいたるところに殺し屋を送れる。

ダンはすっと血が引いていくのを感じた。任務を果たす人間を即座に国じゅうに送れるほどの権力があるところと言えば、思いつくのはひとつしかない。政府機関だ。

まさか……クレアはＣＩＡに追われているのだろうか？　国家安全保障局？　ダンも知らない秘密の機関？　もし政府機関のどこかに追われているのなら、二人の命はもうないのも同然だ。

「できるかぎりのことはする」マーカスがそう答えて電話を切った。

ダンはクレアのほうに手を差し出した。「君の携帯電話をくれ」

クレアは何も言わずに電話を渡し、ダンを見つめた。「この電話を追跡したのね」

ブルーの目を大きく見開いて、うなずく。「私たちの動き、知られてるのね」

「ああ」ダンは自分の側のウィンドウを下げ、彼女の携帯電話を投げ捨てた。バックミラーで確認すると、一度、二度舗装した道路で跳ね、レーンの真ん中で止まった。次に通る車が粉々にしてくれるだろう。「もう知られることはない」

ここまであの携帯のＳＩＭカードを追跡していたやつは、クレアが西に向かっていると考えるはずだ。ダンはひと気のない住宅街のはずれで、手際よく三点ターンをして、来た道を戻り始めた。

「これからどこに行くの？」クレアが静かな口調でたずねた。

ダンはハンドルから片手を伸ばして彼女の手を取り、手のひらに口づけした。「誰にも見つからない場所だよ」

12

ダンが友人の刑事と話すのを、クレアは黙って聞いていた。マーカス・ストーン。ダンの表情は険しかった。頬《ほお》に力を入れて口を尖《とが》らせ、強ばった顔。愛を交わしたときとは、まったくの別人だ。あのとき、鼻と鼻がくっつきそうな距離でダンを見上げた。ダンはクレアだけを見つめ、彼女の目をのぞき込んでほほえんでいた。

あの時間が前世のことのように思える。

彼の腕にいるあいだは、何もかも忘れていられた。死体、宿泊していた部屋が無残に荒らされたこと、そしてこの一年のあれこれ。そんなすべてが、とりあえずは頭から消え、体が何度も何度も力強い絶頂感に弾けた。

その瞬間は、『かわいそうなクレア』ではなかった。痩《や》せこけた魂の抜け殻、生きているだけで精一杯の存在ではなく、ダンのベッドにいる彼女は『燃え上がるクレア』だった。いろんな意味で燃え上がった。ダンに見つめられると体に火がつき、触れられると世界一セクシーな女になった気がした。強くて、ものすごく男らしいこの人が、自分のことだけを見ている……その感覚に酔いしれた。ベッドにいるときは、寒いというのがどんなものかを忘れた。体の内側からも外からも、ダンが情熱で燃え上がらせてくれたから。

あの感覚が今はもうない。肌をくすぐるように全身からみなぎっていた情熱、欲望、そして生きている実感への喜びが消えた。そんなものがあったという痕跡《こんせき》すら残さずに。

クレアからその喜びを奪ったやつがいる。これまでもクレアの生活は、わびしくて冷たくて空虚だった。それでも、安全に暮らしていられた。ところが今は、安全さえ失った。誰かが力ずくでもぎ取っていったのだ。クレアに危害を加えようとしている誰か、どこかの組織かもしれないが、彼らは底なしの闇《やみ》からクレアに忍び寄り、わずかに残っていた人間らしい暮らしの残骸《ざんがい》までむさぼっていったのだ。

彼らは関係のない男性を殺害し、クレアを殺そうとし、クレアの家に火をつけ、ダンの自宅まで襲撃した。いくつも頭を持つ魔物のようだ。

手りゅう弾と閃光弾《せんこうだん》を窓から投げる際に、襲ってきた男たち何人かの顔が見えた。実際に宇宙からの侵略者だったのかもしれない。普通の人間がこれほど突然やって来て、黒の戦闘用上下に暗視ゴーグルをつけた男たちは、エイリアンのように見えた。実際これほどの威力を誇示できるとも思えなかった。

そう思った瞬間、クレアは自分の考えを否定した。国防情報局時代に学んだ最大のことをひとつ挙げるとすれば、人間の邪悪さには際限などないという事実だ。人とは残忍で強欲な生きものなのだ。自分の目的のためなら、どんなことでもする人間は存在する。たくさん。

そんな人たちを、クレア自身目にしてきた。政情の不安定な発展途上国で勤務してきたから、そういう機会も多かった。専制的な独裁者は、武力で民衆を脅し、従わせる。自分の立場を危うくする者がいれば、力でその相手を押しつぶす。こういう独裁者たちはなぜか共通して不思議な能力を持つ。どこからか武力を調達し、地下にひそむ魔物たちをうまく見つけ出しては、その魔物を地上で徘徊《はいかい》させられるのだ。

魔物たちは、邪悪な残虐行為に明け暮れる。その行為をクレアも目にしてきたものの、自分に直接、魔物の関心が向けられたことはなかった。分析官という立場、さらには地球上いちばんの超大国の大使館職員である事実によって守られてきた。

今、その魔物に追われている。クレア自身が。

任地では残虐行為も暴力も見てきた。しかし、同時にクレアは驚くほどの勇気も目にした。

圧力に屈せず、薬品、ワクチン、食料、本を民衆に与え続けた非政府組織の人たち。殺害すると脅されても、さらにその脅しが助けてあげようとしている民衆からの場合でも、負けない人たちがいた。自分たちの誰かが拷問にかけられ、あるいはリンチに遭って死ぬ運命なのを知りながらも、基本的人権を得ようと団結して立ち上がった女性たち。自由と民主主義を求めて、命がけでデモをする人たち。

みんな、闘ったのだ。

クレアにだって、できるはず。

敵というのが誰なのかはわからない。だが、クレアの自宅に火をつけたのは、大きな失敗だ。クレアの持っているすべて、残された何もかも、両親からのちょっとした贈り物や、過去の思い出の何もかもがなくなってしまった。

クレアの昔の生活の名残はもう何もない。裸で放り出されたのも同然だ。しかし、言い換えれば、もう失うものは何もないわけだ。

クレアはダンのほうを見た。「さっきの運転、本当に見事だったわ。警護官用のドライビング・レッスンを受けたの？」

ダンがちらっとクレアを見る。わずかに彼の口元が緩んでいる。「まあな。俺は戦闘用運転講習の教官をしてたことがある」

なるほど。それなら納得できる。「あなたのおかげで命拾いしたのね」

「実際は、君のおかげでもある。君は冷静で、手りゅう弾と閃光弾を完璧《かんぺき》なタイミングで完璧な場所に投げた。あれがなければ、銃撃されて車を出せなかった。君は立派に敵をやっつけた。全米ヒーロー・コンテストに出れば、俺たちは引き分けだな」

クレアはほほえみながら、体を起こした。「そうよね、私がやっつけたんだわ」

「そのとおり」ダンの笑みが大きくなる。「暗い夜道では、君に会いたくないね」

クレアはしげしげとダンを見た。幅の広い肩、ものすごくたくましくて、武器の扱いにすぐれていて、戦闘用運転技術が抜群の元海兵隊。あらゆる意味でタフな男性だ。

「もっちろん。近寄ると怖いわよ。私、気が短いほうなんだから」そう言って、クレアは笑った。

朗らかに。声を立てて。

何だか、不思議な感覚だった。自分の喉《のど》から笑い声が出るのに、違和感がある。奇妙で喉がかすれる。こんな音を出せることを忘れていた。笑ったのなど……いつ以来かも思い出せなかった。

「いい響きだ」ダンがつぶやいた。バックミラーを油断なく確認しながら前方に広がる道を見ている。「君の笑い声」

「そうね、笑えるような話なんて、何にもないときだから」クレアはまだ笑顔のまま、首を振った。「行き先は決めてるの？」

「もちろん」ダンは携帯電話を取り出し、短縮ダイヤルを押した。「おう」突然声を上げた様子からして、相手は呼び出し音にすぐ応じたようだ。「名前は言うな。おまえがスウェーデン人の彼女をナンパしたとこ、あそこで会いたい。ああ、うん」しばらくダンは相手の話を聞いている。「やれなくなるのは悪かった。しょうがないんだ。この電話も長く話せない。十分後」ダンが電話を切った。「昔の仲間でね。こいつなら俺たちを助けてくれる。俺たち、しばらく身をひそめてなきゃならないし、誰のレーダーにも引っかからない場所をこいつが持ってる」

「元海兵隊ね」

「ああ、兄弟みたいなもんだ」

海兵隊員は全員そうだ。海兵隊のすごいところはこれだと、クレアはいつも思っていた。彼らは一生、兄弟としての絆《きずな》を大切にする。

国防情報局の分析官とは正反対だ。

防諜《ぼうちょう》の専門家というものは、仕事の性質上、極力人付き合いを避ける。訓練により、また上からの指示により、その傾向は強くなる。国防情報局や国家安全保障局のパーティほど悲しいものはない。全員が秘密主義を叩《たた》き込まれているため、人付き合いの基本を完全に忘れてしまう。パーティでも、むっつりただ座って、ひたすら酒を飲む。酔っぱらった者がいても、陽気に騒ぐわけではなく、その人に家まで送りましょうと声をかける者もいない。

この一年、元同僚からは電話一本なかった。局を辞めたのだから、接触する意味がないのだ。

「その電話で場所が知られることはない？」携帯電話がどういうものか、クレアは知り抜いている――強力な電波を発し〝私はここよ、つかまえて〟と告げる機械だ。空に大きな松明《たいまつ》を打ち上げ、自分の位置を教えるのも同然なのだ。

「大丈夫。購入記録に俺の名前はいっさい出していない。しかし、万一の場合を考え、電話を使ったときは東向きに車を走らせた。実際は北に向かっている。通話時間も数秒だったし」そしてするすると窓を下ろし、携帯電話をほうり投げた。「さらにもう電話はなくなった」

クレアは可能性を考えた。「論理的には、それでも追跡することは可能なのよ。あなたの声がどこかに記録されていれば、声紋が手に入る。その声紋が電波の中から拾い出せるようにしておけばいいの」

「ああ、可能ではある」ダンが顔を引き締めた。「だが、そこまでのことができるのは、国家安全保障局だけだ。もし俺たちを追っているのが国家安全保障局だとすれば、どっちみち逃げられる見込みはない」

確かにそうだ。もし国家安全保障局に追われているのなら、どうすることもできない。そう考えて、クレアはぞっとした。しかし、国家安全保障局に追われる理由など何ひとつない。機密を漏らしたことはないし、仕事を辞めて一年になる。それにダンは元海兵隊なのだ。

考えれば、二人は一般市民としては、もっとも国家を危険にさらす可能性の低い人物だ。

クレアの体を熱いものが稲妻のように勢いよく貫いた。官能的な熱ではない。それは——怒りだった。こんなことをした〝彼ら〟に激しい憤りを感じた。二人を、正確にはクレアを狙《ねら》ってくるやつら。クレアの家が全焼させられたのだから、闇に隠れている〝彼ら〟の狙いはクレアで、一緒にいたダンを道連れにしようとしたのだ。

ダンがヒーローであることなどお構いなしだ。ダンは身を持って国のために尽くしてきた。ほんの数日前も、母と幼い二人の子どもの命を助けたばかり。なのに、クレアと一緒にいたという理由だけで、姿の見えない〝彼ら〟はダンを殺そうとした。うるさい虫を払い落とすぐらいにしか考えていない。

所有していた持ち物を失ったショックが消えてきた今、クレアの心は高温で燃え上がる怒りでいっぱいになった。〝彼ら〟が何のためらいもなく行なった他人への蹂躙《じゅうりん》に、憤怒《ふんぬ》の炎が上がる。しかも、その目的が何かもわからない。

クレアには敵がいる。それは、はっきりした。仕事では誰とももめごとは起こさなかった。優秀でその能力を認められた分析官で、同僚とも上司とも、折り合いよく付き合っていた。

　さらに、クレアは入局して日も浅く、まだキャリアと言えるほどのものはなかった。将来出世するだろうと見なされてはいたが、まだ、ただの分析官で高い地位についていたわけではなく、当然、誰かの昇進を邪魔する状況にはなかった。

　ふと、本当なら自分はどうなっていたのだろうと、クレアはさびしさを感じた。野心にあふれ、だからこそ懸命に働いた。このキャリアをきわめようと思っていたし、ひょっとしたら局長の椅子《いす》も夢ではないと考えていた。

　ラカでの爆破事件の結果、クレアの私生活がめちゃめちゃになっただけでなく、彼女の国防情報局でのキャリアも終わりを告げた。たくさんの夢と希望が、あのとき永遠に消え去った。国防情報局に復職できる見込みはまったくなかった。重要な仕事を、頭のおかしい人間にはまかせられない。

　結局、クレアの人生は、いろんな意味でやり直しがきかないところまでだめになってしまったのだ。けれど、その理由は？

　ここまで次々と災難に見舞われるほど、誰かの感情を傷つけたとか、何か間違ったことをしたからでは、絶対にない。理由はただ、弱かったからだ。

　この一年にしても同じ。クレアが何かしたからではない。三ヶ月も意識不明で、九ヶ月は家に閉じこもって音楽を聴き、本を読んで暮らしたのだから。医師以外の誰とも会話をしていない。

それなのに、それなのにこれだ。魔物に追われ、残りの人生を蹂躙され、殺されようとしている。

この状態を抜け出すには、こんなひどいことをしているのは誰か、そしてその理由を突き止めるしかない。

こんなことになってしまったが、せめてもの救いは激しい怒りのせいで、全身に力がわいてくることだった。クレアには闘う道具も何の武器もない。けれど元海兵隊一等軍曹ダン・ウェストンという堂々とした男性がそばにいる。彼は勇敢で、実戦の戦術立案能力にすぐれている。クレア自身もかつての理性を取り戻した。怒りが神経細胞を伝って広がり、クレアの頭脳はスーパーコンピュータのように、正確に機能し始めている。ただ、敵が誰かはわからないが、相手は本気だ。心してかからないと、先にやられてしまう。

「いたぞ」ダンが、ぼそりと言った。ここまで、どこを走っているのかクレアにはまったくわからなかった。小さな公園の横の通りに入ったが、これがどのあたりになるのか見当もつかない。公園の周囲にはまぶしく街灯が並んでいるが、そのうちのひとつが消えている。その下にトラックが停まっていた。

ダンはトラックの後ろに駐車すると、車から降りた。トラックのフロント・フェンダーにもたれていた男性が、ダンが道路に立つと、体を起こした。クレアもダンに続いた。

「おう」二人は背中をどん、と叩いて、いかにも男らしい男の、いかにも男らしい挨《あい》拶《さつ》を交わした。あれほどの力で叩かれたら、クレアなら立っていられないところだ。ダンは明かりのついていない街灯を見上げた。ハロゲン・ライトが壊れていた。「よく考えたな」

ダンがクレアのほうに手を伸ばし、ぎゅっと彼女の手をつかんだ。そして彼女の肩に腕を回して、自分のほうへ引き寄せてから、待っていた男性に顔を向けた。意図は明らかだ。〝これは俺の女だぞ〟。男性のほうはダンの意図を理解し、まじめな顔になって会釈した。

外見的には、男性はダンとはまったく異なる。背が高く、非常に細身で、ほとんど灰色に見えるほど薄い水色の瞳《ひとみ》、薄い色のブロンドを思いきり短く刈り上げて、スキンヘッドにさえ見える。それなのに、二人には同じ印象を受ける。タフでたくましく、有能。こういう男性を怒らせるのはまずい、という感じ。援護として後ろをまかせたい男性だ。

「クレア、紹介しとこう、ジェシー・コンだ。ジェシー、クレア・デイだ」

「初めまして」ジェシーは骨ばった大きな手を出し、クレアと握手した。そっと手が触れるだけのやさしい握手。「どうぞよろしくお願いします」ジェシーは南部の出身らしい。母音を非常にゆったりと発音する。

「ジェシー、よろしく」クレアは笑顔を向け、そしてさっとダンを見上げて確認してから、ジェシーに語りかけた。「あなたに助けてもらわなきゃならないみたい」

「もちろんです。ダンは俺にとって兄貴も一緒ですから。どこに死体を埋めればいいんですか？」

クレアは笑った。「そんなお願いはしなくてよさそうよ。実を言うと、私たちが死体になるところだったの。でも、うまく逃げられた。ダンのおかげよ」

「了解です」水色の瞳がきらっと光って、ダンに向けられる。「ダンの息があるうちは、あなたに危険が及ぶ心配は絶対にありません」

そう考えたいところだ。しかしダンも血と肉でできた人間だ。どれほど戦闘能力が高くても、たったひとりでは、大勢の殺し屋を防ぎきれない。闇にひそむ魔物そのものを突き止めなければ。敵の正体がわからなければ、勝ち目はない。

「で、どういう状況なんだ？」ジェシーがダンにたずねた。

ダンは非常に手短に、しかし肝心のところをしっかり押さえて説明した。戦況の説明に慣れているのだ。

話を聞いていくうちに、ジェシーの眉間《みけん》にくっきりとしわが浮かんできた。「えらい目に遭ったな」

ジェシーが口をはさんだところで、ダンがうなずいた。「ああ。誰に、いったい何の理由があって狙われてるのかがわからん。わかってるのは、敵には権力も財力もあるってことだけだ。ここはひとまず態勢を立て直し、もっと詳しい事情を調べないと。そういうわけで、例の小屋を使いたい。どのぐらいの期間になるか、何とも言えん」

ダンの言葉が終わる前にジェシーはポケットを探っていた。すぐに、何本かキーのついたホルダーと札束が現われた。クレアの見たところ、お札はすべて百ドル札だ。

「万一の場合に。身をひそめるなら、あの小屋はうってつけだ。いつまで使ってくれても構わない。買い置きの食料はあるが、小屋から十五キロほどのとこに、ビルってやつがやってる食料品店がある。いいやつだ。誰かがあの近辺を嗅《か》ぎまわっても、ビルなら口は堅い」

ダンはキーと札束を受け取った。「すまんな。恩に着るよ。金は必ず返す。今も少しなら持ち合わせはあるんだが、この先何があるかわからんし、クレジットカードはすぐにアシがつく」

ジェシーはただ肩をすくめただけだった。「他には?」

「ある。ロクサーヌに電話――いや、直接彼女のところに行って、ニューヨークの実家にしばらく帰ってろと伝えてほしい。飛行機代は会社の経費で落としていい、俺が連絡するまで戻って来るなと言ってくれ。あそこのダンナは理解あるからな、わかってくれる。ロクサーヌを危険にさらしたくないという気持ちがいちばん強いのは、あのダンナだろう」

ああ、そんなことが。クレアは暗澹《あんたん》たる気持ちになった。ロクサーヌ。やさしくて親切な人。あの人が自分のせいで危険な目に遭うかもしれない。ダンの会社まで巻き込んで。ダンにどれだけの迷惑がかかるか、その全体像が見えていなかった。彼はあらゆる意味で、完全にクレアの問題にどっぷりとつかってしまった。いつになったら抜け出せるのかもわからない。狙われる原因や敵を突き止めるまで、ダンの会社は休止状態となる。ビジネスの世界がどういうものかぐらい、クレアもわかっている。立ち上げてすぐの会社が休止状態を続ければ、契約を反古《ほご》にされた顧客は二度と仕事を頼んでこないし、契約金も払い戻さなければならない。新規に仕事を依頼しようとする人がいたとしても、会社に誰もいないのでは話にならない。

ダンがちらっとクレアを見た。クレアの考えていることを読み取ったのか、顔を曇らせ少し首を振った。**いいんだ。心配するな。**

ジェシーが胸を張る。「まかしとけって。それぐらいか？」

「ああ、これでもう――」

「まだよ」クレアは毅然《きぜん》とした態度で、口をはさんだ。

身を隠しているだけでは、敵の正体を突き止められない。本当は誰を相手にしているのかがわかるまで、攻撃に怯《おび》え、餌食《えじき》になるのを待つだけ。クレアはしっかりとジェシーの目を見た。

「ラップトップ・パソコンが要るわ。持ってたのを盗まれたの。高いやつでなくてもいい、二百ドルまでで買えるモバイル用のネットブックでじゅうぶん。スペックとして必要なのは、１６０ギガのハードドライブと１・６ギガヘルツ以上のＣＰＵ。情報コード化のアプリケーションはあとでダウンロードできるから、コード化ソフトは入ってなくてもいい。でも表計算ソフトはプリインストールしてあるものにして。ワードは必要ないわ。グーグル・ドキュメントで間に合わせる。それと、スラーヤが要るの。匿名で、手に入れて。難しければ、偽名を使って」スラーヤとは、サウジアラビアに本社を置く会社が運営する衛星携帯電話で、通話記録は絶対に明かされないことになっている。国家安全保障局でさえ、この記録を手に入れることはできていない。麻薬カルテルのボスやテロリストの使う電話だ。そして今、クレア・デイが使う。

クレアはバッグを開けたが、胸に鋭い痛みを覚えた。中を見てため息が出たのだが、いっきに息が吐き出されたために、肺に負担がかかっただけだった。わずかばかりの現金とクレジットカードと銀行のキャッシュカードが入った財布、化粧ポーチ、焼け跡でしかない家の鍵《かぎ》、ＵＳＢメモリー、パスポート、一年間何も書かれていないスケジュール帳。

これが今のクレアのすべてだった。この世で自分の持ち物と言えるのは、これだけなのだ。これ以外のものは、すべてなくなった。

何もかも一からやり直さなければならない。ぼろぼろになったクレア自身を立て直すのと一緒に。

新生クレア・デイの誕生だ。

クレアは銀行のキャッシュカードを取り出してジェシーに渡した。「これ。暗証番号は2１５３９よ。一日の引き出し限度額は、特別に千ドルに設定してある。できるだけつばの大きな野球帽をかぶってサングラスで顔を隠し、できるだけ分厚いコートで体型をごまかして。私たちがこれから行く場所から、できるだけ遠くまで行って、千ドルを五回にわけて、二百ドルずつ別の銀行から引き出してちょうだい。ＡＴＭもそれぞれ離れた場所を選んでね。進行方向に沿って選んじゃだめよ。あちこち、違う方向で。同じことを明日も繰り返す。二百ドルずつ、一日に千ドルね。ダン、あなたのキャッシュカードも」

ダンはすでにカードを取り出していて、ジェシーがそれを受け取った。「暗証番号は７３１０５だ」クレアに促される前に、ダンが言った。

「ダンの口座からも、同じようにしてお金を出して。ただ、違う場所を選んで」

「あんまり遠くに行かなくて済むさ」ダンが自嘲《じちょう》ぎみに言った。「クレアと違って、俺の引き出し限度額は、一日三百ドルだから」

「それなら、百五十ドルを二箇所から引き出して。防犯カメラに顔を向けないようにね、ジェシー。通常カメラは四十五度の角度で設置してあるの。だから二メートル以内に近づくときは、顔がじゅうぶん隠れるようにしておいて。そうだわ、レーザー光線の出る、ほらポインターみたいなのってある？」

ジェシーはわけがわからないといった顔をしたまま、うなずいた。

「よかった。周囲に人のいないATMを使ってほしいの。カメラに近づいたらレーザー光をカメラに向けて。調光がおかしくなって、画面が真っ白になるのよ。それから、手袋を忘れないで。ATMの防犯カメラは絶対に調べられるし、人通りの少ないところなら、指紋の採取もしやすいわ。あさって、あなたたち二人だけが知っているところにスラーヤ衛星電話とコンピュータを持ってきて。あとをつけられないように、気をつけてね」

ジェシーはまじまじとクレアを見つめていたが、ぽかんと開けていた口を閉じた。かくん、と音がした。「はい、わかりました」ぼう然とした顔でダンを見る。

ダンは肩をすくめた。「国防情報局だ」それでじゅうぶん説明がつくだろう、といった調子だった。

「ああ、防諜の専門家なんだ」ジェシーは二人を見た。「わかった。小屋から三十キロほど先の郡道沿いに、軽食堂《ダイナー》がある。防犯カメラはなし、経営者は元海兵隊。俺の昔の仲間だ。そこで、あさっての正午に会おう。金とパソコンと衛星電話を用意しとくから」そしてクレアのほうに直接、確認した。「他には?」

「ええ」クレアは自分の姿を見下ろした。「安売りショップに行って、着替えを買ってきてほしいの。何枚か必要だわ。あったかさを第一に考えて。これからどうなるか、どこに行くかもわからないから。私には半袖《はんそで》と長袖のTシャツを二枚ずつ、ウールのタートルネックのセーターを二枚とフリースのフード付きパーカを。ジャージならサイズをそう気にしなくてもいいから、ジョギング用のを上下で。全部Sサイズでね。防寒ブーツ、サイズは24センチ。防寒用のジャケット」そのあと、クレアは不安そうにジェシーを見つめた。「あなた、女性下着って買える?」

ジェシーの目が泳ぎ、ガラガラヘビにキスをされたかのように、よろよろと数歩後ろに下がった。「いや、無理……」

やれやれ。残念だが仕方ない。ただ、ジェシーがどんなものを買ってくるかを想像すると、これでいいのかもしれない。クレアは下着に特別のこだわりがあり、ラ・ペルラのものを愛用している。この元海兵隊員を高級下着専門店に行かせたら、心臓麻痺《まひ》を起こすかもしれない。どこか防犯カメラのない店で替えの下着を買うまで、毎日洗うしかない。ただ、そういう店が現在あるのかもわからないが。「ダンの服なら買えるわよね？」

　ジェシーが勢いよく首を縦に振った。「はい、それならもちろん。何から何までそろえられますから」

　つまり、ダンは新しい下着を着られるわけだ。

「武器も必要か？」ジェシーは、今度はダンに向かってたずねた。

　ダンが首を振って断る。「いや、じゅうぶんそろってる。家からスプリングフィールドとデザート・イーグルを持ってきた。チェロキーの荷物室にはもっと大きいのも、積んである。弾薬もたっぷりある」

　ジェシーは自分の得意分野に話題が移って、落ち着いた雰囲気を取り戻した。「小屋の武器庫にもいろいろある。使えると思ったら、何でも使ってくれ。万一のときのために、戦闘ナイフも何本か用意してある。それから、この件には、フランク・リッツォとデイヴ・ソーヤーも参加してもらうつもりなんだ。頭数がもっと必要になるかもしれないし、あいつらだったら、安心して援護をまかせられる」

　クレアの心で警戒感が頭をもたげた。新たな要素が加われば、それだけ危険は増す。こちらからは姿の見えない敵に、こちらの居場所などを突き止められる可能性が大きくなるからだ。「全員を結びつけるようなつながりがあるんじゃない？　あなたとダンと、そのフランクとデイヴという人とのあいだに。誰かがそのつながりをたどって、私たちの居場所を知る可能性は?」

ジェシーは気まずそうな表情を浮かべた。「それはその、あります。同じ部隊にいたもんで。ダンと俺は沖縄の基地に所属しているとき、そのあとグアテマラで、フランクとデイヴと俺が一緒でした」

「そのつながりをたどれる可能性はあると思う?」クレアはダンを、そしてジェシーを見た。「私たちを狙っている敵は軍隊の記録も見られると考えるべきよ。ワシントンDC近辺で、元海兵隊員はどれぐらいいるの?」

「それなら簡単に答えられる」ジェシーが胸を張った。「俺は海兵隊《ジャーヘッド》クラブの会長をしてるんで。退役海兵隊員は、この近郊で約五百人。これだけいれば、ひとりひとり経歴を洗い出すのには時間がかかる」

時間はかかる。そうであってほしい。「誰にも知られないように連絡できる? 記録が残らない方法で。五百人全員を監視するわけにはいかないでしょうけど、ダンと同じ部隊にいた人だけならできるわ」

ジェシーは表情を引き締めてうなずいた。「確かに。記録が残らない方法で連絡を取ろう」

「クレア」ダンがクレアの腰に腕を回して引き寄せる。つかの間、クレアは背中を預け、たくましい体が背中にある感触を実感した。怒りでエネルギーがわいたが、アドレナリンが引いてきて激しい疲労を感じた。「そろそろ行こう」ダンがやさしく告げた。ジェシーに声をかける。「いろいろ、すまんな」

ジェシーは、さあ行けと手を振り、自分の車に乗り込んだ。「あさって、また。必要なものや、金を持っていく」そう言うと彼は車で走り去り、小さな公園は静寂に包まれた。

まもなく、東の空が白みはじめるだろう。住宅地は暗くて静かだった。クレアはしばらくダンに体を預け、そのまま立っていた。次に何をすべきかはわからないが、とにかくエネルギーが必要だった。

ダンが彼女の体を前に向かせ、唇にキスした。そして、車へと促した。「もう行かないと」太い声が低く響く。「ジェシーの小屋に着くまで、六時間はかかる」

「場所はどこなの？　突き止められる可能性は？」

ダンはエンジンを入れながら、返事した。「小屋はペンシルバニア州、ニューホープの町の郊外にある。かなり山深いところで、特に小屋に着く前の最後の数キロは、舗装もされていない。あぜ道みたいなもんだ。雨のときは、四輪駆動じゃないと上がれない。それから、大丈夫だ、この場所を見つけられるやつはいない。ジェシーは継父から譲り受けたんだが、所有者の名義変更はされていない。山奥の小屋を欲しがるやつなんて誰もいないから、ジェシーはそのままにしてるんだ。ジェシーの母親と、この継父は内縁関係だった。だから、登記簿からジェシーをたどることはできない。おまけにジェシーの継父はベトナム戦争に従軍して、帰還後、被害妄想みたいになった。それでニューホープの法務局に行って、職員の目を盗んで、登記簿にある小屋の山林座標地点を書き換えた」

被害妄想？　ＣＩＡなみの防犯システムを自宅に完備し、かなりの武器弾薬を身近に置いている男性が、他の人間を被害妄想と呼ぶわけだ。

ただ、ダンがあらゆる事態を想定していたからこそ、クレアは命を落とさずに済んだ。彼の準備が少々行き過ぎていたとしても、文句は言うまい。

車はひと気のない道を走り続け、市街地を出た。ダンの運転を見ていると、ついうとうとしてしまう。あとをつけてくる車はいないとダンも安心したらしく、ジェシーとの待ち合わせ場所までの派手なドライブ・アクションの場面はもうない。車は滑らかに一定の速度で進む。時計のように緻密《ちみつ》で正確な運転だ。

馬力の大きいエンジンの音も、車の中にはほとんど聞こえてこない。この車も装甲車に改造してあるらしいのは、クレアでもわかった。窓も防弾ガラスなのだろう。そのため、四輪駆動車というよりは、飛行機に乗っている感覚だ。クレアは本来、飛行機が好きだった。熟練パイロットの手で操縦される三万五千フィート上空の安全な空間、今もそんな感じだった。

安全で、暖かい。建物がどんどん少なくなり、車窓の後ろへと流れていく。目の前にはどこまでも広がる森。

まぶたが重くなってくる。

かすかに空気が動き、背もたれが後ろに倒れた。ダンが後部座席から毛布を取り、クレアにかけてくれる。やわらかな感触。

「これ、何？」

「君は休んだほうがいい」

「私が休むの？　あなたは？　あと何時間も運転しなきゃならないんでしょ？」彼の眠気覚ましに、話し相手をしてあげないと。

「ああ、そうだ。目を閉じて」

「どうして？」

「俺がそうしてほしいから。ほんのちょっとのあいだ、目を閉じてくれ」

クレアは、やれやれ、と思いながらも目を閉じた。ダンがそこまで言うのなら。ほんのちょっとだけ。寝るつもりはない。

二秒後、クレアは深い眠りに落ちていた。

13

バージニア州、リッチモンド

自宅に帰ったボウエンは、失敗したとのヘストンからの連絡に、自分の耳を疑った。あの役立たずが！　ヘストンは兵士として使える男だったのに、一般社会の暮らしの中で腕が落ちたようだ。

元海兵隊員がひとりついているだけの頭のいかれた女に、ヘストン自らが率いる部隊が完全にやられてしまった。二度も。あと一度失敗したら、ポトマック川の入り江に沈んでもらおう。胸にふたつばかり穴をあけて、出水門の底から浮かんでこられないようにしておかなければ。

ボウエンはウィザードの携帯電話にメールを送った。

〝ダニエル・ウェストンとクレア・デイを見つけろ。二人の友人の名前をリストアップ。ウェストンの会社の従業員を捜せ。クレジットカードの使用履歴を調べろ。最優先事項だ〟

一分後、ウィザードからの返信があった。

〝＄＄＄＄？？？？〟

ボウエンの口からため息が出る。まったく、抜け目のないやつだ。

〝十万〟

そうメールした。これでいい。ウィザードは機嫌よく仕事してくれるはずだ。よし、この件に関して自分が今できることは、すべてやった。失敗のあと始末を最小限に留めている。そう確信して、ボウエンは別の件を考えることにした。こちらはまだやらねばならないことがいろいろある。

ボウエンは個人用のＰＲエージェントを雇っていた。業界では最高の人間だ。ＰＲエージェントには、アフリカでの慈善事業にスポットを当てるように指示してあるが、実際はボウエン個人のイメージアップが目的だ。エージェントはボウエンの意図を明確に理解している。

毎月ＰＲエージェントから、ボウエンに関する新たなメディア露出についての報告が送られてくる。その中には、新聞・雑誌記事はもちろん、彼のことが言及されたブログやインタビュー映像なども含まれる。今月は『ヴァニティ・フェア』誌との特集記事と『ワシントン・ポスト』紙のインタビューが大きなものだ。インターネット新聞の大手『ハフィントン・ポスト』の〝旬な人〟リストにも載ったし、『タイム』誌は開発途上国についての特集記事の関連で、アフリカで不足する薬品に関する短い記事を載せ、そこにボウエンの写真を持ってきた。少しだけ顔を上げて太陽を仰ぐ姿は、明るい未来を目指し、その志を実現させる男そのものだった。

さらにボウエンがいちばん気に入ったのは、政治評論家関係のブログで、バージニア州選出の上院議員ジェフリー・ネフの後継者にふさわしい人物としてボウエンの名前が出たものだった。長年上院議員を務めたネフ議員は、今スキャンダルで泥まみれの状態だ。

いつもながらの候補者と、新しい顔ぶれが新しい議員候補として挙げられているが、他の世界から転身してくるかもしれない候補の最後に、慈善事業で知られる男性としてボウエンが挙げられていた。候補者全員の簡単な経歴のあとに、コメントがつけてある。ボウエンのものは、こう書かれていた。

ダーク・ホースとして、元国土安全保障省のキャリア官僚、ボウエン・マッケンジーの可能性を挙げておこう。マッケンジー氏は昨年までマコンゴ共和国の首都ラカで米国大使館に勤務していたが、例の爆破事件のあと国土安全保障省を辞め、西アフリカでの感染症撲滅のために努力している。氏は『新時代財団』を設立してラカに本部を置き、抗ＨＩＶ薬、抗マラリア剤、抗生物質を西アフリカ全域に配布。その活動は、広く尊敬を集めるものとなった。おなじみの政治屋ばかりの顔を見るのにうんざりしていた我々の目には、マッケンジー氏は実に新鮮に映る。

これは有能なＰＲエージェントのおかげだ。

ネフは傷ついた死にかけの年老いた象みたいな存在で、腐敗しきった政治家という噂《うわさ》が絶えない。また、頻繁に売春婦を使っているらしい。ボウエンの部下、さらにウィザードは、その売春婦を見つけ出すのに躍起になっている。

あのくそじじいを、絶対に上院議員の椅子《いす》から引きずり下ろしてやる、ボウエンはそう決めていた。

上院議員さんよ、あんたはもう死んだも同然だよ。

心でそうつぶやくと、ボウエンは気分よく椅子にもたれかかった。自分の未来を思うと、うれしくなる。大きな、壮大な計画があるのだ。頭のいかれた国防情報局の元分析官と退役した海兵隊《ジャーヘッド》ごときに、邪魔をされてたまるか。

ペンシルバニア州、ニューホープ近郊
十一月二十七日

ダンは、ジェシーの小屋でベッドに横に座り、眠るクレアを見ていた。六時間の車の旅のあいだ、クレアは昏睡《こんすい》状態にあるかのように眠り続けた。小屋に近づきエンジンを切ったとき、まぶたが少し動いたが、それでも目は覚まさなかった。

ダンは何も言わずにクレアを毛布ごと抱きかかえ、ブーツを脱がせてからベッドに入れた。パジャマになるようなものはないので、仕方がない。ダンも一緒にベッドに入って、彼女の体を抱き寄せ、同じシーツにくるまりたかった。しかし結局、彼女の手を握って椅子に座り、彼女の寝顔を見ることにした。

眠っているクレアの顔からは、疲労の色や衰えた体力の影が消え、かつて外交の世界にいる男たちの男性ホルモンのレベルを上げた、あのブロンディの面影が見えた。まったく、何でこんなにきれいなんだ。短く切ったプラチナブロンドが、完璧《かんぺき》に整った顔の周りで後光のように輝く。彼女の顔のすべてが完璧、いや、あと何キロか体重を増やせば、完璧になる。

彼女と一緒にいる自分を、ダンは何度も思い描いた。夢をみることさえあった。数えきれないぐらい何度も。ラカの前には、彼女を想って自分の体を慰めた夜も何度もある。ただ、あの事件のあとは、彼女の死という事実が大きくのしかかり、彼女を想ってマスターベーションはできなくなった。かちかちに硬くなったものは、使いみちもなくさびしく夜を過ごした。

ところが今、彼女が目の前にいる。記憶よりもさらに美しい姿で。現実の彼女のほうが、あらゆる意味ですばらしい。記憶よりも頭がよく、勇敢で、抜け目がない。狙《そ》撃《げき》されて危うく命を落とすところだったと知ったときでも、殺し屋がすぐそばまで迫っているときでも、記憶喪失という問題を抱えながらも、クレアはとび抜けてすばらしい女性であることを証明した。他の女など、彼女の足元にも及ばない。

昨夜のセックスについては、期待しすぎてはいけない。幻想を抱けばがっかりすることになるぐらい、ダンにはわかっている。あれは彼女が心の慰めを求めたにすぎない。怯《おび》えてストレスに押しつぶされそうになっているとき、ダンが手近にいただけなのだ。

そんなこと、どうだっていい。彼女が与えてくれるものなら、何だって受け取る。クレアはまだ気づいていないのだろうが、彼女はダンのものなのだ。いつもそばにいれば、いずれ彼女もわかってくれるはず。

さらに彼女の身に危険が及ぼうとしている今、必ず手を伸ばせば届くところに彼女を置いておこうと、ダンは固く決めていた。そしてクレアを狙《ねら》うやつが誰かを俺が見つけ出し、そいつを殺してやる。

いや……二人で敵を見つけ出すことになるのだろう。ときどきクレアのあまりの頭のよさを思い知ってぞっとするぐらいだ。闇《やみ》に姿を隠す敵が誰なのか、見つけられる人間がいるとすれば、それはクレアだ。彼女は情報分析官ならではの複雑な思考回路を持っている。

それはそれで、構わない。二人の関係において、ダンが力仕事を引き受ければいいのだ。彼の望みはただ、クレアを無事に守ることだった。

彼女を守ろうとする気持ちがあまりに強いことに、ダン自身が驚いていた。こんな感情をこれまで付き合った女性に抱いた経験がない。

付き合った女性は、ただのセックス相手であり、距離を置いていた。この二年を除けば、基本的にダンはセックスが好きで、クレアのことを考えて自分のものが役に立たなくなる前には、存分に欲望を満足させてきた。

感情をともなうセックスとは、どういうものかを知らなかった。

どういうものかがわかった今、それをひと言で表現すれば、恐怖だ。どきどきしながらいろんな思いが胸いっぱいに広がる。自分は無敵だという気分になった次の瞬間、彼女を失うかもしれないという恐怖で苦しくなる。両方の感情が入り混じる。さらに彼女を守りたいと思う気持ちは、初めての感覚で、恐ろしかった。

さらに晴天の霹靂《へきれき》とも言うべきは、強い独占欲だった。体の中からわき上がったその気持ちが、ダンの喉首《のどくび》を締め上げた。誰に対しても感じたことのない、まったく初めての感覚だった

クレアに指一本でも触れてみろ、殺してやるぞ。

クレアは自分のものだという気持ちがあまりに強く、ジェシーの目に彼女への好意が広がるのを見て、思わず彼女の肩を抱き寄せてしまった。ジェシーは親友だ。ダンのメッセージをすぐに理解した。しかし、自分でも恐ろしいと思ったのは、もしジェシーに自分の意図が伝わらなかった場合、何をしていたかということだった。こいつの頭を胴体から引きちぎってやる、そう思ったのだ。

何とまあ。

ジェシーとは古くからの付き合いで、新兵訓練も一緒に受けた。そのときに生涯の友として、かけがえのない絆《きずな》を築いた。アフガニスタンでは、ジェシーの命をダンが救った。

財産も何も惜しくない、ジェシーのためなら何でもする。腕の一本でも腎臓のひとつでも、ジェシーのためなら差し出す。だが、クレアはだめだ。

彼女はダンのものなのだ。

薄暗い部屋で座っているうちに、陽が高くなり、薪のストーブもあって部屋は暖か

くなってきた。ダンはひとり、クレアのほっそりした手を握りながら彼女の寝顔を見て、自分の激しい感情について考えた。どうすることもできない。

一生をともにする女性のことなど、考えたこともなかった。どうすれば女性とうまく付き合っていけるのかもわからない。ただ、セックスする。それぐらいしか知らないのだ。成長過程でダンの周囲にいた男女は、こういう関係になってはいけないほうのお手本ばかりだった。ひどいカップルになると、相手への殺意をむき出しにしていた。

ただ、改めてじっくり考えてみると、悪い気はしない。何だか、漠然と未来が広がっていくような。ひょっとしたら。

こういうのが、苦しいものだとは思っていなかった。自分でどうすることもできない感情が、体じゅうを駆けめぐって、痛みさえ覚える。

どうにかしろ。自分を抑えることで、今日のダン・ウェストンを築き上げたのだ。十代の頃、怒りにまかせて非行を重ねた。窃盗、喧嘩《けんか》、あらゆることをして何度も少年院のお世話になった。ただ、ドラッグと酒だけには手を染めなかった。父を見てきたせいで、ドラッグとアルコールには、拒否反応を起こした。ハイになった人がどうなるか、ダンは身近にその姿を見てきたのだ。

それ以外のすべては、実際、何だってありだった。少年非行として思いつくものを片っ端から挙げても、ダンはそのすべてを経験してきた。このまま行けば、落ちるところまで落ち、血まみれの死体を道端でさらすだけ、そんなときに海兵隊に入った。海兵隊がダンを救い、規律正しい暮らしとは何かを教えてくれた。海兵隊の存在意義は、規律と自己抑制にあるといってもいいぐらいで、その精神をダンは骨の髄まで叩《たた》き込まれた。ダンは戦闘状態でも自分を抑えておけたし、そのおかげで冷静に正確な判断を下してきた。

けれど、今の――慣れない感覚が、怖くて仕方ない。ここまでの人生を、いっさい誰にも頼らずに生きてきた。自分の命を預けるのは、仲間の海兵隊員だけだった。今のダンの幸せ、もっと言えば存在そのものが、目の前のほっそりした女性の手にゆだねられている。そしてその女性は大きな問題を抱え、命を狙われている。

ああ。

彼女の手を握って座りながら、ダンはこれからの人生については考えないでおこうと思った。とんでもない変化球が投げられてきたものだ。頭の中がぐちゃぐちゃだが、ひとつだけはっきりしていることがある。クレアを見守り、彼女に触れ、彼女が安全だと納得すること、それさえ叶《かな》えられればダンは幸せなのだ。

一時間が過ぎた。二時間、三時間。ダンの体内時計が、午後も遅い時刻だと告げる。明日は忙しい。頭をすっきりさせておく必要がある。とっさの反応で行動を起こせたため、二人は二度の襲撃を逃れることができた。けれど明日はどうなるか、まるでわからない。横になっておくほうがいい。それでもダンは、握った手を放せなかった。

　理屈に合わないのはわかっているのだが、こうやって自分が起きていれば迫り来る魔物を近づけずにおけるような気がしてならない。ばかげている。もちろんそうだが、クレアのせいでまともな思考ができなくなっている。

　ダンの頭に浮かんだことがクレアの心に届いたかのように、突然彼女が目を開いた。目が覚めそうな前兆などまったくなしに。

　クレアが目覚めるところは兵士と同じだった。即座に警戒態勢を取る。一分前には深い眠りに落ちていたはずなのに、ふと気がつくと、ゴージャスなブルーの瞳《ひとみ》が銀色の光をたたえてダンを見つめていた。視線が動くたびに彼女の目は夏空に光る稲妻のように輝く。

　自分がどこにいるのか確認しようとしてか、クレアはあたりを見回した。小屋に着いたことも知らないのだから、ここがどこかわからないのだろう。

　小屋は質素な作りで、部屋はひとつしかなく、手作りのふぞろいな家具があるだけだ。ベッドは部屋の隅、中央には大きな木を削っただけのテーブル、椅子が三脚――もうひとつはダンが使っている。薪をくべる式の石のこんろとオーブン、井戸のポンプの下には磨いた石の水受け皿。薪のストーブでじゅうぶん暖を取れるが、黒光りのするまで磨かれた大きな石の暖炉は、きれいに掃除されて、灰もない。

眠りに落ちたときは二十一世紀のワシントンＤＣだったのに、目覚めると十九世紀のペンシルバニアだったというわけだ。

クレアがここにいる事情を察知した瞬間が、ダンには見て取れた。二度の襲撃を受けて命からがら逃げ出したことを思い出したのだ。

「ダン？」クレアがそっとつぶやいた。ダンはうなじの毛が逆立ち、腕の毛が立ってシャツに触れるのを感じた。

クレアは途方に暮れている。ぼう然として、ひどくさびしそうだ。残酷な狩人に銃で追われ、見知らぬ森に逃げ込んだユニコーンのような姿。

いや、クレアは独りぼっちじゃないぞ、もう途方に暮れることもない、とダンは思った。今ここに、ダンのそばにいるのだから。そして神の前で誓うのだ。彼女が許してくれるかぎり、永遠にダンはクレアのそばにいる、と。

クレアの手を握って座っているあいだに、ダンは明日の予定をあれこれ考えた。プランを練り、当面の行動手順を決めた。しかし、クレアと目が合った瞬間、そんなことはすべて頭から消えた。

クレアは何も言わず、ただ上掛けをめくって、ダンを誘った。隣に来て。

ああ、もちろんだ。

普段どおりの服の脱ぎ方をするには、強い意志の力が必要だった。前回のときのように大慌てで服を脱ぎ捨てないようにしよう。セーターを脱ぎ、座っていた椅子の背にかける。たたむところまではしなかった。限界というものがある。引きちぎって投げ捨てないようにするだけで、精一杯だ。次にシャツだが、小さなボタンが百万個ほどついているような気がした。金輪際、ボタンのついたシャツなんて買わないぞ、とダンは思った。クレアのそばにいるときは、こういうシャツは問題が多い。そうだ、アラブ男性のサウブにすればいいかもしれない。ゆったりした布地の下はいつでも突撃可能な状態にしておける。布をめくり上げるだけでOKだ。

残念ながら、今はそんな便利な服装をしていない。ダンはボタンと格闘し、手首に絡まった袖口《そでぐち》に苛《いら》つき、かがんで靴の紐《ひも》をほどき、靴下を脱ぎ、ズボンのジッパーを下ろすときには、大きくなったものをはさみそうになって、あうっと身をよじり……永遠とも思えるプロセスを経て、やっと裸になった。見下ろすと、そこにあったものに、ぎくっとした。まったく、何てざまだ。全身の血液が一滴残らず、下腹部に集まったようだ。

ダンはクレアの様子をそっとうかがった。気まずそうな表情を向けられないようにと祈った。気まずい雰囲気はない。これほど大きく勃起《ぼっき》したものを見てさえいない。クレアはただダンの顔を見つめて、両腕を伸ばしてきた。彼女の神々しい表情を見ていると、性欲さえもどこかに吹っ飛びそうになる。

信頼、思慕……愛？

その表情が何なのか、ダンにはわからなかった。わかるのは、自分をこんなふうに見つめてくれた女性は、初めてだということだけ。

一瞬、彼は不安を覚えた。欲望が見えていたほうが、安心できたかもしれない。欲望なら見慣れているし、どう扱えばいいのかもわかっている。この表情――こんなのは、怖い。

「ダン？」クレアが伸ばした手でダンの腕に触れた。

触れられたところから、ダンの全身にぶるっと震えが広がった。何か巨大なものが、ぴたりと収まるべき場所に収まったような、宇宙のかなたで何かの配列がそろったかのような、そんな感覚だった。クレアの手が自分の腕に置かれたことが、あるべき姿なのだ。これでいい。こうなるのが正しい。

「ああ、ここにいる」かすれた声が官能的に響く。ダンは膝《ひざ》をベッドに乗せ、体をクレアに近づけた。「両腕を上げて」

何のためらいも見せず、クレアはすぐに腕を上げた。ほっそりした腕が頭の上に持ち上げられる。ダンはTシャツを脱がし、ブラを外し、ズボンをずらしたあと、ただ彼女を見下ろした。

こんな女性は世界にただひとり。月光のように青白く輝き、上品な小ぶりの乳房が呼吸にあわせて上下する。胸の左側が、脈打つたびに動く。

これは魔法だ。クレアのすべてが魔法なのだ。

「こっちに来て」クレアのささやく声に応じ、ダンは彼女の隣に体を横たえた。すると、ダンの全身を大きな安心感が包んだ。

この場所だ。これまで自分がいるべき場所というものを意識したことのないダンが、初めて我が家を持ったのだ。

クレアこそが、ダンの我が家だ。

14

ペンシルバニア州、ニューホープ近郊
十一月二十八日

まさにジェシーに教えられたとおりの場所に、郡道沿いのダイナーがあった。ジェシーは先に着いて、ダンとクレアを待っていた。

『OK牧場の決斗』みたい、とクレアは思った。ドク・ホリディはきっとこんなふうに闘いの場所に出向いたのだろう。あたりを警戒し、顔を引き締め、来るなら来い、という感じ。小屋からここまでの道中でも、ダンは一瞬たりとも警戒を怠らなかったが、出合った車は一台だけだった。赤く熟れたリンゴを荷台いっぱいに積んだ農夫が運転するトラックだった。

ダンは完全武装でもあった。クレアの前で、ダンは二丁の銃をストラップで身につけた。四五口径と、見るからに威嚇的なデザート・イーグル。どちらも銃弾が装填《そうてん》され、予備のクリップがダンのポケットに収められる。背中にはナイフだ。鞘《さや》に入れてベルトで垂らしてある。大きくて黒くて、刃には血抜き用の溝まで彫られた殺傷能力のきわめて高い武器だった。

四輪駆動車にもレミントンのライフルがあった。一メートル近い照準器がつけてある。銃弾、暗視ゴーグル、さらには手りゅう弾と、どう見てもC－4プラスティック爆薬らしきものまである。

軍隊でよく使われる言葉がある。C－4をじょうずに使えば、解決できない問題などない。

武器を身につけていくとき、ダンはクレアを見つめた。こんなに武器をいっぱい持っていくことにクレアが批判的なのではないかと、気にしているのか。クレアはただ、ロケットランチャーと五〇口径の重機関銃がないのを残念に思っただけだった。

心配することなんてないわ、と伝えたくて、クレアはダンにキスしたが、そのまま十分以上も唇を重ね続けた。

やがて彼の興奮が伝わってきて、クレアも官能の波に押し流されそうになった。なかなか唇を離せない。二人のあいだに広がる熱が、クレアの不安や恐怖を完全に吹き飛ばす。

ダンとキスすると、クレアはその瞬間に、今どこにどういう状況でいるのかをすっかり忘れる。爆破事件などなくて、自分の命を狙《ねら》う人間も存在しない世界に来てしまうのだ。父がまだ生きていて、フロリダの家は無事で、クレアも健康な世界。

太陽がさんさんと降り注ぎ、熱いところ。バラが咲き乱れ、小鳥がさえずる場所。この世界に永遠に留まっていたいと思う。ダンと唇を重ね、たくましい腕が自分を支えてくれる感触を意識し、あえぎながら呼吸するリズムに合わせるようにして、ダンのものが少しずつ大きくなっていくのをお腹《なか》で感じていたい。

しばらくしてから、ダンが体を離し、クレアの両肩をつかんだまま腕を伸ばした。

「あとでな」そして岩でも焼きつくしてしまいそうな熱い眼差しでクレアを見つめた。

そのひと言で夢の世界は消えた。バラはしおれ、小鳥はさえずりをやめ、黒雲が太陽を隠す。そして悪いことばかりの世界に戻った。

二人がダイナーに到着すると、ジェシーが立ち上がった。クレアが席に着くまで、座ろうとはしない。男性二人が壁を背にした席に腰を下ろし、クレアは二人を真横に見る角度に座った。クレアの場所から日影になった駐車場が窓越しに見える。

ジェシーは厳しい表情を浮かべていた。足元に置いた大きな紙袋をクレアのほうに足で押してくる。「最初にこれを。頼まれてたものです。これだけあれば、しばらくは大丈夫でしょう」

そして衛星電話をそっとクレアに手渡す。手にした電話のどっしりした重みがクレアに安心感を与えた。スラーヤ衛星電話は、一般の携帯電話より重い。重要な機能があるのだから、当然だ。ジェシーはさらにUSBメモリーを渡してくれたので、クレアは電話とメモリーを一緒にバッグにしまった。そのあとジェシーは、ネットブックを取り出して開き、クレアの顔をまっすぐに見た。

「これは友だちから借りました。ハードドライブに入ってたファイルなんかは、全部消去してある。機能は全部お望みどおり。それから、無線LANもついてます」

それは使える、とクレアは思った。公衆無線LANが使える。公衆無線LANのサービスがない場所でのみ、スラーヤでインターネットに接続すればいい。

クレアはパソコンの電源を入れた。立ち上がりのスピードがいい。クレアはハードディスクのプロパティを調べ、いくつかテストしてみた。「完璧《かんぺき》だわ」

ジェシーはうなずくと、ファスナーのついた袋を出した。「これが現金。もっと必要なら、もっかい下ろしに行く」そして、確認するかのように、ちらりとクレアを見た。「行ったATMは八箇所。全部の防犯カメラにレーザー光線を向けました。周囲にあった街灯も、なぜか不調になってたな」そして少しだけ口元をほころばせた。

「あれでカメラをかく乱できたんじゃないかな。これがキャッシュカード、クレジットカードも一緒に返しとこう」

クレアは自分の手を重ね置いて、ジェシーの手を押し留めた。「いえ、少しずつお金を下ろし続けて。クレジットカードは友だちに預けて、別の町で買い物をしてもらってちょうだい。そうすれば敵そのものをかく乱できるわ」

ダンはうなずくとカードを自分のポケットに戻した。

「マーカスと話したか?」ダンがたずねた。

ジェシーがうなずく。「もちろん。ホテルの殺人犯はいっさい手がかりなし。おまえんとこの庭の芝生には、ものすごい量の漂白剤がまかれてたらしい。だから、DNAの採取はできなかった。敵の誰かが怪我《けが》してるはずだって、おまえが言ってたのは覚えてる。だが、マーカスは何の証拠も見つけられなかった。こいつら、本物のプロだな」

ダンはこの答を予期していたようだ。「うちの防犯カメラの映像は? マーカスのやつ、何か言ってたか?」

ジェシーが首を振る。「だめだ。全員目出し帽をかぶってたんで、顔認証システムが役に立たん。俺も映像の一部を見せてもらったけど、あの運転は見事だったな、ダン。それから、クレア。大リーグから誘いが来るんじゃないか? 手りゅう弾も閃光《せんこう》弾《だん》も、まさにここぞ、どんぴしゃの場所に投げたね」ジェシーは指二本で、クレアに敬礼をしてみせた。「絶対、怒らせたくない人だな、あなたは」

そう言われて、クレアはうれしくなった。クレアはダンのほうを向いた。「これが何もかも終わってからでいいけど、私に銃の撃ち方を教えてね」

ダンは困った顔をしながらも、ほほえんだ。

クレアは軍事分析官なのだ――元はそうだった。だから武器については広範な知識を持っている。リモコン爆撃機、戦車、武装ヘリコプター、航空機なども戦略的にうまく使えば武器となり得るが、こういったものにも詳しい。一九五〇年代以降に製造された銃のすべてが、クレアの頭に入っている。ところが自分で銃を撃ったことは一度もない。知識はすべて本から得たものだった。

今、銃に関しての実践知識を学びたいと思う。手に持った感触はどうなのか、ずっしりした重みを体に覚えさせたい。そして自分を狙ってくるやつがいたら、自分の手で撃ち殺してやる。

「もちろんだよ」ダンは一瞬目を閉じ、ふっと息を漏らした。「ジェシー、状況はわかった。マーカスに言っとけ。目の玉をよーく開いて、何ひとつ見逃すなってな」

クレアは身を乗り出した。「私からも伝えてほしいの。インターネット上に掲示板を作って、私とマーカスだけが見られるようにしておくわ。掲示板のURLとパスワードは携帯電話にメールする。この状況を打開するために、マーカスのほうで何か案があればすぐに知りたい。敵が何者かを知りたいのよ」そしてダンを見上げた。「私もネットでいろいろ調べたいことがあるの。できるだけ早く取りかかったほうがいいわ。テイクアウトを頼んで、小屋で食べられないかしら？」

ダンがうなずいた。「それがいい。何を食べたい？」

クレアは自分の胃に、そっとおうかがいを立ててみた。食べものを予感して、体から大喜びで、お願いします、という答が返ってきた。

自分でも体の調子を探ってみる。藁《わら》にもすがる思いでワシントンにやって来たときのクレアは、ぼろぼろの状態だった。夢に現われた男性に会えるかもしれないと、はかない望みを持っていたにすぎない。

その後、ダンが実在していることを知った。本当に夢に出てきた人だった。過去の自分とのつながりを実感させてくれる生身の男性で、しかも温かくて頼もしく、一昨日は二度も命を救ってくれた。何より胸のつかえが取れた気になったのは……本当に危険が迫っていると知ったせいだ。

誰かが現実に――血のかよった肉体を持つ誰か、クレアの想像の産物ではない生身の人間が、クレアの命を狙っている。現実の脅威は危険ではある。だが、実在しているのならやっつけることもできるわけだ。

次のステップとしては、この脅威のそもそもの原因は何かを突き止めることだ。現実世界の実際的な問題と向き合っているとわかった以上、クレアは自分が持つ実際の技術を駆使すればいいわけだ。自慢するわけではないが、情報収集にかけてクレアの右に出る者はいない。

昔の自分、爆破事件前のクレアが戻ってきた。彼女の体の奥でゆっくりと起き上がり、伸びをしながらあたりを見回している。さてさて、どういう状況なのかしら？　私なんて、もういなくなったと思ってたんでしょ？　間違いよ、私はちゃんとここにいるわ。それで、誰かに狙われてるって？　それはいけないわね。何とかしなきゃ。

目覚めたばかりの、本来のクレアがそうつぶやく。

痛みさえわからなくなるぐらい、打ちのめされた。けれど、本来のクレアが今ゆっくりと起き上がり、復讐《ふくしゅう》に燃えている。

ダンのおかげだ。頼もしくて勇敢な彼が、がっしりとクレアを支えてくれたから。それに、ああ、セックスも。あんな体験ができるとは思わなかった。目もくらむような歓びが、クレアの体の奥を刺激したのだ。ああ。

彼のおかげで、クレアに自信が戻った。自分のすべてが実際以上にすばらしく思えた。なぜならクレアは、ダンのような男性を欲望で燃え上がらせることのできる女なのだから。

元気がわいてくる。ダンが本来のクレアを目覚めさせたのだ。強いクレアを。これで実社会に戻れた。すると……空腹を感じた。

「ダブル・チーズバーガー、肉も野菜もソースも全部入れて。ポテトの大、コールスローサラダの大きいの、アップルパイをふたつ――いえ三つ。アイスクリーム添えにして」そしてダンのほうを向いた。「で、あなたは何を頼むの？」

クレアが集中している姿に、つい見とれてしまい、ダンはそのまま目が離せなくなった。クレアはまず、USBメモリーをパソコンに差し込むとファイルをダウンロードし始めた。今は熱心にインターネットのサイトをあちこち調べている。視線が左から右へと動き、ものすごいスピードで内容を追いながら、指はキーボードの上をめまぐるしく動く。キーボードが悲鳴を上げて煙が出そうだ。

小屋に帰るとすぐ、クレアは猛烈に活動を始め、ずっとこの状態だ。

最初に、海で遭難して一週間も何も食べていなかった水兵みたいな勢いで食事した。ダイナーからのテイクアウトに襲いかかるようにして食べものを平らげ、ダンの頼んだふたつ目のローストビーフサンドイッチを食べ、ジェシーの食料庫にあった桃の缶詰をひとつ空っぽにした。

どこからか生霊が降りてきて、クレアの命の灯に火をつけたような感じだった。肌からは病的な白さが消えてほんのりとバラ色に染まり、瞳《ひとみ》は銀色の光をぎらぎらと放っている。ひと言でいえば、つまり……美しいのだ。

彼女を見るたびに、ダンの心臓はどくん、と大きな音を立てた。

整った顔立ち、きれいな肌、輝く髪、そろった歯並び、外見的な美しさだけではない。そういう特徴を持った女性なら、たくさんいる。ただクレアの美しさはすべての基準において、めまいがするほど抜きん出ている。

さらに、どこか人間とは思えないほどの存在感、知性と熱意、集中力を他の誰よりも持ち合わせている。

外交の世界では、爆破事件の前、クレアは将来かなりの地位に登り詰めるだろうとささやかれていた。当然のことながら、キャリアはあの時点で終わってしまったが、伝説ともなった知性はそのままだ。そして強い意志も。

ダンのオフィスに来たときのクレア――あれがほんの二日前だったとは……何年も昔のことのように思える――あの女性は打ちひしがれ、ぶるぶる震えてばかりで、自分がどうしたらいいかもわからない様子だった。そんな彼女が二度も命を狙われ、その結果、元気を取り戻した。奇跡だった。もう怯《おび》えるクレアの姿はない。彼女は自分の生活を台無しにする敵が誰かを突き止めようと、固く決意している。本来の姿に戻ったのだ。

すごい。

そのときダンの頭を何かがよぎった。何か大切なことだったのに、何だっただろうと思ったときには、もうわからなくなっていた。

重要なことだったような気がする。だが、それが何かもわからない。ダンはほとんど睡眠なしにここまで動き続けてきた。昨夜こそゆっくり眠って、体を休める機会だった。作戦に従事しているときは、疲労は許されない。ほんの一瞬でも目を閉じる機会があれば、寝なければいけない。

そういうのを兵士たちは、戦闘睡眠と呼ぶ。いつでもどこでも、即座にレム睡眠に入れる能力を持っていなければならないのだ。次にいつ眠れる機会があるかはわからない。

しかしダンは、クレアの手を握りながら彼女の寝顔を見ていることに時間を使ってしまった。

もう一度機会があっても、同じことをするだろう。寝られるはずがない。強力な鎮静剤を打たれても、まず無理だ。自分が見守って体に触れているかぎり、クレアは安全だ。それ以外のことは信じられない。

彼女の手を握り、見守っていないと、不安で仕方がない。

セックスはまだ、ダンの思考の多くを占めていた。彼女と体を重ねたあとでも、何も変わらない。前よりさらに彼女とのセックスを考えるようになり、今後しばらくこの状態が続きそうだ。

もう、忘れることができない。とんでもないことになった。

今では、クレアの肌がサテンのように滑らかだと知っている。指に触れる髪がふんわりとやわらかなことも、脚のあいだがシルクのように彼のものを包み迎え入れてくれることも、そして温かく締め上げてくれることも。最初のときはあまりにきつくて彼女に不快感を与えてしまった。あのときのことを思い出すと、ダンは自分の右腕を切り落としたいぐらいだった。

今の時代、こういう考えは批判されるのだろうが、それでもこの数年、あの場所に他の男が入っていなかったのが、ダンはうれしかった。そして今後二度と、他の男があそこに入ることはない。

クレアはダンのものなのだ。彼女のすべてが。

おっと、しまった。彼女とセックスすることを考えていると、ダンのものは硬くなり始めた。大規模勃起《ぼっき》警報だ。クレアを想って長いあいだ使うことのできなかったものが、その埋め合わせをしてくれとばかりに、彼女の中へ入りたがる。そして人間の限界を超えても、そこから出たくないと訴える。

そしてセックスが終わった瞬間に、また同じことを求める。

ダンはクレアの右側に座り、彼女が目をすがめて画面を眺めながらキーボードを叩《たた》くのを見ていた。敵の襲撃を迎え討とうとしているワンダー・ウーマンみたいだ。

何かに集中している女性の姿が、これほどセクシーに見えるとは思っていなかった。

クレアの邪魔はしたくない。彼女が画面を見ている姿は、予言者が水晶球を見つめるような雰囲気で、この緊張感を破るのは畏《おそ》れおおい。

ところがダンの分身のほうには、まったく緊張感が伝わらないらしく、彼女が何をしているかにもお構いなし、ただ彼女の体の中に入りたがる。今すぐに。

ジーンズの中で硬くなったものが勝手に動くのをダンは感じた。彼女の近くに行こうとしているのだ。ダンはそう確信した。

そこでじっとしてろ、ダンは下半身にそう命じたが、ため息を漏らしてしまった。

「今はだめよ、ダン」クレアはダンにはまるで無頓着《むとんじやく》につぶやき、キーボードを叩き続ける。ちらっとダンに目を向けたので、顔に表われた欲望を見られたはずだ。彼女の視線は、すぐに画面に戻る。「でも期待してていいから」

ダンは彼女を手伝おうと思ったが、何をすればいいのかがわからない。そこで銃を分解して掃除し、オイルを塗った。衛星電話を使って、何か捜査に進展があったかをマーカスにたずねた。ゼロだった。マーカスはセイフティ・ハーバーの警察や消防署にも連絡を取ったらしいが、そちらでもまったく何の進展もない。これからどうすればいいんだ、とマーカスに言われただけだった。ダンはとうとう好奇心を抑えきれなくなり、クレアに声をかけた。「何を捜してる?」

クレアはふうっと息を吐いて、背もたれにどさっと体を預けた。指をぶらんと振り、肩を回して、疲れをほぐす。

なるほど、これなら自分も役に立てそうだ、と思ったダンは、立ち上がるとクレアの肩の筋肉をマッサージした。肩がぱんぱんに張っているのに気づき、顔を曇らせる。キーボードを武器にするワンダー・ウーマンではなくなったクレアは、華奢《きゃしゃ》で繊細な女性に戻った。

頭がよくて美しい。けれど、ガラス細工のようなもろさがある。

「ああ、いい気持ち」クレアがつぶやいた。「それ、やめないで」

窓を揺らす音に、二人とも外を見た。小さな氷粒が混じった雨が、ガラスを叩いていた。ダンはストーブまで行って薪を数本足し、クレアのところに戻った。

肩を少し押して、クレアを自分のほうへ向かせる。「で……何を調べてた?」

クレアがため息を吐く。「無駄だろうとは思ってたんだけど、この一年で誰かを怒らせるようなことを私がしていなかったか、確認してたの」クレアは顔を大きく上に傾け、ダンを見上げた。疲れたような笑みがその顔に浮かんでいた。「やっぱり、あり得ないわね。この一年、私はほとんど家にこもってたんだもの。食料品を買いに行くことはあったけど、食欲もなかったから、そうしょっちゅう行ったわけじゃない。二週間に一回リハビリに行き、健康状態を診てもらいに、最初は四週おき、そのあとは六週おきにお医者さんのところに行った。外出っていえば、それぐらいよ。でも最近になってフランス語の翻訳仕事を始めたのね。それでファイルを調べてみた。核爆弾のコードだとか、そういうのが誤ってファイルに紛れ込んでたのかと思って」

それなら納得できる。ダンは画面をのぞいた。「結果は？」

クレアが肩をすくめた。「何もなし。翻訳仕事、始めたばかりだったのよ。それに訳したのって、子供向けの本、壁紙用接着剤メーカーの国際会議の議事録、ほんとよ、そういうのがあったの、それから『ル・モンド』紙に掲載されたフランス株式市場の分析、公正取引委員会のホームページ、リヨン観光協会のパンフレット、それぐらいのものよ。でもファイルのすべてを徹底的に調べてみた。ファイルのバイト数と情報量はきちんと合致した。内容には機密事項なんていっさいない。実際、子どもの本はかわいいけど、それ以外には興味深いことなんて何もないの」クレアは苛立《いらだ》たしそうに息を吐いた。「このあと、何をすればいいかわからないわ」

それならダンにも手伝える。

彼はクレアを椅子《いす》から抱え上げ、そのままベッドに運んだ。

15

ペンシルバニア州、ニューホープ近郊
十一月二十九日、午前二時

湿った熱気が、べったりと体にまとわりつく。体全体が暑くて、力が入らない。殺してくれと言いたくなるような暑さ。地獄の炎に焼かれても、これ以上暑いはずはない。容赦ない熱があたり全体を包み、ほっとひと息つく場所もない。熱気から逃れようがなく、熱気の猛々しさが周囲の暴力と呼応する。

耳をつんざく音。銃弾が飛び交う。あっちにもこっちにも。どれが銃弾なのかもわからない。ライフルからの発砲音が響く。銃弾がコンクリートや木々に当たってぴしっと跳ねる。人の体にも当たる。発砲音と跳ねる音が同時に聞こえるので、銃弾がどこかに当たったあとで発射されたように思える。

ここには邪悪なものがいる。すぐ後ろに。気配を感じる、臭いもしてくる――金属が熱せられたような、人間性のかけらもない臭い。向こうに見える真っ赤な壁と同じ。突然、彼女は廊下にいるのに気づく。三方の壁が人間らしさを締め出し、ここを灼《しゃく》熱《ねつ》の残忍な場所にする。壁がどんどん近づいてくる。廊下は狭くなり、前からも壁が迫ってくる。

彼女は必死で逃げた。転んでも四つん這《ば》いで進み、また体を起こして走り出す。動《どう》悸《き》が激しい。息が荒い。体がガラスのように砕けて粉々になりそう。走っても、走っても、壁が迫る。希望の光が見えなくなっていく。壁の向こうで輝く光にたどり着けば、救済されると信じていたのに。

救われるはずがない。必死で逃げようとしているけれど、助からないことはわかっている。あまりに荒々しい破壊行為。あたりに暴力が満ちている。そしてあまりに邪悪。

恐ろしいことが起きている。それはわかっている。体で感じる。けれど、それが何かがわからない。ちゃんと考えなければ。でももう、時間がない。

走りながら、後ろを振り向くと、恐怖で足がすくむ。

男が近づいてくる。どんどん迫ってくる。

得体の知れないものだと思っていたが、ちゃんと顔がついている。追いかけてくる魔物には顔も名前もある。でも恐ろしすぎて思い出せない。男が何者で、どういう名前にしろ、求めているのは彼女の血。彼女を殺そうとしている。

いくら走っても、振り向くたびに男との距離が縮まっている。黒光りのする闇《やみ》の中を、男は滑るように移動する。もう男の姿が確認できる。黒ずくめの服装、不気味に光る黒い瞳《ひとみ》。男は走っていない。息を切らせてもいない。蛇のようにするすると前に進むのだ。そして走る彼女に苦もなく追いつく。

だめだ、壁が左右と前から迫る。こちらが動くたびに、真っ赤な壁が位置を変える。握ったこぶしが壁に触れる。肘《ひじ》がぶつかる。肩が当たる。

壁の表面はぬるぬるして、不吉な臭いがする——死と腐敗の臭い。地底深くから漂ってくる、耐えられないほどの悪臭。足がもつれて、転ばないようにと手を突き出す。すると手から赤いものがしたたり落ちる。ぞっとしてまた足がすくむ。壁が真っ赤な理由がわかったのだ。血だ。

壁がさらに近づき、もうどこにも逃げられなくなった。前の壁を激しく叩《たた》くと、黒くてねっとりとした液体が体にかかった。ぶるっと震えると、液体が彼女の体を伝って地面に落ちる。足元を見ると床がぬるぬる滑る。壁に背を押し当て、迫ってくる魔物に顔を向ける。

パニックがわき起こる。彼女の中で、戦慄《せんりつ》が大きな羽根を広げて飛び出そうとしている。

男がそこにいた。目の前に。血走った目の巨人。何かを手にしている。大きくて革みたいな手。いくらでも時間はあるんだと言いたそうにゆっくりと、男は持っていたものを肩に構える。ライフルだ。銃口がこちらを向いている。

「クレア」男の声に、彼女は震えた。低い声が反響して、彼女の内臓を揺さぶる。男は残忍な笑みを浮かべた。すると口の中が見えた。真っ赤だ。「つかまえたぞ」

彼女は身構えた。銃弾を跳ね返すことなどできないのだから無意味だとわかっていたが、体に力が入る。男がこちらを見てにんまりと笑いながら、狙《ねら》いを定める。鉤爪《かぎづめ》のような指が引き金にかかり、そろそろと絞られて……

「クレア！」男が怒鳴る。「こっちを見ろ！」彼女は目を開け、自分の死がそこに……


突然体の自由が利くようになり、喉《のど》がぜいっと音を立てた。酸素を求めていたのだ。自分があえぐ音が夜の闇に大きく響く。力強い腕に押さえつけられている。魔物を振り払おうと、必死でもがく。

「クレア、大丈夫だから。ただの夢だ。落ち着いて」

耳に低い声が聞こえる。どこか別の宇宙から届く声。

逃れようともがいたために、ひどく疲れて、汗びっしょり。もういい。おとなしくしていよう。こんな強い力で押さえられたのでは、どのみち逃げようがないのだ。

「そうだ、その調子」太い声が耳元で低くささやく。この声には暴力的なところや狂気は聞き取れない。「力を抜いて。これから明かりをつけるから。いいな?」

いいことなんて、何もない。けれど、争う気力もなくうなずいた。こんな力強い声の人なら、何でも自分の望みどおりにするのだ。

ぱっとまぶしくなり、クレアは目を細めた。パニックが消えず、頭がぼんやりしたままあたりを見回す。自分がどこにいるのかが、わからない。

木の壁、ストーブで燃え残る薪、質素な家具……

ダン。

一度に事情がわかり、冷水を浴びたようにぞっとした。

ダン。ダンと一緒にジェシーの小屋にいる。誰かに、何かに追いかけられて。今の悪夢と同じ。ダンと一緒にジェシーの小屋にいる。クレアを追いかけてくる誰かは、夢の中のように、するすると忍び寄ることはできないかもしれないし、口の中が血だらけではないかもしれない。けれど、現実にはもっと恐ろしい存在なのだ。

「ああ嫌。ダン!」クレアはダンに抱きつき、震えた。「ひどい夢だった。私を追いかけてくる男がいたの。あたりじゅう血だらけで」

しっかりと抱きしめてくれているダンの腕が、さらにクレアの体を引き寄せた。そして大きな手でクレアの頭を抱えながらつぶやく。「大丈夫だ」何度も、何度も。

大丈夫ではない。二人ともそれはわかっている。

ダンと触れ合うことで、彼の強さを実感し、彼の声を聞くことで、クレアは少しずつ落ち着きを取り戻していった。彼の呼吸音ですら、耳にすると安心する。また呼吸ができる。最初は大きく空気をのみ込むだけだったが、そのうちヨガの呼吸法を思い出した。パニック障害の発作が起きると打ち明けると、リハビリの療法士が教えてくれたのだ。

吸って。そのまま五秒間待つ。吐いて。吸って。五つ数える。吐いて。

効果があった。クレアはダンの首に巻きつけていた腕を緩め、体をそっと離した。

裸で。ほれぼれするような体だった。

「水をくんで来るからな」ダンはそう言うと、部屋の反対側へ歩いて行った。

裸で。ほれぼれするような体だった。幅の広い筋肉の盛り上がった肩から胴体が滑らかな線を描いて腰のあたりで細く締まる。そして贅肉《ぜいにく》のないヒップ。そして歩くたびに脚の筋肉が波打つように動く。

彼のヒップを見てうっとりできるのは、気力が戻ってきた証拠ね、とクレアは思った。

彼が戻って来る際の光景は、さらにすてきだった。

「ほら、口を開けて」ダンがガラスのコップをクレアの口元に運ぶ。ごくごくと飲むと、冷たい水がからからの喉を潤していくのを感じる。まだわずかに燃え残っていたパニックの余燼《よじん》を水が洗い流していく。「ありがと。ずいぶん気分がよくなったわ」

「わかってるさ」ダンが額にキスしてくる。「俺の尻《しり》を見てよだれを垂らしてたぐらいだからな。そのあと前のほうの持ち物も確認してただろ？」

そう言われて、クレアは彼の脇腹《わきばら》を肘で小突いた。ダンは男らしく、その攻撃を甘んじて受け止めた。

「こっちにおいで」ベッドで起き上がったダンが脚を広げる。クレアは彼が広げた脚のあいだに座って、背中を彼の胸に預けた。ダンが後ろからクレアを抱きしめた。

奇跡のような時間だった。温かくて安心できる。できるだけたくさんの部分で彼に触れていたい。できるだけたくさん彼の肌を感じたい。ダンの体が防波堤のように思える。

絶対とは言えないが、ここは見つけ出すのがきわめて難しい場所だ。ダンがそばにいる。文字どおり体ごと盾となりクレアを守ってくれている。困難な状況であるのに変わりはないけれど、ダンがクレアのために安全な場所を作ってくれ、ここにいるあいだ何があってもそばで支えると宣言してくれた。

悪夢の残像が黒い煙となって消え、強ばっていたクレアの体から力が抜けていった。ダンのほうは逆だ。なぜかと言えば、彼の脚のあいだでむくむくと硬くなるものがあり、クレアの背中のくぼみを強く押しているのだ。

ダンの腕に少し力が入る。「気にするな。君がそばにいると、自動的にこうなる仕組みみたいなんだ。とにかく、どんな悪い夢をみたんだ?」

クレアは身震いして、力なく頭を倒した。ダンのたくましい肩が支えてくれる。「典型的な悪夢ね。追いかけられるやつ。この一年、追いかけられるパターンは、何十種類もみたの。ただ、今日のは特別怖かった」

「実際に追われているからだな」

ため息が漏れる。「ええ、たぶん。ただ夢なのに、いつも……同じような光景が現われて――誰かが私に向かってくるの。いつもは顔が見えなくて、それが男だってわかるだけなんだけど……今日のはもっと鮮明で、はっきりしたところまでわかった」

「どういうふうに?」ダンが促す。「口に出して言ったほうがいい。気持ちがすっきりする」

確かにそうだ。ここまで話しただけでも、気分がよくなった。この一年、悪夢から目覚めると、動悸が激しく呼吸が荒く、そして独りぼっちだった。

夜中じゅう電気をつけておかなければならなかった。子どもみたいで、惨めだった。夜ベッドに入るとき、電気をつけたままにしている自分が、恥ずかしかった。けれど夜中の三時に汗びっしょりで震えながら目が覚めると、恥ずかしいと思う気持ちなどどこかに消えていた。周りが見えて、暗闇で魔物に追いかけられているのではないと確認できた。セイフティ・ハーバーの自宅にいる、おかしなことは起きていないとわかった。

今日の悪夢は、今までの中でもいちばん怖かった。ダンがそばにいてくれなかったら、心臓麻痺《まひ》でも起こして死んでいたかもしれない。

クレアはそっと目を閉じた。夢を、特に恐ろしい内容のものを目覚めてから思い出すのは難しい。前に、目覚めてすぐ内容を書き留めようとしたこともあったのだが、たいして思い出せなかった。詳細についての記憶はなく、ただ非常に大きな危険が迫っていたという感覚が残っているだけだった。その感覚に打ちのめされて、怯《おび》えているのだ。

しかし、今日の夢は、かなりはっきりと思い出すことができた。いつものよりもはるかに怖い夢だったからなのかもしれないし、夢で敵の顔を見たからなのかもしれない。理由はともかく、詳細な部分まで思い出せる。

「私は走ってた。何かから逃げようとしてたの。すごく恐ろしい何か。銃弾が飛び交ってた。いたるところで銃弾が何かに当たって、ぴしっぴしっていう音がすぐ近くで聞こえた」

ダンが背中を丸めて、体全体でクレアを守る姿勢を取る。回した腕をクレアの胸の前で交差し、頭を下げて顔をくっつける。彼が耳元でささやくと、クレアは背中に伝わる振動を感じ取った。「君は銃で撃たれたんだ。その恐怖が夢に出てくるのは当然だ」

クレアは顔だけを後ろに向け、ダンを見た。ふと興味を覚えたのだ。「兵士でも、銃撃戦のあとには悪夢をみるものなの?」ダンが悪夢にうなされるところなど、とても想像できない。彼はこんなにどっしりとして、頼もしい人なのだから。

「ああ」ダンが厳しい表情を見せた。

「それなら、この感覚がわかるでしょ? 自分でどうすることもできない感じ。襲いかかってくる脅威に対し、何をしても歯が立たないっていう絶望感が」

ダンがうなずく。頰《ほお》が触れ合うほど二人の顔は近くにあったので、伸びてきたひげがクレアの頰をわずかにこすった。「わかる。それで――夢の中で君は撃たれたんだな?」

「うん」部屋の温度はかなり下がっていたが、背中の温かみのおかげでクレアは寒さを感じなかった。ダンはかまどの火のようだ。火にあたっていると、何の話をしていたかを忘れる。クレアは質問されるままに、急速に消えていこうとする夢の記憶をたどった。頭の中に残る銃声は、ほとんど消えかけている。ただ、何かしっくりとしない感覚が……

クレアは頭を振った。「私に向かって発砲してたのが誰かはわからない。誰かを狙うって感じじゃなくて、やたらに銃弾が飛び交う銃撃戦なの」クレアはそこで言葉を切った。さっきの悪夢を思い出そうとすると、本物の記憶にたどり着けるような、そんな気がしてならない。そんなはずはないのに、記憶をふさいでいた蓋《ふた》が急に横にずれそうな感覚がある。

クレアが考え込んで上の空になったのを察して、ダンが肩でクレアを揺さぶった。

「それで?」

クレアは深く息を吸って、どこかに引っかかる感覚を振り払おうとした。この悪夢の下に何かが隠れている。外に飛び出そうともがいているのだ。

「いつの間にか、私は廊下を走ってた。必死で逃げようとして。壁は赤くてぬめぬめして、ひどい臭いがした」

「血塗られた壁だったわけか」

「そう」クレアはそこでぶるっと震えた。ダンの体が発する熱で、温かさは感じる。それでも血塗られた壁の記憶を思い起こすと体の芯《しん》からまた冷えてしまう。「そのあと、ああ、すごく怖かったのよ——壁がどんどん迫ってきて廊下は細くなり、足元が血で滑って、私は何度も転ぶの」

「ひどい夢だったんだな」ダンはクレアの耳にそうささやき、頬にキスしてきた。

クレアは顔を斜めに上げて、キスしやすいようにした。ひげの濃いダンの顎《あご》が、ざらっと彼女の頬をこすり痛い。それが彼女にはうれしかった。これが現実の世界だと実感できるのがありがたかった。ざらつく彼の頬、脇腹を撫《な》でるごつごつした彼の指、背中をくすぐる彼の濃い胸毛――こういうものを実感できると、自分はちゃんと生きているのだと確認できる。恐怖も、あれはただの夢だったのだと思える。

「誰かが私を追ってきたの」

ダンがぴたりと動きを止めた。「誰だ? 思い出せるか?」

クレアは目をつむって考えた。夢の中では、あたりは暗かった。空気が薄くて、明かりさえ輝いていられない世界。追ってくる男の肌に血塗りの壁が反射し、赤い炎が燃え上がるように獰猛《どうもう》な瞳がぎらついていた。ただ……どう言えばいいのか、その男に見覚えがある気がする。顔つき、頭の形、首をかしげてクレアをじろじろ見る様子。そしてクレアに呼びかける口調。クレア、と男が言った。

「それが、いいえ、よくわからなかった。部分部分では、見覚えがあるんだけど、悪夢って普通そういうものでしょ? 日常生活の断片をつなぎ合わせて、無意識のうちにどこかに記憶され、それが夜に夢となって現われるんだから。悪い夢の場合も同じ」

「その男に追いかけられた、それで?」

クレアはうなずき、先を続けた。「本当に怖かった。男は追いかけてくるんだけど、走っては来ないの。ただぬるぬる滑るみたいに進むのよ。男は私の名前を呼んだわ、クレアって。それからライフルを構えて、私に狙いをつけた。引き金に手がかかった瞬間、あなたが起こしてくれたの」

ダンはまた頬に軽く唇を寄せた。「よく言うだろ？　夢で死んだやつはいないって。その前に、目が覚めるんだ。必ず」

そういう話はクレアも聞いたことがある。ただ……「どうなのかしらね。本当に現実感があって、夢というより現実の記憶みたいな気がするの。それにあの銃声には、何か引っかかるものが……」

クレアはしばらく黙り込んだ。ダンは何も言わず、クレアが考える時間を与えてくれる。彼女は夢の記憶をもう一度考え直した。どこの何が引っかかるのか、具体的に考えてみた。夢の中でも、比較的はっきりと覚えている部分のどこかにある。銃撃戦だ。一定のリズムや狙いを持たずに、ダダダとやたらに発砲されていた。

訓練を受けた兵士なら、絶対にそんな撃ち方はしない。

これだ！

「銃撃戦だけど、無差別に発砲されてたの。自動小銃の引き金に指をかけて、そのまま引き続けるみたいな感じ。ホテルでもあなたの家でも、襲ってきたやつらの銃の撃ち方は、きちんと訓練を受けたものだった。何者だったにしろ、どんなに激しく撃ってくるときでも、無駄な銃弾は使わなかった。きちんと計算してたのよ。ところが私の夢の中では、ただやたらに撃ちっ放しだった。武器の扱いを、いっさい訓練されていない人の撃ち方よ」

クレアはもう国防情報局の分析官ではないが、元々こういった細かな点に気づくことで給料をもらっていたのだ。

「ラカのときもそうだったのよね？」クレアは突然ダンにたずねた。「私は覚えてないけど、そうだったはずよ。政情の不安定な国で内乱が起きると、銃を持つのは銃器の訓練なんて受けていない男たちばかりなの。私にはわかってるわ。ラカでの反乱の報告書も読んだ。二時間ぐらいのあいだに、百万発を超える銃弾が使われたって」

「そうだ。あいつら、めちゃめちゃに撃ちまくってた」

クレアは口を開きかけ、やはりやめた。

「どうした？」ダンがたずねる。

「私――」ふっと息を吐く。「何でもないの。忘れて」

「何でもないなら、言ったって構わないだろ？」

「ばかだって思われちゃうわ」

答えるかわりに、ダンはクレアの手を取り、唇に当てた。「そんなふうに思える日が来るなんて、あり得ないな。俺が知るかぎり、君ほど頭のいい人はいない」彼の吐く息が、クレアの手に温かく広がる。軽くキスしてから、ダンはまたクレアの手を元に戻した。「話してみないか？」

自分でも何のことかがよくわからないので、話をするのが難しい。「そうね、わかったわ。何て言うか――さっきの夢、ラカの事件と重なるところがあるの。爆破当日と。すごくばかげてるとは思うのよ、だって、私はあの日のことをまるで覚えていないんだから。でも、両方――」クレアは目頭《めがしら》を指で押さえて目を閉じ、一生懸命集中した。

クレアが大きく息を吸うと肩が大きく持ち上がり、そしてため息とともにがっくり下がった。だめだ、思い出せない。言葉にしようと思うたびに、記憶が消えてしまう。煙をつかもうとする感覚だった。「これだ、と具体的に説明のつくところを特定できないけれど、夢が事件と関係しているように思えてならないの。ラカのあの日の記憶が戻りかけているみたいなんだけど、やっぱり出てこない。記憶していることを覚えているみたいな感じ。ね、やっぱりばかみたいでしょ？」

ダンは考えながら話し出した。「いや、そうは思わない。実際の記憶が君の意識のどこかに閉じ込められていて、それが出てこようとしているふうに聞こえる。意識のその部分がひどく傷ついていて、記憶があることにも気づかないんだ。君の脳が、ここに記憶があるよ、と教えてくれているんじゃないかな。だから無意識の夢の中に現われた」

「ひどい夢だけど」

「まあそうだな。他には？」

「いえ、ただ――」こんなことを言うと、本当に正気を失ったように聞こえるだろう。「実はあるの。ときどきだけど、ボウエン・マッケンジーの顔が浮かぶのよ。よりにもよってあんなやつの顔が。でも悪い夢にうなされたあと、よく思い出すの。今考えてみると、さっきの夢で私を殺そうとした男は、どことなくあいつに似ていた気がする。でも、ずいぶん突拍子もない話でしょ。だってボウエンが私を殺す理由なんて何もないんだもの。まさか、誘いをかけて断られた女性を全員殺すはずもないだろうし」そんなはずはない。ボウエンはセックス絡みで罪を犯す種類の男ではないのだ。世界中いたるところで彼は多くの女性に誘いをかけ、女性は遊びと割り切って彼の相手をした。「まあ、そもそもＣＩＡの職員になろうなんて男は、頭がおかしいんでしょうけど」

「ただ、ボウエン・マッケンジーはあの日ラカにはいなかった」

その瞬間、クレアははっとした。頭がずきんと痛む。

「それなのよ……その話を聞くたびに、その報告を読むたびに、何かがおかしいと思うの。ただ、理由はわからないわ」そして自嘲《じちょう》ぎみの笑いを漏らす。「実際ね、二十六日にあなたから何度も、ボウエンは爆破事件の日、ラカにいなかったって言われたでしょ？　どうも納得できなくてホテルの部屋に戻ってから、インターネットで国防情報局の報告書を調べてみたのよ。そしたら、もちろん、ボウエンがあの日アルジェにいたと書かれてた。正式に正気を失いましたと宣告されたのも同然だと思ったわ」

「国防情報局の報告書？　どうやってそんなものが閲覧できた？　機密書類だから、パスワードが要るはずだ」

「ええ、要るわよ。許可された人しかそのページにはアクセスできない。ただね、私は職員ではなくなって、身分証明書なんかも返却したけど、私のパスワードを消去するのを誰かが忘れたわけ。昔のパスワードを使って、ログインしたの」

ダンはベッドから出て、ジーンズをはき、かまどに大きな薪を二本くべた。戻って来るとベッドに腰かけ、二人は隣り合って脚をくっつけた。「そこのとこを、はっきりさせとこう。君はラカ爆破事件に関する国防情報局の報告書を調べた」ダンが険しい表情になっている。

クレアはうなずいた。背中に感じていた彼の体温がなくなったのがさびしかった。

「最初からずっと読んだのか、それとも、ボウエンの名前を検索したのか？」

「報告書は六十ページ以上もあるのよ。私は疲れてたし、検索機能を使った。『ボウエン・マッケンジー』と検索ボックスに打ち込んでその場所を特定したの。でもどうしてそんなことを聞くの？」

　ダンの顔がさらに険しくなった。石造りのかまどのほうを見る。木に残った水分がしゅうっと蒸発し、大きな音を立てて割れる。樹皮が弾けると、ぱん、という音があたりに響き、クレアは夢の中で聞いた銃声を思い出した。

　ダンが肩をすくめる。大きな筋肉が盛り上がり、そして元に戻る。「断定はしない。でもな、君はボウエン・マッケンジーの名前を検索した、そしたら何が起きた？　四時間後、君の部屋に侵入したやつがいたんだぞ。偶然なのかもしれないが、俺は偶然ってのを信じない」ダンの暗い眼差しに、クレアは射すくめられた。「マッケンジーがアルジェにいたというのは、人から聞いた。俺自身が確かめたわけじゃない。報告書を改ざんしたり、すり替えたりはできるのか？」

「あり得ないわ、そんなこと――」クレアは勢い込んで否定し始めたのだが、途中で言葉を切った。

「何だ？」

　クレアの手が毛布をつかむ。薄い毛布は軍の放出品で、過去にはアメリカ人の兵士の屈強な体をどこかの砂漠かジャングルで暖めたのだろう。粗末なウールの生地をつかむクレアの手に力が入る。しかし彼女は、すぐに毛布を放した。

　ダンはクレアの肩に手を置き、軽く揺さぶる。「クレア、どうした？」

クレアは眉《まゆ》をひそめた。「報告書はｐｄｆファイルにしてあって、書き換えるのは難しいわ。でも……こういうことに詳しい人なら、いくつかの場所に変更を加えるのは可能ね。たとえば、名前を消すとか、言葉を少し変えてみるとか」

「君ならできるか？」

まあ、やれないことはない。政府の職員なら、公式な報告書を勝手に変える意図があると認めるだけで大変なことになる。しかしクレアはもう公務員ではない。アメリカ政府から、おまえなど不要だと告げられたのだ。フリーの立場で何でもできる。

「その、まあ、できるわ。何か強い動機があれば、やったでしょうね」クレアは澄ました顔で答えた。

「もし報告書が改ざんされていたら、それを見つけることはできるのか？」

操り人形が糸で引っ張られるように、クレアはびくんと立ち上がった。裸の体を隠すために、椅子《いす》にあったＴシャツを手に取る。背後で残念そうな声が聞こえたので、クレアは振り向いてダンに笑顔を見せた。クレアが裸か服を着ているかを気にする人がいるのも、久しぶりだ。

彼女はネットブックのところまで行って、電源を入れた。「そうね、報告書そのものを見ただけでは、改ざんされていてもわからないと思う。でも、ハードドライブに書き込まれた情報はそのままよ。何もかも残っているはずなの。システムの奥深くを探って、ハードドライブのキャッシュファイルを調べればいいわ。そうね、水中にある金鉱を掘り当てるみたいな作業かしら」

「君にできるのか？」

クレアはすでにキーボードを叩き始めていた。ダンが慌てて硬い木の椅子を彼女のお尻の下に置くと、腰かける。

「当然でしょ」クレアがつぶやく。「もちろん、できるわよ」

実際にクレアはやってのけた。三十分ほど時間がかかり、その間、苛々《いらいら》して、ふん、と鼻を鳴らしたり、腹立ちまぎれにテーブルを叩いたりした。ネットブックでは処理速度が遅いのだ。一度など、クレアはダンから四五口径拳銃を奪って、パソコンを撃ち抜こうかと思ったほどだった。

しかしやがてクレアは、国防情報局のシステム深くに入り込んだ。海の底のように奥深く、深海魚の気配すら感じられそうな静かな世界を捜しているうちに、報告書の原本があった。作成者はハロルド・ステラ、クレアの後任としてラカにやって来た分析官だ。日付は十一月二十七日、事件の二日後に大急ぎで書かれたものだった。つまり、突然ラカへの任務を命じられた彼は、慌ただしく現地入りし、情報収集を第三者に委託、現場でおざなりの聞き取り調査を行なったあと、この報告書を仕上げたわけだ。

ボウエン・マッケンジーに関する記述は、ほんの数行にも満たないものだった。大使公邸でのパーティに出席していた人のリストのあとに、ひっそりとあった。『ボウエン・マッケンジーとクレア・デイはクロッカー大使公邸での感謝祭パーティを欠席』

公式の報告書とされているものには、そこに修正が加えられていた。『クレア・デイはクロッカー大使公邸での感謝祭パーティを欠席、ボウエン・マッケンジーはアブドゥル・アジズ副首相と極秘会談のため、アルジェに出張中だった』

クレアはその文章をまじまじと見つめた。原文では、ボウエンが当時どこにいたかまでは言及されていない。パーティの場にはいなかった、と書かれているだけ。報告書は書き換えられ、ボウエンがラカにいなかったことを断定する内容になっている。

違う。

ボウエンはラカにいた。それについては、断言できる。しかし、なぜ自分がここまでの確信を持てるのかが、クレア自身にもまだわからなかった。もどかしさにため息が漏れ、クレアは背もたれに体を預けた。「結局、ボウエンはラカにいたの、いなかったの？　それにそのことに何かの意味があるのかしら？」

ダンがうなずく。「大ありさ。重要な意味を持つと俺は思うね。爆破事件はアメリカ合衆国の国土に対する、外国からの襲撃だったわけだろ」そのとおりだ。大使館の敷地は治外法権が適用され、アメリカの国土とみなされる。外交上、ニューヨークやボストンやシカゴが襲撃されたのとまったく同じなのだ。「一九九八年以降、アメリカの大使館が実際に襲撃されたのは初めてだった。食料や薬品など一千万ドル以上の援助物資が破壊された。だから、あの事件をきっかけに、マコンゴを取り巻く状況は一変した。レッド・アーミーは一掃され、ムブツは権力基盤を強化した。今やあいつの体制は盤石だ。ボウエンは名前を上げ、権力を完全に掌握し、その後ろ盾をしているのが俺たちなんだ。ボウエンは政界入りするつもりだって、もっぱらの評判だ」

クレアははっとした。「そうだったわね、前にもあなたから聞いてたのよね。でも、なんかすごく変な感じ。ボウエンらしくないんだもの」

ダンが体を近寄せてきて、グーグルで『ボウエン・マッケンジー』を検索した。さまざまな内容が表示され、二十万件以上ヒットがある。ダンが話す横で、最初の二十件をクレアは読んでみた。

「こいつ、この一年は大忙しだったんだ。大使館が元の状態に戻るのを助け、ムブツの右腕として大活躍した。レッド・アーミーのほうも、おそらくは合衆国政府とCIAの働きのおかげで、見事に組織を壊滅させた。巨額の金と軍事物資が、ムブツ政権に湯水のように注ぎ込まれたからな、レッド・アーミーに勝ち目なんてあるわけない。

奥地のジャングルのどっかには残党もいるんだろうが、政権を脅かすどころか、ちょっとした騒動を起こすような力さえまったくない」

クレアは考え込んだ。「お金と軍事物資か。腐敗の温床ね」

「いや、それだけじゃないぞ。マッケンジーのやつ、影の権力者として影響力を及ぼそうと思えばできたはずなんだが、そういうことはしなかった。ムブッは残忍な男だが、あんまり頭の回転の速いほうじゃないだろ。マッケンジーがその気になれば、思いどおりに操れたはずなんだ。ところがあいつはＣＩＡを退職し、大金持ちをたきつけて財団を作った。西アフリカ地域への援助を目的とし、自分でその財団の事務局長になったんだ。財団はマコンゴに無償で薬品を配ってる。抗ＨＩＶ薬、抗マラリア剤、抗生物質、何でもありだ。財団は活動の規模を拡大する予定で、ラカはその活動拠点となり、西アフリカ諸国全域に薬品を配布するらしい」

クレアの口から驚きの声が漏れる。「つまり、ボウエンは慈善事業家、みたいなものになっちゃったってこと？」あり得ない、ボウエンが慈善事業などするはずがない。クレアの知るボウエンは人間味に欠け、自己中心的で、何よりいつもセックス相手を探していた。あのボウエンは、バージニア州の自宅に妻がいるはずなのに、妻の感情など気にかけることもなかった。貧困と病気に苦しむアフリカの人々の心配などするはずがない。

「そうなんだ」ダンの口調も皮肉混じりだ。「君の気持ちはわかる」そう言って肩をすくめた。「でも、実際そういうことになってるんだから。ひょっとして、爆破事件に衝撃を受けて、人生を見つめ直したとか」

「そうかもね」あり得ないと思いながら、クレアもそうつぶやいた。絶対、あり得ない。そこまで人格が変わりはしない。「でも、ボウエンは直接爆破事件に遭遇したわけじゃないんでしょ。報告書ではアルジェに行ってたことになってる」

ダンがうなずいた。「アルジェリアの副首相と極秘会談だ」ネットブックに親指を向けて言う。「そこに、そう書いてあるんだろ?」

「副首相の名前、何だっけ?」

ダンは肩をすくめて首を振った。「忘れちまった」

クレアはすぐにキーボードに向き直った。「いいわ。グーグル様がお助けくださるから。アルジェリア、副首相。えっと名前はアブドゥル・アジズ……」クレアが突然息をのんだ。顔面がショックで引きつっている。「まあ、こんなこと」

「どんなこと? 何があった?」

クレアはネットブックの画面をダンに見やすい角度に調整した。

『Abdul Azziz tué par assassin mysterieux』

ダンは眉間《みけん》にしわを寄せた。「俺にはフランス語はわからんが、assassin《アサシン》てのは、暗殺だよな？」

「アブドゥル・アジズ副首相、謎《なぞ》の暗殺」クレアはフランス語の記事の見出しを説明した。「これは『ル・タン』紙の記事よ。フランス語で発行される新聞としてはアルジェリア国内で最大のものなの。この記事の日付は去年の十一月二十七日」クレアはダンと顔を見合わせた。十一月二十七日と言えば、爆破事件の二日後だ。記事の残りも、クレアは翻訳していった。「アブドゥル・アジズ副首相は、農務省のビルに入ろうとしたところを何者かにライフルで狙撃《そげき》された。アジズ副首相は、EU諸国に対して農産物を輸出する際の新しい規則について、農業者団体の代表者らに説明する予定だった。副首相はビルの入口の階段を上がっている途中、7・62ミリ弾に倒れた。遠くから狙撃ライフルで狙われたものと見られる。この狙撃に関する犯行声明を出した組織は、今のところない。アブドゥル・アジズ氏は一九六八年九月二十八日、オーラン生まれ、その他もろもろ……あとは、この人の経歴について。大変だわ、ダン。この人、ボウエンとの会議の二日後に殺された……」

「ボウエンと会議をしたとされる日の、二日後だ」ダンの表情が厳しい。「今のところ、ボウエンは本当にラカを離れて会議に出席したのか、何の確証もない」

「さらに、アジズ副首相の命を奪ったのは、7・62ミリ弾よ。NATO軍が使う銃弾だわ」

「ああ、NATO弾なら、ボウエンの手近にいくらでもある」

ボウエンが自分で手を汚す仕事をしたとは思えないが、誰かに命じてこの荒っぽい仕事をさせたのなら、じゅうぶん納得できる。「おまけに、腕のいい狙撃手だって、いくらでも使えるでしょうし」

これは公然の秘密だ。ラカのような政情不安の場所では、CIA職員は自分の命令で動かせる工作員を何人も抱えている。ボウエンとは違って、頭のよさで勝負するのではなく体力なら誰にも負けないというタイプだ。特殊部隊出身者などで、命じられればどんな汚れ仕事でもやってのけます、という男たち。

それでも……まだ腑《ふ》に落ちないところがある。ボウエンが敵なのだとわかればすっきりするのだが、全体像がまだよくつかめない。

そのとき衛星電話が鳴った。この番号を知っているのはジェシーだけ。クレアはダンのほうを見た。

「俺が出る」ダンがそう言ったので、クレアは『ル・タン』紙の記事をもう一度読み直すことにした。まれにではあるが、最初に読んだときに見逃していたものを、二度目に気づくこともある。

ダンは携帯電話から聞こえるジェシーの声に耳を傾け、ときおり低い声でうー、とかああとか相槌《あいづち》を打つ。やがて報告が終わったのか、電話を切ると、頭を垂れて座ったまま、しばらく動かなかった。

ダンは普段から険しい表情をしている。だが今の彼は、世界の終わりが明日に決まったと告げられたような顔になっていた。

「どうしたの？」

ダンが首を振った。「何も。まったくなんにもなしだ。ホテルに押し入ったやつの行方はわからない。俺の家を襲ったやつらの痕跡《こんせき》もまるでなし。君の家に放火したやつも不明。完全にゼロなんだ。宇宙からやって来て、仕事を終えてまた宇宙に帰って行った、そんな感じなんだ。マーカスならできるだけのことはしてくれる。あいつはいい加減なやつじゃないし、ジェシーの話では、マーカスから聞くかぎり、フロリダで火災の調査をしてくれてる人間も、まともなやつらしい。だからなおさら、打つ手がない」

実にそのとおりだった。警察の捜査で、最初の二十四時間に何の手がかりも見つけられない場合、最悪の経過をたどることが多い。クレアもそのことはじゅうぶん承知している。

マーカスはワシントンＤＣの警察署員だ。国内でもとくに殺人事件が多い都市の殺人課の刑事なのだから、また新しい殺人事件が次々に起き、そちらの対応で身動きもできなくなるだろう。すぐにクレアの事件など未解決ファイルの隅に追いやられてしまう。

「いつまでもここに身をひそめていればいい」ダンが表情を引き締める。「騒ぎが収まるのを待とう。誰にも見つけられる心配はない。ここでじっとしてるなんて、考えるだけでも辛いが、少なくとも君は安全でいられる」ダンの全身にぐっと力が入るのがわかった。胴体の筋肉がすべて盛り上がり、首筋の腱《けん》がくっきりと浮き上がる。

「ひとつだけ確かなことを言っておく。君を傷つけるやつが現われることは、金輪際二度とない。俺が生きているかぎりは」

クレアはダンの全身を見つめた。裸の胸から力がオーラのように放たれる。服に隠れているときは、ただ幅の広い肩と分厚い胸板、贅肉のない体だな、と思うだけなのだが、体がむき出しになると、いたるところで筋肉が盛り上がり、割れたところにきれいな線が見える。触れてみればわかる。全身がそうなのだ。触れると彼の体は温かな鋼鉄に覆われているように思う。

ダンの筋肉は、本物だ。日常の激しい労働で得た筋肉、ジムで作ったものとは違う。顔立ちが整っているとは言い難いが、それでも完璧《かんぺき》な男らしさが生み出す魅力は、少しばかりいかつい顔を補って余りある。

ダンは頭がよくて有能だ。すぐれた兵士だった彼は、今ビジネスマンとしても成功を手に入れようとしている。

こんなすばらしい男性が、命がけで自分を守ってくれるのだ。クレアの身を脅かす危険がなくなるまで、自分の生活を完全になげうつ覚悟を、たった今宣言してくれた。

ダンはクレアとは違う。この一年、彼は社会に背を向けて暮らしてはこなかった。クレアは引きこもったきり、何もしなかったのに。ダンは一年間で、新しい人生を始め、自分の会社を何もないところから作り上げた。その仕事が軌道に乗りかけたところだった。

たったひとりで仕事を始めることの辛さは、クレアもわかっている。プロの翻訳家としてスタートしたばかりだったのだから。ひとりで仕事を続けるには、強い決意が必要だ。仕事がうまくいくかどうかは、ひとえに自分が注ぎ込んだ情熱の強さにかかっている。

ダンには共同経営者もいない。彼が仕事をできなければ、会社はいっさい機能しなくなる。彼のところのような個人経営の会社では、彼の仕事は顧客への業務を遂行するだけではなく、経営手腕も要求される。利益が出るようにサービスの価格設定を考え、経理仕事をこなし、顧客との関係を築き、新しいサービスを適正な価格で提示し……こういったことすべてをダンはひとりでしなければならない。彼がいなくなれば、代わりにやってくれる人はいない。あの有能なアシスタント、ロクサーヌでもできないのだ。

ロクサーヌのことを思うたびに、クレアの良心が痛む。ロクサーヌは実家に帰っているのだ。当面。

当面とは、どれぐらいの期間になるのだろう?

終わりを決めることができない。いつまで、と断言できない。こんなわびしい生活を永遠に続けなければならないのかもしれない。そうなれば、ダンの会社は間違いなく破綻《はたん》する。彼の将来もめちゃめちゃにしてしまう。

そんなことになるのを黙って見てはいられない。自分のせいでダンの人生を台無しにするようなまねだけはしたくないと、クレアは思った。いつまでも逃げ隠れしていないで、攻撃に転じなければ。危険は承知だが、このままの状態ではいられないとクレアは思った。

クレアの頭の中で、プランがだんだんと形作られていく。しかし、その前に、ダンの言葉をどれほどありがたく感じているかを伝えておかなければならない。

体を倒してそっとキスする。口に軽く唇を寄せる、たとえば大好きな叔父さんにありがとうと言うときのキス。

ダンが驚いて、びくっと反応するのをクレアは感じた。感謝のキスを予期していなかったのは明らかだ。まだダンは全身を強ばらせ、見えない敵をいつでもやっつけてやるという態勢を取っていたのだ。戦士の血が煮えたぎっている。

煮えたぎった戦士の血が、すぐに別のものに替わった。

クレアは感謝の気持ちを伝えるだけのつもりだった。愛情表現のひとつだ。しかしキスはすぐに純粋にセックスを意味するものになった。唇を寄せたあと、すぐに体を離しかけていたクレアは、ダンに頭の後ろを抱きかかえられてまた体を下ろした。ダンが濃厚なキスを始める。

ああ、すてき。クレアはつま先から全身に熱が広がるのを感じた。火の上を歩いているような感覚。クレアの体から力が抜けていき、髪をつかむダンの手だけで上半身が支えられているように思える。するとダンのもう一方の腕がクレアの腰に回され、クレアの体はぴったりとダンの胸に押しつけられた。

ダンがキスしたまま、クレアの体を持ち上げて、自分の膝《ひざ》の上に置くと、クレアの興奮はさらに高まった。煮えたぎっていたのは、彼の血だけではなかった。二人はいっきに前戯の第十段階に入っていた。このあとは、実際に交わることだけ。

もう今すぐに交わってもいいと、クレアは思っていた。体のすべてがとろけそうで、ダンを求めている。何も考えられない。またがった脚のあいだで、彼のものを大きく感じる。鼓動のたびに彼のものはさらに大きく太くなり、それに応じるようにクレアの体の奥が彼のものを中へ引き入れようと動く。互いの体が間もなく起こる大切な瞬間への期待を高める。

こんなことに……クレアはまだ、自分の体の反応に不思議な感覚を抱いていた。セックスについて深く考えたことはなく、性衝動がいちばん強いとされる大学生の頃でさえ、セックスしたいという欲求はあまりなかった。もちろん体の関係になった恋人はいる。ただ、そう数は多くない。かなりのえり好みをしたせいだ。

体の関係を持つ相手への要求は厳しかった。まず、頭がいいこと、一緒にいて恥ずかしくない人、とりわけくだらないことを言わない人、気持ち悪いのや、だらしない男もだめ。国防情報局に入ってからは、情事にうつつを抜かすとキャリアを棒に振るのがすぐにわかったので、誰とも深い関係にはならなかった。

つまるところ、セックスというものがクレアの人生で大きな意味を持ったことはなかった。気晴らしにはなるし、気持ちはいい。楽しい余暇の過ごし方であり、できれば優雅な食事と映画やコンサートのあとに楽しみたいもの。

それぐらいに考えてきたクレアにとって、山奥の質素な小屋で突然炎のように燃え上がるというのは、しかも缶詰の煮豆と桃という食事のあとで……信じられなかった。こんな衝動に突き動かされたことはなかった。

ダンにしっかりと抱きしめられ、動くこともできない。口がぴったり覆われているので、息もできない。彼の口には催眠作用でもあるのか、頭がふらふらしてくる。体の中で快感がらせん状に積み上げられていき、絶頂がすぐそこに……。

ダンがヒップでクレアの体を突き上げると、彼女の体がその動きに応じようとする。彼のものを誘い込もうと、体の奥のほうが収縮を繰り返す。早くここに入ってきてと訴える。

今すぐ体を引かなければ、言わなければならないことをすべて忘れてしまいそう。けれど、ああ、だめ。ダンの大きな手で頭を後ろから抱えられて身動きができず、どうあがいてもクレアは彼の腕の中から出られなかった。鋼鉄のような筋肉に勝てるはずがない。仕方なくクレアは、唯一残された手段を使った。

彼の体を噛《か》んだのだ。思いきり。

「いてっ」ダンはそう叫ぶと、顔を上げた。それでもその顔には笑みが浮かんでいる。さらに性的に興奮している。ものすごく。腿《もも》のあいだでも感じるが、顔をみれば彼がどれだけ欲望に燃えているかがはっきりわかる。

引き締まった顔が危険な影を帯び、目が細まり、鼻孔が開き、唇はキスで少しはれて、青く見える。自分も同じ表情をしているのだろうと、クレアは思った。ダンの様子から判断すれば、今まさに性行為が始まろうとしている。

「少しのあいだだけ、ちゃんと話を聞いて」また顔を下げてくるダンに、クレアはそっとそう告げ、彼の唇に指を立てて止めた。

一瞬だが、クレアの心に迷いが生まれた。ダンの濃い茶色の瞳がクレアの顔全体を探る。そして視線が彼女の唇で止まった。こげ茶色の髪がひと房、彼の額に落ち、クレアはそれをかき上げる。クレアの手の動きを追って、ダンの顔が上を向く。大きな猫が撫でてくれと頭をすり寄せてくるようだ。

彼の存在そのものが、欲望をかき立てるのだ。

クレアは頭を下げ、彼と額を合わせた。「ダン、あなたにしっかり聞いてもらわなきゃならないの」

ダンは額を合わせたままうなずいた。もうヒップで突き上げてはこないが、彼のものはまだ硬く大きくてクレアの脚のあいだにあるし、手はクレアの背中を押さえていて、二人の体はぴたりとくっついている。これでまともな話をするのは、かなり難しい。

それでも、二人は行動を起こさなければならない。このまま死んでいくか、この粗末な小屋で一生ひっそりと暮らすか。そんな生活を送ってはいられない。

「わかった、聞いてるぞ」

「私、考えてたんだけど」クレアは顔を上げると体を少し離して、ダンの目を見た。女が何か考えると、おっかないんだよな、などというありきたりの冗談さえ口にせず、ただ真剣な面持ちで、クレアがこれから話す内容に耳を傾けようとしている。

「何でも話してくれ」ダンが静かに言った。

クレアは自分の考えをまとめようとしたのだが、考えにさえなっていない気がした。思考というのは、理路整然としたものだ。これから話す内容にダンが賛成してくれないのはわかっており、彼に賛成してもらうには論理的な説明が必要となる。しかし、話す内容のどこにも論理など存在しない。

感覚が生み出した思いつきでしかない。その思いが自分でも説明がつけられないほどどんどん大きくなった。すべての答はラカにあると。

「私――わかってるの。こんなこと言い出すのって、頭がおかしくなったって思うでしょうけど」クレアはおそるおそる切り出した。

ダンはすぐにクレアの唇に指を立てる。「君はおかしくなんかない。君が話すことすべてに意味がある。今みたいなこと、絶対に言うな。自分を疑うんじゃない」

クレアはふうっと息を吐いた。胸にのしかかっていた重みが少し取れたように思えた。「わかったわ。私も、どうしてこんなことを考えついたのか、見当もつかないの。ただ私に――私たちに降りかかったこの……問題の根本は、ラカにあるとしか思えない。つまりね、理由は説明できないんだけど、勘みたいなものがあるの。だから、ラカに行く必要があると思う。できるだけ早く」

言いたいことはまだあったが、クレアはうなだれて口を閉ざした。まずはダンの反応を確かめなければ。

　ダンはしばらく何も言わなかった。黙って考え込んでいる。

やがてゆっくりと、言葉を選びながら話し出した。「マコンゴは今じゃ、軍事独裁政権そのものだ。大使館も外部との交流はいっさいない。ムブツ政権のやつも、大使館の人間も、誰ひとり俺たちとは話をしてくれないだろう。俺たちは二人とも、もうアメリカ政府の人間じゃない。つまり、とっとと出て行けと言われて終わりだ。おまけに大使館の職員はすっかり替わった。俺たちが知ってる人間はいない」

「多国籍軍はまだ駐在してるわ。それに海兵隊も。大使館付き警護分遣隊にならば、まだ誰か知っている人ぐらいいるでしょ？　去年ラカにいた人たちはほとんど、他の場所に転任したでしょうけど、それでも海兵隊のつながりで、誰かを紹介してもらえるはずよ」

　ダンが重々しくうなずく。「ああ、できる」

「それなら……私たちと話してくれる人もいるってことでしょ。少なくとも、個人的には」

「クレア……」ダンがため息を吐《つ》いた。「あそこの警護官の中に、去年から任地を変わっていない海兵隊員もいるかもしれない。だが、それでもあの日は全員、海兵隊宿舎にいたんだ。君には当日の記憶がないのはわかっている。でも、俺が説明したよな？　あのとき大使館にいたのは俺だけだったって。つまり、君が知りたいことに答えられるやつは、いないんだ」

クレアは居心地が悪そうに肩をすくめた。

クレア・デイは分析官だ。かつては傑出した分析能力で知られていた。分析官として最後の報告書となったレッド・アーミーに関する分析の大失敗以外、間違ったことがなかった。常に正確な状況判断をしてきた。はっきりしない噂《うわさ》を報告書に盛り込んだことはない。事実に基づく結論だけを書き、その事実も自分で直接確認した。

慎重に、論理的に結論を導き出す人間で、報告書に書く内容は常に、状況を読み、知識と照らし合わせ、経験をもとに判断した、論理的な思考だった。

しかし今、クレアの体が訴えている。激しく、強く。

ボウエンのことを思うたびに、クレアの全身が強烈な拒否反応を訴える。確かにボウエンは嫌なやつだ。以前もそうだったし、今もそうだろうし、今後も変わることはないだろう。最近は慈善事業とやらで寛大な心をあちこちで見せつけてはいるが、クレアはそんな見せかけに騙《だま》されはしない。まったく。それでも、ボウエンのことは不愉快なやつ、程度にしか思っていなかったはず。なのに今、彼のことを思うと、強烈な、吐き気を催すような嫌悪感がわく。この荒々しいまでの嫌悪感は言葉で表わせないほどだ。

クレアはまっすぐにダンの目を見て、真剣に訴えた。「こういう話をしていいものかわからないんだけど、この数日危険な目に遭ってきたでしょ。それで、私の頭の中の何かを閉じ込めてきたものが、緩んだ感じなの。私の体の奥深くのところで、何かが訴えてるわ。ラカに何かがあるって。もっと具体的なところまで伝えられればとは思うんだけど、それ以上はわからない。ただ——勘よ。その感覚は強くなるばっかりで、私たち、すぐに行動を起こすべきだと告げるの。今すぐに」クレアは窓の外を見つめた。夜の闇で何も見えない。午前四時なのだ。「今すぐは無理でも、夜明けには。パスポートはバッグにあるわ。昔の習慣で、どこに行くにも必ず持っていくの」

クレアはうなだれてダンを見た。これ以上付け加えることもない。自分でもこの感情を説明できないのだ。ダンを説得するだけの材料を並べられない。できるのは、自分の感情を率直に伝え、その成り行きを見守ることだけだ。クレアの勘をダンが真剣に受け止めてくれるか、結果を待つしかない。

ダンが無言のまま、じっとクレアを見る。一分経ち、二分が過ぎた。やがてクレアを自分の膝から下ろし、衛星電話を手にすると番号も見ずにダイヤルし始めた。

誰かが電話に出る。送話口からかすかに聞こえる南部訛《なま》りのやさしい響きはジェシーの声だ。

クレアを見つめたまま、ダンは話し出した。「おう。書類を作らせるのにいちばんいいのは誰だ?」ダンは言葉を切って、ジェシーが番号を読み上げるのを聞いている。ダンは番号を書き留めなかった。「すぐに国を出ることになった。クレアにパスポート・カードを用意してくれ。カナダ国境を越えられればいい。カナダから飛行機に乗る。詳しくはあとからだ。それから――こないだ言ってた仲間も一緒に、ラカに来てほしい。マコンゴだ。できるか? 航空券は偽名で買え。ATMでできるだけ現金を引き出してくれ。よし」

ダンは電話を切り、別の番号にかけた。電話が呼び出している合間にクレアに話しかける。「できるだけ早く出発しなきゃならないのなら、君用のパスポートを偽造してもらう時間がない。パスポートそのものは、ページ数もあるから、最低でも一週間かかるんだ。でも、パスポート・カードなら――もしもし? ジェシーからこの番号を聞いたんだが。こんな時刻に申し訳ない。ああ、そうだ」ダンが笑顔を見せた。彼が笑みを見せるのは久しぶりだった。「弟が第二大隊所属だったのか? ああ、そうだな。あいつらのアフガニスタンの働きはすごかった。よし、話はこうだ。友人が国を出なきゃならなくなった。カナダに行く。できれば明日。パスポート本体はそんなに急に作れないのはわかってるが、カードのほうなら――ああ、デジタル写真なら送れる」ダンがクレアに向かって眉を上げてみせたので、クレアはうなずいた。USBメモリーに証明用の写真が入っている。「安全なアカウントでメールする。女だ。ああ。そうだ、ジェシーに取りに行かせる。そうか？　ありがたい。恩に着るよ。弟によろしくな。常に忠誠を《センパー・ファイ》」

　電話を終えたダンは、クレアの手を取った。その手が温かく、頼もしかった。この手に包まれていれば、安心できる。「よし、ここから国を出ようと思えば、目立ってしまう。ちょっとばかり、陽動作戦が必要だ。明日、ジェシーが君用のパスポート・カードを持ってきてくれる。カードがあればカナダには入れる。俺は偽のパスポートを持っている。国境を越えたら、ひと晩はカナダで過ごす。それからモントリオールに行き、現金でパリまでの航空券を買う。これで、いくらか時間を稼げるだろう。敵はクレジットカードの使用履歴に目を光らせているはずだからな。パリに着いたら、また現金でシエラレオネまでの切符を買う。ルンギ国際空港から小型機でラカに入れる。この方法がいちばん早いはずだ。俺が君と一緒だとは、敵には知られないだろう。うまくすれば、時間的な余裕が多少なりともできる。ジェシーとデイヴとフランクは、別の飛行機でラカ入りする。おそらく、カイロ経由になるだろう。あいつらの名前を見て、俺たちと関係あると思うやつはいない。俺たちに援護部隊がついてると知られることは、まずないだろう」そこでダンはつないだ手を見た。「それからな、ハニー。ラカでの調査はてきぱき済まさないといけないぞ。せいぜい二十四時間の猶予だ。俺たちがどこにいるか、敵はすぐに見つけるだろうし、そうなればやつらは必ず追ってくる」

クレアはうなずいた。二十四時間でじゅうぶんなのかどうか、クレアにはわからなかった。そもそもラカに着いたあと、何をすればいいのかもわからない。ただ、どうしてもラカに行かなければ、という強い衝動があるだけなのだ。

ダンと彼の友人まで巻き込んでしまった。無駄足にならないことを祈るしかない。ラカでは人目につく。敵が追ってきたら、ダンやその友人全員を危険にさらすことになる。

クレアが、全員の死刑宣告をしてしまったのかもしれない。

「ダン」クレアは震える声でつぶやいた。「ありがとう、本当に。できれば――」

「いいんだ」ダンは不敵な笑みを浮かべて、クレアのヒップを撫でた。下着をつけていないヒップを。炎のような情熱がすぐにクレアの全身に広がる。

「つまりだ」ダンはクレアの体を引き寄せて言った。「君のカードができるのを待たなきゃならん。そのあいだ、何をして過ごす?」

「何か考えて」そうつぶやく口を、彼の唇が覆った。

クレアの体に、いっきに火がつき、高く燃え上がる。全身が内からの炎で明るく輝き始めたように思える。ダンはしっかりと燃え盛るクレアを抱き寄せ、濃厚なキスを続ける。

クレアはダンにしがみついた。たくましくて頼もしい感覚がうれしかった。ダンは強い人だ。揺さぶっても、どっしりと構えている。世界が砕け散っても、実際にクレアの世界は砕け散ろうとしているのだが、それでもダンはここにこうしている。しっかりと地に足を着いて存在する。

この人にになら、何もかもまかせられる。

彼にまかせておけば、目のくらむような快感を味わえる。どこかに危険がうごめき、恐怖が耳元でうるさく騒ぐ。破滅の黒い影があたりを暗くする。そんなものも、彼とこうしていれば消えてしまう。朝の太陽が霧を消していくように。

もっと欲しい。何もかも欲しい。今すぐ欲しい。

クレアはダンの胸から体を離し、ベッドのほうへと軽く彼を押した。不意をつかれて、ダンは少しよろめいた。

クレアはダンの背後に視線を向けてから、彼の目を見た。「ベッドよ、今すぐ」ささやくような声しか出ない。興奮で胸がいっぱいになり、うまく声が出せないのだ。彼女の体の中のすべてが、欲望を訴える。あまりに強い欲求で、息をするのも苦しい。

ダンの瞳に炎が燃え上がる。そしてにやっと笑って、大声で返事した。「はい、上官」彼がベッドに向かって、膝を乗せたところで、クレアは彼の腕を取って引き戻した。

「裸！　服を着たままベッドに入るんじゃない！」ダンがクレアを見た。彼女が本気でそう言ったのかを確かめると、しゅっと鋭く息を吐いた。ダンも興奮しきっている。喉の奥で低い音を鳴らし、それが、わかりました、という意味だと伝えてくる。そしてクレアをじっと見たまま、ダンは服を脱いでいった。

クレアは全身が、どくん、どくんと音を立てているのを意識した。こんな感覚は生まれて初めて。パニックにも似た激しい衝動に駆られている。体が爆発しそうで、胸が苦しくて、手が震える。

突然、強い欲望がクレアをのみ込んだように思えた。ダンと愛を交わすとき、彼の欲望のほうが強いのをクレアは意識していた。彼と愛し合うのはうれしかったし、特にそういう関係になってからは、クレアもじゅうぶん楽しんでいた。ただ強い彼に抱かれる感覚が好きだった。安心感や守られている感覚のほうが、欲望よりも強かった。

今は違う。

全身をくすぐるような欲望の波、純粋にセックスを求める感覚があり、今すぐに彼を自分の体の中に感じなければ、死んでしまうとさえ思った。

早く、早く、早く。全身に響き渡るリズムが、そう訴える。クレアの頭脳に浮かぶ言葉は、今それしかない。

ダンは裸のまま、立ちつくしていた。今が盛りのオスそのものの美しさを見せつけ、興奮し、クレアを見ながら次にどうすべきか合図を待っている。クレアは彼の胸をまたちょんと押した。ダンは笑いながらベッドに倒れ込んだ。

ダンが自分で動く気にならなければ、クレアの力で彼の体を動かせるはずがない。それは彼女もわかっている。はっきりと。本当なら、胸を押されたことに、気づきさえしなかったかもしれない。彼もクレアと同様、ベッドに体を横たえたくてたまらないのだ。

仰向けに横になったダンがクレアを見つめている。そしてささやいた。「クレア」「ちょっと待って」クレアはTシャツを脱いだ。ダンのように脱いだシャツを床に投げ捨てたりはしないで、きれいにたたむと、ベッド脇《わき》のテーブル代わりにしている椅子に置いた。

裸になったクレアはゆっくりダンの上に乗った。自分の体の下にダンがいる感覚に、ぞくぞくする。熱くて、強くて、クレアのものだ。

ダンにまたがって上体を起こすと、サラブレッドの名馬に乗った気分になる。ダンはクレアに触れようと手を伸ばしてきたが、彼女はすぐにその手をつかんで頭の上に置いた。クレアの手では、彼の手首に指が回らないのだが、それでもマットレスに押しつける。「そのままよ」

クレアが力にまかせてダンに何かを強要することなど、絶対に不可能だ。もちろん、このまま彼の腕を押さえておけるはずもない。それでもダンはうなずき、クレアの下になったままじっとしている。手枷《てかせ》をつけられたように、腕を頭上で交差している。クレアが戻していい、と言うまで、彼は腕をずっとこのままにしているだろう。クレアにはわかる。絶対に。

今ここで力を握っているのはクレアなのだ。完全にすべてがクレアの思いどおりになる。

見下ろすと、たくましい男性が自分に組み敷かれている。精いっぱいに脚を広げないと、分厚い胴にまたがることもできない。ダンは浅黒い肌をしているが、腕の内側は少し白い。腕も胸も濃い毛がカールして生えているが、わきの下の毛はまっすぐで長い。

ダンの体のすべて、彼を形作る何もかもがクレアを魅了する。盛り上がった筋肉、脚に彼の大きな腿が触れると、高性能のエンジンのような力強さを感じる。さらに暗い瞳に燃える熱。

クレアは左手で彼の顎の線をなぞってみた。その下には腱が浮き出た首の筋肉がある。胸へと指を下ろし、胸毛の中を探っていくと、あった。丸い傷痕《きずあと》が盛り上がっている。

「これ、あのときの？」

ダンがうなずいた。

ダンは強い男性だ。けれど、不死身ではない。銃で撃たれ、戦地に赴き、そして今、クレアのためにまた闘おうとしている。彼の鼓動が力強くクレアの手に伝わる。

言葉にできないさまざまな感情が、クレアの胸いっぱいに広がる。胸いっぱいで言葉など出ない。あらゆる感情を認識できたが、ひとつだけないものがあった。恐怖だ。今のクレアには、まったく恐怖感はない。過去一年、クレアの心には恐怖がいっぱい詰まっていた。悪夢を恐れ、未来を恐れ、自分の頭がどうなっていくのかが怖かった。けれど、今のクレアには何の恐れもない。

ダンと一緒に危険の中に飛び込むのだ。巨大で残忍な陰謀が二人に迫り、いつ殺されるかわからず、その正体が何かを知る機会もないかもしれない。けれど二人一緒にその危険に立ち向かう。そして最後まであきらめずに、闘い続ける。

ダンが力と勇気を貸してくれた。そのおかげでクレアは本来の自分を取り戻せた。もう二度と恐怖に負けることはない。怖気づくぐらいなら、死んだほうがましだ。

ダンがじっとクレアの様子をうかがっている。「俺の手、もう使ってもいいか？」静かにたずねた。

クレアは声を出すことができず、ただうなずいた。胸がいっぱいで、どうすればいいのかもわからなかった。

ダンがゆっくり手を下ろし、クレアの背中に当てられる。そのまま包み込むように、クレアの体を自分の体に倒した。

「ダン、私――」

「いいんだ」ダンがクレアの唇に指を当てる。「わかってるから」

ダンはゆっくりキスしながら、転がって二人の位置を変え、そっと、ゆっくり、クレアの中に入ってきた。

ダンは顔を上げクレアを見下ろして、クレアの目元にこぼれた涙を拭《ぬぐ》った。「君はもう、俺のものなんだから」

16

バージニア州、リッチモンド
十一月二十九日

「で、どっちがいい？」そうたずねながら、六千ドル近くもしたロココ様式の椅子《いす》にどっかりもたれかかるウィザードを見て、ボウエンは悲鳴を上げそうになった。ウィザードのジーンズの貧相な尻《しり》のあたりにへばりついているスナックのかけらが、ルイ十五世時代に作られたシルクの綾織《あやおり》の布地に練り込められてしまうのだということは、考えないでおこうと思った。

ウィザードは〝ネットの闇《やみ》社会〟に網を張っていたとのことで、面白いものを見つけたので直接会って話がしたい、と申し入れてきた。

完全にいかれた男ではあるが、ネット社会の裏側まで探り出し、こんな大物を釣り上げてくるやつは、ウィザードだけだ。最上級の大物——アメリカ合衆国上院議員だ。

二人はボウエンの書斎の長テーブルに置かれた写真を調べているところだった。写真はあちこちの高級ホテルらしい部屋に仕込まれた隠しカメラの映像から取った静止画像だった。ウィザードがどうやってこんな画像を手に入れたのか、ボウエンには見当もつかないが、たずねるつもりもない。ここに画像がある、それでじゅうぶんだ。

企業のロビイストから野球の特別観覧席チケットをもらうのとは、別次元の話だ。ちまちました悪い噂《うわさ》ではなく、メジャー・リーグ級のスキャンダルになる。これが表沙汰《おもてざた》になれば、上院議員といえども、死んでからもその墓に有権者から唾《つば》を吐かれるぐらいの醜聞だ。

心からの満足を覚えながらボウエンは写真を見た。運命の風向きが変わり、また自分を力強く押し上げてくれる気がする。ネフ上院議員には消えてもらう必要があった。収賄スキャンダルがなかなか一般の注目を集めないので、一時はヘストンに連絡することまで考えた。しかし、その必要はなくなった。ひょいと網を引いたら、まるで漫画のひとコマのような場面を映し出す画像が手に入った。上院議員を葬るにはこれで足りる。

画像が伝えるのは、途方もない贅沢三昧《ぜいたくざんまい》、あさましい色欲、腐敗。この写真のどれひとつが公になっても、政治生命は断たれる。上院議員はすごすごと地元に引退せざるを得ない。ウィザードはネット社会の片隅をつついて、百枚以上もこういった画像を見つけ出してきた。さらには動画も。

動画が、写真よりいいのはもちろんだ。動く映像には説得力がある。しかし誰かを貶《おとし》めようとするのは、芸術であり、繊細な技巧が必要となる。最初は小出しにして、火がついたところで、いっきにあおり立てる。

ボウエンはテーブルの周囲を歩きながら、写真を一枚ずつ見ていった。これは――粒子が粗くてぼやけている。あっちは――後ろ姿だけでは、ネフと断定できない。コルセットを身に着けて鞭《むち》を持った、ただのスケベおやじだ。

最終的に、ボウエンは二十枚の写真の中から、四枚を選んだ。おあつらえ向きの照明とポーズに、感嘆する。すばらしい。ボウエンのために、こういう場面がわざわざ用意されたようにさえ思える。ネフの息の根を止めるのに、ふさわしい構図だ。

ある意味、ネフはポーズを取っているわけだ。ただ一般大衆ののぞき見嗜好《しこう》を満足させるためにこの場面を演じたのではないだけ。演じるのがお好きのようですね、上院議員。特に見事な構図の写真を見ながら、ボウエンは心の中でネフにそう語りかけた。

ネフ上院議員はブラジャーとパンティ姿、黒の網目のストッキングをガーターベルトで留め、三十二センチはあろうかと思える巨大なハイヒールを履いたまま手足を床について腰を上げ、隠しカメラのほうを正面から見ていた。

この顔を見間違えるはずはない。ハンサムで血色がよく、ふさふさとした銀髪。『ワシントン・ポスト』紙や『タイム』誌の表紙を何度となく飾ってきた顔。『ラリー・キング・ライブ』などの有名トーク番組の常連だった顔。アメリカ男性の強さと成功を象徴する顔だった。

しかし、超特大サイズのヴィクトリア・シークレットの下着姿で、ソファの前のテーブルに白い粉が何本もの細い線を描いている写真では、当然成功の象徴には見えない。他に、折った百ドル札に集めた白い粉を、ネフが鼻から吸引している写真もあった。

しかし、いちばんの決め手となるのが上院議員のセックス相手だった。ネフはその相手の前で女王さまにしっぽを振る犬のようにひざまずいていた。

ポイントは、その女王さまが女ではないところだった。

写真を見たとき、一瞬ボウエンも女王さま役を演じているのは女性だと思った。それほど美しかったのだ。長い黒髪が肩に艶《つや》やかに垂れ、黒のレースのブラだけの胸元はあらわだし、黒いシルクのストッキングをガーターで留めている姿はどう見ても女性だ。そしてパンティをつけていなかった。

どんな男の妄想にも現われる、性欲をかき立てる場面なのだが、相手のほっそりと長い首に突出した喉《のど》ぼとけが、さらに脚のあいだから大きく屹立《きつりつ》した男性器がはっきり見えた。

これ以上のスキャンダルは盛り込めないほどの写真で、後世まで語り草になるだろう。インターネット上にいつまでも残る画像だ。

ボウエンはその写真を示すと、ウィザードに告げた。「この写真から始めよう。jpegファイルにして、USBでサーコスとリチャーズのところに送れ。タイトルは『有力上院議員』、今後の追加情報に乞うご期待、と書き添えろ」サーコスとリチャーズというのは人気のある政治ブロガーで、ネフのことを嫌っている。二人とも喜んで写真を公開するはずだ。するとゴシップ紙がニュースを取り上げる。新聞にこの写真を掲載することはもちろんできないだろうが、それでも二、三日中には、インターネット上にこの写真が氾濫《はんらん》するだろう。同時に、ウィザードが小出しにそれ以外の情報も出し続け、ネフの息の根を止める。

ウィザードが貧弱な肩をすくめた。「わかったよ。でも、ちょっとばかり金がかかるな」

ボウエンはほほえんだ。ウィザードは非常に頭のいいやつなのだが、まったく予想どおりの言動を取る。ボウエンはやさしい声で促した。「銀行口座を調べてみろ」

ウィザードは自分のiPhoneを取り出し、西インド諸島に設けた口座の残高を調べ、目を丸くした。これだけ振り込んでおけば、ウィザードは仕事に精を出してくれるだろう。

ボウエンは金に糸目をつけない覚悟だった。現在の彼は、金のことなどほとんど心配していない。アフリカでの事業は、ボウエンにキャッシュを送り続けている。しかも最近、ダイヤモンド鉱山がふたつ見つかり、そちらも軌道に乗り始めている。

ボウエンはホーム・バーからウィスキーを取り出してグラスに注いだ。ホーム・バーはフィレンツェ・ルネッサンス期の粋、マディア家具を酒棚に変えたもので、グラスはクリスタル、ウィスキーはマッカランの六〇年もの。『フォーブス』誌で世界一高価とされたヴィンテージだ。そしてウィザードには栄養ドリンク。

これで二人ともハッピーだ。

人それぞれに、その当人がいちばん欲しがるものを与えること、これがビジネスの鉄則だ。それだけのことで、想像以上の成果を得られる。

「動画のほうは、そうだな、三日目に送ろう。その頃には主要メディアも大騒ぎを始めているはずだ。送り先はまたサーコスでいい。どの部分にぼかしを入れるかは、あいつにまかせよう。サーコスのブログに出たあと、二時間ぐらいのタイミングで、オリジナルを流出させる。動画は、ネフが……いちばん張りきってるやつを使おう」

実のところ、上院議員が全米のかなり多くの州で違法とされる性的行為にふけっている画像がいくつかあった。さらにコカイン吸引の場面もある。「あいつ、一週間ももたないな」

そしてその週、次の上院議員は誰になるかという憶測が乱れ飛ぶ。有力候補二人に対しての策はすでに練ってある。ひとりは出どころが不明の数十万ドルの政治資金を追求される。やがて、その金は白人至上主義団体からの献金であることが明らかになる。もうひとりは、交通事故で悲劇的な結末を迎える。

最初のほうはウィザードの仕事で、あとのほうはヘストンにまかせることになる。マッカランの最後のひと口がグラスで琥珀《こはく》色に輝き、頭上のムラーノ・ガラスのシャンデリアの明かりを反射するのを見つめながら、ボウエンは顔を曇らせた。

ヘストンか。

満足に仕事をこなせないやつ。クレア・デイを二度も取り逃した。

あと一度だけチャンスを与えよう。それで最後だ。暗殺者の野球ルールみたいなものだ。三振、アウト。

長い年月温めてきた計画が、いよいよ実を結ぼうとしている。これまで周到に考え抜いた計画を、どの段階でも計画立案以上の慎重さをもって実行してきた。壮大な計画の中でも、用心深く一歩ずつ階段を踏みしめ、ここに至ったのだ。

全体を見れば、クレア・デイなど取るに足りない存在だ。セックスを使って引きずり込んだ元海兵隊員がついているとしても、たいした問題ではない。ただ、ボウエンはどんな些細なことでも見過ごさない。万事順調でないと我慢できないだけだ。

こんな些少《さしょう》な問題は、ヘストンが解決するはずだった。もしヘストンの手に負えないのなら、あの男にも消えてもらうだけの話。あとはボウエン自らが処理しよう。相手はクレア・デイ。

楽しいことになりそうだ。

17

マコンゴ共和国、ラカ
十二月二日

空港に降り立つと、なじみのある熱気が二人を迎えた。ねっとりと生きもののように体にまとわりつく。エアコンの利いた機内から外に出ると、別の惑星に到着した気分だった。

ルンギ空港からの飛行機は客席が六つだけの小型機で、パイロットは絶対に酒を飲んでいるとクレアは確信していた。空港ラウンジにパイロット自らが搭乗開始を知らせにきたとき、息が酒臭かったのだ。

しかし他に方法はない。ルンギからラカへの便は多くないし、ジェシーとフランクとデイヴはカイロから二時間後に到着予定だった。三人はニューヨークからカイロに飛んだのだ。

モントリオールからは自分のパスポートを使うしかなく、クレアは本名で航空券を買った。敵が彼女を見つけるのは時間の問題だった。しかしクレアには四人も戦士がついていることまでは、敵に知られていない。

さびだらけのタラップを降りるとき、あたりを見渡したクレアは、ずいぶん混雑してるのね、と思った。貨物を満載した軍用機がいたるところにある。空港はムブツ総合空港という名称になって旅客だけでなく貨物も扱うようになり、以前にはなかった巨大な倉庫群が作られている。フォークリフトがあちこちでコンテナや箱を降ろしてはどこかに運んでいく。食べものをせっせと巣へ持ち帰る働き蟻《あり》みたいだ。

「混み合ってるな」ルンギ空港で買ったサングラスをかけながら、ダンがつぶやく。クレアも同じようにサングラスをかけた。アフリカの太陽がどんなにまぶしいか、すっかり忘れていた。

二人の目の前で、コンテナが十個積み重ねられていく。コンテナの横に、赤地に『新時代財団』と大きく印刷された黒い文字が見える。すべてこの財団からの寄付らしい。あたりをまた見回して、クレアは小さく叫んだ。「すごい。巨大な組織なのね」

見渡すかぎり、貨物飛行機が積み荷を降ろしている最中で、滑走路横には飛行機がずらりと待機している。飛行機は順に抜けるような青空に飛び立っていき、また次の飛行機が離陸の順番を待つ。離陸は時計のような正確さをもって、規則的に順序よく行なわれていく。

ラカの空港と言えば、全体的に怠惰な雰囲気があり、退屈しきった警備員がタバコを吸いながらトランプに興じている、というのがクレアの印象だった。ところが、現在の空港は、まるでビスマルク時代のドイツかと思うほどの厳しい規律で運営されている。「ずいぶん変わったのね」クレアは思わずつぶやいた。

「ああ」ダンは二人が持ってきた唯一の荷物を持つと、反対の手でクレアの肘《ひじ》をつかんで先へと促した。「ここ以外の場所がどうなってるか、さっそく見てみよう」

入国審査は簡単で、すんなりと通してもらえた。クレアが審査官にパスポートを差し出す横で、ダンは緊張に全身を強ばらせていた。敵の正体がボウエン・マッケンジーだと確認できたわけではないが、この国は彼の個人所有の領土みたいなものだ。彼が犯人で、クレアがここに来るのを前もって知っていたら、マコンゴ全軍に出動命令を出していただろう。

ダンは先端を鋭く尖《とが》らせたセラミック製のサックをすぐにこぶしにはめられるよう隠し持ち、さらにセラミック製のナイフを鞘《さや》に入れてジーンズの中に吊《つ》るしている。ただ、どれほど鋭い切れ味の武器であっても、セラミック製のサックやナイフでは、警備兵がこれ見よがしにさげているＡＫ－47には太刀打ちできないことぐらい、クレアは理解していた。

それでも、ダンがクレアを守るためなら命がけで闘ってくれることも、よくわかっている。

混雑した空港を出てタクシー乗り場へ向かうとき、クレアはダンを厳粛な面持ちで見つめた。

本当の意味でクレアを守ってくれる人など、これまで誰もいなかった。母が死んだときに、父は基本的に生きるのをやめた。父はクレアを愛していたが、抜け殻のようになった父に何ができるわけではなく、クレアは自分の身は自分で守らなければならないことをわかっていた。高校、大学、さらに実社会に出てキャリアを積んでいくあいだずっと、クレアはひとりで闘ってきた。ボーイフレンドやもう少し真剣な恋人もいた。何人かの男性と付き合い、そして別れた。その誰ひとりとして、クレアを守ってあげる、などとは言わなかったし、正直なところ、クレア自身、その誰かから守ってもらおうなどと考えたこともなかった。

実際問題として、クレアは完全に自立しており、普通の生活をしているかぎり誰かに守ってもらう必要はない。振り返ってみれば、自分ひとりで勉強し、優秀な成績を修め、奨学金を得た。採用試験に臨み、就職して自分の生活を始めるのも、まったくひとりでやった。

独力で築いたこれまでの人生で、男性は、クレアの前に現われてはいつの間にか消えていく、たとえて言えば、ときおり夜空で見かける流星のようなものだった。面倒なわりには、たいした意味もない存在。

しかし今のクレアは、切実にダンを必要としている。そして彼はしっかりとかたわらにいてくれる。彼の一挙手一投足に、絶対にそばを離れないからな、という意志を感じる。ダンはクレアと一緒にいて、クレアを置いてどこかに行くことなど絶対にない。

ダンはもう二度、クレアの命を救ってくれた。今後もクレアを守り続けてくれる。クレアがどんな困った状況にあるとしても、それは本来クレアだけの問題なのに、それでもダンは黙って自分の生活を棄て、文句も言わず説明も求めず、ただ主君を守る騎士のように、クレアのかたわらを歩いてくれる。

空港内を一緒に歩く今も、ダンは前後左右を確認し、警戒態勢を崩さず、視線だけをあちこちに向けている。視界に入る前方を完全に確認し終わると、ダンは靴の紐《ひも》を結び直すふりをしたり、売店の絵葉書を見るふりをしたりして、背後を再度確認する。さりげない、ごく自然な所作で、スナイパーが身をひそめていられそうな場所からクレアを狙《ねら》える角度に必ず自分の体を置いて、彼女を隠す。クレアの周囲で上手に位置を変え、万一銃弾が飛んできたら、自分の体で受け止めるつもりなのだ。何があってもクレアに弾が当たることはない。

サングラスの下で、クレアは目頭《めがしら》が熱くなるのを感じた。

外に出てタクシーを拾おうと手を上げたダンは、ふとクレアのほうを見た。顔をそっと近づけ、耳元でささやく。その間もサングラスの下の目はあたりを油断なく探っている。「どうしたんだ、ハニー？」

クレアは、もう黙っていられなくなった。クレアが確認できるかぎりでは、追手がいるようには見えない。しかしここに二人がいるとわかれば、すぐに殺し屋が差し向けられる。いつ銃弾を浴びて死ぬかもわからない。ダンにもそれはわからないのだ。「ありがとう」小さな声でクレアはつぶやいた。「何もかも。ここまでいろんなことをしてくれて」

ダンは空港の向かいにあるビルの屋上を確認していたが、その言葉を聞いてふとクレアの顔を見た。

ダンの頬《ほお》の筋肉が波打ち、クレアの腕をつかんでいた彼の手に力が入った。「俺が、こうしたいんだ」

そういうことなのだ。その言葉がすべてを物語っている。

市内の中心部までは車ですぐだ。二人は車中で何も言葉を交わさなかった。ダンはクレアをしっかりと抱き寄せ、でこぼこ道で揺れる車の衝撃を和らげてくれた。運転手は車のひどい揺れを楽しんでいるらしく、大きな穴があると、そこを目がけて突っ込んでいくようにさえ思える。道路のへこみが大きいほど楽しいらしい。

二人はエトワール・アフリケーヌ・ホテルに部屋を予約していた。市内でまともな宿泊施設はここだけだ。運転手が運賃を稼ごうとわざと遠回りして街中を走るあいだ、クレアは通りを見ていた。

クレアはラカが好きだった。活気にあふれ、鮮やかな色に満ち、少々騒がしすぎるところも魅力だった。街路には屋台がたくさん並び、大半は違法な商品ではあったが、太陽の下で売れるものなら何でもあった。二階建ての長屋から音楽が流れていた。ときにはライブ演奏の調べもあった。マコンゴ人が三人寄れば即席のバンドができ、四人そろえば政党ができると言われている。人々は常に大声で怒鳴り合っていた。ときには耳をふさぎたくなるほどの騒音だったが、人々の口論は楽しいものだった。行商人が声を張り上げて商品を売り、音楽が聞こえる。猥雑《わいざつ》な喧騒《けんそう》に満ち、活気にあふれた街だった。

今のラカは、人影もまばらだ。店舗にさえ人がいない。昼間だというのに三、四軒にひとつは金属の格子シャッターが閉められたまま。

街を歩く人の数も少なく、全員がぼんやりと立ったまま、道行くタクシーをどんよりした瞳《ひとみ》で見ている。何の関心もなさそうだ。

さらに、見かけるのは男性ばかり。以前は行商人のほとんどが女性だった。派手な色合いの民族衣装を体に巻きつけた女性の姿が、いたるところで見られた。あの女性たちは消えてなくなったようにさえ思える。それだけでも大きな意味を持つとクレアは思った。

女性には危険を察知する第六感が備わっている。女性たちが街路をあとにしたのなら、その町はぶっそうな状態なのだ。

街の匂《にお》いさえ以前とは違う。以前のラカは、ディーゼルエンジン、屋台料理を調理する木炭、熟しすぎた果物、グリルされた肉、街のあちこちにあったコーヒー・スタンドから漂うチョコレートのような焙煎《ばいせん》の香り、そんなものが入り混じった匂いがして、異国情緒をかき立てられた。今、ひと気のない街路に漂うのは、腐った食べ物と、よどんだどぶ川の臭い。

「嘘《うそ》みたい。壁が崩壊する前の東ベルリンみたいじゃない」クレアはそうつぶやいた。ベルリンの壁がなくなったとき、クレアはまだ七歳だったが、当時見た雑誌の写真ははっきり記憶に残っている。さらにジョージタウン大学で講義を取っていた教授のひとりは、一九七〇年代に東ベルリンから逃げてきた人で、クレアはその講義で東ベルリンについての研究を課題として取り組んだ。「いったい、どうなっちゃったの?」

「ムブツ大統領政権下の生活になったんだ」ダンが厳しい顔で答えた。そしてほっと安堵《あんど》の息を漏らした。「この運転手君、やっと俺たちをホテルに連れて行ってくれる気になったようだな」

華麗なバロック様式の漆喰《しっくい》塗りの建物の前で、タクシーが停まった。エトワール・アフリケーヌだ。ダンは体を伸ばしてお札を運転手に渡すと、すぐに降りてクレアの側のドアを開けた。クレアが降りると、車はタイヤを軋《きし》らせて走り去った。

二人はその場に立ちつくして、かつて市内一だったホテルを見つめた。実際、ホテルと言えばここしかなかった。

皮肉っぽい非政府組織の職員、アルコール依存の強い外国通信社の記者、いかがわしいビジネスマン、客を求める売春婦や、いつも不機嫌な国連職員、みんながこのホテルに宿泊していた。食べ物も酒も最高で、毎週のように知り合いとここでお酒を楽しんだ。

今のエトワールは月の裏側にあるように見える。

昨年までは、イタリア軍の提督かと思えるほどぱりっとした制服に身を包んだ青年が、玄関で笑顔を振りまいていた。ラカのことなら何でも知っていた。今は大きな回転ドアの周囲に、誰もいない。玄関のガラスも、回転ドアのパネルも手垢《てあか》で汚れている。

いちばん奇妙に感じたのは、人の気配がないことだった。エトワールはいつも満室で、夜も昼も、街の特権階級や国際組織の職員でにぎわっていたのに。

ダンは緊張しながら、あたりの安全を確認していった。確認し終わるとクレアのほうを見たので、彼女はうなずいた。他に宿泊できる場所などないのだ。ここに予約を取ったし、他の宿泊施設など知らない。市内のあちこちに長期滞在用の下宿や民宿のようなものはあるが、エトワールがこれほどひどい状態なのだから、そういった場所がどうなっているか知りたくもない。

ホテルの中は換気が悪いらしく、むっとする感覚があった。これも大きな変化だ。以前なら、ショッピングに出て暑くてたまらなくなると、ホテルに飛び込み、バーで飲み物を頼んで体を冷やした。バーは二十四時間いつでも飲み物を提供してくれた。

さびれた雰囲気だったが、ホテルは営業中だった。フロントには係の男性がおり、まばらにではあるが客の姿も見える。

ダンが偽名でチェックインしているあいだ、クレアは一歩下がって待っていた。運に恵まれれば、受付係は同伴している彼女のパスポート番号を控えることもなく、ホテルにクレア・デイが宿泊している記録は残らない。

運に恵まれた。

ダンの偽のパスポートを示しただけで、二人はケネス・ドーラン夫妻としてチェックインできた。エレベーターで五階まで上がると、ダンは通路の両端の避難階段を確認した。部屋に入るとまずは窓を調べ、電話機の底、部屋にあるすべてのランプの下、コンセント全部を見て回る。椅子《いす》に乗って天井や壁の継ぎ目も確認し、最後にバスルームを隅々まで調べた。黙々と三十分もこの作業を続けたあと、やっと盗聴器も隠しカメラも仕掛けられていないと満足した。

「ばかだな、俺は」ベッドに座り込むと、ダンが言った。ダンが腰を下ろしたところから、うっすらと埃《ほこり》が舞い上がるのが見え、クレアはぞっとした。「こういうのを調べる装置が家にあったんだ。三分きっかりで確認できたのに」

「仕方ないわよ。命がけで逃げようっていうときに、何もかも持って出るわけにはいかないもの」慰めの言葉を口にしたとき、ドアをノックする音が聞こえ、クレアははっとした。「どうしよう？ ルームサービスは頼んでないし、きっと――」

「大丈夫」ダンは軽くクレアにキスした。「俺の友だちだ。何もかも持ってくるわけにはいかなかったから、足りないものを調達しといてくれた」

ダンがドアを開けると、大きなブリーフケースをふたつさげた男性が入ってきた。迷彩服にブーツ、迷彩柄の薄手のつばの広い帽子という海兵隊の制服姿で、シャツの胸元には〝リー軍曹〟と縫い取りがしてある。海兵隊員にしてもあまりに短く髪を刈り上げてあるため、髪が何色なのかもわからない。

「ガニー」リー軍曹が落ち着いた声で挨拶《あいさつ》した。「お久しぶりです」

「ああ、会えてよかった。で、頼んだものは持ってきてくれたんだろうな？」

リー軍曹がブリーフケースをベッドに置くと、またもやほわっと埃が上がった。中には分解した狙撃《そげき》ライフルが四丁、ウレタンフォームにパーツごとに収めてあった。さらにグロックが四丁とショルダー・ホルスター、マガジンが数十個ある。「言われたとおり、全部そろえましたよ。予備の銃弾がもっとあればいいと思ったんですが、手に入りませんでした」

ダンは顔を上げて、鋭く友人の顔を見た。「おまえ、こんなことして大丈夫なんだろうな？　おまえを厄介な目に遭わしたくない。言っとくが、撃たなきゃならないときには、俺は撃つぞ。誰かが死ぬ」

「まあ、使うつもりがないんなら、何のためにライフルや銃を持ち歩くんだって話っすよ」リー軍曹が落ち着いた声で応じる。「大丈夫、俺がクソを食らわされることはないっすね。ここの武器ディーラーから仕入れたもんで。ここには武器を扱うやつなんて、うじゃうじゃいやがるんです。ロケットランチャーでも、五〇口径対戦車砲でも、何でもあり」そこで軍曹はあきれた、という表情を見せる。「何なら、核爆弾だって調達してきますけど。それぐらい、朝飯前にクソするのと変わりない」大声で笑ってから、部屋に女性がいることを思い出し、リー軍曹の笑顔が凍りついた。目を真ん丸にしてクレアを見つめる顔は、驚いた仔馬《こうま》のようだった。「おっと。言葉遣いをお許しください」

クレアは、気にしないでと顔の前で手を振ってみせた。これから相手にするのは、二人を殺そうとする敵なのだ。健全な軍隊表現で説明されるぐらい、いっこうに気にならない。

ダンはきびきびと武器を点検し始めていた。ショルダー・ホルスターの長さを調節し、上着に隠れるかを鏡で確認する。ライフルを組み立て、構えて感触を確かめ、また分解する。慣れた手つきに迷いは見られず、てきぱきと作業を完了した。ライフルを持った海兵隊員のかっこよさ、というのはよく語られるが、実に正しい。

「さて、と。ここはいったいどうなってる？　俺がいたときから、ずいぶん変わったんだな」ダンは蓋《ふた》を閉めると、ブリーフケースをクローゼットに片づけた。

「そうなんです。ムブツのやつの締め付けがきつくてね。政敵を片っ端から拷問して、消されたってやつの話もよく聞きます。でも、俺たちは指をくわえて見てるだけですからね。あいつには、手を出せないんです。公式には、ムブツが俺たちに指令を下すことになってんですよ。さらに、この地域一帯に食料や医薬品を配る場合も、あいつにおうかがいを立ててるわけです。支援物資はぜーんぶ、どっかのお偉方がやってる財団を通じて届けられるんですけどね。ときどき、俺らも配送の護衛に駆り出されることがあります。けど、だいたいはムブツの軍と得体の知れない警備の専門家だとかいうやつらが物資を守ってます。この警備の専門家ってのは、民間軍事会社の傭兵《ようへい》ですね。アメリカ人と南アフリカの人間がほとんどかな」リー軍曹が肩をすくめる。「話すことは、それぐらいです。駐マコンゴ警護分遣隊は、最近じゃたいした仕事もないんです。大統領の機嫌を損ねないよう、みんな必死ですから。気に入らないことをしようもんなら、消されるってわけで」

「ボウエン・マッケンジーはちょくちょく来るの？」クレアがたずねた。

リー軍曹は、また肩をすくめる。「ちょくちょくってほどじゃないですけど。俺の知ってるかぎりでは、今年になって二回来たかな。あいつは大統領官邸に泊まるんです。官邸って言っても、ま、宮殿ですよ。俺らは警護のために行きましたが、えらく簡単な任務でね。あいつを殺そうなんてやつはいないんで。ここらじゃ、聖ボウエン様で通ってるんです」最後の言葉にはかなりのあざけりがこめられていた。

「ほんとね」クレアも首を振りながら応じた。「あいつを聖ボウエン様なんて考えるのは難しいわ。ＣＩＡの変態野郎だったのに、聖人とはえらい変身ぶりだこと」

リー軍曹は笑いをこらえようとしてか、口元をぐっと引き締めた。「はい、おっしゃるとおりです」そしてダンに向かって言った。「援護は要りますか？　フリンも俺も、有給休暇を取れます。守りを固めたいんなら、ぜひ」

ダンは首を振った。「応援のやつが別に来ることになってるから。今のところ、まだ状況の把握をしてるだけだ。おまえが必要な場合は、連絡する」

軍曹はダンをひたと見据えた。「必ずですよ。フリンのやつは、ガニーに借りがあると言ってました。大きな借りだって。俺もです」そして指で銃の形を作ると、指先をダンのほうに向ける仕草をした。「絶対です。必要なときは、俺たちを呼んでください」

軍曹が出て行くと、ダンは廊下まで出て見送った。そのまま二分以上も廊下に立っていた。その間、エレベーターは動かず、誰も廊下を通らなかった。ホテルには人の気配さえない。

やがて安心したダンは、ドアを閉めてクレアを見た。あの若い軍曹が、自分では気づかずに海兵隊ならではの男性ホルモンを部屋の中に放っていったのか、ダンはいつにも増して雄々しく見えた。肩の力を抜き、軽く、休めの姿勢をして、手を体の前で組んでいる。

「さて……ラカに着いた、武器も手に入った、不愉快なことばかりが目につく。これからどうする?」

そうね、とクレアは考えた。まずはダンにキスしよう。ぶちゅっと大きな音を立てて、唇に。セックスを求めるのではなく――何より、埃だらけのベッドに裸で横たわることには抵抗があったし、それに、彼にリーダーシップを求められたのがうれしかったのだ。二人はチームだ。ダンが物理的な警護面を引き受けてくれ、クレアは方向性を示し、次に何をするかを決める。

三ヶ月間昏睡《こんすい》状態だったクレア・デイ。その後の三ヶ月を歩く練習をして過ごし、夜ごとに悪夢にうなされ、右も左もわからなくなっていた彼女が、今やチームの戦略を担当している。自信に満ちて。

ダンは黙って立っている。クレアの言葉を待っているのだ。今本人が言ったとおり、ダンは武装し、腹を立て、クレアが指示さえ出せば、こらからすぐにでもどこかを襲撃に行くだろう。

そしてクレアもその準備はできている。完璧《かんぺき》に。

いつも感じていためまいがいつの間にか消えていた。頭がふらついたことなど、一度もなかったようにさえ思える。二度も命を狙われ、危ういところで逃げ出し、カナダからフランス、そしてシエラレオネを経由してラカへと続いた旅は、長くて疲れるものだった。それでも、疲労感はない。何だか……元気いっぱいで、エネルギーがわいてくるのを感じる。頭もすっきりしている。

本来のクレアが戻ったのだ。

次に何をすべきかは、クレアには明確にわかっていた。その後どういう手順で調査を進めるべきかも、頭の中でプランがまとまっている。本来の頭脳を誰かにそっくり返してもらった気分だ。論理的に順序立ててものごとを考え、状況を分析し、次の行動を決定するクレア本来の能力が戻っていた。

クレアは口を開いた。「まずは、マリー・ディユーのお母さんとお姉さんに話を聞きたいわ」

ダンはためらいもなく即座に答えた。「では、行こう」

18

ゾンビ映画に出てくる町のような場所を歩く際、いい点がひとつある。尾行されているかどうかが、すぐにわかることだ。

ダンには些細《ささい》な動きや変化を見逃さないすぐれた能力があり、敵の動向をすばやく見抜ける。尾行がないほうに賭《か》けてもいいなと彼は思った。実際、賭けているのだ。彼の手にするいちばん大切なもの――クレアの命を。

あとをつける者がいると少しでも感じたら、その場で引き返すと決めていた。そうなればクレアは即座に、何の質問もせず、ダンの決定に従うだろう。クレアは全体の戦略を考えるのが得意で、ダンは実戦の戦術を立案する能力にひいでている。クレアと一緒に作戦行動を取るのは……抜群に踊りがうまくて相性のいいパートナーとダンスするようなものだった。ぴったりと息が合い、互いが自分の能力を主張するのではなく、相手のいちばんすぐれた能力を引き出すように動く。

チームワークが最高の形で発揮できる。海兵隊を辞めて以来、ダンはこの感覚を忘れていた。

ただ海兵隊時代、戦闘にすぐれた能力を発揮するすばらしい仲間は、臭くてなめし革みたいな肌の男たちばかりだった。海兵隊が〝革首〟という別名で呼ばれるのも仕方ない。

しかし、ああ、今回は世界一の美女とチームを組んでいる。その瞳《ひとみ》におぼれてしまいそうな、その唇に甘いため息を漏らしてしまいそうな女性。最高だ。

二人の今後がどうなるかは、まだわからない。〝二人の将来〟というものがあるのかも、ダンにはわからなかった。二人は今、強烈な圧力に立ち向かっており、この闘いの終わりを生きて迎えられるのかも自信は持てない。しかし、善悪の判断に関する自分への信頼と同じぐらい強く、はっきりと断言できることがある。自分の人生にあとどれだけの時間が残されているにせよ、その最後の瞬間までクレアのそばにいる。あらゆる意味合いで、互いのパートナーとして。

クレアがダンの袖《そで》を引いた。「ここよ」

二人が来たのは、フランス領だった十九世紀に、金やダイヤモンド鉱山の会社の管理事務のために建てられたビルだった。白い漆喰《しっくい》ははがれ、たくさんの家族が大きなビルをいくつにも分けて住んでいるのだが、それでもかつての優雅さと美しさの名残が建物に認められる。

クレアの案内で、錆《さ》びてはいるが瀟洒《しょうしゃ》な鉄の門をくぐる。門には留め金がかかっておらず、その先にはレンガ敷きの細い道が続く。バナナと椰子《やし》の木が頭上を覆うほど伸びている。おそらく椰子の樹齢は百年以上にもなるのだろう。葉っぱが茂り、太陽がまだらにレンガの路面を照らす。クレアは迷うことなく建物の裏手に回り、鮮やかな水色に塗られた頑丈なドアの前で足を止めた。

人影はまったくない。蒸し暑いねっとりした大気の中で、動くものと言えば育ちすぎた樹木の中を飛ぶ虫だけだ。

人が住んでいる気配もない。物音も話し声も子どもが走る音もなし。ダンは一年前のこのあたりを思い出した。チョコレート色の肌をした腕白坊主たちがありとあらゆる悪さをして、本当に賑《にぎ》やかだった。同じ街路が今、虫の羽音しか聞こえない場所になっている。

ディユー一家がこの場所を引き払っていたら、厄介な事態だ。きちんとした街路があり住所というものが存在するのは、このあたりではここだけなのだ。ディユー一家がここを棄ててラカの中心部に引っ越した場合、ダンとクレアは人の密集する曲がりくねった路地裏を捜すことになり、一家を見つけるのは絶望的だ。

あるいは、ラカから逃れたのかも、もっと悪い場合は、殺されたのかもしれない。どちらにしても、地球の裏側まではるばるやって来て、何の手がかりも得られずに終わる。

クレアが鮮やかな水色のドアに近づいた。ペンキがはがれ、戸板もところどころ裂けているドアを勢いよく叩《たた》く。「ごめんください」クレアの呼びかけに応じるのは、虫の羽音だけ。

五分ドアをノックしたあと、クレアは家の壁に指を這《は》わせながら、裏のほうへと進んでいった。そして軽く歓声を上げた彼女は、鍵《かぎ》を掲げてみせた。

「クレア……」ダンは声に、やめろと忠告をこめた。

クレアは天使のように純真な笑みを浮かべる。「何？」彼女が鍵を差し込むと同時にドアが開き、戸口に中年のアフリカ女性が立っていた。

「あなた、よくも。何しに来たの？」女性は冷たい声で、唐突にそれだけを言う。

しかしクレアは女性のほっそりした体に腕を回し、抱きしめながら耳元でやさしくフランス語をささやいた。女性は眉《まゆ》をひそめた。苦悩の表情で顔が歪《ゆが》んでいく。クレアに抱きしめられて最初は体を硬くしていた女性も、やがてひしとクレアを抱き返した。そしてクレアの肩に顔を埋める。

しばらくして体を離した女性の顔は、涙に濡《ぬ》れていた。女性はあたりを用心深く見渡してから、クレアを家の中に引っ張って入った。ダンも鋭い視線で周囲を確認し、二人に続いた。

家の中は暗く、整頓《せいとん》されていてがらんとした雰囲気がある。ここに住んでいる人は誰もいない感じがする。ディユー夫人は家の中を通る廊下から、表通りに面した居間へと二人を案内した。カーテンが閉められ、押し殺したような静けさが漂う。

女性二人が小さなソファに並んで座り、ダンは二人を右側に見る形で肘掛《ひじか》け椅子《いす》に腰を下ろした。右手はいつでも銃を抜けるように、用意をしておく。何だか不吉な予感がしたのだ。現在のラカを覆う不気味な気配のせいか、それともこのがらんとした家のせいなのかはわからないが、万一の準備はしておかなければならない。

クレアは低い声で話し始めた。最初はフランス語で話していたのだが、ちらっとダンを見ると、英語に変えた。通常なら、クレアが何語で話そうが構わない。相手がいちばんくつろげる言語を使うべきだと思う。しかし、これから話される内容は、ダンも理解しておかなければならない。

ディユー夫人は、ひどいフランス語訛《なま》りの英語で話した。「こんなところに何しに来たの？　あなた、大怪我《おおけが》をしたんじゃなかったの？」

「ええ、重傷だった」クレアが静かに語りかける。「ママン、あの日のことを、私何も覚えていないの。電話に出られるようになったのも、今年の二月になってからよ。すぐにここに電話してメッセージを残したわ。私の意識が戻らないあいだに、アバが私の父の家の留守番電話にメッセージを残したから」クレアは一瞬目を閉じた。また顔から血の気が消え、ダンのオフィスに現われたときと同じぐらい青白く見えた。彼女があんな顔色になるところなど、絶対に見たくないとダンは思っていたのだが、また目にすることになった。何か非常に辛いことをクレアは今思い出しているのだ。「アバは……怒ってた。でも、ママン、私にはその理由がわからないの。私のせいだ……私のせいでマリーは死んだのだと、アバは言ってたわ。私が何かをしたせいだって」クレアの瞳が涙で潤み、顔が引きつる。ディユー夫人の黒い手を握るクレアの青白い手に力が入る。クレアはほとんどささやくような声で言った。「私がマリーを傷つけるはずがないわ。絶対に。マリーのこと、妹みたいに思ってたのよ。マリーがいなくなって、本当にさびしい」

「私もさびしいよ」ディユー夫人がぽつりと言った。「それでマコンゴに戻って来たのかい？　あの子の死因を調べるつもりなの？　あの子の死の——何て言うんだったかね、そう、償いだ、償いをしにきたの？」

クレアは手を放して涙を拭《ぬぐ》った。「自分で何があったのか覚えていないんだから、償いのしようがないでしょ？　私は——」クレアはさっとダンに視線を投げてから、またディユー夫人を見た。「私たちは、誰かに命を狙《ねら》われているの。私の勘では、狙われている原因は、ここにあるんじゃないかと思う。ラカに何かがある、一年前の事件と関係があるんだって」

ディユー夫人がはっと体を離した。「命を狙われてるって、いったいどういう意味なの?」

「二度も襲われたわ。でも、その理由がわからないの」

ディユー夫人が険しい顔になる。高い頬骨《ほおぼね》とふっくらした唇が、黒い肌に映えて気品を感じさせる。おそらく五十歳近いはずだが、それでもじゅうぶんに美しい。そう言えばマリーも美人だったな、とダンは思った。

「こんなところに来て、何がわかるって言うの?」ディユー夫人は薄暗くがらんとした居間を見回して言ったが、ここ、とは家のことだけではなくラカ市街全域のことを指すのだと、ダンは思った。街もがらんとしてひと気がない。

クレアはもどかしそうに、ふうっと息を吐いた。「感覚よ。そうとしか説明のしようがないの。でも、強く感じるわ。それに、あの爆破事件の前後のことは、私の記憶からすっぽり消えている。もし記憶の空白を埋められれば、どういう事情かがわかるかもしれない。だから、聞いてるのよ、ママン。あの日、何があったの? 覚えていることはない? 私が聞いた話では、大使館にいた私のところにマリーがやって来て、私をどこかに連れて行ったらしいの。わかっているのはそれだけよ。そのとき私、この人と一緒にいたの」クレアがダンを指す。「彼は大使館付き警護分遣隊長だった。今説明したのは、彼から聞いたことなの。マリーが現われ、私に一緒に来るようにと言って、二人とも姿が見えなくなった。その直後、大使館は爆破された。なぜ、そんなことに？　内乱で、外は戦争状態だったのよ。そんなときどうして、マリーは大使館に来たの？　大通りでは兵士が銃を撃ち放していたから、あれを避けてきたのなら大使館までは一時間以上かかったはずでしょ？」

「どうか行かないでくれって、私たちは必死で止めたわ」ディユー夫人の目に涙があふれる。高い頬骨をひと筋の涙が伝い、膝《ひざ》にぽたりと落ちた。「アバとマリーのあいだで激しい口論になった。アバは、力ずくででもマリーを押さえようとした。でもマリーは、あなたの身に危険が迫っているからって、私たちの言うことに耳を貸そうとしなかった。あなたがあの日、大使館で働いていることを、あの子は知ってたの」ディユー夫人の大きな瞳に、激しい感情が燃え上がる。「マリーはあなたのことが大好きだった。本当のお姉さんみたいに思って、実の姉のアバと同じように慕っていたわ。だから、私たちではどうすることもできなかった。結局、逃げるようにしてドアから出て行ったわ」

　クレアも泣いていた。

「ああ、そういう事情だったのね。レッド・アーミーの兵士たちが通り過ぎるのを待てばよかったのに。そのうちあんな大騒ぎには飽きたはずだもの。私は大使館にじっとしていたから、安全だったのよ。まあ、少なくともあのときは、身の危険はないと信じてたわ。まさかレッド・アーミーがアメリカ大使館を爆破するなんて、思ってもいなかったから」

ディユー夫人が涙を拭って、すっと背筋を伸ばした。「そこなのよ。それが問題だったの。それでマリーはあなたを大使館から避難させようとしたわけ。銃を撃ち放しながら行進してたあの連中は、レッド・アーミーじゃなかった」

「何だと?」ダンが初めて口を開いた。「レッド・アーミーでなきゃ、あいつらは何者だったんだ?」

「ムブツの私兵よ。私たちにはすぐにわかった。最初からアメリカ大使館を爆破するつもりで、その罪をレッド・アーミーに着せようとしてたの。実際、計画は成功したわ。ムブツは、テロリストをやっつけた親米派の大統領ってことになったでしょ?そのあとムブツは、真相を知っている人や不審を口にする人がいると、全員殺したのよ。私の夫は新聞にレッド・アーミーについての記事を投稿したの。レッド・アーミーには首都に侵攻するような軍事力はなかった、もちろんアメリカ大使館を爆破するなんてとうてい無理だって主張した。あの人、娘を殺したのが本当は誰なのかを突き止めようと、何かにとりつかれたみたいになってね」ディユー夫人の口調は苦渋に満ちていた。「事件から一ヶ月後のことよ、武装した覆面の男たちがこの家に来て、夫を引っ張っていったわ。それから夫の姿を見ていない」

「ママン」クレアはつぶやくと、ディユー夫人の腕にそっと手を置いた。「辛かったでしょうね。それで、アバはどうなの？ アバにも何かあったの？」

ディユー夫人はまた頬を拭ったが、堰《せき》を切ったように涙があふれ出始めた。「アバも夫を殺されたの。それで、あの子は何も言わなくなった。そうするしかないでしょ？ 総合慈善病院で勤務してるけど、何かにすごく腹を立ててるわ。私には何も言わないんだけど、あそこで何かが起こっていて、耐えられない気分でいるのよ」

ディユー夫人は、そこでぷいと横を向き、ぼんやりと遠いところを見た。横顔に涙がきらきら光っていた。「もう行って」クレアのほうを見ずに、重々しくつぶやく。「お願いだから、クレア。私たちのことを少しでも気にかけてくれるなら、今すぐ出て行って。そして二度とここには来ないで」

ママン・ディユーの家をあとにするとき、クレアは震えていた。

あまりに多くのことが起きた。失われたものは、あまりに多かった。マリーの友人としてあの家に出入りしているとき、あたりには音楽と笑い声が満ち、いつもおいしい料理が出てきた。

ディユー氏は大学の講師で、家にはいつも学生や同僚の教授たちがいた。アバの友人の医師たちもいた。皮肉屋だったが、献身的に医療に取り組む人たちだった。そしてマリーの友人たち。この人たちは音楽や芸術が好きだった。

健全な議論が活発に交わされていた。みんながふざけ合い、仲がよくて、大きな家族という感じだった。クレアはディユー家の娘のひとりと見なされ、クレア自身もその気になっていた。

クレアは母の死をいつまでも嘆き悲しむ家で、ひとりっ子として育った。家の中のさびしさには慣れていた。もちろん、友人を家に連れて来ることを父に禁じられていたわけではないが、父が騒々しいのを嫌うのは知っていた。ざわざわと落ち着かない感じが好きではないのだ。結果として、クレアは友だちを自宅に呼ばなくなった。

それに、友人がそれほど多くいたわけではない。クレアは悲しみに満ちた家の勉強の好きな女の子だったのだ。ひとりで本やコンピュータに向かうほうが、簡単だった。

マリーの家に連れて来られたとき、クレアは目を見張った。嬉々《きき》として楽しい人たちの輪に飛び込み、混沌《こんとん》とした文化的な雰囲気にひたった。いろんな音、笑い声、言い争う声、おいしい食事とかけがえのない友情がそこにあった。

そんなすべてが消えてしまった。永遠に。今のディユー家は、クレアのセイフティ・ハーバーの家よりもさびしい。家のあちこちに、幸福と仲間への愛情の思い出がしみ込んでいるからだ。セイフティ・ハーバーの家には、そんな記憶はない。あの家は一度も幸せな記憶を刻まれることなく、なくなってしまった。

二人は外の通りを歩いて行った。歩道にはあちこちひびが入り、ぼんやりしていたクレアは足元を取られそうだったが、ダンのおかげで転ばずに歩けた。去年まで、きちんと舗装された道路だった。交通量も多く、夕方にはきれいなアスファルトを人々がそぞろ歩いていた。今ではまるで戦火に焼き払われた町のようだ。

いや、実際にこのあたりは戦火を浴びたのかもしれない。

ダンは足元に気をつけてくれるだけでなく、警戒を怠ることなく街並みや家々を見て、万一の場合に備えている。左腕をクレアの体に回し、右手をだらんと垂らして、いつでも武器を手に取れるようにしている。これでこそ海兵隊だ。武器だけを頼りに全力を尽くし、あとは神のみぞ知るだ。

万一のことが起きた場合、クレアは何の役にも立たない。さっき聞いた話のせいでまだぼう然としており、周囲の状況に神経が向かず、あちこちでつまずいた。

クレアが立ち止まると、ダンも足を止めたが、油断なく周囲の建物の屋根に視線を走らせる。

こんなことではいけない。悲しくてぼんやりしたままでは、何もできない。態勢を立て直さなければ。

「ホテルに帰りましょ」

ダンはうなずいた。

バージニア州、リッチモンド

『リッチモンド・タイムズ・ディスパッチ』紙の社説対抗面の記事が、政界にモラルを、新しい風をと、言葉をつくして訴えていた。ネフ上院議員の不健全な私生活を糾弾し、政界は腐りきっていると嘆き、だからこそ政界のよどんだ水にまみれていない善男善女に新たに政治の世界に飛び込んでほしいのだと呼びかける。この伝統あるバージニア州における民主主義を救うには、新たな人材に頼るしかないと。

長文の記事は〝民主主義の将来を心配する市民の会〟によって掲載され、会のメンバーとして、多くの有力者が名を連ねていた。本来ならネフの上院議員としての活動を支援するはずだった人々だ。判事、医師、著名なジャーナリストといった顔ぶれだった。この記事の中に、ボウエンの名前が二度出てきた。二日以内に、これと似たような記事が出るが、そこではボウエンのことだけが語られる。

〝民主主義の将来を心配する市民の会〟を作るのに三十万ドルかかったが、この会のおかげでボウエンが立候補するのは当然という世論ができ上がりつつあった。

完璧《かんぺき》だ。これ以上うまくいきようがないほどだ。

政界のゴシップ的なネタを扱うブログで写真が公開されると、ネットでは完全に嵐《あらし》が吹き荒れ、怒り狂った多くの一般人も掲示板などに書き込みをした。ボウエンが想定していたより、事態の進展が速かった。

急展開を見せる中で、ボウエンは最大のスキャンダルを暴露するタイミングを計算した。あと二十四時間以内に、全米すべてのメディアのトップニュースとなる話が表に出る。

最初の写真は、顔の部分をじょうずにぼやかしておいた。それでもメディアが一斉に飛びつき、あちこちからいろんな話が出てきた。きわめて尊敬を集める政治評論家が三人、ネフ上院議員の辞職は間近だろうとブログで述べていた。このうちのひとりは元『タイム』誌の記者、ひとりは『ワシントン・ポスト』紙の記者で、どちらも政府上層部のオフィスで働く末端の人々に強力なコネを持っている。彼らのブログで辞職の話が出始めると、すぐにオンラインのニュース・サイトで取り上げられ、それがそのまま紙媒体の新聞や雑誌に掲載される。

そのタイミングで、二枚目、三枚目の写真が公開される。これらの写真でぼかされるのは、上院議員の勃起《ぼっき》した部分だけで、十二歳以上の人間なら、ぼかした部分がどうなっているのか、さらに彼が両性愛者だということもわかる。ふさふさとした銀髪とエステで磨いた血色のいい顔つやのおかげで、誰もがこれはネフだと断言できる。

写真そのものが主要紙に載ることはないが、どういう内容の写真だったかを記事が伝える。ネットで写真を捜せば、一千万件以上は軽くヒットするだろう。

その後一日あいだを空けて、報道が過熱するのを待つ。そこで動画を公開する。ネフの辞職を求める声は耳をつんざくような叫びになるはずだ。

そこにボウエンが登場する。中道を貫き、ワシントンで強力なコネを持ち、慈善事業で知られる男だ。求められるのであれば、応じましょうという態度で臨む。

全身に力がみなぎり、体がこそばゆい感じさえする。少年の頃からいつもこうだった。この感じだ。運命が自分を呼ぶのがわかる。こうなるようにあらゆる手順を計画し、間違いなく、着実に実行してきた。

ボウエンには信念があったが、それを今まで誰にも話したことはない。もちろん頭の悪い妻に話すわけもない。こんな女と結婚したのは大失敗だったが、いずれこれについても何とか手を打つつもりではいる。ともかく、自分は歴史に名を刻む人間になる、それが運命なのだ。昔からずっとそう信じてきた。少年の頃に運命のひらめきを感じ、これまでの人生でその信念を揺るがすことなど、何ひとつ起きなかった。

他の人間より多くのことが、よりはっきり見えるとでも言えばいいのか。運命がどう動くかを感知し、時の流れに逆らうのではなく、身をまかせる。他の人間はたいてい運命にあらがう。しかし、運命というものは逆巻く怒濤《どとう》のようなもので、多くの者は流れにのみ込まれ、そのまま浮かび上がってこられない。ボウエンは違う。彼は波に乗るのだ。常に流れを読む。これからも。

自分の運命が彼には見える。体で感じ、その味や匂《にお》いまでわかる。レモンの研磨剤と高級なコロンとおろし立てのカシミアと百ドル札の匂いだ。

しかし、金がすべてではない。ボウエンが求めるのは力だ。権力は自分のような男の手に握られているべきだと彼は思っている。世界を股《また》にかけて活躍でき、世界情勢を理解し、未来を見据え、仕事ができる男。

まずは上院議員になり、いくつかの法案の通過に尽力する。頼りにできる男という評判を作り上げ、この男なら一緒に仕事ができると見なされるようになる。外交はボウエンの得意分野だし、CIAと国家安全保障局にはじゅうぶん顔が利く。国土安全保障省の高級官僚もボウエンの味方だ。金なら腐るほどある。アフリカでの利益はまっすぐ彼の懐に入る。

次の次の大統領選挙では、ボウエンは副大統領候補として最適だろう。そして副大統領になれば……事故というのは、いつ起きても不思議はないものだ。

現代社会は厳しい。確かなことなど何もない。その事実をボウエン以上に理解している者などいない。すぐそこに危険がひそんでいることを誰も知らない。今の指導者階級の人間は世界情勢にきわめて疎く、何をすればいいのかまったく理解していない事実に、ボウエン以外誰も気づいていない。昨年だけでも外交危機は三度あった。CIAの陰の努力で、どうにか表沙汰《おもてざた》にもならず、ことなきを得た。最近も上院外交委員会の委員長が外交問題を起こしかけた。アメリカの国益を損ないかねなかったこの事件の原因は、純粋に委員長本人がただ無知で愚かであったからだ。

あの委員長に与える罰としては、心臓麻痺《まひ》が相応だとボウエンは思っていた。そうなればアメリカに降りかかる災いも減るだろう。

いつまでも素人にまかせてはおけない。自分のような能力とやる気のある人間の出番だ。防諜《ぼうちょう》の世界でも、上層部にはボウエンが何を知っているかを理解している男たちがたくさんいる。ちょっとつつくだけで、国全体が奈落へと落ちてしまう。アメリカはボウエンを必要としており、ボウエンは国を治める準備ができている。

選挙運動の後半部分も、すでに用意は整っている。この段階では金がものを言う。政治評論家の稼ぎなどたかがしれていて、彼らをこちらになびかせるのは簡単……ちょっとしたきっかけを作ってやればいい。金の受け取りを拒否するやつらでも、ブログへの広告出稿は歓迎するし、収支報告書に載せなくてもいい飴玉《あめだま》を差し出せば喜んで受け取る。高級カントリークラブの会員権、航空券、野球場の年間シートみたいなものだ。たいていの政治評論家は金で買える。しかもかなりお買い得だ。

ドラムの効果音がそろそろ聞こえてきそうだ。実のところ、今日にも、ダダダ……という音が鳴り始める。政治評論家が二人ばかり、話の口火を切る。愛国心が強く公僕としての責任をりっぱに果たし、さらにスキャンダルとは縁のない、候補者としてふさわしい人がいるではないか、腐敗し堕落しきったネフの代わりにそんな男を選ぼうとコメントする。

この話もあっという間に広がるようにしてある。一週間以内には、大きな波のような勢いを誰も止められなくなる。当然、勢いは金によってさらに増すようにしてある。まずはブロガーが、次にはジャーナリストが、支配階級のあいだでは意見がまとまりつつあるのだな、と勘づいていく。〝信頼できる情報筋に確認したところ〟という書き出しで――実際には五人ぐらいの男たちの意見なのだが、ネット上でもマスメディアでも、みんながドラムを一緒に叩きはじめる。

ネフは救いがたい男だった。まあ役に立つところもあったが要するにばかだ。一方、ボウエンは選ばれし者のひとりだ。上流社会は静かに彼を迎え入れる。

大統領選挙のときには、この人々から絶大な支持を受けることになる。

インターネットであちこちのブログを読んでいるうちに、ボウエンは鼻歌を口ずさんでいた。ネフ上院議員の顔写真が画面の上に出てくる。プロがスタジオで撮影したものだが、まさに、私は大ばか者です、と叫んでいるようだ。

もうすぐ誰もが、鮫《さめ》のようにネフの血に群がるだろう。ブログによる暗殺だ。

世界は変化している。だからボウエンも変わる。波の合間をうまく通り抜け、歴史を作る大きな波に乗る。彼を止めるものは、もう何もない。

19

ラカ

ホテルに戻ると、クレアは敵の要塞《ようさい》を襲撃するように、コンピュータに襲いかかった。

ダンは黙って彼女のそばに座っていた。ダンもコンピュータの扱いには慣れているのだが、クレアの知識とはまったく次元が違う。彼女は情報収集に関して第六感のようなものを持っていて、どこをどう調べ、どの情報をつなぎ合わせばいいのかが、感覚的にわかるらしい。

それでいい。ダンは物理的なことを担当する。体を使うのは得意だ。彼女が得意なことに夢中になっているあいだ、誰にも彼女には触れさせない。もちろん、そのあとも。

クレアがウェブサイトを閲覧し、ファイルを読んでいくスピードは驚異的だ。他の女性が同じことをしていたら、実際には読んでいないのだろうと思う。しかしクレアはちゃんと内容を読み、じゅうぶんに理解している。これは間違いない。国防情報局の分析官は、情報を頭にしみ込ませるように理解する。

クレアが体を起こした。「さ、わかったわ。私たちのお目当ての方が、この一年、何をしてきたか。ボウエンはCIAを辞めた。これは驚きよね。ボウエンについてはっきりわかっていることのひとつ――とんでもない変態男だって以外には、なんだけど、野心の塊みたいなやつなの。でも、あちこちのインタビューで、爆破事件は西側世界への警告みたいなものと感じたって話してるの。他にやるべきことがあるのではと思い、CIAを辞めてアフリカ情勢の改善のために生涯を捧《ささ》げることにしたんですって」

「まったくの嘘《うそ》だな」ダンが言った。

「ええ」クレアも眉《まゆ》を上げて応じる。「それでも実際には、将来を嘱望されていたキャリアを捨て、『新時代財団』の事務局長になったのよ。あのままCIAにいたら、上層部にまで行けていたはずなのに。動かせない事実だわ」

「財団はドラッグや武器の不正売買でもしてるんじゃないのか？」

「普通、そう思うわよね。それなら私も納得できるの」クレアはマウスに置いた手の指を伸ばして、テーブルをとんとんと叩《たた》いた。「ところが、それもなさそうなのよね。

財団自体には、何の問題も見当たらないの。去年一年で、財団は数億ドル分の薬品をマコンゴに送り、そこからサハラ砂漠以南の地域へ分配してるわ。でも、これだけの金額になれば、ボウエンは自分も甘い汁を吸おうとするはずなのよ。ただどうやって?」

「財団に会計監査が入ったらどうなる? 寄付金の一部がボウエンの私腹に流れているのがわかるはずだ」

「会計監査は、きちんと行なわれてるのよ」クレアが財務諸表を広げた。こういうのを見るだけで、ダンは頭痛を覚える。「世界有数の会計監査事務所が監査してる。完全に公明正大よ。使途不明金はなし。つまりボウエンには後光が射してるってわけ」

「あり得ない」

「ええ」クレアはまたキーボードで指を動かし始めた。「さあ、ボウエン、あなたいったい何をたくらんでるの?」ニュース総合サイトが画面に出る。「そうね、一定のパターンがあるわ。ボウエンはバージニア州に事務所を設立し、有力者が集まるクラブに出入りしてる。政界への足がかりを作ろうって魂胆ね……政界にすり寄って行くっていう感じかしら。とにかく、政界への野心ははっきりしてるわ。それに――うわっ」

ダンは窓から街路を警戒の目で見ていたが、クレアが大きな声を出したので振り向いた。「どうした?」

「すごい。バージニア州選出の上院議員さまが、大変なことになってるわよ。嵐《あらし》が吹き荒れそう」

「ネフのことか? あいつだってどうしようもない最低野郎だけどな」

クレアは画面を見ながら言った。「そう。ジェフリー・ネフ。伝統あるバージニア州の古参上院議員。代々上院議員の家柄なのね、この人。最初は収賄に関するスキャンダルだったの。ところが今じゃ、大きなセックス・スキャンダルに広がっている。ネットはすごいことになってるわよ」

ダンは政治には無関心だ。政治家なんか、全員くそくらえ、と思っている。ネフの話にもたいした興味を覚えず、肩をすくめた。「だから?」

「たとえば……わからないけど、偶然にしてはできすぎだと思わない? ボウエンはリッチモンドに個人事務所を開設した、慈善事業で名前を売り、そろそろと政界進出のタイミングを計っている、すると降ってわいたように上院議員の席が空く。ボウエンにはおあつらえむきでしょ? バージニア州では今、〝民主主義の将来を心配する市民の会〟っていうのができてるのね、この会がボウエンを推してるわけ。ただ、このことがマコンゴとどう関係するのかはわからないけど」クレアはもどかしそうに、椅子《いす》に座ったまま体を揺すった。その姿を見たダンは、今すぐ彼女の体を奪いたくなった。いや、今は警戒を解いてはいけない。

しかし、こんな姿に心を動かされない男がいるはずがない。横から見えるクレアはほっそりした首が白く長く、カメオのブローチに彫られた女性のようだ。ところが正面を向くと、銀色に光るブルーの瞳《ひとみ》がまぶしく、美しさよりも、豊かな知性に――今は、顔全体で苛立《いらだ》ちを訴えているが――圧倒され、ダンは彼女の前にひれ伏したくなる。

ダンが女性に求めるすべてのものがクレアには備わっている。そして、自分が手に入れられると思ってきたものより、ずっとはるかに多くのものをクレアはダンに与えてくれる。際立つ美貌《びぼう》、ずば抜けた知性。意志は強いが、柔軟に他人の意見を受け入れ、計算高い行動はしない。百万人にひとりの女性。気品があり、ゴージャスで、頭がいい。

その女性がダンのものなのだ。

何もないところから人生を始めた元海兵隊員にしては、できすぎだ。少年時代、世間はダンが落伍《らくご》していくのを今か今かと待っていた。ダンの父も、それを期待しているように思えた。ドラッグでハイになり、酔っぱらい、あるいはしらふのときにさえも、息子に何度も何度も、おまえはろくでなしだ、おまえなんか何の役にも立たない、世間のクズになるんだと言った。

あいつの予想は完全に外れたわけだ。海兵隊でもりっぱな功績をあげ、自分の会社を立ち上げ、そしてどういう奇跡か、世界一すばらしい女性まで手に入れることができた。彼女が今ここに、ほんの数歩のところにいる。

これ以上望むことなど何もない。

海兵隊でも会社でも、必死に努力し働いて成功を勝ち取った。しかしクレアは、神様からのご褒美としか思えない。女性との関係を築いていくためには、それなりの努力が必要だとみんなは言う。確かにそのとおりだとダンも思う。しかし、どんな努力をすればいいのだ？　成長過程でダンが見てきた男女間の関係はすべて崩壊しめちゃめちゃになっていたし、これまできちんとした関係を続けた経験も彼にはなかった。

ただクレアと一緒にいると……とにかく自然で、水を飲むのと変わらない。彼女が何かを望むなら、それを手に入れてあげるのが当然だと思える。何をさておいても、彼女の望みどおりにしてやりたいと思う。さらに、ロマンティックなことをするのはこれまでまるで不得意だったダンが、クレアに対してはごく自然にロマンティックに振る舞える。外を歩くときは、手をつないであげたいと思う。彼女の足元がおぼつかないときには、特にその気持ちが強くなる。彼女に手を貸してやることより、触れていたいという思いが先に来る。彼女と触れ合うと、ダンの体は電源につながれたような感覚に包まれる。そんな感覚が存在することさえ、これまでは知らなかったのに。

この一年、ダンは大使館でのひとときの思い出にすがってきた。三つ編みからほどけた長い髪を指に取ると、シルクのような手触りだったこと。蒸し暑いポスト・ワンにいても新鮮で清潔だった彼女の匂《にお》い。ダンのほうは汗まみれで山羊《やぎ》みたいな臭いがしていたのに。ミントとスパイスの混じった蜜《みつ》のような唇の味。

五感に刻まれた情報だけを頼りに、クレアを思い浮かべたが、知っていることは多くなかった。ところが今、生身のクレアがここにいる。

今のダンは、ベッドで抱きしめる彼女の体がどれほど華奢《きやしゃ》かを知った。胸と胸を合わせ、体全体で彼女と結びつく感覚がどのようなものかをわかっている。彼女の耳の後ろの敏感な部分はどんな味かを知っている。頬《ほお》にキスしながら唇を上に滑らすと、彼女がぴくっと反応するのも知っている。

そしてああ、あのさくらんぼみたいな胸の頂の味。さらに絶頂を迎えるときの彼女が、どれほど自分のものを締め上げるか……。

ダンは窓枠に額をつけて、ゆっくりと息を吐いた。

だめだ、しっかりしろ、と厳しい調子でダンは自分に言い聞かせた。ここはアフリカで、敵はいたるところにいる。クレアはコンピュータの画面に集中して情報を収集している。そんなときに自分がこんな状態では――いかん、いかん。

しかし、どうしてもクレアのことを考え、すると下半身が反応する。

こんな経験は初めてだった。ダンは十七歳のとき、海兵隊に入る決心をした。このままでは早晩のたれ死ぬか、長期刑を言い渡されるかのどちらかだと思ったからだ。海兵隊がダンを鍛え直してくれた。それまで、自分はタフな男だと考えていたダンは、タフとはどういうものかさえわかっていなかったのだと思い知った。

海兵隊は、それまでのダンを叩きのめし、また一から作り上げてくれた。細胞のひとつずつ、筋肉のひとつずつ、腱《けん》のひとつずつが徐々にでき上がっていった。そして、考え方すら変わった。

ただひとつ、任務だけに集中することを学んだ。徹底的に体で覚えさせられ、やがてひとつのことに集中するのが習慣になった。だから十七歳以降、集中するのが難しいと思った記憶がない。あのときダンは自分の人生を歩み始めたのだ。

ところが今は、集中するのが難しく、その事実がダンは怖かった。

敵が誰かもまだわからない。相手はクレアを狙《ねら》っている。ひとりなのか、二人なのか、それとも大勢の敵を相手にしなければならないのかも不明だ。相手には金も権力もある。最悪の場合、クレアを殺すまで攻撃の手を緩めない可能性もある。

ほんのちょっとした運のめぐり合わせで、クレアの命はろうそくの炎のように簡単に吹き消されるかもしれない。一瞬の隙《すき》をつけばいいのだ。若い命が簡単に奪われるところなら、ダンは何度も見てきた。たった一発の銃弾。それですべては終わる。銃弾に撃ち抜かれたクレアの顔がどんな状態になるかも、ダンにはわかっている。あるいは彼女は胴体を狙われ、苦しみながら死ぬかもしれない。ひょっとしたら、彼女を拉致《らち》するようにと命令が出ている可能性もある。彼女の美しい顔の下にあるすぐれた頭脳に埋まっている何らかの情報を得るため、拷問を加えるつもりかもしれない。

情報を得るために拷問された人たちも、ダンは見てきた。ひどいものだった。全員が精神に異常をきたし、やがて死んでいった。

木の窓枠をつかむダンの手に力が入る。あまりに強く握ったので、木枠に穴が開きそうだった。

クレアが死ぬ、あるいは拷問されるという悪夢のシナリオが浮かび、それをただの悪夢で済ませるために立ちはだかるのは、ダンしかいない。彼女の命を二度救ったが、それはダンが銃の扱いにすぐれ、戦闘時の運転にひいでているからだった。そして、戦士として戦術を考える頭があったからだ。

クレアはほんとうに頭がいい。これは疑問の余地はない。ダンよりははるかに賢い。しかし彼女の体の隅々まで知るダンは、彼女が戦闘向きの体でないこともわかっている。彼女は自分では身を守れない。小さくてやわらかくて――クレアの華奢な体を誰かが傷つけるかもしれないと思うと……。

喉元《のどもと》にせり上がってくる苦いものを、ダンはぐっと飲み込んだ。

こんなことをしていてはだめだ。彼女の助けになっていない。ただ、ダンの助けにはいくぶんなった。勃起《ぼっき》していたものは、すっかり力をなくしている。セックスしたいと思う女性の死体、あるいは死にかけているところを想像すると、間違いなく脚のあいだのものは萎《な》えてしまう。起き上がる気配すらない。

「やった！」

クレアの小さな歓声に、ダンは振り向いた。頭からクレアの死体や重傷を負った姿を追い払えて、うれしかった。

「どうした？」

「『新時代財団』の寄付先を調べてたら、ラカ総合慈善病院が大口で受け取ってることがわかったの」

ダンは窓際を離れ、クレアの後ろから画面をのぞいた。クレアはその病院のホームページを開いている。フランス語なので、何が書かれているのかダンにはわからない。

「それで？」

クレアがクリックすると、人の名前がずらっと画面に現われた。クレアが画面の中ほどを指差す。外線番号の横にあった名前は、アバ・ディユー医師だった。

ダンが問いかける。「マリーのお姉さんか？」

クレアは衛星電話に長い番号を打ち込み始めた。「ええ、彼女腫瘍《しゅよう》の専門医で、都合のいいことに、病院の副院長でもあるの。事情を知るには、彼女にあたってみるのがいちばんよ。私のせいでマリーが死んだと、私にはずいぶん腹を立ててたんだけど」クレアが口元を引き締める。「それは当然だと思う。あ、もしもし《アロー》？　アバ？　こちら《イシ》クレア、クレア・デイ」

　あとはフランス語で話が始まった。ダンは、言葉についてはまったく理解できなかったが、雰囲気から内容はほぼわかった。このアバという女性は、明らかにクレアと話したくないのだ。しかし、クレアの言葉に——何を言ったのかはわからないが、説得された。

　さすがだ。

　クレアは電話を切ると、こぶしを突き上げ、よし！　と叫んだ。そしてバッグをつかむとダンに声をかけた。「行くわよ」

　いいだろう。クレアの行くところなら、地獄でも一緒についていく。今回の行き先はただの病院なのだ。行けないはずがない。ダンは武器を確かめた。同じことをもう百回ぐらいしただろうか、予備の銃弾があることも確認して、最後にライフルを見た。これは置いておくしかないが、持っていけたらどれほど安心か。しばらくもの欲しそうにライフルを見てからあきらめて、ダンはドアの外に出た。

20

バージニア州、リッチモンド

ボウエンのパソコンの画面の隅に、チャット用のウィンドウが現われた。ウィザードだ。あいつ、いったい何が欲しいんだ？

〝おう、今いいか？〟

〝イエス〟

〝女を見つけた。時間かかったぜ。影も形もなくなっちまったから、消されたのかと思ったよ。だが、違ったんだな。ＣＤ《クレア・ディ》は国を出た。モントリオールから、エール・フランス４６７便でパリへ、パリからパン・アフリカン航空５２９便でルンギへ。到着は十二月二日。そこから先は不明。あっちじゃコンピュータに記録を残さないもんで。いったいどうやって運営してるんだか。樹皮にしるしでもつけるのか？　とにかく、どちらの便も彼女は現金で支払いをして、ひとりだ。海兵隊野郎はいない。

これって、別に十万もらってもいいよな？　待ってるぜ……〟

カーサーが苛立《いらだ》たしげにちかちか光る。

「ちくしょう！」ちびちびと楽しんでいたウィスキーが、グラスごと壁に投げつけられる。琥珀《こはく》色の液体が、涙のようにぽたっと床に落ちる。部屋じゅうにウィスキーの匂《にお》いが広がり、ボウエンの全身から噴き出す汗の臭いと混じる。瞬間的に汗が出て、どうすることもできなかった。

全身が爆発しそうだった。成功の味に酔いしれていたところだったのに。キャビアとシャンパンのような、うっとりとする洗練された味わいだと思っていたのに。今口の中に感じるのは、灰のような味。

あのくそ女、ラカで死んでいればよかったんだ。あの日、あの女が大使館にいるとは、まったく知らなかった。知っていれば、頭を撃ち抜くように命令を下していた。もうひとりのくそ女と同じ目に遭わせた。ディユーだ。

ボウエンは優秀すぎた、それが理由だ。クレア・デイが重傷を負って大使館の敷地内で発見されたと聞いたのは、数ヶ月後のことだった。自分の手の者を送ろうかとも考えた。白衣を着て彼女の病室にもぐり込み、血管に二十ccの空気を注射するか、あとが残らないようそっと頸《けい》動脈を押さえて血液の流れを止めるか、これほど簡単な仕事はなかった。

ちくしょう、そうするつもりだったのだ。

ところが、部下からの報告では、彼女は意識不明とのことだった。そして意識が戻っても、精神状態がきわめて不安定だった。歩くこともできないと知って、ざまみろと思った。そこでリスクを考えた。殺人者を送り込むには簡単といえどもいくらかのリスクがあり、当時のクレア・デイの状態では、まったく危険はないと判断した。そこで戦略的な決定を下した。

決定が間違っていたのだ。

ちくしょう！

クレアがルンギまで行った理由は、明らかだ。そこからラカに向かったのだ。ボウエンは時計を見た。クレアは先に到着している。ラカで丸一日近くを過ごしている。何をしているのだろう？　誰かに会っているのか？　大使館に行ったのか？

ボウエンは、ムブツに電話して、あちらの軍部に片づけさせようかとも思った。しかし、ムブツの兵士はろくに仕事もできない。へまばかりするし、力をふるうとなれば、棍棒《こんぼう》を使う。今必要なのはメスの正確さだ。それに、アメリカ国民の死体がマコンゴで発見され、死因がムブツの軍隊のトレードマークとなっている棍棒での殴打による殺害となれば、まずいことになる。

くそったれ海兵隊野郎を連れてないのが、せめてもの救いだ。クレアのやつ棄てられたんだな、きっと。利口な男だ。クレア・デイにかかわるとろくなことにはならない。美人かもしれんが、そこまでの価値はない。

海兵隊野郎はクレアとやって、そのあと棄てたわけか。うまいことやりやがった。

ボウエンは椅子《いす》にもたれて、軽く前後に体を揺すった。さまざまな方策を検討したあとおもむろにコンピュータに向かい、ウィザードに送金した。今度は二十万ドルだ。そして暗号化したショートメールをウィザードに送る。

〝口座、確認のこと。新しい調査、エトワール・アフリケーヌ、ラカ市内のホテル。宿泊者名簿、クレア・デイの名前〟

これはすぐに対処が必要な事態だ。

ボウエンは携帯電話を取り出すと、秘書を呼び出すボタンを押した。

「はい」

「リア・ジェットを用意しといてくれ。これからラカに飛ぶ。今すぐだ」

ラカ

「クレア」

ああ、どうしよう。これは厳しい話し合いになりそうだと、クレアは覚悟した。病院の奥から姿を現わしたアバ・ゴウェイ、旧姓ディユー医師の態度には、クレアと会いたくない、さっさと帰ってくれという気持ちがはっきり出ていた。遠くから大理石のフロアをきびきびと歩いて来てロビーに立ち、腕組みをしたまま、足を少し広げて、強ばった体を反りかえらせている。

それでもクレアは、アバに少しでも変わったところはないかと彼女の様子をうかがった。アバは、ディユー家で一緒に夕食を楽しんだときと変わらず美しかった。クレアとマリーは、アバと彼女の夫が住む家にもよく招かれた。その夫も今はもういないのだ。

クレアはアバのことも大好きだった。マリーとは親友だったが、アバのことも姉妹同様に思っていた。

そんなアバに一年ぶりに会って、友人として体を抱き寄せたのに、アバはかたくなにクレアを拒否し、嫌悪感さえにじませている。

クレアにとって、こんなに辛いことはなかった。

「アバ」クレアはあやふやな笑みを浮かべ、ダンの腕に手を置いた。「こちらは、ダニエル・ウェストン。元海兵隊一等軍曹で、事件当時は大使館付き警護分遣隊長をしていたわ。アメリカから私に付き添って来てくれたの。あなたに会えて本当にうれしい。あなた、相変わらずきれいよ」

事実ではあったが、マリーもアバもディユー姉妹はどんな状態でも美人なのだ。美しくないはずがない。ただ、この一年のアバの苦労は、その顔からもうかがえる。口はほうれい線で囲まれ、こげ茶色の目元には小じわがある。いつも表情豊かだった瞳《ひとみ》は、冷たい色をして血走っている。

それでもアバはしゃんと背筋を伸ばして立っていた。白衣を身に着けた姿には威厳があり、知性の輝きが感じられる。

クレアの温かな挨拶《あいさつ》に、アバは乗ってこなかった。「あなたが来るだろうって、ママンから連絡があったわ」ちらっと横目で、クレアのかたわらに堂々と立つダンを見る。「お友だちと一緒に」

クレアはダンと腕を絡ませた。彼はアバの敵意を感じ取って、体を緊張させている。アバが気に入らないのだ。クレアに対する彼女の態度を不愉快に思っている。クレアはやさしく、ぽん、ぽんと彼の手に触れた。

大丈夫よ、と伝える。

実際、大丈夫ではなかった。この一年で、クレアは多くのものを失った。そこにはアバとの友情も含まれていたらしい。そう思うと、クレアは胸が締めつけられるような気がした。

「ラカなんかに来て、何してるの？」そう言いながら、アバは腕時計を見る。文字盤が手首の内側に来るようにしてあったので、動作がさらに強調されて見える。メッセージとしては、はっきりしている。あなたの相手をしていられるほど、私は暇じゃないんだけど。

「アバ――」話し始めたクレアは、そこで人の多いロビーを見渡した。ロビーは緊急外来の入口ともつながっているため、多くの人が医師の手当てを受けようと順番を待っていた。

全員が何かを話している。床に座ってジャックス遊びをやっている男たちがいるが、アメリカでやるようにプラスティックの棒がついたものを投げる代わりに、骨を投げている。待合室というよりは村祭りの様相を呈しており、赤ん坊は泣きわめき、数分おきに事務連絡や案内がスピーカーから鳴り響く。騒音レベルとしては、ロック・コンサートなみだ。

「どこか他のところで話ができない？」

アバの口元が強く結ばれる。ノー、と言おうか、迷っているのだ。

「お願いよ」クレアが静かに言った。

アバはくるりと背を向けると歩き始め、クレアはそのあとを追った。ダンは完全に戦士モードに入った状態で、クレアのすぐあとを歩く。表情は硬く厳しく、あたりを警戒している。

病院の様子が、クレアにはショックだった。ありがたいことに、クレアは以前の総合慈善病院でお世話になることはなかったのだが、大使館職員のあいだでは、病院は『ゴキブリ捕獲器』と呼ばれていた。入ることはできるが、出られない。マコンゴ川の川べりに建つじめじめした古い建物で、クレアは横を車で通りすぎるたびに、ダンテの〝ここから入らんとする者はすべて希望を捨てよ〟という言葉でも、玄関口の石に刻んでおけばいいのではないかと思ったものだ。

昔の建物は完全に取り壊され、病院はすっかり新しくなっていた。明るくて広々とした建物は、消毒が行き届き、ぴかぴかに光って見える。

医師や看護師などのスタッフが忙しそうに行きかい、アメリカの大都市にある病院と変わらない。スタッフ全員、仕事をいっぱい抱えながらも、きちんと仕事をこなす能力がある感じ。

アバは廊下を何度か曲がり、やがて鍵《かぎ》のかかる白いドアのついた部屋の前で足を止めた。中はきれいに整理された、現代的なオフィスだった。壁の片側には医学書の並んだ本棚があり、もう一方にはアバのさまざまな学位証明書や医師免許などが額に入れてかけてある。

そして、もうひとつの壁には……

その前に引き寄せられるように立ったクレアは、かけられた写真に目を奪われた。ほとんどはアバ本人の写真――リセや医学部に通う学生時代のもの、ジャングルの医療テントの前で首から聴診器をぶらさげ、同僚と肩を組んでいるもの。

そして家族と一緒の写真。両親、夫、そして……ああ。マリーの写真を見て、クレアは胸が詰まる思いだった。いちばん大きなその写真に手を伸ばす。おそらく数年前に撮影されたものだろう。マリーの髪は長かった。マリーの顔の輪郭を指でなぞると、クレアはその当時に戻ったような気分になった。

写真のマリーはほほえんでいた。当然だ。彼女はいつも笑顔だったから。何もしていない普通の表情が笑みなのだ。ときおりマリーは皮肉っぽい笑みを浮かべることもあった。頭のいい女性なので、深く考えると辛すぎることがあるとそういう表情になった。彼女はまた面白い女性でもあり、頭の回転が非常に速く、当意即妙の受け答えにクレアは爆笑した。マリーがくそクロック夫妻のもの真似をしたり、ボウエンの偉そうで運動神経の鈍そうな歩き方をしたりしたときは、クレアは笑いすぎて息が苦しくなるほどだった。

マリー。生涯でただひとりの大親友だった。本当に愉快な人だった。本当に友だち思いで、困ったときにはいつも手を差し伸べてくれた。

「マリーのことを思わない日は、一日もなかった」クレアは小さな声でつぶやいた。

「彼女がいなくなって……ほんとに……さびしい」

　ほっそりとした黒い手がクレアの肩に置かれ、クレアは振り向くとそのままアバの腕にすがりついた。二人は抱き合って泣き続けた。マリーはもうこの世にいないのだと実感すると、ぽっかりと大きな穴が開いたような気がして、抱き合って泣く以外のことは何もできなかった。

　二人は失ったものを嘆き、互いの悲しみと怒りを涙にした。やがて涙が涸《か》れ、クレアはアバのウエストを抱えていた腕を下ろした。

　たくましい男性の手が束になったティッシュペーパーを差し出し、クレアとアバはありがたく受け取った。

　クレアはちらっとダンのほうに視線を向けた。涙で視界がぼやけ、ダンは砂漠の蜃《しん》気楼《きろう》のように見える。一瞬だが、クレアはダンの存在を完全に忘れていた。彼はさっきの場面、女性二人が号泣する様子を見てどう思ったのだろう?

　ダンはきまり悪そうな様子もなく、二人をばかにしているようでも、苛立っているふうにも見えなかった。ただそこにいて、厳粛な表情のまま、悲しそうにティッシュを差し出すだけだ。

　ダンは兵士だからだ。喪失感がどういうものか、彼にはわかるのだ。

　アバの中で何かが消えた。クレアに対する怒りもうかがえない。さっきまでは部屋じゅうに怒りが渦巻いていた。怒りの密度があまりにも濃くて、目に見えるのではないかと思うほどだった。しかし互いの喪失感を認め合った今、空気はいくぶん軽いものになっていた。

「座ってちょうだい」アバは自分のデスクの前に椅子をふたつ置き、自分は机の向こうの回転椅子に座った。クレアとダンが席に着くと、アバは二人をじっと見た。「コーヒーでも飲む？」

「いえ、結構よ」クレアはすぐに事件当日の話をしたかった。マリーの行動についてたずねたいのだが、今はただちょっと休戦しているだけだ。マリーのことを持ち出して、このつかの間の平和を壊したくない。仕方なくクレアは部屋を見回し、あやふやな笑みを見せた。「慈善病院は一年でずいぶん変わったのね。完全に新しく生まれ変わったみたい」

アバの顔を一瞬何かの感情がよぎったのだが、クレアがはっとしたときにはもう消えていた。「ええ、ここはすっかり新しくなったわ。爆破事件の一ヶ月後に古い建物は取り払われ、記録的な速さでこの建物が完成した。『新時代財団』のおかげよ。マコンゴ川を二百マイルほど上流に行ったところに、もうひとつ新しい病院が建設中よ。奥地には医療施設なんていっさいないから、多くの人が初めて治療を受けられるようになるの」

クレアはうなずいた。「それじゃあ……事件のあとでも、いいことはあったわけね？」

また同じ表情がアバの顔に一瞬浮かぶ。すぐに消えたが、怒りだったとクレアは思った。いや、憤怒《ふんぬ》ともいうべき激しい感情だった。

「あなた、記事でも書こうっていうの？」アバがたずねた。

「まさか、そんな気はないわ」

「それなら、どうしてこんなところに来たの？」

そう聞かれるのも当然だ。ただ、答えるのは難しかった。あまりに泣きすぎたせいか、長時間の旅行の疲れが今になって出てきたのか、突然クレアは激しい疲労を覚え、言葉がうまく出てこなかった。

ダンが代わりに答えてくれた。少し体を乗り出してアバの顔をまっすぐ見る。「あの日のことをクレアはまったく覚えていないんだ。記憶が一部飛んでいるんだが、あれだけのひどい怪我《けが》を負ったのだから、当然とも言える。だが、俺も大使館にいて、あのときのことは覚えている。二十五日に大使館にいたのは、俺とクレアだけだった。俺たちは大使館の建物内、ポスト・ワン避難室の中で、騒ぎをやり過ごすつもりだった。防弾ガラスに守られているから、いちばん安全な場所なんだ。そのうち大通りはレッド・アーミーでいっぱいになっていった」アバが何か言いかけたのを、ダンは手を上げて制した。「ああ、君のお母さんから聞いたよ。ラカ市内に侵攻したのは、レッド・アーミーじゃなかったって話だった。君も同じ意見か？」

アバがうなずく。「間違いないわ。マリーも私も、ムブツの軍の将校がいるのに気づいたのよ。政府軍なのに、赤いぼろ布を身にまとってね。どういうことなのか、わからなかったけれど、確信を持ったことがひとつあった。レッド・アーミーはいっさい関与していないって。レッド・アーミーだって、いかれたやつばっかりよ。それを否定するつもりはないけれど、レッド・アーミーはラカから五百マイルも離れた奥地にいるって、同僚の医師たちから聞いてたのよ。ジャングルで医療キャンプに参加している友人たちの話だから、確実な情報よ。レッド・アーミーは奥地のダイヤモンド鉱山を自分たちのものにできたから満足していて、中央政府の転覆を狙《ねら》おうなんて気持ちはさらさらないって。そもそも、レッド・アーミーにはそんな武力もなかった」

「ムブツの軍は、なぜ自分たちをレッド・アーミーに見せかけたんだ？　君の意見は？」

アバは冷たい笑みを浮かべた。「私はカトリックの学校で教育を受けたのよ、ウェストン一等軍曹」

「ダンでいい」

「では、ダン」アバは軽く会釈してみせたが、その間もダンから視線をそらさなかった。「私の行ってたカトリックの学校はラテン語や古代ローマ史も教えてくれたのね。ラテン語には有名なことわざがあるわ。何か不思議なことが起きて、その原因が誰にもわからないときに使うのよ。利益は誰のところに《クウィ・ボノ》？　つまり、誰が得をするか、利益を得るのは誰かってこと。そうやって考えてみて。爆破事件が起きて、結果的に得をしたのは誰だった？」

「ムブツだ。ムブツが得をした。アメリカ政府はマコンゴにじゃんじゃん金をつぎ込んだ。レッド・アーミーは壊滅させられた。中央政府に資金を提供するのが、今や大流行だ」ダンは手を広げて、病院の新しい部屋を示した。「新しい病院、新しい学校」

　まただ。アバの顔が暗く陰る。

「アバ」クレアは机の上に手を伸ばし、アバの手を取った。「マリーは何て言って家を出たの？　私のために大使館に行くって、どういう意味？」

　アバは目をそらしたが、クレアの手をきつく握った。「あの子にもわかったのよ。あれがレッド・アーミーじゃないって。それ以外にも何かを、いえ、誰かを見たの。あの子が信用していなかった誰かがいたのよ。あの子が何を思ったのか、今となってはわからないけれど、とにかくあなたに危険が迫っていると考えた。だからあなたを助けようと大使館に行ったの」アバは最後にぽつんと告げた。「あなたを救うために、あの子は自分の命を捨てたのよ」

「そんな……」クレアの目にまた涙があふれてきた。胸が張り裂けそうだった。「どうして？　マリーは誰を見たの？」

アバは肩をすくめ、クレアに握られていた手を引いた。立ち上がって、話はこれで終わりだと、態度で告げる。「さあ、もうこれぐらいにして。私は——」

クレアの全身を稲妻が貫いた。マリーは自分の命を捨ててまで、クレアを助けようとした。それなら、その理由を突き止める責任がクレアにはあるはずだ。

「何か口にできないことがあるのね？　ここで何かが起きてるんだわ。この病院で。そうでしょ？」

アバは声を落とし、自嘲《じちょう》ぎみに応じた。「ここで？　こんなぴかぴかの新病院で？　何も起きるはずがないでしょ」

クレアはたじろぐことなくアバを見つめた。「でも何かあるんだわ」

アバはしばらく身動きしなかった。それから、ひょこっと首を縦に振って、苦々しい口調で話し始めた。「信じられないでしょ？　わかったわ、説明してあげる」また椅子に座るとデスクの袖《そで》の引き出しを開け、箱をふたつ取り出して机の上に並べた。

クレアはその箱を手に取った。それぞれの箱の中から十個のカプセル型の錠剤が入ったブリスター・パックがふたつ出てきた。薬が二十錠。どちらの箱から出てきたものも、まったく同じに見える。箱には世界的に有名な製薬会社の名前が印刷されているが、クレアにはそれが何の薬なのか見当もつかなかった。

「それ、何かわかる？」アバが問いかける。

クレアは首を横に振った。

アバがひとつを手に取る。「これは最新のＨＡＡＲＴ治療薬よ。抗ＨＩＶ－１薬を組み合わせてエイズの発症を抑えるの。ごく最近に認可されたばかりで特許もあるため、ジェネリック薬にはなっていない。今の医療で考えられる最高のＨＩＶ治療薬なの。この薬を使えば、ＨＩＶ患者の生存期間を二十年は伸ばせるわ。マコンゴは現在エイズが蔓延《まんえん》していて、大人の五人にひとり、子どもの六人にひとりはＨＩＶに感染してる。このカプセルは、いわば魔法の薬よ。最終的にエイズを完治する方法が見つかるまで、この薬を使えば子どもたちは生きていられる。ただ、こういった薬は安くは手に入らない。箱の値段を見て」

クレアは手の中にあった箱をひっくり返して、左下の隅に印刷してあった価格を見た。クレアの目が真ん丸になった。

「でしょ？」アバの口調は皮肉っぽい。「ひと箱八百ユーロもするの。それに簡単に手に入るようなものでもないわ。でも、うちの薬剤庫にはこれがたっぷりある。空港に隣接する倉庫は、この薬以外にもものすごく高価な薬品類でいっぱいになっていて、奥地へ届けられるのを待っている」

アバが言葉を切り、部屋は沈黙に包まれた。遠くで救急救命室に医師を呼ぶスピーカーの声が聞こえるだけ。

アバはもうひとつの箱をつまみ上げ、ぶらぶらと揺すってみせた。「こっちはどう?」そう言ってデスクにぽいと投げる。「こっちは、紙とベビー・パウダーを固めて錠剤にしたものよ。それをブリスター・パックに入れてあるの。一ドルもしないわ」二種類の薬をデスクの上に並べると、アバはクレアとダンを見上げた。

「さて、どっちがどっちかわかる?」

「私にはわからないわ」クレアがつぶやいた。

「実は私にも見分けがつかないの」アバが答える。「私はその思いを抱えたまま、毎日を過ごすのよ。私はこの薬と、うちにある中でいちばん強力な抗生物質を十箱、それから抗がん剤を十パックこっそり持ち出して、パリの研究機関に分析を依頼したの。自分で費用を支払ったわ。結果は、すべての薬の三分の二が偽物だった。だから、がんに苦しむ子どもに化学療法を実施するとき、エイズで死にかけている母親にこの特効薬を使うとき、いつも思うの。私はこの人の命を救っているんだろうか、それとも死期を早めているんだろうかって。それなのに、自分ではどっちなのかわからないの」アバは平手でばしんと机を叩《たた》いた。突然荒々しい声で叫ぶ。「自分の行為がどっちになるか、わからないのよ!」

「全部を検査することはできないのか？」ダンがたずねた。

アバが怒ったように首を振る。「絶対、無理。問題外よ。検査に千ドルかかったのよ。ここでいったい何が起きているのか知りたくて、私が自分でお金を払ったわ。検査結果自体にも不確定要素があるから、すべてを確かめようと思えば何百万ドルもかかる。このことを公にしようと思うなんて、正気の沙汰《さた》じゃないけど、もしそうしたとしても、検査されるのは本物の薬だけよ。私は即座に職を失い、名誉棄損で逮捕される。国じゅうから敵視されるのは言うまでもないわ。『新時代財団』が何もかも国のためにしてくれてるのに、その善意を疑うのかって」アバは手を広げて、近代的なオフィスを示した。病院全体が効率的に運営されている。「考えるまでもないわ。そんなことしたら、精神病院にでも閉じ込められるわね。最近のムブッのやり方を見てると、川に連れ出されて銃殺され、ワニの餌《えさ》にでもされるのかもね」アバはぐっと口元を引き締めた。涙がひと筋、頰《ほお》を伝い落ちた。「私の夫はこのことを調べ上げ、公表寸前に姿を消した。十日後、死体が発見され、私が彼だと確認したわ。でも変わり果てた姿で、結婚指輪がなければ、彼だとはわからなかったかもしれない」

「このふたつ、まったく同じにしか見えない」クレアはふたつの箱を両手に並べたが、違いはどこにも見つからなかった。細部にわたるまで、完全に同じなのだ。

「ええ、まったく同じ。財団は去年一年で、一億ドル相当の医薬品をマコンゴに送ったわ。そのうちの三分の二が偽物だったとすれば、七千万ドル以上が誰かの懐に入ったことになる。もちろんムブツにもいくらか分け前がわたっているはずだけど、ほとんどがマコンゴの最大の支援者とされる人物のところに行ったと考えるべきでしょうね」アバは机越しにクレアとダンのほうへ体を近寄せる。「その男のせいで、マリーは大使館まで行ったの。あなたに警告を与えなきゃと考えて。マリーを殺したのも、おそらくその男よ」

「ボウエン・マッケンジー」クレアがつぶやくと、アバは険しい顔でうなずいた。

21

そろそろ、彼に伝えなければならない。

「マリーは殺されたの」病院をあとにしながら、クレアはダンに静かに告げた。「死体は発見されなかったけれど、爆破の前に、彼女は殺されてたわ」

ダンは周囲を鋭い目でうかがってから、クレアの顔を見た。「そう断言できる理由でもあるのか、ハニー?」

クレアは深呼吸して、ダンの目を見つめた。「意識が戻ったとき、私の体はほとんど動かなかった。ベッドで起き上がるのにひと月かかり、病院の廊下を歩き始めたのも、それからまた何週間かあとだった。最初は頭が混乱して——」そこで担当の神経科医だったファローズ医師の真似をしてみせる。「『時間と空間認識に問題がありますね』、そう言われたの。時間の観念がまるでなくて、昼なのか夜なのかさえわからなくなった。病院にいることとさえ忘れるときもあった。ラカにいるんだと思ったり、ダーバンで任務に就いてる気になったり、何度か、ジョージタウン大学の学生だと思ってたときもあったわ」クレアは、ふうっと息を吐いた。「あなたもこんな感覚になったことある?」

「いや。だが、頭を怪我《けが》した経験が一度もないからな、俺は。脾臓《ひぞう》をなくして、片膝《かたひざ》をやられて、右の鼓膜が破れた、それだけなんだ。それでも、頭をひどく怪我したやつなら、大勢見てきた。PTSDに悩まされてるやつらを見てるだけでも辛かった」

「ええ、辛いのよ、実際」クレアはうつむいて、地面を見た。舗装面の隙間《すきま》から生えてきた雑草をつま先で押さえる。

「クレア?」

クレアは深々と息を吸い、意識して一定の調子で息を吐いた。

「悪夢にうなされた。あなたも知ってるでしょ? 毎晩ああいう調子だったの。ひと晩で何度も違う悪夢をみるときもあったわ。だから自分でも、頭がおかしくなりかけているんだと思った。夢にうなされないようにするには、強い睡眠薬をのむしかなくて、それだとレム睡眠がなくなるの。結果的には、こっちのほうが辛かった」

「ひどい」ダンが小さく声を上げた。「地獄の日々だったんだな」

クレアはぎこちなくうなずいた。「ええ、まさに」地獄以上の毎日だった。「事件の日のことは思い出せなかったんだけど、私の意識のどこかに何らかの情報が眠っていて、ときおり間欠泉みたいにぼこっぼこっと湧《わ》き出してくるの。その感覚が怖かった。

頭の中に埋め込まれた映像が、私をそっとしておいてはくれないみたいで。悪夢にはさまざまなパターンがあったけど、基本的なところは同じで、いちばんよくみたのは、私がどこかの灌木《かんぼく》の陰にしゃがみ込んでいるあいだに、いろんなことが起こるものよ。そのいろんなことが、私には理解できなくて。閃光《せんこう》の中で、男たちが――アフリカ人よ、その人たちが動いているところ。何かを動かしているの。すると大きなトラックが出て行き、また別のトラック、まったく同じ車が入ってくる。すると――」口がからからになって、クレアは唇を湿らせた。「すると女の人の声が私を呼ぶの。私を呼ぶために、その女性は少し体を起こすのね、それで彼女、見つかってしまうの。男、今度は白人の男に。その瞬間、本当の地獄になるの。空全体が赤く、男たちは人間というより悪魔になる。ヒエロニムス・ボスの絵に出てきそうな感じで、うろうろとあたりを漂うの。悪魔のリーダーは白人の男よ。顔は見えないけれど、その男が誰かはわかっている。誰かはわかっているけれど、どうしてわかっているのかはわからない。男が女性を指差し、手下の悪魔のひとりに命令する。にやっと笑ってライフルを構え、銃口が火を噴く。女性の頭が赤い霞《かすみ》で包まれたみたいになって、彼女は崩れ落ちる。すると白人の男はわたしのほうを向いて、口を開くの。男の口の中は血だらけで、男は指を私に向けて、軽く振るの。そこで……目が覚める」クレアは体の震えを止められなかった。ダンが肩に腕を回し、クレアを抱き寄せた。「そんな夢を何ヶ月ものあいだ、毎晩みたの」

クレアの全身をまた冷気が包む。気温は三十度を超えていて、蒸し暑いのに。クレアは体の芯《しん》まで凍えていた。

「神経科のお医者さんには、ずいぶん相談したわ。このお医者さんが私の脳神経の反応を調べてくれたんだけど、そのあいだに私にいろんな話をさせて、それから関係のない質問をするの。夢の内容、同じ夢に何度もうなされることを伝えた。事件の前にはそんなことはなかったのも説明した。いい夢にしろ悪い夢にしろ、同じ夢をみることなんてなかったから。お医者さんの意見では、夢は私の不安の表われで、罪悪感も関係してるんだって。爆破事件で私は命が助かったのに、マリーが死んだから自分を責めてるんだと言われたわ。完全に元どおりの体に回復しないんじゃないかと、不安があるせいだって。白人の男っていうのは、弱さや喪失の象徴だろうってことだった」クレアは首を振った。「その説明には、納得がいかなかったの。でも当時は反論する気力もなかった」

クレアはダンを見た。ダンの顔は緊張に引き締まり、険しい目つきをしていた。

「ダン、私は殺人を目撃したんだと思う」クレアはささやくような声で言い添えた。

「それが今回のことの原因なんだわ」

ダンの顔の筋肉がぴくっと動く。「俺もそう思う。だから、君に記憶を取り戻してもらいたくないやつがいる。君の診療記録はどこだ？」

「私の、何？」

「事故のあとの診療記録だ。診断書に何と書かれていたか、知ってるか？」

「ええ。後遺症による記憶喪失、自律神経失調症、幻覚症状。そういうの。ラテン語の医学用語が使われてたけど。あるとき、暇だったからハッキングして自分の記録を見てみたの。難しくも何ともなかったから。観察記録や鑑定記録はいっぱいあったけど、どれもが手短に言えば、クレア・デイは怪我のせいで、精神に異常をきたしてますって結論だった。そのとき悟ったわ。国防情報局に復職することは絶対無理だって。そんな精神鑑定を受けた人間を分析官にしておくようなリスクを国防情報局が取るはずはないもの」

　背後に車が近づいてくる音が聞こえて、ダンはさっとあたりを見回した。街ではほとんど見かけないタクシーだった。ダンはタクシーを止めると、クレアを押し込むようにして乗せ、ホテルの名前を運転手に告げた。

　後部座席に座ると、ダンは背もたれに腕を伸ばし、クレアの耳元でささやいた。

「その記録のおかげで、君は殺されずに済んだんだ。謎《なぞ》の白人男が君の友だちを殺すところを君は目撃した。君が法廷で有効な証言ができると知れば、フロリダに殺し屋を差し向けていただろう。まったく無防備な君は、殺されていたはずだ」

そのとおりだ。殺し屋が来るなど、クレアに想像できたはずもない。これまで二度襲われたとき、ダンがいてくれたからどうにか逃げ出すことができた。クレアを殺すのなど、生まれたての猫を殺すのと同じぐらい簡単だ。

もうはっきり言わなければ。考えるのもおぞましいが、口に出して言わなければならない。

「全部、ボウエンにつながるわけね?」クレアは慎重に話し出した。「今回のことは、私があいつの名前を検索したときから始まった。あの日ボウエンは、ラカにいた。なのに、アルジェに行ったと偽装工作をした。会談をしたはずの副首相は、アリバイを確認する暇もなく暗殺された」ごくんと唾《つば》を飲んで、渇いた喉《のど》を潤す。「アバの言うとおりだとすれば、あの日侵攻したのはレッド・アーミーではない。私の夢が実際の記憶だったとすれば、ボウエン・マッケンジーは――」

「殺人者だ」ダンが吐き捨てるように言った。「さらに国家反逆罪という重罪にも問われる」

大西洋上空
アメリカ領海から八十キロの地点

スキャンダルはもうすぐピークを迎えようとしている。ブログの中には、一日で一千万件のアクセスがあったものまで出ていた。ボウエンはそれらのブログを自家用ジェットの中で見た。ジェット機は東へと飛び続ける。

あれこれ考えあわせてみると、今すぐにコメントを出せない場所にいるというのは、好都合かもしれない。メールを調べてみると、ああ、やはり。コメントを求めるメールが何百も来ていた。

悪いね、とボウエンは思った。彼は今アフリカに向かっているのだ。神の使いとなって。騒ぎが最高潮に達したとき、ボウエンは神の仕事を終えてアメリカに戻る。命を救う薬品の分配を監督し、いちばん悪いタイミングで現われた脅威だったクレア・デイというくそ女の始末を済ましたあとで。

ボウエンはほっとひと息ついて、豪華な専用ジェット機のやわらかな座席にもたれかかった。人間工学の粋とも言うべき椅子《いす》に体が溶け込んでいくようだ。彼はコニャックを少しだけグラスに注いだ。ヘネシー、一九七二年産、ヴィンテージものだ。これからゆっくり酔いが回り、そしてラカに到着する頃にはもう体からアルコールは抜けているはず。これぐらいの楽しみは許されてもいいだろう。

ボウエンはボタンを押した。「ヘストン」

客室後部のドアが開いた。ジェット機の尾翼に近い部分には通常の旅客機と同じ座席が十席あり、さらに武器用のスペースをたっぷり取ってある。

ヘストンが気をつけ、の姿勢で立つ。「はい」

ボウエンはもの憂げに顔を上げ、自分の子飼いの兵士を見た。番犬として雇ったのに、最近はまともに務めを果たさない。この番犬に与えるチャンスはあと一度だけだ。今度しくじったら、消えてもらう。

ボウエンが次に活躍するべき場所では、すべての行動が大きな影響力を持つ。失敗は許されない。負け犬を飼っておく余裕はない。

「全員、準備はできてるな、ヘストン？」

他に三名の兵士を連れて来た。ヘストンの部下だ。新体制のマコンゴでは四名もの白人男性が一緒に行動すると人目を引く。だから、ヘストンも大人数の部隊とまでは言わなかったのだが、少数の兵士、しかも絶対に自分の部下を連れて行くと主張して譲らなかった。ばかばかしい。何の訓練も受けていない女を相手にするのだ。男が四人がかりで、何を心配することがある？　無駄としか言いようがない。

そんなこともあり、今回ヘストンが失態を演じれば、ボウエンは自分でヘストンを撃ち殺すつもりだった。

ボウエンは鋭い眼差しでヘストンを見た。「今回は、失敗のないようにしよう。女を見つけたら、拉致《らち》するんだ。女がどういう情報をつかんでいるのかを調べなければならん。口を割らせるためなら、何をしても構わない。女が何を口走るか、徹底的にやれ。この女のせいで、僕は無駄な時間と金を使うはめになった。だから、消す前に少しぐらい償ってもらってもいいさ」ボウエンは冷たい笑みをヘストンに投げた。「この女、美人だぞ。君は、こういう役目は好きだよな？」

「はい、好きです」ヘストンは命令を聞く兵士らしい態度を崩さないようにしていたが、それでも頬《ほお》が赤く染まった。ヘストンはこういうことに性的興奮を覚える。暴力で性衝動が高まり、その結果陸軍からの不名誉除隊を余儀なくされた。暴力的な性交渉のいくつかがレイプだと認定されたのだ。

どう考えてもくだらない。自分のいちもつをズボンに納めておくことができなかっただけで、嘱望される軍隊でのキャリアを棒に振るとは。

まあ、これもヘストンを頼りにしてはいけない理由のひとつだ。道具として役に立たない欠陥品であることが、はっきりしてきた。

切れ味の鈍い道具は、いずれ早い段階で棄てなければならない。

ラカ
十二月三日

「だめだ、だめ、絶対にあり得ない!」病院を訪れた翌日、ホテルの一室でダンは、これ以上何も言わないでおこうと固く奥歯を嚙《か》みしめていた。ダンの望みはひとつ。クレアを事件の核心から遠ざけておきたいだけだった。口を開ければクレアにそう命令してしまいそうで、しかし当然ながら、クレアは人から命令されるのが嫌いだ。

苛立《いらだ》ちがわき上がり、熱流となってダンの全身を駆け抜ける。通常作戦を練るときのダンは氷のように冷静なのだが、今回ばかりは……

ああ、だめだ。

不満の持っていき場がなく、ダンは両手で頭をかきむしり、髪を引っ張った。

こういうことになるのではないかと、昨夜から何となく感じていた。時間をかけてクレアと愛を交わした。自分の体を彼女と結びつけておけば、魔法のような防御シールドで彼女を包めるのではないかと思った。彼女の中に長く入っていれば、それだけ彼女の身は安全になるような気がした。できることなら彼女の体を折りたたんで、自分の体の中にしまい込んでおきたかった。

危険が近づいている予感があった。予感は的中した。クレアは自分をおとりとして使うことを提案したのだ。

「いえ、あり得るわ」クレアが落ち着いた声で応じる。クレアは椅子の向きを変えた。「ジェシー、あなたからもダンに言って」

ダンはジェシーのほうを向き、無言の圧力をかけた。論理的に考えろ、クレアの提案なんかとんでもないと言え、と。ジェシーは頭をかいた。髪を引っ張らなかったのは、引っ張るだけの長い髪がないからだ。そしてため息を漏らす。

「そうだな、プランをいろんな角度から徹底的に検討してみたんだが、これしか方法はないんじゃないか。おまえらもそう思うよな?」

フランク・リッツォとデイヴ・ソーヤーは武器を確認していたのだが、ジェシーに話しかけられると、顔を上げてうなずいた。しかし、ダンの視線を避ける。二人とも、こんなプランなど常軌を逸しているとわかっているから、ダンの目をまともに見られないのだ。

エトワール・ホテルにはほとんど宿泊客がいない。偽名がばれているかもしれないので、宿泊リストを調べられたときのことを考え、ダンはフロント係を五十ドルで買収して別の部屋を空けてもらい、ジェシーたちをその部屋に宿泊させた。これで宿泊名簿に三人の名前は載らない。自分の部屋があるのに、また別の部屋を借りるアメリカ人の行動をフロント係は奇妙に思ったかもしれないが、それを口には出さなかった。

マコンゴ人は、白人なんて全員頭がおかしいと思っているのだ。

ジェシー、フランク、デイヴは昨夜七時到着予定の便で、九時に到着した。二時間遅れなら、運のいいほうだ。ダンは、フランクとデイヴを直接知っていたわけではないが、彼らのことなら知っている。優秀な兵士で、安心して背後をまかせられると聞いていた。今はジェシーとともにこの二人が絶対的な親友となった。なぜなら、この二人はクレアを守るためにはるばる来てくれたのだから。

そのクレアが、自ら火に飛び込もうとしている。

だめ、だめだ。あり得ない。

ただ、クレアはどんな説得にも応じようとしない。これこそ、ダンがもっとも恐れていたことだ。クレアは許しを求めるわけでなく、ダンをプランから疎外しようともしない。ものすごいスピードで回転する頭脳で、このプランを考えたのだ。

フランクとデイヴはホテルに現われて五分後には、完全にクレアの言いなりになっていた。だからこの二人に何を言っても無駄だ。頼みはジェシーだけで、彼なら自分の考えを述べてくれると思っていたのに、彼も役に立たない。他の二人とまったく同じ、クレアにのぼせ上がっている。

三人がベッドにちょこんと座ってクレアの一挙手一投足を見つめる姿は、愚か者を絵に描いたようだった。彼女が苛々と部屋の中を行き来するのに合わせて、三人の顔が左右に動く。テニスのトーナメントを観戦する人みたいだ。

「証拠がないわ。それが問題なのよ」クレアが言った。集中しきって考えているため、美しい顔をしかめている。「最善策、いえ、唯一の策として考えられるのは、ボウエンの自白でしょ。あいつが簡単に罪を認めるはずはないけど、私と二人きりだと思い込めば、べらべらしゃべり出すわ。あいつがどんな男かは、わかってるの。自分がどんなに頭がいいか、大喜びで自慢するはずよ」

「君にべらべら話すのは、君を殺すつもりだからだ！」ダンの歯ぎしりする音が部屋じゅうに響いた。「もちろん大喜びだろう。君を殺すつもりだから、君に自白したってその内容が他の人に伝わる心配はない」

クレアが振り向き、驚いたような顔でダンを見た。ベッドにかしこまるファンクラブ三名を手で示す。「あら、じゃあ、あなたたちは何のためにいるわけ？　あなたたちが援護してくれるんじゃなかったの？　ボウエンは、私がひとりでここに来たと考えているから、それほど警戒もしていないはずよ。敵の不意を衝く、典型的な兵法だわ」

ダンは頭が爆発しそうになりながらも、努めて穏やかに話そうとした。「俺たちはすばやく行動できるし、兵士として優秀だ。でもな、ハニー、ボウエンが銃を持って現われるかもしれないんだぞ。俺たちはスーパーマンじゃない。弾より速くは走れないんだ」

ダンの話が終わる前に、クレアは首を振っていた。「そんなことにはならない。ボウエンについての公然の秘密を教えてあげるわ。あいつ、情報だけを扱ってきて、実戦向きじゃないの。あいつは銃の扱い方さえ知らない。それは、事実として私が知ってる。以前はよく、あいつも自分の銃の腕前とやらを吹聴《ふいちょう》してたけど、大使館の警護官たちのあいだでは笑いものになってた。ボウエンが銃を持って現われる可能性はないわ。断言する」

「手下のやつを連れて来るかもしれない」

「ええ、きっと連れて来るはずよ。だからあなたたちの助けが必要なの。私がボウエンと会う前に、この手下はあなたたちで片づけておいて。ええっと――装備を確認しとかないと。あなたたちは、武器を確認したのよね？　ジェシー、頼んでおいたもの持ってきてくれた？」

「はい、もちろん」ジェシーがジーンズのポケットから小さなプラスティックの塊を取り出し、おたまじゃくし型の先端部をクレアの耳にあてがった。そのあと、髪で耳を隠すとプラスティックのイヤホンはまったく見えなくなった。「完璧《かんぺき》だろ？　イヤホンってのは目立つのが難点だったけど、これは骨に直接振動を伝えるんだ。特殊部隊にいる友だちで、こういうのがすごく好きなやつがいて、借りてきたんだ。あとで必ず返せよって言われたけど」

うう、ダンの歯ぎしりがいっそう大きくなる。スナイパーがクレアの頭を狙《ねら》ったら、その友人にイヤホンを返すどころではない。最新式の器具も、血まみれになってしまう。

ダンが文句を言おうと口を開いた瞬間、クレアが手を上げて彼を制止した。「テストしてみたいわ。何か話して」

ジェシーはバスルームに入ってドアを閉めた。男性の声らしい低くこもった音が何となく聞こえるだけだ。

ジェシーがまた出てくると、クレアは瞳《ひとみ》をきらきらさせた。「すごいわ。耳元で直接話しかけられてるみたい。ああ、ビデオのほうはどう？ どんなのを借りられたの？」

ジェシーが取り出したのは、プラスティックのごく小さな薄いパネルで、上部に丸い穴があった。「小さいけど、ものすごく精巧にできてる」指で突起に触れる。「これでオンになった。軽量だから、こっちの部分をシャツのボタン穴に引っかけておけばいい。ボタン穴のあるシャツがないかもしれないと思って、Sサイズのシャツを買ってきた。ダンのシャツを着るわけにはいかないだろうし」ジェシーは無地の白いコットンのシャツを広げてみせた。クレアには大きすぎたが、着られないほどではない。

熱帯の気候の中では、誰もが体に密着しない服装をする。ジェシーはシャツを掲げてから、ボタンにプラスティック片の突起部を引っかける。そのあとテーブルに小さなモニターを用意し、電源を入れた。画面にジェシーが映る。背後に見えるダンは、ひどく顔をしかめていた。

「これでどうだ？」ジェシーが言うと、モニターのスピーカーから彼の言葉が流れた。

〝これでどうだ？〟

音は明瞭《めいりょう》に聞こえ、映像もぶれていない。

「準備オッケーってことね」クレアがつぶやいた。

「俺がボウエンと話す」ダンも懸命に頼む。「だから、君はここにいてくれ」ボウエンの狙いを自分に向けさせよう、クレアのことを忘れさせようとダンは考えていた。

クレアがダンの顔に手のひらを当て、ほほえみかけた。「だめ」やさしく告げる。「それじゃうまくいかないの。あなただって、わかってるでしょ？　ボウエンが話す相手は私しかいないし、私がひとりだとあいつが信じていないとだめなのよ。クレア・デイは何も考えずに罠《わな》に飛び込むほどばかなんだって、思い込ませるの。あなたが相手なら、ボウエンは用心するわ。応援部隊がいるはずだと思うでしょうし、そもそもあいつは、あなたと話なんてしない」そこでクレアはため息を吐《つ》いた。「私にだって話すかどうか、確信はないの。うまく罠にかけられるか自信はない。でも、とにかくやってみなきゃ」

「クレア――」ダンはできるだけ理性的な口調で話し始めたが、頭の中からは理性など消し飛んでいた。とにかく、このホテルの部屋の壁に自分の頭をがんがん打ちつけたい気分だった。

「もういいわ、ダン。私の言うことを聞いて」クレアの声の調子が鋭くなる。「アバの話、あなたも聞いたわよね？　ボウエンが犯罪行為を続けるかぎり、これからも多くの人々が死んでいくの。誰かがあいつを止めなきゃ。どうしても終わらせるのよ」

「マリーの復讐《ふくしゅう》がしたいんだ、そうだろ？」ダンが不満そうにつぶやいた。

「もちろん、それもあるわ。でももう、それだけの話では終わらなくなってるのよ。あなただって、わかってるでしょ？」ダンからの返答も待たず、クレアはコンピュータのところに移動した。「さて、これで話は決まったから、私はボウエン・マッケンジーと連絡を取らないとね。あいつ、今どこにいるのかしら」

クレアはいつもの〝コンピュータ・モード〟に入ってしまった。キーボードの上に身を乗り出すようにして、鼻先を画面から数センチのところに近づけ、指がものすごいスピードで宙を舞う。

ジェシーがダンのほうを見て、無言で問いかける。**彼女、何してるんだ？**

ダンはただ肩をすくめるだけだった。ダンにわかるはずがない。クレアが何もかもを決める。

彼女の独り言が聞こえた。「ボウエン、いったいどこなのよ？」

ジェシーとフランクとデイヴはベッドに腰を下ろしたまま、身動きもせずクレアを見ていた。彼女の好きにさせるしかない。

やがてじっとしていられなくなったダンは、クレアに近づくと彼女の肩に手を置いた。あまりに華奢《きゃしゃ》な骨格を改めて感じ取り、体がすくみそうになったが、かろうじて抑えた。今この瞬間のクレアには、世界征服でもできそうな雰囲気がある。怒りと不正を憎む気持ちでいっぱいで、復讐の女神のように見える。

しかし、クレアはもともと小柄な上に、体力を完全に取り戻したわけではない。頑強に鍛え抜かれた体を持つ兵士たちが死んでいくところを、ダンは何度も見てきた。たった一発の銃弾、それだけで、どんなに強い兵士でも命を落とす。ボウエンが銃を持ってこないとしても、力を入れて殴りかかられたら、クレアは命を落とすかもしれない。

彼女を失うかもしれないと思うと、怖くてたまらない。生死の境はほんのちょっとしたことで決まる。ふと気づくと境界の向こう側に入ってしまっていた、ということになりかねない。

「何してるんだ、ハニー？」

クレアはふうっと息を吹き上げると、顔を曇らせて椅子にもたれかかった。

「ボウエンの居場所を探してるの。ボウエンは誰かに命じて私を追跡させているはずでしょ？　私がラカにいることは、もう知られているに違いないわ。だとすれば、ボウエンはこっちにやって来るだろうと思ったの。何もかも自分の思いどおりにしたいやつだから。それでアメリカ発の航空便を全部調べてみたんだけど、ボウエン・マッケンジーの名前はないのよ。かなり顔も知られてるし、偽名で予約するはずはないでしょ。それなのにどこにも名前が……」

クレアが突然、言葉を切った。

「どうした？　何があったんだ、ハニー？」

しかしクレアにはダンの声などまったく届かなくなったらしい。先ほどと同様、コンピュータとのみ会話を続ける。それからさらに五分が経過した。部屋に聞こえるのはキーボードが激しく叩《たた》かれる音だけ。さっきの倍ほどの速さだ。

クレアは画面をじっと見て、笑顔になった。「見つけたわよ」そしてダンに声をかけた。「ほら」

クレアが、ネットブックの位置をずらして画面がよく見えるようにする。画面にあったのは、飛行計画書だった。

「ボウエンは専用機で飛んでくるのか。財団所有のジェット機だな。パイロットがラカの空港に提出した飛行計画書では、同乗者は四名」クレアの肩に置いたダンの手に力が入った。「ああ、見つけたな」

クレアはまたキーボードを叩いた。「到着予定は今日の午後二時三十分。さて、あいつの携帯電話にメッセージを送るとしましょ。ショートメールを送るわ」

「あいつの携帯の番号、わかるのか？」ダンは驚いてたずねた。

にやりと笑うクレアの顔が、不敵に歪《ゆが》んだ。「あのね、ダン。携帯電話の番号を調べられない日が来たら、私はその日かぎりでコンピュータなんて使うのをやめちゃうわ」

22

大西洋、ポルトガル領アゾレス諸島近海上空

空の旅のあいだはリラックスしていようと、ボウエンは思った。インターネット上にあふれるネフの写真を思うと、気分が少しは晴れる。

意識して呼吸を一定にし、冷静に考えてみる。

クレア・デイが引き起こした問題で、多少は迷惑をこうむった。しかし、もう彼女の居どころもわかったし、すぐに厄介ごとも消える。

彼女は孤立無援、体力が衰え、精神的にも少々おかしいのだろう。突拍子もない話を彼女が誰かに打ち明けたところで、それを信じる者などいるわけがない。彼女には公職資格はまったくなく、事件後の彼女の医療記録にちらっとでも目を通せば、精神状態が不安定な彼女の話は信頼性に欠けることがわかる。彼女が死ねば、何もかも元どおりに戻る。すぐに彼女の名前すら忘れ去られるだろう。

大丈夫、何もかも計画どおりに進行中だ。今回はただの手違いがあっただけ。どうということでもない。

ウィザードからの連絡を告げる信号音が鳴った。

〝デイの宿泊記録、ホテルになし。ただし、コンピュータの記録は十月十四日以降、更新されていない。このホテルどうなってる？　どうやって運営されてるんだ？〟

ちくしょう！　クレアはエトワール・ホテルに宿泊しているのかもしれないし、いないのかもしれない。このまま何もなかったことにしようかと、一瞬ボウエンは思った。パイロットにジェット機をアメリカに戻してくれと言おうかという誘惑に負けそうになる。クレアに何か策略を練る能力が戻ったという確証はない。彼女はわけもわからず、ラカに行っただけなのかもしれない。そもそも本当にマコンゴに行ったのか？　ルンギ空港からシエラレオネの首都フリータウンに向かったのかもしれないのだ。

今、クレアを追って国を離れることは、自分にとって最善の策だったのかをボウエンは考えた。短慮だったのかもしれない。この二、三日はネフ関連で多くの進展があるはずだ。ネフが上院議員の座にしがみつこうとし、ボウエンを推す草の根運動が広がりを見せる。重要な時期なのだ。

一方で、六時間ごとに新しいスキャンダル写真と映像がインターネット上に流れることになっているわけだから、アフリカで貧困地域の人々の命を救う薬品の配布を監督していれば、このスキャンダルの流出をボウエンと結びつけて考える人はより少なくなる。

貧しい人々を助けるヒーロー、絶好の写真を撮らせることができる。

スキャンダルがピークに達した頃に、ボウエンはアメリカに帰国する。そしてネフが恥辱にまみれる姿を見届けられる。

ふうむ。マコンゴから帰国したばかり、ジェット機から降りる姿をマスメディアが写真に収める。陽に焼けて生気をみなぎらせた、愛国者の慈善事業家の写真が世間に出回る。その写真を見た人々は、変態男の後任としてはこの男性しかいないと納得する。

マスメディアに取り上げられる自分の写真がボウエンの頭に浮かぶ。写真の横には見出しが躍る。倫理観を取り戻そう。ジェット機から降りるボウエンを取り巻くメディアの記者たちが、今後どうされるつもりですかと口々に叫ぶ。政界に進出されるんですか、ネフ上院議員は腐りきっていて、どうしようもないスキャンダルに身動きが取れないようですが、などと質問が飛ぶ。新しく上院議員の席に着くつもりなんですか？

ああ、もちろん。ボウエンは上院議員になる。そして、リッチモンド国際空港の滑走路脇《わき》なら、人々の期待の声に応じることを発表する場としては実にふさわしい。

ボウエンは滑走路脇に群がる記者たちが喜んで見出しに使いそうな言葉をあれこれ考えていた。そのとき、ショートメールの着信音が鳴った。

楽しい考えを邪魔するやつは誰だろうと考えながら、彼はディスプレイを見た。

発信先、非表示。

無視しようかとも思ったが、今は大事な時期だ。あらゆる情報を把握しておく必要がある。

受信ボックスを開けたとたん、彼の全身の血が凍りついた。数秒間か、心臓が止まったと思った。そして、すぐに猛烈な速さで鼓動を打ち始めた。

〝ボウエン、久しぶりね。私ならラカにいるわよ。ここで、あなたに関して非常に興味深い情報を手に入れたの。あなた、私を捜してるんですってね。それでマコンゴに向かってる途中なのね。今日、現地時間で午後四時、エトワール・アフリケーヌ・ホテルのロビーで待ってる。私が欲しいのなら、つかまえてみれば？ クレア〟

「あら、ボウエン」クレアは両手を見える位置に出して、立ち上がった。「会えてうれしいとは、とても言えないけど」

　ボウエン・マッケンジーのさりげない愛想のよさは、完全に消えていた。緊張し、ストレスのせいか鼻の脇が白く見える。ただ、いつもどおり外見はおしゃれに決めている。体にぴったり合った麻のシャツは、アルマーニのものだと声高に訴え、チョコレート色のズボンも麻、キッドスキンのグッチのローファーを、靴下なしで履いている。

「クレア」ボウエンが歯をむき出しにした。「おまえなんか、とっくに死んでるはずだったんだがな」

「ご期待に添えなくて悪かったわ。さて、ボウエン。あなたを信用してないとかではないんだけど、でも、くるっと回って背中を見せてちょうだい」

　ボウエンはうつむきかげんで、ゆっくり回ってみせた。

　ボウエンのすることとすべてに、何らかの意図がある。着ている服の生地は薄くて軽く、体の線が出る。ポケットにもウエストにも背中にも、重たいものはない。銃があれば、生地が引っ張られるはずだ。

背中に小型の戦闘ナイフを隠していたり、ベルトに首を切るためのワイヤを忍ばせていたりという可能性はあるが、どちらもすぐに手に入るものではない。そもそも、ボウエンはそういう男ではない。自分の手を血で汚すことはなく、他の誰かにやらせるのだ。

「では、おあいこで行こう」ボウエンの青い瞳《ひとみ》が光る。「おまえの番だ。後ろを向いて」

背中を見せたくはなかったが、それでもクレアはゆっくりと後ろを向いた。大きめのシャツが高性能カメラを隠していることには、自信があった。さまざまな感情がクレアの全身を包む――当然、恐怖や不安はある。しかし、いちばん外側に感じるのは激しい憤りだった。煮えたぎる怒りを覚えながらも、クレアは完全に感情を押し殺した。

この男がマリーを殺した。病気に苦しむ人々を毎日たくさん殺し続けている。そんなことをしても、この男は何も感じない。マリーも『新時代財団』系列の病院や診療所の患者も、この男にとっては目的のものを得るために使い捨てる道具、チェスの駒と変わらないのだ。

ボウエンが目的とするもの。お金と権力だ。

結局、そのふたつが欲しいだけ。

しかし、そんな彼に立ち向かう人間がいる。四名の男とひとりの女だ。権力と金という強い誘惑に惑わされることなく、ボウエンを倒そうと立ち上がった。必ず倒してみせる。そのための強力な手段をクレアはふたつ身につけている。

イヤホンから、こつ、こつ、こつと四度音が聞こえた。ダンと彼の仲間が、ボウエンの手下を見つけ、全員を片づけ、クレアを援護する位置についたという合図だ。

この作戦については、ダンと何時間も言い争った。マコンゴでボウエンを倒すプランに、ダンは難色を示した。ここではボウエンはムブツの支援を要請できるからだ。

しかしボウエンをよく知るクレアは、彼がムブツを遠ざけておこうとすると推測した。ただ、ここならいつでもムブツに頼れるという安心感から、孤立無援だと信じるクレアに対し、ボウエンも油断しているはずだ。マコンゴは現在、基本的にはボウエンのものなのだ。

周囲を見渡しても、ダンや仲間の姿はどこにもなかった。みんながどこに隠れているのかはわからないが、銃をいつでも撃てるように構えて、自分を守ってくれることを信じていた。

古ぼけたホテルのロビーには、ひと気がなかった。あらかじめクレアが支配人と話をつけておいたのだ。ボウエン・マッケンジー氏と二人きりで会う約束をしている、他の人に煩わされたくないとマッケンジー氏が言っていると伝えた。

支配人は大慌てで、クレアのために場所を空けてくれた。宿泊客もいない。フロント・デスクは空《から》っぽ。ベルボーイも見当たらない。

世界が終わる日、ホテルはこんなふうに見えるのだろう。うち捨てられた、わびしい場所。かつては七宝焼きの鉢に入った椰子《やし》の木が豊かに葉を茂らせ、外から見るとジャングルのような雰囲気をかもし出していたのに。

椰子の木は干からび、薄い茶色の葉っぱはだらりと床を向いている。枯れた葉は、人がそばを通るたびにかさかさと乾いた音を立てる。

「バッグを開けろ」ボウエンに言われるまま、クレアはバッグを開いた。それどころか、大理石のテーブルに中身を空けてみせた。バッグの中身がテーブルにぶつかり、音を立てた。

ボウエンは汚いものにでも触れるように、人差し指で中身を調べた。革製の化粧ポーチ、衛星電話、スケジュール帳――これは指でページを繰って内容まで見られた。そして鍵束《かぎたば》。ボウエンは鍵束を指にかけ、にんまりと笑みを浮かべた。

「ええ、わかってるわ」クレアは低い声で言った。「その鍵で開けられるドアなんてもうないの。灰の山しか残ってないんだもの」

ボウエンは衛星電話を手に取り、重さを確かめた。

「電源は切ってあるから」

「いいだろう、では座ろう」

二人は座ったが、暗黙の了解でどちらも手はテーブルの上に置いた。

ボウエンはクレアの全身をながめ回している。彼女の外見は、ボウエンにとってまったく予想外だったはずだ。医療記録から推察できるクレア・デイの姿は、完全に打ちひしがれ、悲しみから立ち直れず、精神状態の不安定な女性だっただろう。

クレアはまじろぎもせずボウエンを見つめた。すると、ボウエンのほうがはっとした。

嘘《うそ》だろ、昔のクレア・デイが戻ったのか？　ボウエンの考えが手に取るようにクレアにわかった。

クレアはそのまま、ボウエンを見ていた。

とうとうボウエンのほうから一瞬目をそらした。すぐにクレアに視線を戻し、椅子《いす》に深々ともたれかかる。その態度が伝えようとする意図は明白だ。自分はリラックスしている、恐れるものなど何もないのだ、と訴えている。

ふん、大間違いだわ。

「海兵隊《ジャーヘッド》の彼氏はどこに行った？」

クレアは完全に無表情で答えた。「誰？」

「海兵隊だよ。ウェストンとかいうやつ」

クレアは少しだけ眉《まゆ》をひそめ、そのあと無表情に戻った。「ああ、あの人ね。爆破事件について、ちょっと聞きたいことがあったのよ。でも、彼はずっと建物の中にいたから。新しいことは、何も聞き出せなかった」

ボウエンが残忍な笑みを浮かべる。「うちのやつらに襲われて、びびりやがったんだな」

クレアはうなだれ、テーブルの大理石模様を見つめた。「ええ。あんなのはもう嫌だって」

「セックス相手には、もうちょっとましなやつを選ぶんだな。何なら僕だって、相手してやったのに」

クレアはテーブルを見つめ続けた。ボウエンに触れると思うと吐き気をもよおし、顔に出ているはずのその気持ちを隠そうとしたのだ。

「あの人には重荷だったのね」クレアは手を組み、悲しそうな声でつぶやいた。「あの人にはちょっと聞きたいことがあっただけなのに、二度もそちらの手下に襲われた。私の質問に答えていたのでは、寿命が縮まるとでも思ったんじゃないの、彼」

クレアの言うことは、一語ももらさずダンも聞いている。今頃心臓麻痺《まひ》を起こしているのでなければいいがと彼女は思った。

クレアは顔を上げてボウエンを見た。今度は不安と自信のなさそうな表情を浮かべる。クレアとボウエンは、そのまま黙って互いを見ていた。

「言っておくが」やがてボウエンが口を開いた。クレアのほうから話し出す気配がないので、「僕はラカで仕事がある。もともとこっちに用があり、ジェット機で向かってる途中で、おまえからばかばかしいショートメールを受け取った。何の話かさっぱりわからなかったが、責任感が強いからね、僕は。おまえは公務中に負傷したわけだし、何と言っても昔は僕たちも同僚だったんだ。おまえと会うことに同意した理由は、義務感だけだ」そこでわざとらしく超薄型の時計を見る。パテック・フィリップの腕時計だ。「だから、十分だけ時間をやろう。さ、罵声《ばせい》でも何でも浴びてやるさ」

何でも浴びてやるとは、不吉な言葉だ。実際にクレアがボウエンに浴びせてやりたかったのは、銃弾だった。銃弾で裏切り者の心臓をとらえ、背中の向こうまで貫通させたかった。その気持ちがあまりに強いことに、クレア自身が驚いた。

仕返しがしたい。マリーのために。ダンのために。癌《がん》に苦しむ何千人ものマコンゴの人々のために。この人たちは化学療法と偽って、血管に水道水を入れられているのだ。それから父のために。失ったこの一年のために。

「では、手短に話すわ。あなたの悪事を暴くのに一年かかった。けど、やっと何もかもわかったの。去年の十一月二十五日に、あなたが何をしたか、すべてね」

ボウエンは話に聞き入るようなそぶりで、体を乗り出す。「何の話か、まったく理解できないね。二十五日には、僕はアルジェにいた。あちらの政府と会談があったんだ。そもそも、おまえは何の記憶もないはずだ。おまえが記憶喪失だってことぐらい、誰でも知ってるぞ」

誰でもではない。クレアの担当医以外には知らない事実だ。あるいは、クレアの医療記録を見た人間だけが知る話なのだ。

クレアもわずかに体を乗り出す。彼に対抗するように見せかけたが、実際は隠しカメラの真ん中にボウエンの姿をとらえたかったからだった。「あなたがアルジェにいなかったことは、絶対に間違いないわ。あなたはラカにいた。感謝祭の休日を利用し、反乱軍が首都に侵攻したと見せかけ、大使館を爆破したんだわ。でもね、ボウエン、私もあの場にいたの。マリー・ディユーがやって来て、あなたが何をしているのかを教えてくれた。その現場まで案内してくれたわ。私はこの目で見たの。あなたがトラックを盗み、敷地の外へ出すのを指示しているところ――」

ボウエンが、ばん、とテーブルを叩《たた》いた。「そんなばかな言いがかりはやめろ。何で僕がトラックを盗まなきゃならないんだ？」

「そのトラックに少なく見積もっても一千万ドル分の医薬品や医療機器が積まれていたからよ」クレアは落ち着いて答えた。「あなたはトラックを盗み出し、別のトラックを同じ場所に駐車させた。新しいトラックには強力な爆発物が満載されていて、大使館の裏庭に三メートル以上の深さの穴が開いたわ。それから、これに見覚えがあるでしょ？」

アバのところから持ち帰った薬の箱をふたつ、クレアはテーブルに投げるようにして置いた。

ボウエンは箱を見たが、触れようとはしなかった。

「元々、こういうのも計画していたのか、一千万ドル盗んだだけでは足りなくなったのか、どちらかは知らない。でもこの一年、偽の医薬品でぼろ儲《もう》けしてきたでしょ。そういうのは、もうやめてもらうわ。たった今この瞬間、『新時代財団』が提供した薬品を無作為に百個抜き取り、イギリスの研究機関で検査をしてもらっているの。何がわかるかしらね？　検査したうちの三分の二が偽物だって結果が出ると、私は踏んでるの。賭《か》けてもいいわよ。それに対して財団本部からどんなコメントが出るかしらねえ。あなたの大金持ちのスポンサーさんたちは、自分たちが寄付したうちの三分の二があなたの懐に入ってたって、ご存じなのかしら」

ボウエンは怒りで顔を真っ赤にした。テーブルの向こうから手を伸ばし、ねじ上げるようにクレアの手首をつかむ。クレアの肌にボウエンの指が深く食い込んだ。

ボウエンの左肩に赤い点が現われたのを見て、クレアは首を振った。**待って、まだ**

よ。

「おまえなんか、いつでもひねりつぶせる」ボウエンの低い声は怒りに満ちていた。言葉と一緒に口角にたまっていた白い唾《つば》が飛ぶ。「敵に回したのが誰だか、わかってるのか？　僕には金がある。財力と権力の後ろ盾だ。おまえなんかには、想像もつかないぐらい大きな力があるんだ。そのすべてを使って、おまえを叩き潰《つぶ》してやる。おまえの話なんか、誰が信じると思う？　ああ、かわいそうに、クレア・デイはとうとう完全にいかれてしまったんだね、爆破事件のショックから立ち直れなかったんだ、みんながそう言うさ。記憶をなくしたおまえと、この僕だ。どっちを信じるかは明らかさ」

笑い声とともに、ボウエンは手を放した。かわいそうなクレア対ボウエン・マッケンジー。考えて、比べものにならないと結論づけたのだろう。一瞬動揺したものの、またボウエンは落ち着きを取り戻した。

本格的に揺さぶるときだ。

「私が目撃したことを話してあげましょうか？　あの日の午後よ。この内容は法廷で宣誓して、きちんと証言をするつもりなの。医薬品と医療機器を満載したトラックがあなたの指示によって、大使館の敷地から出て行った。同じくあなたの指示で、爆発物を積んだトラックが駐車場に入ってきた。これであなたは何て呼ばれるか知ってる？　そのものずばり、テロリストよ。だから国家反逆罪に問われるの。死刑になるだけじゃ足りないぐらいよ。でも、あなたの罪は他にもある」クレアはまた体を乗り出した。怒りで興奮し、言葉を選ぶことさえできなくなっていた。「あなたはマリーの姿を見て、彼女の頭を撃てと手下に命じた。ためらうことなくね。マリーを見かけて目障りだと思った。だから犬を追い払うのと同じ調子で、彼女を殺したのよ」

「何の話か、僕にはさっぱりわからんね」ボウエンがあざ笑う。

その顔を殴りつけたくなったクレアは、何とか自分を抑えておこうと、こぶしを丸めてテーブルに押しつけた。この男は第三世界の残虐な独裁者と同じだ。自分の目的のためには、ハエを叩き潰すのと同じ感覚でためらいもなく人を殺す。世の中に邪悪な人間は存在するとわかっていても、普通はどこか遠い世界の話だと思う。ところが今、はっきりクレアの目の前にいる。アルマーニの麻のシャツに身を包んで。

邪悪な男が首を振った。「それに、おまえが何を言ったところで、それを証明できない。物証がなければ、法廷ではおまえの証言も証拠にはならない。何を言ったって、無駄だよ、クレア」ほほえみかけたボウエンを見て、この男がハンサムだと思う人間がいたことが信じられないとクレアは思った。いつもの澄ました表情が消えると、ボウエンの顔には彼の本質だけが浮かび上がる。邪悪さを隠しきれなくなるのだ。

絶対に何があっても、この男に罪を償わせてやると、クレアは改めて決意した。

「あなたの姿をとらえた映像があるのよ、ボウエン。何もかも全部映ってるわ。トラックを入れ替えるところ、マリーの射殺、全部よ。あなたはこれからの人生を連邦刑務所でひとりさびしく過ごすことになるわ。もちろん死刑を逃れられればの話だけど」

ボウエンの顔が真っ赤になったが、まだあざけり笑いは消えない。その笑みを引っぱたいてはぎ取ってやりたくて、クレアの手がむずむずした。

「そこがおまえの勘違いだな、クレア。頭のいかれた、かわいそうなお嬢さんの幻覚だ。防犯カメラは全部壊れてたんだ」ボウエンが邪心そのものの笑顔になる。「今の話は、ぜーんぶおまえの妄想でしかない。病気の頭が作り出した物語だよ」

ふん、ボウエン。必ずあなたを倒してやるわ。クレアは心でつぶやいた。

「ほとんどのカメラはね、ええ確かに作動してなかった。だって誰かがシステムの配線を切ったんですもの。主電源につながるシステムのケーブルが切られていたことは、海兵隊の警護官が見つけたわ。つまり故障したんじゃないの。でも、あなたの知らないこともあるのよ」クレアはまたさらに体をテーブルに近づけた。これで録画されている画像は、ボウエンの顔の表情がアップになっているはずだ。「駐車場にあった防犯カメラは作動してたの。実は事件の前日、配線に異常が見つかってそのカメラが動かなくなってたの。それで配線をやり直すはずが、怠け者の修理係が直接予備電源につないじゃったの。あなた、防犯システムのケーブルを切ったとき、このカメラの配線を見落としたのね。映像は記録されたけど、みんなそのことを忘れてたの。ところが、今朝、警護官が記録を調べたわけ。すると、やっぱりあなたがばっちり映ってたのよ、ボウエン。勝ち誇って――」

ボウエンはびくっと飛び上がり、またクレアの手首をつかんでねじ上げた。「このくそあま！　嘘《うそ》ばっかりつきやがって。あの日カメラは動いてなかったんだ、一台も。僕が自分で確かめた。それからおまえのいまいましい友だちだがな、黙ってりゃいいものを余計なことに首を突っ込んだんだよ。おまえが今やってるのと同じだ。だからおまえもあの女と同じ運命を迎えるんだ。死ね！」

「マリーを殺す必要があったの？」クレアは動じずにたずねた。「必要のない殺人だったわ」

「必要はあったさ。あの女のせいで――」

ボウエンははっとして口をつぐんだ。その瞬間、クレアは勝った、と思った。ボウエンは酒に酔ったように、ぶつぶつつぶやいて言葉を濁し、クレアの手首をさらに強く引っ張った。

「まあ、いいさ。会いたいと言ってきたのは、おまえだ。僕と一緒に来てもらう。ここを出るんだ。僕の手の者がすぐに――」

「あなたの手下なら来ないわよ、ボウエン」

ボウエンは大きく目を見開き、虹彩《こうさい》の周囲にまで白目が見えた。「何だと?」

「視線を下げてみなさい」クレアが静かに告げる。「自分の体を見て」

ボウエンはぼう然とクレアを見ていた。奥歯を食いしばって、クレアがどんなはったりで自分を騙《だま》そうとしているのかを考える。やがて、自分の体を見下ろした。

「小さな赤い点が見えるでしょ、ボウエン? それはレーザー照準器がそこに狙《ねら》いをつけてるってことよ。照準器はレミントン・ライフルに取りつけてあるの。ライフルを構えているのは、海兵隊のスナイパーよ。最高の」するともうひとつ赤い点がボウエンの胸のあたりに現われた。「海兵隊のスナイパーが二人になったわ。あなたの手下たちは、みんな捕えられたの。あなたには、何の援護もいない」クレアはそこでシャツのボタンをふたつ外し、プラスティック片をとん、と指で叩いた。「それから、あなたが言ったことはすべて録画したわ。今まさに、ユーチューブにアップロードされているところ。あなたの人生は、これでもう終わりよ」

ボウエンは怒声を上げ、クレアを殴ろうと振りかぶった……その瞬間、どすんと椅子に崩れ落ちた。ライフルの発射音がホテルのロビーで反響する中、ボウエンの肩に赤いしみが浮かんだ。

クレアもほっとして、ぐったりと椅子に寄りかかる。気がつくと全身が汗びっしょりだった。そしてひどく震えている。

「いいわよ」自分の言葉が聞こえるのはわかっていたので、クレアは小さくつぶやいた。「みんな下りてきて」

ダン、ジェシー、フランク、デイヴが厳しい目つきをして物陰から姿を現わした。ライフルを抱え、銃口を使ってボウエンの手下を歩かせてくる。ボウエンの部下は全員後ろ手に手錠をかけられていた。

ボウエンは怒り狂って、罵《ののし》り言葉を叫び続けている。ひょっとしたら銃で撃たれた痛みすら感じていないのではないかと、クレアは思った。ボウエンの全身で大量のアドレナリンが駆けめぐっているに違いない。立ち上がろうとして、大理石の床に飛んだ自分の血に滑って転んでいる。

男性がさらに二名姿を現わした。ひとりは背が高くごま塩頭のアフリカ系アメリカ人、もうひとりは背が低くてがっしりした体型だった。背の低い男性は武装していた。使い慣れたショルダー・ホルスターにグロックが入っている。

「お手柄だ、クレア」背の高い黒人男性がクレアにほほえみかけた。

「大使」クレアは弱々しく笑みを浮かべて、駐マコンゴ共和国大使、カルヴィン・クーリィ氏に挨拶《あいさつ》した。事件のあとアメリカから赴任してきた大使だが、クレアは以前から彼のことを知っており、外交の世界で最も尊敬できる人物として慕っていた。握手すべきだとは思ったのだが、手が震えていた。

クーリィ氏のほうも、クレアを高く評価していたらしく、ボウエンとのやり取りをご自分の目で確かめられてはいかがでしょう、と伝えると、詳しい説明もなしに、この場にやって来た。

背の低い男性はレオ・ケラーマンで、マコンゴでＦＢＩの任務を代表して行なう立場にある。彼も新任だ。ケラーマンがボウエンに向かって告げた。「アメリカ合衆国政府に代わって、あなたを逮捕します。罪状は、殺人、国家反逆罪、テロ行為、大規模詐欺です」

ボウエンは目をぎらぎらさせ、ふらふらと立ち上がった。

「ああ、すみません、ボス」ダンの前を歩かされていた男が、涙に濡《ぬ》れた顔をボウエンに向けた。「申し訳ありません」鼻をかむこともできず、男は鼻水をすすった。「急に襲われたんです。ほんとに、すみませ――」

「ばかやろう！　全部おまえのせいだぞ。このくそあまを最初に始末しておけば、こんなことにはならなかったんだ！」

ボウエンは泡を飛ばしながら叫び続け、全身で怒りを男にぶつける。そしてすっと手を伸ばしてケラーマンの銃をホルスターから抜き取り、誰が反応するよりも先に、男の頭に銃弾を撃ち込んだ。

ほとんど同時に、銃声が四回響き、ボウエンは床に転がっていた。ぴくりとも動かない。

クレアはその場から一歩も動けず、凍りついて息さえできなかった。銃声が大きく頭の中で響き、何も聞こえない。四度も銃弾を受けたボウエンの体の下には、じわじわと血が広がっていった。顔の半分と胸の半分が吹き飛ばされていた。

気が遠くなりそうだと思ったクレアの体を、二本のたくましい腕が支えた。その瞬間、クレアはやっと息を吸うことができ、ダンの匂《にお》いを感じた。ダン。銃弾と男らしさに満ちた匂い。そうだ、ダンだ。

この匂いがあるところなら、安全。ちゃんと守ってもらえる。

弱々しい泣き声を上げて、クレアはダンの胸に顔を埋めた。震えが止まらない彼女の体を、ダンが両腕でしっかりと抱き寄せる。彼の手がクレアの体を後ろから包み込み、震えを自分の体で受け止めてくれた。

温かな手が肩に置かれるのを感じて振り向くと、やさしい黒い顔があった。

「でかしたぞ、ブロンディ」張りのある低音が、クレアの頭の中に伝わる。「さっきの話は本当なのか？　医薬品がイギリスで検査されてるとか、何もかも映像に納めた防犯カメラがあったとか？」

クレアはダンの胸に顔を埋めたまま首を横に振った。大使の笑い声が響く。遠くに聞こえる雷鳴のようだった。

「ガニー、君は最高の女性を手に入れたようだ。彼女を必ず守ってくれ、いいな?」

「はい、了解しました」ダンが答える。彼の声を聞くだけで、クレアは気分がよくなるのを感じた。

「彼女はとんでもなく勇敢だからな。しかも策略家だ。君も今後の行動には、気をつけたほうが身のためだぞ」

「はい。承知しております。でも、それぐらいのリスクは喜んで取ろうと思っております」

エピローグ

バージニア州、ワシントンDC郊外、クリスタル・シティ地区
一年後

ダンはシックな雰囲気の新しいオフィスにそっと足を踏み入れた。クレアはコンピュータの画面を食い入るように見つめている。こんなふうに集中して仕事をしているとき、クレアはコンピュータと一体になっている感じがする。何かに没頭した彼女の姿には、つくづく見とれてしまう。

あ、まずい。

クレアがほほえんでいる。

コンピュータに向かってほほえんでいるクレアというのは、不吉だ。特に、今クレアの顔に浮かんでいる笑みは、厄介なことが起こる前ぶれでもある。訳知り顔のいたずらっぽい含み笑い。これが出るとき、クレアはたいてい本来やってはいけないこと

をやっているのだ。おそらく法に抵触するようなことを。

ダンはあきらめたように息を吐き、クレアが音に気づいて振り向いた。ダンを見ると彼女の顔がぱっと輝いた。

ああ、だめだ。

ダンは左胸に手のひらを押しつけてこすった。こんなふうにクレアに笑顔を投げかけられると、心臓が胸を突き破って飛び出すのではないかと思う。結婚して一年経つのに。循環器内科で検査を受けたほうがいいのかもしれない。

クレアが差し伸べてきた手をダンはつかんだ。「それで？　どうなった？」クレアがたずねる。

ダンは、とある銀行のＣＥＯとの会議を終えてきたばかりだった。この銀行は小規模だが非常に資金力があり、富裕層だけを顧客にして、その資産運用を業務としている。

「すごくうまくいった。年間十万ドルで契約がまとまったよ。五年契約で経費は全部あっち持ちだ」

クレアはダンの首に腕を回して抱きつき、派手な音を立てて頰《ほお》にキスした。「やったわね！　あなた、売り込みの天才だわ」

クレアを会社の仕事に引き入れてから、経営はきわめて順調だった。そのため、この新しいオフィスに今週引っ越したのだ。ワシントンＤＣの南東側に再開発されたクリスタル・シティ地区のおしゃれな高層ビルの中に、以前の三倍の広さの区画を借りた。アシスタントを二名と事務仕事をしてくれる人間を四人雇い、ロクサーヌは会社の管理責任者としてこれらの業務を監督してくれている。ダンは元海兵隊の男性六人と専属契約を結び、実地に警備スタッフが必要となる場合には、彼らを派遣している。今後、警備用のスタッフはもっと増やす予定だ。

ボウエンをやっつけたのはクレアなのだが、彼女自身は自分の手柄だと言い立てることなく、ＦＢＩの捜査が事件を解決したと報道された。それでも政府高官のあいだでは、彼女の活躍はじゅうぶんに知れ渡っていた。心から彼女に感謝した彼らは、何か警備関係の仕事があれば、できるかぎりダンの会社に依頼した。『新時代財団』のスポンサーたちからも感謝された。こちらからは、非常に儲《もう》かる仕事ばかりを依頼された。

二人は海外へ、主としてはラテンアメリカ地域への事業展開さえも考え始めている。ただ、これについてダンは、うれしいのと同時に不安も感じている。ほんの二、三日でもクレアをひとりにしておくと考えるだけで、苦痛なのだ。しかし会社は急成長を続けているので、世界各地を飛び回ることが早晩、日常の一部になるのだろう。

ダンが使う男たちは、危険地帯での警備プログラムを作成しそれを実行することにかけては超一流だし、世界中危険なところはいっぱいある。あと二ヶ月ぐらいで、このオフィスも手狭になるのだろうなとダンは考えていた。

ウェストン《W》・アンド《&》・ウェストン《W》・セキュリティは大成功で、今後も成長していくことがはっきりした。

しかし、W&Wがもっとも得意とするのは、コンピュータのセキュリティで、これはクレアの独壇場だった。彼女を打ち負かせる人間はいない。誰ひとり彼女の足元にもおよばないのだ。会社の収益の大部分を稼ぎ出すのはクレアだ。

今日の契約が取れたのも、ダンが銀行に提示したコンピュータ・セキュリティ・プログラムが決め手だった。実際は、クレアが作ったプログラムだ。だから本来ならば、高層ビルの四十一階にある信じられないほど贅沢《ぜいたく》な銀行のCEOのオフィスに招かれ、さんざん称賛の言葉をかけられ、契約書の署名欄にサインするのはクレアの役目でよかった。しかし、そんなことをすれば散々な結果になるのはわかっている。過去に何度か試してみたのだが、クレアが何かを話し出すと、顧客を失った。

最初の数語は、顧客もクレアの話す内容を理解しようとする。しかし、そこで顧客の頭脳はパンクしてしまうのだ。全速力で回転しようとして、ショートするので、それ以降、いっさい話を聞こうとしない。さらにクレアは権力のある男性と対等に話すし、それが気に入らない客もいる。結果として、クレアはオフィスに残るというパターンができた。ここにいるほうが、彼女も幸せなのだ。

国防情報局の分析官としても、あるいは個人で仕事をする際も、クレアは常にコンピュータを相手にしてきたし、そうするのが好きなのだ。

それで万事うまくいく。それでいい。

何もかもがうまくいっている。現在は『新時代財団』も寄付した薬品を無作為に選んでは検査をするようになり、ボウエン・マッケンジーのスキャンダルによって、理事長も入れ替わった。現在の理事長は若いが精力的に仕事をこなす人物らしい。ハーバード卒の経済学者だったのだが、彼のおかげでマコンゴは本来の姿を取り戻しつつある——これはクレアの友人、アバの言葉だ。クレアとアバは電話でしょっちゅう話をしているし、アバがアメリカを訪問する予定もある。

ダンはクレアと一年前に結婚したが、これほどの幸せが存在するとは思ってもいなかった。ダンはクレアを愛し、クレアに関するあらゆることで、いつも怯《おび》えていなければならなくなった。

そう、こういう笑みを向けられたときは、特に怖い。

小さくて完璧《かんぺき》な形をしたクレアの鼻先に軽く唇を寄せてから——もちろん唇にキスしようとは思ったのだが、そうすると完全にクレアの言いなりになってしまうので、どうにか思い留まり——ダンは少し体を離して、厳しい表情をクレアに向けた。

「俺が帰ってきたとき、何してた?」

クレアは目をぱちぱちさせてダンの誘惑にかかる。キスすれば尋問は終わると知って、伸び上がってくる。

しかし、ダンはタフな男だ。何と言っても海兵隊なのだ。彼は腕を伸ばしてクレアの体が近づくのを防いだ。

「さあ、言えよ……本当のとこを。どっかのサイトをハッキングしてたんだろ?」クレアがとぼけた顔をするので、やれやれと目を動かす。「あのな、ハニー、そんなことばっかりしてると、今に刑務所に入るはめになるぞ。俺は毎日刑務所にケーキと本を差し入れに行かなきゃならないのか?」

「じゃ、教えてあげる。ちょっと興味深い情報を入手したの」

「刑務所に入れられても手に入れたいぐらい、興味深い情報か?」うんざりした声でつぶやくダンをクレアが朗らかに笑った。

「あなたもっと勇敢な人だと思ってたわ。タフな男のはずでしょ?」

「いいさ、俺は意気地なしの弱虫だよ。君がどっかに連れて行かれると思ったら、どうしようもないんだ。とにかく……どこのサイトをハッキングしてた?」

クレアはまた抱きついて、ダンにキスした。ダンがキスの主導権を握る前に、クレアは体を離した。

「実はね……バルティモアのとある場所の検査記録を調べてたの。どこか、わかるでしょ?」

ああ、もちろん。それが何の検査記録かダンもじゅうぶん承知している。ダンは喉《のど》がからからになるのを覚え、かろうじてつぶやいた。「ああ。で、何を見つけた?」

クレアがまたキスしてきた。「おめでとう、ガニー。男の子よ」

訳者あとがき

ブロンド美女を叩き上げの海兵隊員が守る、という得意の物語設定に、リサ・マリー・ライスがよく知る外交の世界の味つけがなされた新作はいかがでしょうか？　今回のヒロインは肉体的にはか弱くても、軍事アナリストとして頭脳的な部分では闘いに加わり、戦略を立てるところがこれまでと異なり、新しいところではないかと思います。

本作品を訳すにあたって、少々困ったのはコミュニケーション技術の進化です。私たちが普通に暮らしていても、使う機器やサービスは日進月歩で発展しているわけですが、情報を扱うプロという設定の登場人物の場合、作家もどういう道具を使わせるか悩んだ様子が見受けられます。たとえば、本作を検討見本の段階で読んだ際には出てこなかったインターネット電話のＳｋｙｐｅが、実際に出版されたものには登場しています。また、独自の進化を遂げたと言われる日本のパソコンや携帯電話を取り巻く特殊事情もあります。外国では人気の『ネットブック』と呼ばれるスペックの低い安価なパソコンがあまり一般的ではありませんので、『パソコンではなくて、ネットブック』とヒロインが言い張る場面では、これをどう説明したものかと考え込みました。

日本人にとってなじみの薄いものをどう訳すべきか、いろいろ考えた末、説明を加えれば加えるほど混乱してしまうと判断して、かなりの語をそのままカタカナで表記させていただきました。原書が出てから邦訳が出版されるまで、普通のロマンスだとどんなに早くても一年以上はかかり、作者が執筆してからだとさらに年月が経過していることになりますので、今後ますますカタカナ語を使わなければならなくなるのかもしれません。

リサ・マリー・ライスは本作（原題〝Shadows at Midnight「真夜中の影」〟）のあと〝Darkness at Dawn「夜明けの闇」〟という作品を出版しています。タイトルから本作の続きかと思いきや、関連はない話で、今度は珍しく陸軍、しかも山岳スペシャリストがヒーローとなります。扶桑社からは、未邦訳のイタリアを舞台にしたロマンティック・サスペンスも刊行が予定されています。どうぞお楽しみに。

◉訳者紹介　上中 京（かみなか みやこ）
関西学院大学文学部英文科卒業。英米文学翻訳家。
訳書にライス『真夜中の男』他シリーズ三作、ジェフリーズ『誘惑のルール』『公爵のお気に召すまま』（以上、扶桑社ロマンス）、パトニー『盗まれた魔法』、ブロックマン『この想いはただ苦しくて』（以上、武田ランダムハウスジャパン）など。

閉ざされた夜の向こうに
発行日　2012年2月10日　第1刷

著　者　リサ・マリー・ライス
訳　者　上中 京

発行者　久保田榮一
発行所　株式会社 扶桑社
〒105-8070　東京都港区海岸1-15-1
TEL.(03)5403-8870(編集)　TEL.(03)5403-8859(販売)
http://www.fusosha.co.jp/

印刷・製本　図書印刷株式会社
万一、乱丁落丁(本の頁の抜け落ちや順序の間違い)のある場合は
扶桑社販売宛にお送りください。送料は小社負担にてお取り替えいたします。

ISBN978-4-594-06547-8 C0197
Printed in Japan(検印省略)
定価はカバーに表示してあります。